闇夜におまえを思ってもどうにもならない——温家窰村《ウェンジャーヤオ》の風景

目次

＊登場人物（五十音順）

アルズー（二柱）――ラオズーズー（老柱柱）の弟。カオリャン（高粱）とユージャオ（玉茭）の叔父。

インラン（銀蘭）――ジンラン（金蘭）の妹。

ウーチェンアルフオ（五成児貨）――バンニュ（板女）の夫。

ウーグータン（五圪蛋）――年老いた独身男。

ウーグータンの叔母

ウェンシャン（温善）**の女房**――地主のウェンシャンの女房。ウェンホホ（温和和）の母親。グイジュ（貴挙）の愛人。

ウェンハイ（温孩）――ダーゴウ（大狗）とシャオゴウ（小狗）の父親。自分の考えを持たない男。

ウェンハイの女房――ダーゴウ（大狗）とシャオゴウ（小狗）の母親。フウニュウの愛人。

ウェンパオ（温宝）――中年の独身男。口が達者で歌がうまい。

ウェンホホ（温和和）――ナイ（奶）あんちゃん。ホホ（和和）とも呼ばれる。

大《おお》**アゴ**（大下巴《ダーシアバー》）――公社の水利を管理する幹部。

会計係――温家窰《ウェンジャーヤオ》村の財政を握る人。

顔のしわは耕したけれどもかきならしてはいない山の斜面みたいで、あごひげはヤギがかじりかけて途中でやめた土まんじゅうの草みたいな爺さん――温家窰村で最高の権威を持つ人。

カオリャン（高粱）――ラオズーズー（老柱柱）の長男。ユージャオ（玉茭）の兄。

グァングァン（官官）――年老いた独身男。目が見えない。占いができ、温家窰村の賢人。

グイジュ（貴挙）**じいさん**――年老いた独身男。解放前は地主のウェンシャン（温善）に雇われていた作男。その後、温家窰村で家畜の放牧と飼育の係になる。ウェンシャンの女房の愛人。

グオコウ（鍋扣）**おじさん**――サングアフ（三寡婦）の愛

人。弟のペンコウ（盆扣）は省の役人。

ゴウズ（狗子）——骨身を惜しまず働くことしか知らない苦労人。

ゴウニュ（狗女）——ゴウズ（狗子）の妹。

サングアフ（三寡婦）——サンバン（三板）とも呼ばれる。ツァイツァイ（財財）の母親。元は大同市街の売春婦。夫が黄疸を患って亡くなった後、温家窰村に定住。

サングアフの夫——大同の街から温家窰までの中間に位置する某農村の羊飼い。

シーライ（拾来）——タンワ（蛋娃）の妻。ヘイタン（黒蛋）の親戚の養女。

シャオゴウ（小狗）——ウェンハイ（温孩）夫婦の次男。

シャートンピン（下等兵）——経験豊かで見聞が広く、知恵がある年老いた独身男。

親戚——タンワ（蛋娃）の妻の養父。タンワの岳父。

ジンラン（金蘭）——レンアル（愣二）が片思いしている娘。

ズーズー（柱柱）**の女房**——ラオズーズー（老柱柱）とアルズー（二柱）が共有する嫁。カオリャン（高粱）とユージャオ（玉茭）の母。下放幹部ラオチャオ（老趙）の愛人。

生産隊長——温家窰村の行政を握る人。

ダーゴウ（大狗）——ウェンハイ（温孩）夫婦の長男。

タンワ（蛋娃）——ヘイタン（黒娃）の息子。言動が卑劣で、人に嫌われる若者。

チョウあんちゃん（丑哥）——正式な名前はチョウバン（丑幇）。勤勉だが良運に恵まれない若い独身男。

チョウチョウ（丑丑）——中年の独身男。チョウバン（丑幇）の兄。

ツァイツァイ（財財）——サングアフ（三寡婦）の息子。

ツァイツァイの女房——サングアフ（三寡婦）の息子ツァイツァイの妻。

ナイ（奶）**あんちゃん**——中年の独身男。幼名はホホ（和和）。父親は地主のウェンシャン（温善）、母親はウェンシャン（温善）の女房だが、実際はグイジュ（貴挙）

と母親の私生児。

ヌヌ（奴奴）――チョウあんちゃん（丑哥）の恋人。炭鉱に嫁に行く。

パイパイ（白白）――ウーグータン（五圪蛋）の嫁にするため、母親が妹と引き換えにもらってきた女の子。

はだしの医者――文革中の一九六八年前後から農村の医療に従事した人。

バンニュ（板女）――ウーチェンアルフオ（五成児貨）の妻。乳兄弟ナイ（奶）あんちゃんの愛人。

フウニュウ（福牛）――若い独身男。後にウェンハイ（温孩）の妻の愛人になる。

ヘイタン（黒蛋）――タンワ（蛋娃）の父親。「中国人てのは、言ったことは守るのさ」をモットーに行動する人物。

ヘイニュ（黒女）――心根がよい老女。

ヤンワ（羊娃）――若い独身男。温家窰村の羊飼い。

ユージャオ（玉茭）――若い独身男。ラオズーズー（老柱柱）の次男。家族に生き埋めにされる。

ラオズーズー（老柱柱）――ズーズーともいう。カオリャン（高粱）とユージャオ（玉茭）の父親。

ラオチャオ（老趙）――下放幹部。

ラオインイン（老銀銀）――年老いた独身男。目が見えない。

レンアル（愣二）――ジンラン（金蘭）に片思いしている若い独身男。

レンアルの父親――正式の名前はない。

レンアルの母親――正式の名前はない。子どものために自分を犠牲にできる女。

レンダー（愣大）――レンアルの兄。炭鉱で働いている。

闇夜におまえを思ってもどうにもならない──温家窰村《ウェンジャーヤオ》の風景

第一話　親戚

夜が明けるか明けぬかのうちに、庭の外でロバの耳ざわりな鳴き声が響いた。

「クソ。もう迎えにきやがったぜ」とヘイタン（黒蛋）が言った。

「まだあの人を中に入れないで。ちゃんとズボンをはいてからにして」とヘイタンの女房。

「どのみち見られるんだからいいじゃねえか」

女房の顔がさっと赤くなった。「今日は具合が悪くて行けねえと言ってくれよ。月のものが始まっているんだし」

「そんなことできるかよ。中国人てのは、言ったことは守るのさ」

そう言うとヘイタンは庭の外に出て親戚を迎えた。

親戚は庭の門のかまちを真っ直ぐに直すと、乗ってきたロバをそこにつなぎ、もう一度かまちを真っ直ぐにした。

ヘイタンは窰《ヤオ》〔山西省など黄土高原に暮らす人々の土造りのかまぼこ型の家〕の方を振り向いてどなった。「おい！　おまえ、この人のためにニワトリを一羽つかまえてこい。おらはグオコウ（鍋扣）おじさんから酒をひと瓶借りてくる」

「親戚よ」と親戚がヘイタンに言った。「酒なら持って来たぜ。いつもあんたの酒をご馳走になっているからな」

「おらのだとか、あんたのだとか、分けても仕方がねえよ」とヘイタンが返す。

女房は誰の方も見ずにうつむいたまま、ニワトリをつかまえに鳥小屋に向かった。

「やめな、やめろやめろ。そんな手間はいらねえ」。親戚はヘイタンの女房に言った。「ゆうべ村の牛が一頭転んで死んじまったのさ。生産隊の隊長の家にロバを借りにいったら、家中うまそうな牛肉の匂いでいっぱいで」

親戚は、ロバの首を包むように吊るしてあった毛糸の袋を解いた。「さあ、これがその牛肉さ。硬いようなら、もう少し煮ればいい」

ヘイタンの女房は、やはりうつむいたまま肉の袋を受け取ると、誰の方も見ずに窖の中へ入っていった。

酒を飲みながら、ヘイタンは親戚に言った。「二日前から女房はあれが始まったのさ。そいつが終わってから行ったらどうだね」

親戚は「いいよ」と答えた。

「とは言うものの、あんたは今日、生産隊のロバを借りてここまで来たんだから、その分だけ労働点数〔農業集団化の時期の労働量を計算する単位〕を差し引かれるだろうね。なら女房のあれが終わるまで待つよりか、今日行っちまった方がいい。どのみち、あれするのは、女房のあれが終わってからになるだろうが」とヘイタン。

親戚はやはり「いいよ」と答えた。

「女房は来月、あんたの手でここまで連れて帰してくれや。おらはここでロバを借りられねえのでな」

「どうでもいいぜ」

ヘイタンの女房は誰の方も見ずに窖の土間であれこれと手仕事をしながら、二人の話に耳を傾けている。

酒を飲み終わると、ヘイタンが女房に言葉をかけた。「洗濯した服に着替えた方がいいぜ。向こうの村でみんなに笑われないためにな」

親戚が言う。「やめな、やめろやめろ。そんな必要はねえよ。途中、公社〔人民公社のこと。一九五八年に農村に設けられた集団所有制に基づく行政と経済を一体化させた組織。一九八二年に廃止された〕で上着とズボンを買ってやるよ」

「散財させちまうな」

「なんの。そんなの散財なもんか」

それからヘイタンは女房と親戚を送っていった。峠をひとつ、またひとつ、谷をひとつ、またひとつと越えていく。

親戚が言った。「ここでいいよ。この先は山道だ」

ヘイタンが言う。「そうさな。あんたたちはここから山道だ。おらは戻る」

ヘイタンは、ためらいがちにのろのろと身を返した。親戚は大きな手を上げて、女房を乗せたロバの尻をたたいた。ロバの蹄《ひづめ》が砂利をガタガタ踏みしめながら進んで行く。

クソ。こん畜生め、早くうせろ。もともと一千元なんて安さでわしらの息子に娘をくれたんだから仕方ねえんだ。クソ。早くうせやがれ。どうせ一年にたったの一カ月の話さ。何にせよ、中国人てのは、言ったことは守るのさ。ヘイタンは帰り道を歩きながらそう考えた。

そして、もう一度振り返って見た。

女房の二本の大根足がロバの腹の下でゆらりゆらりと揺れているのが見えた。

それを見るヘイタンの心も、ゆらりゆらりと揺れていた。女房の二本の大根足のように。

第二話　女房

ウェンハイ（温孩）がとうとう嫁っ子をもらって、村中が喜んだ。だが、ウェンハイの寝室の外で聞き耳を立てた者が帰ってみんなに報告して言うには、嫁っ子はひと晩中ウェンハイに何もさせてやらなかった。嫁は赤い腰帯をきつく結び、頑としてほどいてくれようとしなかった。泣いて、泣いて、ひと晩中泣きじゃくっていたそうだ。

その後、こんな噂が村中に広まった。ウェンハイの嫁は、ウェンハイのためにズボンを脱がないばかりか、野良に出て働こうともしないというのである。そればかりか、ウェンハイが畑仕事から戻って来ても、メシを作ってくれないという。泣いて、泣いて、一日中泣きじゃくっている。

そのうち、村中が騒ぎ出した。夜にズボンを脱いでくれないのはまぁ譲れるけど、昼間野良に出ず、メシも炊いてくれないのは譲れないぞ、と。

「この温家窰《ウェンジャーヤオ》じゃ、先祖代々こんな話は聞いたことがねえ」と村人がウェンハイに言った。

「おら、どうしたらよかんべ？」

「ひっぱたかれないで、女が言うことを聞くと思うけ？」

「そんなこと、おらにはできねえ」

「おまえの母ちゃんに聞いてみるとええさ」。顔のしわは耕したけれどもかきならしてはいない山の斜面みたいで、あごひげはヤギがかじりかけて途中でやめた土まんじゅうの草みたいな爺さんが言った。

ウェンハイが母親に聞いてみると、こんな答えが返ってきた。「木を真っすぐ育てたいなら、あちこちの小さな枝はたたき切らなきゃなんねえ。おなごも同じだべ」

家に帰ると、ウェンハイは目から火が出るほど嫁をぶん殴った。顔中黒いあざや青いあざだらけになるほど。

その夜、ウェンハイの寝室の外で聞き耳を立てていた村人の話によると、効果はてきめんだった。ウェンハイは嫁の上にまたがり、あれをした。しながら、こんなことをぶつぶつ言っていたという。

「クソタレ。おらがおめえとしていると思うな。おらは親父が払ったあの二千元としているんだ。クソタレ。おらがおめえとしていると思うな。おらは親父が払ったあの二千元としているんだ」

「ウェンハイの親父さんも昔、ああやってウェンハイのお袋をしこんだんだ」と、ある人が言った。

このあと、ウェンハイの嫁は亭主のためにメシを作ってくれるようになった。

しばらくすると、亭主が畑に出かけると、三歩下がって亭主の後を歩き、鋤《すき》を担いで野良仕事にも出るようになった。

畑に出ているほかの女たちは、ウェンハイの女房を見つけると、いかにもいけ好かないといった風情で頭を振り、目配せをし合った。

「見なよ、黒いあざ。青いあざ」

「見なよ、黒いあざ。青いあざ」

しばらくすると、亭主が畑に出かけると、三歩下がって亭主の後を歩き、鋤を担いで野良仕事にも出るようになった。

第三話　レンアルの気がふれた

レンアル（愣二）がある日突然おかしくなったわけを知っている村人はいない。同じように、そのレンアルの狂気が、ある日突然ポロリと落ちたわけを知っている村人もいなかった。

レンアルの父親はひどい喘息持ちだった。甘草の根を煎じて飲んでもさっぱり効き目がない。そこで、炭鉱に行って長男のレンダー（愣大）を訪ね、エフェドリンを少しばかりもらって来ようと考えた。

レンアルの母親はすぐに賛成した。「行ってきな！　この半年ほど、あいつから一銭ももらってねえんだ。ついでにセメントの袋ももらって来ておくれ」

レンアルの父親は体を震わせながら、糞尿を集めに炭鉱へ行くおわい車によじ登った。

父親が炭鉱に出かけた次の日、レンアルがまたぞろおかしくなった。この前の発作と全く同じ症状で、朝から晩まで「殺してやる！　殺してやる！」と叫びながら、オンドルをたたいている。

レンアルはオンドルの上に仰向けになっている。そして自分の黒い大きな手のひらを真っ直ぐ伸ばしてオンドルをたたいている。それはまるで穀物干し場で殻竿《からざお》を回して麦の穂を打つ仕草にそっくりだった。オンドルをたたくのに飽きると、頭をオンドルに押しつけて体を持ち上げ、「殺してやる！

殺してやる！」とわめく。わめき疲れると、またオンドルたたきに戻るのである。

レンアルの母親はそんなわが子の姿をじっと見つめ、側から動こうとしなかった。

もしも息子が本当に誰かを殺したら、おしまいだ。本当に殺してしまったら、取り返しがつかないのだわ。母親はかまどの横に座って両の目を大きく見開いてレンアルを見つめ、ぼんやりと考えた。少し考えては服の下襟をつまんでそっと両の目の涙を拭き、少し考えてはまた下襟をつまんで涙をぬぐった。

レンアルはよく言っていた。「貧乏のクソったれ。燕麦《エンバク》〔オート麦の一種〕粉だけで作る窩窩《ウォウォ》〔トウモロコシやコーリャンの粉をこねて円錐形にして蒸したもの〕も食えねえ。食うものといえば、ジャガイモばかりじゃねえかよ」。レンアルの母親はいつもこう答えていた。「おまえのために金を貯めたいのだよ」。レンアルは言う。「チェッ！　燕麦粉だけの窩窩を食わずに節約したところで、二千元貯めるのに一体何年かかるって思ってんだよ」

今度ばかりはレンアルの母親は、燕麦粉だけの窩窩を息子のために作ってやった。けれどもレンアルは食べなかった。身体を突っ張らせて「殺してやる！　殺してやるんだ！」と叫びながら、オンドルをたたくばかりだ。あんまり強くたたくので、オンドルに貼られているセメントの袋が破れ、オンドルの土の地肌がむき出しになってしまった。

村人たちは、はだしの医者〔文革中の一九六八年前後から農村の医療に従事した人〕で駄目なら祈禱師に相談するしかあるまい、と口ぐちに言った。レンアルの母親は、即座に首を振った。それでは駄目なことを分かっていたからだ。前回レンアルが発作を起こしたときに正気に戻してくれたのは、そのどちらでもない。

もしも息子が本当に誰かを殺したら、おしまいだ。本当に殺してしまったら、取り返しがつかないのだわ。レンアルの母親は思った。

だが、それから幾日目の朝からだったか、村人たちはレンアルが「殺してやる！」と叫ぶのを聞かなくなった。オンドルをたたく音も聞こえなくなった。

レンアルは身体を丸めて、オンドルの上で大いびきをかいて寝ていた。

「食ったかね？」レンアルの母親が水をくんで担いでいたところを、村人がつかまえて聞いた。

「食ったよ」

「よくなったのか？」

「よくなった」

「何でよくなったんだ？」

「よくなったのさ」

レンアルの母親は慌ただしく去った。

レンアルの父親がおわい車に乗って戻ってきた。炭鉱では、病院の主任をしているレンダーの嫁が金はくれなかったが、エフェドリンは何錠かくれたという。父親はついでにセメントの袋を何枚か持って帰ってきた。

この前の発作のときと同じで、レンアルの母親は今度の発作のことも亭主にひと言も話さなかった。亭主もオンドルの上の敷物がもともとどの位ぼろぼろで、それがどの位ぼろぼろになっているかなど、気にもしなかった。父親の関心事といえば、エフェドリンを手に入れることだけだったからだ。エフェドリンの錠剤をかみくだければ、それでいいのである。「ひと粒かみくだけば、畜生、本当に症状が軽くなるんだ」と父親は言う。

レンアルの母親は、父親が持ちかえったセメントの袋を引き裂いてクラフト紙にし、水につけて柔

レンアルはその泥状のジャガイモを使って、水に浸して柔らかくなったクラフト紙を、自分がたたいてボロボロにしてしまったオンドルの敷物の上に貼り付けた。

らかくした。次いでよく茹でたジャガイモをすりつぶして泥状にした。

レンアルはその泥状のジャガイモを使って、水に浸して柔らかくなったクラフト紙を、自分がたたいてボロボロにしてしまったオンドルの敷物の上に貼り付けた。

息子が誰かを殺すよりは、この方がましだわ。息子が取り返しのつかないことをしでかすより、この方がましだわと、レンアルの母親は思った。

母親はかまどの横に座って、レンアルがクラフト紙をオンドルに貼り付けるのを見ながら考えた。少し考えては服の下襟をつまんでそっと両の目の涙を拭き、少し考えてはまた下襟をつまんで涙をぬぐった。

第四話　燕麦《エンバク》のワラの中で

あたりは水を打ったように静かだ。月の光を浴びて穀物干し場が白く光っている。燕麦《エンバク》のワラの山までやってきた若い一組の男女は、月が見えるあたりを崩して、自分たちの巣を作った。

「おまえ、入んな」

「あんたが先に入って」

「じゃあ、二人いっぺんに入るか」

二人が一緒に巣の中に潜り込むと、その勢いでワラの山が崩れた。途端に、乾いた燕麦の茎が落ちてきて、二人の身体をふんわりと埋めた。

男は太い腕を広げて上を支えた。

「ほっときなよ。これでいいじゃないの。ね？」女が、男の懐の中に縮こまりつぶやいた。

「うん」

「チョウ（丑）あんちゃん、おらのこと恨んでいるだろ？」

「恨んでなんかない。炭鉱で働いているやつはおらより金がある」

「あんな人のお金なんか使わねえ。こっそり貯めてチョウあんちゃんがお嫁さんをもらえるようにしてあげる」

「そんなの要らねえよ」

「でも、おら、お金を貯めてあげる」

「そんなの要らねえよ」

「でも、あんちゃんにはお金が要るからもらわなきゃ駄目」

女の泣き出しそうな気配を感じて、男は口をつぐんだ。

しばらくして女がまた言った。

「チョウあんちゃん」

「うん？」

「チョウあんちゃん、チューして」

「そんなこと、よそうよ」

「してほしいんだもの」

「今日はそんな気分じゃねえ」

「して」

女がまた泣きそうな声を出したので、男は女の方に顔を近づけ、ほっぺたに軽く口づけをした。ふわふわして柔らかかった。

「そこじゃないわ。ここだよ」というと、女は唇をすぼめた。

男は、今度は女の唇に口づけをした。ひんやりとして湿っている感じだった。

「どんな味だった？」

「どんな味って？」

「おらの唇のことだよ」

「燕麦粉の味」

「違うわ。もう一度してみて」。女は腕を伸ばして男の頭を引き寄せて言った。

男はもう一度口づけをした。「やっぱ、燕麦の味だよ」

「ウソ、ウソ。さっき氷砂糖食べてきたのよ。もういっぺんしてみて」。女はまた男の頭を引き寄せた。

「うん、氷砂糖、氷砂糖」と、男は急いで言った。

それから二人は長い間黙っていた。

「チョウあんちゃん」

「……」

「チョウあんちゃん」

「うん？」

「なんなら、なんならおら今夜、まずチョウあんちゃんとしてもいいのよ」

「駄目さ、駄目だよ。お月さまの前でそんなことしちゃいけねえ。温家窰《ウェンジャーヤオ》の娘っ子は、そんなことしちゃいけねえ」

「うん。じゃあ、この次にしようね。おらが炭鉱から戻ったときに」

「……」

二人はまた長い間黙っていた。空にかかる月の歩む音とため息の音だけが聞こえるようだった。

二人はまた長い間黙っていた。空にかかる月の歩む音とため息の音だけが聞こえるようだった。

「チョウあんちゃん」

「うん？」

「これが運命《さだめ》なんだね」

「……」

「おらたちは、そろって運が悪いんだよね」

「おらの運は悪い。でもおまえの運は悪くない」

「悪いよ」

「悪くない」

「悪いわ」

「悪くないよ」

「悪いったら悪……」

女が泣くのを聞いて、男も泣きだした。ぽたぽたと落ちる男の熱い涙が、男の顔の下にある女の顔を濡らした。

第五話　グオコウおじさんの酒

グオコウ（鍋扣）おじさんが例の野中の墓地からまたぞろ、みんなに担がれて村に帰ってきた。

グオコウは別の省からやってきたよそ者だった。村に親戚はおらず、普段は「グオコウおじさん」と呼ばれている。酔っ払うと、老若長幼かまわず、みんなから「おじさん」と呼ばれたがる。ということで村人は、老いも若きも、この男のことを「おじさん」と呼んでいた。

グオコウは温家窰村《ウェンジャーヤオ》で、毎日酒を飲まずにいられないのだが、それができる暮らし向きだった。弟のペンコウ（盆扣）が省の役人だからである。弟は兄に、毎月欠かさず二十ないし三十元送ってくる。兄はそれを全て酒に使うわけだ。

グオコウは飲むときは、一切おつまみなし、そして熱燗が好きだ。燗をする方法がふるっている。ズボンの内股にあたる部分に袋を縫い付け、酒の小瓶をそこへ入れる。二口飲むと、袋に押しこむ。また二口飲んで、袋にしまうのである。

グオコウおじさんは他人にも自分の酒を飲ませる。

「わしのクソったれの酒を、まあひと口飲めや」と言うと、息を吸って思いきり腹をへこませ、しわ

「わしのクソったれの酒を、まあひと口飲めや」と言うと、息を吸って思いきり腹をへこませ、しわくちゃの腹の筋肉が縮んだところで、ズボンの内股に手を差し入れて、袋から酒瓶を取り出す。

くちゃの腹の筋肉が縮んだところで、ズボンの内股に手を差し入れて、袋から酒瓶を取り出す。ちょうどいい具合に温まっているという具合だった。酒の匂いはもちろんだが、別の匂いもする。

断る者もいたが、遠慮せずに瓶を受け取り、一気にラッパ飲みする者もいた。

グオコウは目を細め、首をかしげながら、うっとりとそれを見つめる。自分の唇をパクパク動かし、まるで酒が自分の喉を通って腹に吸い込まれていくようだ。

しこたま飲んだときは、千鳥足で野中の墓地へ向かいながら、いつも決まって例の「煩《わずら》わし節」の二節を鼻歌で歌う。

明るいうちに　おまえを思い出すと
おまえの家の塀をよじ登るんだ
闇夜におまえを　思うときもあるが
そのときはどうにもならぬのさ

野中の墓地に着くと、おじさんは手足を伸ばして、黒い大きな石の上に大の字になって寝る。気候がよいときだと、着ているものを全部脱ぎ捨てスッポンポンになって、アリや小虫が皮膚の上を這いずり回るにまかせる。

こんなときは、村の老人が若者の誰かに声をかけるのが常だった。「早く行ってこい！　野中の墓地に行って、おじさんを担いで来ないと、風邪を引いてしまうぞ」。若者は仲間の何人かに声をかけて、みんなで墓地へ行く。

酒から少し覚めたおじさんを見つけると、若者たちは一斉にからかう。「グオコウおじさん、トラになって跳ねて見せてけれや」「わしはもう年齢《とし》だべ。跳ねられねえ」「まだまだ年齢じゃねえさ」。若者たちは口ぐちに言い、草を引き抜いて縄をなう。おじさんは尻を立て、草の縄を尻の間にはさむと、四つん這いになって歩く。

「さあ、跳ねて！　跳ねて！」と、若者たちがはやす。

おじさんは口を大きく開け、うなって見せる。それから若者の一人を見つめ、跳びかかる。草の縄は、おじさんの尻にちゃんとはさまったまま、股間にぶらさがっているちっぽけなものと一緒に前後に揺れる。見ている若者が一人残らず笑いこげるまで、そのしぐさは続く。

今度も若い衆たちは、野中の墓地から村までおじさんを担いで帰ってきた。しかし今度は、おじさんはたったひと言絞り出すように言ったきり、二度と目を覚まさなかった。

「わしをサングアフ（三寡婦）と一緒に埋めてくれや」

誰もおじさんがこんなことを言うとは思ってもいなかった。村人たちは驚いてただ眼を見交わすばかりだった。

第六話　亭主

ラオズーズー（老柱柱）は石油ランプの前にあぐらをかいて、目の前を飛び回る二匹の蛾の行方を目で追っていた。二匹の蛾は突然、翅《はね》をばたばたと不器用に動かしたと思うと、ランプの火に向かって飛んで行った。翅に煽《あお》られてランプの炎が消えそうになり、窰《ヤオ》の中は一瞬暗くなった。

二匹の蛾が生きたまま焼け死ぬのを見たくないラオズーズーは、蛾を手で追い払った。

西側の部屋の物音に耳をそばだてる。妻と弟のアルズー（二柱）が、まだぼそぼそと話しているのが聞こえた。

もう夜半というのに、二人はまだ話している。何事かを決める相談なら、とうに決まっているはずなのに、まだ話している。この弟は兄嫁と話をするのが何よりも好きなのだ。ラオズーズーはとっくに気づいていた。

「お義姉《ねえ》さん、おねえさん、おねえさん。あんたが最初の子供を産んだのは、十四歳のときだったと思うけど、たった十四歳で赤ん坊が産めるの？」

「おねえさん、おねえさん、文革〔文化大革命〕でここへ下放されてきた連中は、おねえさんとこのおらが夫婦で、兄貴はあんたの義理の父親だと思っていたらしい。可笑しいと思わないかい？」

「おねえさん、おねえさん、あんたの二番目の子供は、このおらにそっくりだとみんな言っているよ。おらは何から何まで兄貴の手伝いをしているんだと言っているのさ。まったく何てことを言うもんだね」

アルズーはこんな話を、兄がいるところでも平気でする。

おらがいないところではもっとひどい話をしているのかもしれぬ。クソ、あいつはおらの嫁に気があるに違いない。ラオズーズーは、いつもこう思っている。

そんなことを考えると、最初はひどく気になったが、そのうちに気にならなくなってきた。最初は、さっさと自分の嫁をもらって、どこか別の土地で暮らしてくれと思っていたが、そのうちにそうした考えも期待も消えた。

これからどうなるかは今夜決まる、とラオズーズーは思った。

オンドルを見やると、オンドルの上で眠っている二人の息子の坊主頭が見えた。いつもは西側の部屋で叔父さんと寝るのだが、今夜は、母ちゃんと叔父さんは相談事がある。夕食が済むとラオズーズーは二人の息子をそのまま部屋に留めておいたのである。

やれやれ、二十四、五のは二十四、五歳、二十八、九のは二十八、九歳。やれやれ、なんで娘が生まれなかったのだろう？　娘ならどんなによかったことだろう。娘がいれば、少なくとも娘の一人を息子の嫁と交換できたろうに。ラオズーズーは考えた。

アルズーは四十にもなろうというのに、まだ独身だ。もう何年も働いて、嫁をもらうのに十分な金を貯めたのに、この女はいや、あの女は駄目と言って、誰とも一緒にならなかった。ほんの数日前、内モンゴルの後家を紹介してくれた人がいた。息子が三人いて、結婚すれば一緒に住むという。「どうするかね？　これを逃すと、おらは一生独り者だね」とアルズーは言った。

「いや駄目だ。生き地獄にみずから飛び込むようなものだよ。やめときな。飛び込んだら、もう抜けだせねえぞ」と、ラオズーズーが答えた。

例の蛾が二匹また相次いで炎の側に戻ってきた。一匹また一匹と、あるいは二匹そろって炎に向かって飛んだ。部屋が一瞬暗くなったと思うと、また明るくなった。

ジジ……。一匹の翅の半分が焼け落ちた。そいつは、翅から煙を出しながら、パタパタと暗闇に消えた。もう一匹の方は、まだ炎の回りを飛んでいる。

「見な。これでいいのだ。これでもう炎に向かわなくなる」。焼けた翅の蛾が飛んでいった方を見ながら、ラオズーズーはつぶやいた。

焼けた翅を持つ蛾は、暗闇へ飛び去り、もう姿が見えなかった。ラオズーズーは、振り向いて残った方の蛾を見た。蛾は依然として炎をめがけて飛んでおり、まるで命懸けでランプと闘おうとしているようだった。

一体何に取りつかれているんだ？　捨て身で炎に向かっていくなんて。

何に取りつかれているんだ？　何が何でも炎に向かうなんて。

あぁ、そうか。この世の中では、男はうだつがあがらない蛾だ。女は男の命を奪うランプだ。男は女の回りを飛び回ってぶつかっていくが、結局は生き地獄に飛び込むようなものでねえか。

世の中はそういうものさ。そういうものなんだ。ラオズーズーは思った。

耳をそばだてた。西側の部屋のひそひそ声は消えていた。

この世の中では、男はうだつがあがらない蛾だ。女は、男の命を奪うランプだ。

話がついた？　ラオズーズーは驚くと同時に喜んだ。オンドルの上から滑るように下り、戸口へ忍び寄った。尻を突き出し、頭を伸ばして聞き耳を立てた。少し前までのひそひそ声は聞こえず、別の物音が聞こえた。本当に聞こえたのか、疑いの心と嫉みが生じたのかどうかは分からない。

話がついたんだ。ラオズーズーの心臓が高鳴った。そして素早くオンドルの上で坊主頭を揃えて眠っている二人の息子の方を見た。

どうしたものか？　二十四、五のは二十四、五歳、二十八、九のは二十八、九歳。ラオズーズーは考えた。

考えているうちに、現実のものだか疑心が生んだものだか分からぬ音が、また西側の部屋からラオズーズーの耳に伝わってきた。ますます大きく、ますますはっきりと。ラオズーズーはくらくらした。すばやくオンドルの上で寝ている二人の息子を見やった。音は低くなり、だんだんと止んだ。

先ほどの翅が半分焼けた蛾が、ふらふらとランプの炎の回りへ戻ってきた。翅の動きは不安定だったが、それでも炎に向かって飛びたがっているようだった。

ラオズーズーにとって、蛾はもうどうでもよかった。焼け死にそうになっているのを見ても、どうでもよかった。何もしてやることができないのが分かっていたからだ。今回は何とかしてやれても、次は何もしてやれない。今日は何とかしてやれても、明日は何もしてやれないだろう。蛾というのは、火に向かって身を投げるしろものなのだ。蛾は炎に向かって身を投げるために生きている。簡単なことだった。

ジジッ。蛾のもう片方の翅がくすぶり始めた。蛾は剝げた翅を何回か動かした後、ランプの台の上にパタッと落ちた。腹を上にして必死にもがき、ひっくり返ろうとしたができなかった。ひっくり返ろうとすればするほどうまくいかなかった。

パタッ。もう一匹もランプの台の上に落ち、足をばたつかせることもなく動かなくなった。生きたまま焼け死んだのだ。

ほれな、このために生きているんだ。ラオズーズーは思った。

ああ、嫁をもらえば苦労する。もらわないでも苦労する。いつでも心配事ばかりさ。苦労ばかりだ。

ああ、男、男。男は難《なん》だよ。

西側の部屋に通じる扉が開く音がした。ラオズーズーは急いでランプの前の元の位置に戻った。

アルズーが入ってきた。うれしそうでも困ったふうでもなく、ラオズーズーに赤い布の包みを投げて寄こした。

「あんちゃん。あんちゃんたちに任せるよ」

ラオズーズーは何も言わずに包みを受け取った。

「とりあえずこの金で、子供たちに窖を三間作りゃいい」

ラオズーズーは包みを持ったまま何も言わなかった。

「二人で代わり番こにしようぜ。二週間はこの部屋。二週間はあっちの部屋」

ラオズーズーは金の入った包みを眺めたまま、やはり何も言わなかった。

アルズーはそれだけ言うと、西側の部屋に戻って行った。

ラオズーズーは、赤い布の包みをもう一度眺め、寝ている坊主頭の二人の息子を眺め、目の前のランプの台を眺めた。

もう別の蛾が二匹やってきて、猛烈な勢いでランプに突撃していた。

第七話　泥棒

真っ暗だった。

暗くて、低い窰《ヤオ》は見えない。自分の手や足も見えない。

何ひとつ見えない暗さだったが、バンニュ（板女）には道が見えた。

道が光っているのである。

バンニュは片方の足を引きずり、アワの饃饃《モーモー》〔穀物の粉をこねて円盤状にして焼いたもの〕を三個手に、よたよたと歩いていた。

道の先にはナイ（奶）あんちゃん〔同じ乳を飲んで育った兄の意〕の窰がある。

バンニュはもう二年もナイあんちゃんの窰を訪ねていなかった。もし訪ねていたとしても、窰の中には入れなかったろう。窰は二年間、鍵が掛けられたままだった。

ナイあんちゃんは、バンニュの母の乳を飲んで育った乳兄妹である。二人はとても仲がよかった。幼い頃、ままごと遊びをすると、バンニュはナイあんちゃんのためにお嫁さんになった。ナイあんちゃんもそれを喜んだ。少し大きくなると、バンニュはナイあんちゃんに「あんちゃん、あんちゃ

ん、あんちゃんのお嫁さんになってあげようか、ほんとになってほしい?」と聞いた。「なってほしい。ほんとになってほしいよ」とナイあんちゃん。

バンニュが十五年前、首も吊らず井戸に身投げもせず、ナイあんちゃんと同じ村に住む薄らばかのウーチェンアルフオ(五成児貨)に嫁いだのも、ひとえにナイあんちゃんのことを思っていたためだった。ウーチェンアルフオは日中は頭が冴えていたり冴えていなかったりするが、日が落ちると、全くわけが分からなくなってしまう。オンドルに頭を乗せた瞬間、死んだブタのように眠りこけるのである。

バンニュは亭主が死んだブタのように眠り、夜がとっぷり暮れて何ひとつ見えなくなると、家を抜け出し、ナイあんちゃんの家に向かう。

「やっと来たか」

「まずおらたちの子どもらを寝かしつけなきゃならんもの」

二人はそれ以上何も言わない。他には何もいらないからだ。服をすっかり脱いでしまえばそれでいい。ナイあんちゃんは痩せっぽちだ。バンニュは肉付きがいい。ナイあんちゃんがバンニュの上に乗っかると、まるでヒキガエルの上にバッタが跳ねているみたいだった。

あれをすませた後も、ナイあんちゃんはバンニュの上から降りない。バンニュがそうさせないのである。このままの姿勢で眠りなよ、と言う。ナイあんちゃんはバンニュの言う通り、うとうとする。バンニュはナイあんちゃんの敷布団で、ナイあんちゃんはバンニュの掛布団なのだ。

いつもバンニュがナイあんちゃんを揺り起こした。

「ほれ、食いな」

バンニュは幾ばくかの食べ物を差し出す。燕麦《エンバク》の窩窩《ウォウォ》〔トウモロコシやコーリャンの粉をこねて円錐形にして蒸したもの〕、ヤマノイモの餑餑《ボーボー》〔具の入っていないまんじゅう〕、ノゲシの饃饃。自分の家で食べたものを持ってくるのだ。持ってこられるものが何もないときは、畑からトウモロコシを何本か頂戴したり、ジャガイモをこっそり掘ったりしてはズボンの中に隠してきて、ナイあんちゃんのために煮てやる。

　バンニュはナイあんちゃんが食うのを見ているだけだ。

「おめえも食いな」

「おら、腹が減ってねえよ」

「おらばかり食ってるじゃねえか」

「あんちゃんは痩せてるんだから」

　時には、バンニュはナイあんちゃんを腹の上に置いたまま、食べさせる。腹の上のナイあんちゃんが食べ物をかむ音が聞こえ、食べ物を飲み込むときには腹が膨らんだりへこんだりする。バンニュは楽しかった。これ以上の楽しみはなかった。

　今日は違った。食べ物を何も持ってこなかった。

「ああ、なんてえ貧乏なんだ」。腹の上で眠っているナイあんちゃんを揺り起こしながら、バンニュは深いため息をついた。

「黒豆の莢《さや》をちょっと摘んで、あんちゃんのために煮てやろうと思ったんだけど、見張り番に見つかって取り上げられちまっただ」

「今日のごはんは、糊みたいに薄い粥で、何も持ってこられなかったんだ」

「おら、別に腹減ってねえよ」

「でもこんなに痩せてる」

「おらたちの子どもらは？」

「心配ねえさ。いつも畑でちょっぴり頂いてくるんだけれど、今日は見張りは公社のやつで、あん畜生、身体検査をするなんてぬかすんだ」とバンニュ。

「おらもおめえに食わせるものは何もねえだ」

「一日にたった八両〔四百グラム〕の穀物じゃ、あんちゃんには足りないよ」

「おらが土間に下りて燕麦粉の糊糊《フーフー》〔穀物の粉で作る糊状の粥〕でも作ってやろうか」

「まったく、なんてぇ貧乏なんだ」

「かまどの蓋で焼いたニラも入れよう。結構うめえもんだが、油がちょっぴりでもあると、最高よ」

「まったく、なんてぇ貧乏なんだ」

ナイあんちゃんは、土間に下りて、火を起こした。

「火が起きても、まだ糊糊を作らなくていい」

それを聞いて、ナイあんちゃんはバンニュの方を見た。

「ちょっと出かけてくる。すぐ戻るから」

ナイあんちゃんはまたバンニュを見た。

「今日の午後、あのクソったれ会計係が、西側の部屋に白いうどん粉を運び込むのを見たんだよ」

「面倒なことになるぞ。あいつは公社に親戚がいるからな」

「あいつなんか怖いものか。あれを食っているのはあいつらだけだ」

「それじゃ、おらが行くよ」

二人は、腹がくちくなるまで小麦粉の烙餅を食べた。

「ダメだよ。あんちゃんは出身階級が高い〔文化大革命時代の中国農村では、地主、富農、中農、下農、貧農の五種類に出身階級が分かれ、地主と富農は攻撃の対象であった〕」

バンニュはナイあんちゃんをオンドルの縁まで押し戻した。

ナイあんちゃんはバンニュの帰りを今か今かと待った。

やがて戻ってきたバンニュは、肩に担いでいた小麦粉の袋をオンドルの上に投げ下ろすと、「クソッたれめ。こんなものを食っているのは、あいつらだけさ」と言い放った。

二人は、腹がくちくなるまで小麦粉の烙餅《ラオビン》〔穀物の粉をこねて薄く延ばし、鉄板に油を塗って焼いたもの〕を食べた。

「うめえなあ。かめばかむほどうめえ。あんまりうめえんで、飲み込むのが惜しいほどさ」

「全部食いなよ。穀物干し場にある燕麦のワラの山の下に、もうひと袋隠してあるのよ」

「これに酒が少しでもあると、皇帝になった気分だね」

烙餅と水で腹いっぱいになった。バンニュがもう一度服を全部脱いで、ナイあんちゃんに言った。

「さあ、おいでな。このほんのちょっぴりの福ばかりは、貧乏人も金持ちも同じなんだ」

それがすむと、「頭がフラフラする」とナイあんちゃんが言った。

「ほんとかい？　そんじゃ、ナイあんちゃんは酒も飲んだんだね」

二人は腹を抱えて笑った。皇帝になった気分で笑ったのだ。だが、二人とも次の日に起きるであろうことを忘れていた。

法廷で、ナイあんちゃんは懲役二年の刑を言い渡された。

バンニュは、ウーチェンアルフオにたたきにたたかれ、片方の足の骨が折れた。

真っ暗だった。

何ひとつ見えない暗さだったが、バンニュには道が見えた。
道が光っているのである。
バンニュは足を引きずりながら一歩一歩、歩調を速める。
道の先で、ナイあんちゃんが待っている。

第八話　サングアフ

死ぬんだ、早く死ぬんだ……

サングアフ（三寡婦）はこの十日というもの、食べ物や飲み物を何ひとつ口にしていなかった。何があっても死ぬぞ、と心に決めていたのである。早く死にたい、早く、もっと早く、もっともっと早く。

死ぬんだ……早く死ぬんだ……でないと、子どもたちに災いがふりかかる……

サングアフは苦しい一生を送ってきた。苦労に一生耐えてきた。それにも負けず生き抜いてきた。でも、人生の最後にきて病に倒れ、起き上がることができなくなった。

「黄疸《おうだん》だよ」。はだしの医者が言った。

これが運命なんだとサングアフは思った。

そばに誰もいないときを見計らって、サングアフは薪小屋に這って行った。手には一本の薪を固く握りしめている。誰かが現れたら、相手構わず殴るつもりだった。息子も殴る。孫でも殴る。息子が公社から呼んで来た靴を履いた医者でもぶん殴る。息子が食べ物や水を持ってきたら、そのおわんもぶん殴る。

サングアフはいま、最後の息を引き取るまで、この薪小屋から出まいと固く心に決めていた。

あの年、ツァイツァイ（財財）の父親も、同じことをしたのである。

サングアフは若いころ、大同の街中にある三道営房巷の売春宿にいたことがある。最初のうちは、薪を割ったり、石炭を運んだりの雑役をやらされるだけだった。お客に出すお茶に使う湯を常に沸騰させておくのも仕事だった。やがて、遣《や》り手婆から客を取るように命じられた。客と寝るとき、よがり声を出したり、あえいだり、身体をくねらせたりする術まで教えられた。乱れれば乱れるほどよい、ということだった。だがサングアフは遣り手婆が教える手管は、何ひとつ身に付けられなかった。それを見ると遣り手婆は、教えられたことを思い出すまでは、サングアフに一切食べさせないのだった。しかし、サングアフはそれでも覚えられなかった。

サングアフはブスで背が高く、大柄な女だった。こういう女を求めるのは下層階級のお客だけだ。こうした客は言う。「そんなこと知るもんか。明かりを消せば、みんな同じだ。それに、このての女は安いからな」。こんな客は同じ金なら、できるだけたくさんのことをしようと考えており、女をひと晩中寝かさない。一度で済まさず、二度、三度と繰り返す。

夜眠れなくても、昼間はいつもどおり雑用をしなければならない。

とうとうサングアフは耐えきれなくなり、隙を見て火バサミを一丁みやげにもらって逃げ出した。長城〔万里の長城〕の関所を越えて内モンゴルのオルドスに行くつもりだった。父親がサングアフを売春宿に売った後、長城の関所を越えてオルドスに行ったと彼女は聞いていた。そこで、オルドスへ行って、父親に会いたいと思ったのだった。サングアフは父親を恨んでいなかった。売春宿に売ったのは父親だが、それでも父親を恨んでいなかった。ほかに手がなかったと知っているからだ。そうでもしないと、死んだ母親を入れる棺桶が買えない。買えず、遺体をゴザに巻いて土中に埋めるしかなかったからだ。だからサングアフは父親を恨んではいなかった。父親に会いたかった。

死ぬんだ……早く死ぬんだ……でないと、子どもたちに災いがふりかかる……

サングアフはいつものボロボロの皮の上着を身体の上に掛け、仰向けに横たわっていた。しなびた干しアンズのようなくぼんだ眼窩《がんか》から涙が二筋あふれた。

トウモロコシの軸のような太くてゴワゴワした腕が伸びてきて、サングアフの目からあふれる二筋の涙をぬぐった。十八歳か十九歳まで生きてきて、自分以外の誰かに涙をぬぐってもらった覚えはない。

サングアフは男の手を胸に抱き、それから男の首に抱きついた。

大同の街を逃げ出した後、サングアフは北に向かっていた。オルドスまでどれほど遠いかは知らなかったが、北西の方角にあることは知っていた。歩きに歩いているうちに、五匹のオオカミに後をつけられていることに気がついた。両の耳をピンと立て、後についてくる。用もないのについてくるわけでもなく、サングアフの淋しさを紛らわせるため、一緒に旅をしてくれているわけでもない。サングアフを食い殺すつもりなのだ。しかしサングアフは悲鳴をあげも、叫びもしなかった。まだ母親が生きていたころ、こう言っていた。オオカミに出くわしたら叫び声をあげるんじゃないよ。ひと声でもあげた途端、連中はおまえにかかってくるからね。サングアフは火バサミを握り締め、ゆっくりと、しっかりした足取りで歩き続けた。オオカミは何もしないまま五里〔約二・五キロ〕ほどつけてきた。誰かに会えば、とサングアフはあたりを見回したが見当たらず、その代わりに無人のウリ小屋を見つけた。中に入ると火バサミを握りしめて戸口に立ちはだかった。

オオカミたちとどう闘ったのか、サングアフは覚えていない。覚えているのは、ウリ小屋の外で誰かがオオカミとやり合っていて、イヌが激しく獰猛にかみついていたことだけだ。それ以外のことは何ひとつ覚えていなかった。サングアフは気を失ったのだ。

「おめえ、ほんとにすごいなぁ。おめえはオオカミを三匹ハサミで刺し殺したんだよ。一匹は腹の皮を刺しぬかれて、二匹は口から喉にかけて刺しぬかれていたよ」と彼が言った。「おめえはオオカミにかまれたんだ」

そう言われてみると、太ももがズキズキ痛む。見ると、太ももの肉が少しかみちぎられていた。彼が言うには、あれからもう三日経っており、サングアフはようやく、自分が低くて暗い小さな土の窖《ヤオ》のオンドルに寝かされていることに気づいた。

サングアフは泣いた。声をあげずに泣いた。涙が流れ、とめどもなく流れた。あの大きな手、トウモロコシの軸のようなごつい手が頬を伝って流れる二筋の涙をぬぐってくれた。十七、八歳になっても、自分以外に、自分の涙をぬぐってくれた人は思い出せなかった。サングアフは彼の手をしっかり握り、それから両手を広げて彼の首に抱きついた。この日から、二人は一緒に暮らすようになった。あれをするとき、よがり声を出したり、あえいだり、身体をくねらすことをサングアフは人から教えてもらう必要はなかった。サングアフは彼に自分が三道営房巷の売春宿から足抜きしてきたことを言わなかった。父親を探しに長城の関所を越えてオルドスへ行くつもりだ、とだけ言った。

死ぬんだ……早く死ぬんだ……なんでまだ生きてんだ……子どもたちに災いがふりかかるだけだ……

サングアフは、昔自分が殺した三匹のオオカミの皮から彼が作ってくれた、今ではボロボロになった上着をそっとたたいた。暑いときには敷いて、寒いときには掛けろ、と彼は言ってくれた。空が曇って雨が降ったら毛の面を外に出して使えと。毛皮はあまり上手になめされていなかったので、そんなに柔らかくなかった。最初のうちは、着るとガサガサと音がしたものだが、そのうちにしなくなった。

サングアフはオオカミの上着を決して手放さなかった。暑ければ敷いて、寒ければ掛けた。空が曇って雨が降れば、毛の面を外に出して着た。と言っても、今は毛皮が擦り切れて、男の背中とよく似てツルツルになっていた。

「母ちゃん、そんなに意地を張らねえで少し食えよ」と、話しかける声がした。
サングアフは、しなびた干しアンズのような両目を開けた。息子のツァイツァイがまた飯を運んできたのだ。おわんを捧げ、サングアフの前に膝をついた。
「いらねえ……おらは死ぬんだ……おらを……死なせて……」。サングアフの唇が上下する。薪を持ちあげて誰かを殴る力がもう出なかった。

「母ちゃん、県〔県政府所在地〕まで行けば、医者が黄疸を治せると言っているよ」とツァイツァイ。

「やだ……おらは死ぬんだ……」

「母ちゃん、グオコウ（鍋扣）おじさんが金策に行ってくれるってよ」

「やだ……おらは死ぬんだ……」

涙が頬を伝わって、唇のところまで落ちてくる。サングアフは舌を出して涙をすっかりなめた。

「母ちゃん、水を飲めや。喉が渇いたろう」

「やだ……おらは死ぬんだ……」


サングアフはまた目をつむった。涙がまた両の頬を伝わって流れてくる。そしてまたあのゴワゴワした大きな手がその涙をぬぐってくれた。

サングアフは両手を彼の首にしっかりと回した。

「急いで離れろ、急いで。泣くな。泣いても無駄だ。この村のほとんどが黄疸で死んじまった。おらもかかった。おらももうじき死ぬ」

「あんたが死ぬなら、おらも死ぬ」とサングアフ。

「急いで離れろ、急いで。さあ、行け。オルドスに行って、親父さんを探せ。でないと黄疸がうつるぞ」

「怖くない、怖くないよ」とサングアフ。

「それじゃ駄目だ。病気はちゃんと怖がらないと。でないと、お腹の赤ん坊によくねえ」

それから彼は言った。「生まれてくる赤ん坊は、ツァイツァイという名前にしようぜ」

「いいよ」とサングアフ。

サングアフが少し留守をした間に、彼は薪置き場の窖まで這って行き、二度と出てこなかった。薪を一本きつく握りしめて、サングアフが側へ近寄るのを許さなかった。サングアフが食べ物や水を持って行くと、彼は全てひっくり返した。何も食べず、何も飲まず、七日後に死んだ。

大きなお腹を突き出して、サングアフはオオカミの上着を引っ掛けて北西の方角に向かって歩いた。オルドスに行って、父親を探すためだ。しかしサングアフは温家窖《ウェンジャーヤオ》にたどり着いたところで動けなくなった。穀物干し場に積み重ねられた燕麦《エンバク》のワラの下にツァイツァイを産み落とした。そのとき以来、サングアフはこの村にとどまり、どこへも行かなかった。

村人が名を聞くと、サンバン（三板）と答えた。しかし誰もサンバンとは呼ばず、サングアフとだけ呼んだ。生きている間中、この名で呼ばれた。

「母ちゃん、母ちゃん、母ちゃん。県の病院へ入れるんだ。グオコウおじさんが、必要な金を省〔中央に直属する行政区域の単位〕から借りてくれたんだよ」とツァイツァイが言った。

サングアフは答えない。

「いらねえ……おらは死ぬんだ……」とも言わない。

サングアフはもはや何も心配していなかった。間もなく本当に死ぬことが分かっていたからだ。

第九話　ゴウズ

「おめえ、いかれちまったな」
「おらがどうかしたか」
「おめえ、すっかりいかれたな」
「おらがどうかしたか」

　誰も彼もがゴウズ（狗子）を叱る。だが、ゴウズは自分のどこがおかしいのか、みんながなぜ自分をいかれていると言うのか、まるで分からなかった。

　ゴウズは年はとったが、まだ仕事ができた。誰に頼まれても、仕事をしてやる。仕事ぶりは熱心で正直だった。人々はゴウズのことを使い勝手のよい家畜みたいだ、と言い合った。

「おい、ゴウズよ、公社の購買販売協同組合（農村で生産用具、生活用品を供給し、農産物を買い上げる商業機構）に行って犂《すき》の刃を五つ買ってきてくれ。あそこの犂の刃は長持ちするのでな」と生産隊長が言った。

「いいよ」とゴウズが言った。

「なあゴウズ。おらには麻をひと束買ってきてくれ。靴底を刺し縫いする麻をきらしてしまったのさ」

「ねえ、ゴウズ。おらにはマッチをひと包み買ってきてくれよ。先っぽが白いやつを頼む」

「ようゴウズ。おらにはしびんをひとつ頼まれてくれ。口が欠けちまって、いつもケガをしそうなんだよ」

「ゴウズ。おらには指貫を一個だ。ネコにじゃれつかれてどこかに行っちまったんだ」

「いいよ、いいよ、いいよ」。ゴウズは全てに「いいよ」と返事をした。すぐに村を出て、南の方角にある公社に向かって歩き出した。

畜生め。お天道様《てんとさま》がじりじり照りつけるから、汗がだらだら流れるぜ。ゴウズは歩きながら炎天をのろった。

チェッ！　クソ熱い道だ。この道は、おらの足を焼肉にするつもりか？　ゴウズは歩きながら道をのろった。

ゴウズは草が生えているところはないものか、両側を見渡した。草の上なら、はだしで歩いてもそれほど熱くない。だが、道の両側とも草地はなく、あるのは石か砂地だった。やはり、土の道を歩いていくしかなかった。路面の土は、塵のように細かく乾燥しており、まるでふるいにかけたヤマノイモの粉のようだった。はだしで踏みつけていくと、プシュ、プシュと四方に飛び散った。

この土がヤマノイモ粉だったらいいのにな。ゴウズは思った。

もし本当にヤマノイモ粉がこんなにあったら、飢え死にする人間なんていなくなり、おらの義妹《いもうと》も内モンゴルに嫁に行くこともなかったろうに。

向こうの土手の上にいるのは、だあれ？
あれは死ぬほど好きだったおらの義妹

崖の上に立つハコヤナギの木立は、高さがいろいろ
おらの義妹は、この世で一番

おまえは土手の端　おらは溝の中
口づけできず、手を振り合うだけさ

ゴウズは義妹のことを思うとき、いつもこの唄を歌いたくなる。どんなときでも、思い出したら歌う。あるとき、真夜中に義妹のことを思い出したゴウズは、声を張り上げてこの唄を歌った。他人の眠りを妨げることなど、一切気にしない。歌って歌って、ひと節歌ってまた歌い、歌っているうちに涙がぽろぽろ落ちていた。けれども今は、三節歌ったところでやめた。口が乾いたわけでもなく、舌が乾いたわけでもない。妹のゴウニュ（狗女）のことを思い出してしまったからだ。長いこと思い出していなかったのに、どういうわけか今回はゴウニュのことを思い出してしまった。ゴウニュを思い出した途端、ゴウズは歌う気がしなくなった。ゴウニュを忘れるため、急いで別のことを考えるのだ。

何をしよう？　怠けてちゃいけない。怠けると騒ぎに巻き込まれる。人間というものは、いつでもなすべきことを持っていなければならない。

そのときゴウズはいいことを思いついた。サングアフ（三寡婦）のことを考えるのだ。サングアフのことを考えると、ゴウズはいつでも幸せな気分になるのである。

パラ！

ゴウズがちょうどサングアフのことを考えようとしたとき、空から大粒の雨が降ってきて、粉土だらけの路面に大きな丸いくぼみを作った。まるで天から銅銭が投げ落とされたかのようだった。

パラ！　またひとつ落ちてきた。

パラ！　またひとつ落ちてきた。

パラ、パラ、パラ、パラ。大きな雨粒は、路面をたちまちあばた面にした。ゴウズが生まれてからずっとかぎ続けてきた土の匂いが、一気に立ち込めた。ゴウズはその匂いを思いっきり鼻から数回吸い込んだ。

本当にいい匂いだ。なぜこんなにいい匂いなんだろう。鼻から何回も吸いながら、ゴウズは思った。クソ。お天道のじじいめ。何の予告もなしにすぐ変わる。でも、お蔭で涼しくなって、おらも汗が引っ込んだ。

空を見上げると、明るい色に縁どられた黒い雲がこちらに向かってきていた。そのすぐ後ろにはでっかい黒雲が広がっている。

これはまずいぞ！　人がしょぼたれると厄介なことになり、空が薄暗くなると雹《ひょう》が降る。ゴウズは足を速めた。

前方に穀物干し場があり、中に燕麦《エンバク》のワラの山が見えた。まるで窩頭《ウォトウ》〔トウモロコシ粉などをこねて円錐形にして蒸したもの〕のような形だった。ゴウズはさらに歩みを速めた。

ゴウズが穀物干し場に着いたころ、その冷たい雹も「ポン、ポン、ポン」とたたきつけるように降ってきた。

大豆くらいの大きさのもあれば、卵ぐらいのもある。

ゴウズはお尻を突き出し、ワラの山に犬が入れるくらいの穴を掘って、もぐり込んだ。

クソ。おしめえだ。また腹ペコだ。クソ。おしめえだ。ワラの中のイヌ小屋で身を丸め、穀物干し場に落ちる雹の粒が跳ね返るのを眺めながら思った。また腹ペコだぜ。

そのとき、ゴウズはサングアフのことを思い出した。

思い出したのはあのときのことだ。あのときのことならいつでも思い出せる。何年前のことだったかは覚えていない。あのときもちょうど今のように、雹の粒が跳ね返っていた。あのときは、穀物干し場ではなく、野中の墓地だった。

ゴウズの家では野生のニラが切れた。他のものはなくてもいいが、野生のニラだけは駄目だ。ヤマノイモのしょっぱい粥や燕麦の魚魚《ユーユー》〔うどん〕、ヤマノイモの細切りのあえもの、それにノゲシの味つけ。何を作るにも味つけには野生のニラが欠かせない。つまりは、野生のニラは貧乏人の調味料だった。

ゴウズは野中の墓地に群生している野生のニラがよい、と聞いていた。そこで、野生のニラの花が満開になる午後に、ニラ摘みに出かけた。歩き出して最初のうちは、陽がカンカン照りで、暑さのあまり汗がダラダラ流れた。だが、野中の墓地に着くころには風が強くなり、やがてお天道様は銅銭大の大粒の雨を降らせてきた。

大きな木が目に入ったので、ゴウズは雨宿りするために駆け寄った。木の根元にしゃがみ込んで、雨粒がパラパラ落ちるのを眺めた。

二人連れが野中の墓地から駆けてきた。ここへ来たら、とゴウズが声をかけようとしたとき、二人は角を曲がって崖の下に向かっていった。このときになってようやく、男がグオコウ（鍋扣）で、女がサングアフであることが見てとれた。雹が降り始めたのはちょうどそのときだ。

「ほら、雹が高く跳ねているわ」。サングアフの声がそう言った。

「そんなこと、どうでもいい」。グオコウの声だ。

なんで二人は一緒にいるんだ？　墓地で何をしていたんだ？　二人も野生のニラを摘みにきたのかな、とゴウズは考えた。

間もなく雹は止んだが、雨はさらに強くなり、木の葉の間を抜けて落ちてきて、ゴウズはびしょ濡れになった。崖の下の空き地に行こうか、雨はたぶんあそこまで届かない、とゴウズは考えた。

両手で頭を抱え込んで雨を避けながら、ゴウズは木の下から飛び出した。角を曲がって、ハッと足を止めた。サングアフとグオコウは素っ裸だった。グオコウは二人の着衣を地面に広げているところだった。サングアフは立ったまま見つめている。身ぶりから判断すると、サングアフはグオコウに、脱いだ衣類をもっと崖の近くに敷くように言いつけているようだった。グオコウは言われた通り、下に敷いた衣類の場所を少し手直しした。サングアフは、ゴウズの方を向いて立っている。サングアフからはゴウズが見えないが、ゴウズからは全部見える。グオコウが衣類を敷いた場所に、サングアフは仰向けに寝た。それから自分の白い両足を、まるでハサミの二枚の刃のように、グオコウのために広げた。まさにそのとき、雹がまた地面をたたきつけるように降り始めた。パチン、パチン、パチン……。ゴウズはすばやく両手で頭を抱え、木の下に逃げ戻った。

黒雲が渦を巻いて頭上を通り過ぎた。雨が止み、雹が止んだ。ゴウズは、「覗眼鏡《のぞきめがね》」をのぞくみたいに、例の件の続きを見ようと、木の下から出ていったが、もう二人とも崖の下にはいなかった。

ゴウズは自分が目にしたことを、誰にもしゃべっていない。

だが、あの日のことは忘れることができなかった。自分は木の下でズブ濡れになって、どれほど惨めな気持ちになったかをいつも思い出すのだった。あのとき以来、ゴウズはサングアフの姿を見ると思わず笑いたくなった。

今もゴウズは笑いが止まらない。そして笑いながら、自分が今、燕麦のワラの山の中にいることに気がついた。雹が穀物干し場をパチン、パチンとたたいて高く跳ねるのを眺めているのだった。

「あれは何だべ？」

ゴウズはとっさに、穀物干し場に何列も並んで積まれている土レンガを見てとった。

クソ！　雹にたたき潰されて泥んこになっちまうぜ！

ゴウズはワラの中のイヌ小屋から抜け出すと、急いで燕麦のワラを引っこ抜き始めた。ひと抱え引き抜くと、土レンガのところに駆けて行き、ワラで土レンガを覆った。大豆や卵みたいに大きな雹がゴウズの骨を直撃するのも構わず、何度も何度も、ワラで土レンガを覆うことを繰り返した。

クソ、お天道様のこん畜生め。おれさまを雹でたたき殺せないなら、てめえも大したもんじゃねえ。クソ。ゴウズのこん畜生め。もしあの土レンガを助けてやれないなら、てめえも大したもんじゃねえ。

お天道様と自分をクソミソにののしりながら、ゴウズはワラで土レンガを覆った。卵大の雹が止み、大豆くらいの大きさに変わったころ、人民公社が呼び集めた人々が、箕《み》やらザルやらを被って走ってきた。遠くから見ると、この連中の一人一人が手の生えたキノコのようだとゴウズは思った。このうちのキノコが一個つまずき、二度、三度転んだ。なんとか起き上がろうとしたが、また転んだ。不思

人民公社が呼び集めた人々が、箕やらザルやらを被って走ってきた。遠くから見ると、この連中の一人一人が手の生えたキノコのようだとゴウズは思った。

議なことに、他の連中は転んだ男にはそしらぬ顔で男の側を走り抜けて行く。なぜみんな見ぬふりをするのだろう、なぜ転んだままにしておくのだろうとゴウズは思った。キノコたちが穀物干し場に着いて見ると、土レンガはとっくにゴウズの手できちんとワラがかけられていた。だが、ゴウズの頭は雹が当たってコブだらけだった。

公社はこの出来事を県に報告した。県は省人民政府の派出機関に報告した。省人民政府の派出機関は、新聞社と放送局の記者たちを温家窰《ウェンジャーヤオ》に送り込んだ。記者たちはゴウズのところにやって来て、おわんほど大きな雹が降る中を、身の危険も顧みず、公共〔中国語では、公共の公は雄の意味〕の財産を救おうとしたのはなぜか、と聞いた。

「ばか言うな。一番でかくても卵くれえだ。おわんみてえなのなんてなかったよ。おわんみてえにでかかったら、おら生きちゃいねえ」とゴウズ。

そして、「クソ。おらは土レンガが雄か雌かなんて、何も知らねえ」と続けた。

新聞社と放送局の記者たちはゴウズの言葉を聞いて首を振るばかりだった。ひとしきり首を振ると、今度はゴウズに、この労働の動機やら目的やらを質問した。長い時間をかけて質問し、その質問の意味をくだくだと解説した。ゴウズの方は、都会からやってきたこの連中が話していることの意味が、どうしても飲み込めないのだった。

とうとうしびれを切らした記者の一人がこう言った。

「こうしよう。それじゃ、あんたが怪我しても構わないと思った理由を、あんたの言葉で説明してもらえないかね?」

「クソ。おらはもう年寄りだ。おらが若いときには、日本の帝国陸軍にトーチカを建ててやったけど、そのときの方が今よりずっと働けたよ。日本軍は毎回おらをヨシ、ヨシ、タータ―デ〔よくやったぞ〕って褒めてくれたんだ。こりゃ日本語だぜ」

　これを聞いた新聞社と放送局の記者たちは、今度は首を振らず、回れ右をして町へ帰って行った。

「おめえ、いかれちまったな」

「おらがどうかしたか」

「おめえ、すっかりいかれたな」

「おらがどうかしたか」

　誰も彼もゴウズを叱る。だが、ゴウズは自分のどこがおかしいのか、みんながなぜ自分をいかれていると言うのか、まるで分からなかった。

第十話　持ち寄り宴会

　ひと月かふた月に一度の割合で、村では若い部類の独身男たちが集まり、腹いっぱい食べる会を開く。

「どうだい、この辺で。もう長いことやってねえな、あのばか騒ぎ」

「今夜あたりどうだい？」

「おめえが今夜と言うなら、今夜にすべえ」

というわけで、今夜行うことに決まった。あとは、誰が何を持って来るかだ。

聞く必要もない。酒はないし、肉ときては夢に出てきたこともない。

「レンアル（愣二）よ、燕麦《エンバク》の粉を一升ほどすくって持ってきてくれねえか？」

「いつもおらに、燕麦粉を持ってこいと言うんだな」

「そりゃ、おめえにゴマ油を持ってこいと言っても無理だからさ。おめえの家にはそんなものはねえからな」

「配給の油はおっかあが全部売っちまうからだよ」

「ネギとニンニクとトウガラシは？」

「そんなもの、何ひとつありゃせんよ。せいぜい野生のニラさ」

「なんだ。それじゃおめえ、今夜の宴会には来なくていいよ」

「持ってくよ。粉を持ってく」

レンアルは家に戻ると母親に言った。「今夜、持ち寄り宴会に出るから、燕麦粉を少しくれ」

「こんなんで暮らしていけないよ。鍋まで食わなきゃならねえ」

「おい、おらにくれるのか、くれないのか、どっちだえ？」

母親は今息子と争ったら、また息子がいかれてしまうのではないかと心配で、駄目だと言い出せなかった。そんなことになったら、母親はひと晩中眠れなくなる。それはとても辛い。

若い独身男の持ち寄り宴会とは言っても、毎回二人の年寄りは欠かせなかった。一人はウーグータン（五圪蛋）、もう一人はシャートンピン（下等兵）だ。

シャートンピンは若い頃、傅作義《フーズオイー》〔山西省出身の軍人、政治家。中華民国時代は国民革命軍の将校で、抗日戦では八路軍と連携して活躍。中華人民共和国成立後は、中央人民政府委員などを歴任した〕の部隊で炊事係をしていたことがある。そのため、ネギは斜め細切りにし、指貫のように輪切りにしてはいけないことを知っていた。また、料理に油を使う場合は、最後に入れることも知っていた。先に入れてしまうと本当に油を使ったかどうか、誰にも分からないからだ。もしも、白いうどん粉、肉、それに調味料があったら、シャートンピンは餃子だって作ってくれるだろう。つまり、彼は独身者たちの料理人というわけだ。

ウーグータンは一人で三間の窰《ヤオ》に住んでいるだけでなく、家にはブタの飼料を煮込む大鍋があった。持ち寄り宴会は人数が多いので、小さい鍋では無理なのだ。そんなわけで、ウーグータンの家は独身者たちの食堂というわけだ。

　独身者たちは知恵をしぼって、家からあれやこれやの食べ物をくすねて来た。

「レンアルよ、今夜の宴会は締めて何人だ？」

「また、おらが数えられるかどうか、試しているんだろ」。そう言うとレンアルは指を立てて頭が一つ、頭が二つ、頭が三つと口の中で数えた。数え終えると「九つだね」と言った。

「違うよ。十だよ」

　レンアルはもう一度、頭が一つ、頭が二つ、頭が三つ……と数えると言った。「明らかに九つ」

「なあレンアルよ。おまえの首の上に生えているのは何だか触ってみ？」

「ヤー、イー、お、おら、おらのこの臭《くせ》えカボチャを数えるのを忘れていたわい」。レンアルは自分のおでこをたたきながら言った。

　みんながどっと笑う。食べる前に笑いで満たすのも、疲れを半分ぐらい癒す。

　ここでシャートンピンが口をはさんだ。「十人でわずか三升〔三リットル〕の燕麦粉か。これでは窩窩《ウォウォ》〔トウモロコシやコーリャンの粉をこねて円錐形にして蒸したもの〕を作るには足りない。魚魚《ユーユー》〔うどん〕にするしかねえな」

　シャートンピンは燕麦粉をこね始めた。みんなが周りを囲んでそれを見つめている。

　シャートンピンはこね終えた燕麦粉を小さくちぎって一人一人に渡し、魚魚を作る前にこれで手をきれいにするよう指示した。そして自分はスープ用の湯を沸かし始めた。みんなは渡された燕麦粉の小さな塊を両手で何度も繰り返しこすり合わせ、しまいには石灰色の塊が黒い団子に練り上がった。まるで漢方の丸薬のようだ。

　そうやって手をきれいにしたところで、みんな一斉に魚魚を作り始めた。それぞれが、こね終えた粉の塊からひと塊ちぎり取り、両手を使って大根のような太い棒を揉みあげた。それを人差し指と中指で挟む。まるで下放幹部のラオチャオ（老趙）が煙草を吸っているような格好だった。挟んだ麺の棒から小さな塊をひねり出し、両の掌を合わせて揉む。「ツァ、ツァ、ツァ」と三回揉み、「パシ」とたたくと、魚魚が一匹出て来た。シャートンピンは、長さ一寸〔約三・三センチ〕、両端が尖った魚の形にするように命じたが、誰もそんなふうにはできない。大きいの、小さいの、太っちょの、やせぎすのがあるだけで、ちょうどぴったりというのはなかった。

　レンアルは魚魚作りには参加しなかった。いくら頑張っても、練った粉を魚の形に作ることができないからだ。その代わり、みんなで最初に揉んだ黒い丸薬を一つにまとめた。子イヌを作るのだと言う。でも左につまんでも、右につまんでも子イヌに似ない。次には子ブタを作ると言ったが、やはり駄目だった。レンアルは最後に、黒い塊から長い棒を作り、自分の股間に当てがって見せ、「どうだ、見てくれ。ユージャオ（玉茭）のに似てねえか？」と言った。

　これを聞いたユージャオはレンアルに飛びかかり、押し倒した。するとレンアルはあわてて、「おめえのじゃねえよ、おめえのじゃねえ、おらのだ」と降参した。これを聞いてユージャオはやっとレンアルを放し、また魚魚作りに戻った。

　レンアルはその黒い棒をしげしげと眺め、「おらのは、こんなにでかくはねえ。そうだ、グイジュ（貴挙）じいさんのロバのあれというところだ」と言った。独り者たちはまた爆笑した。

　レンアルはこんなふうに、独身者たちのおどけ者だった。この男がいないと、こうは盛り上がらない。

　鍋の湯が沸きたった。ジャガイモのスープが煮えたった。魚魚の大小の塊が投げこまれた。輪切りにした赤いトウガラシと細切りのネギが、大きい魚魚、小さい魚魚、太い魚魚、細い魚魚と共に鍋の中で激しく上下に踊り、見ている独身者どもは、一人残らず生唾を飲み込んだ。

　大鍋が火から下ろされると、魚魚たちは静かになった。話をしていた者は黙り、笑っていた者も真顔になった。みんながじっと見つめる中をシャートンピンがお玉杓子で一人一人のどんぶりにご馳走を取り分けていった。土間にいる連中は泥製の甕《かめ》に寄りかかってしゃがみ込み、オンドルの上にいる連中も座らないで壁に背をもたせてしゃがみ、みな一様に、どんぶりに顔を突っ込んで猛烈な勢いで食らいついた。

「スルル、スルル、スルル……」

　聞こえるのは魚魚をすする音だけだった。連中が何をしているのかを知らない人が聞いたら、てっきりみんなですすり泣いているのだと思ったろう。

　一人三杯ずつのお代わりをした後、鍋の中をのぞき込んでみるとまだ半分以上残っている。これを見て、誰もが気が楽になり、それからはゆっくりと食べた。

「なあ、おまえ。公社が見せてくれた映画の中じゃあ、八皿八碗のご馳走を並べているけど、ありゃほんとに食っているんだよな」

「そりゃそうさ」

「ありゃ絶対、持ち寄り宴会だな」

「そりゃそうさ」

「なあ、おまえ。男と女が口づけをしていたが、ほんとに口づけをしていたと言えるよな」

「そりゃそうさ」

「なあ、おまえ。女房と亭主を演じたあの役者たちは、ほんとにあれしたんだと言えるよな」

「そりゃそうさ」

「黙りやがれ！　おめえらの一物のでかさを言えよ、言え！」レンアルが突然立ち上がって、箸でどんぶりを思いっきりたたき始めた。そうやって悪態をつくと、鍋の前までやってきて、どんぶりに荒々しくよそった。

「クソったれめ！」凄い勢いでそれだけ言うと、レンアルは甕が置いてある隅っこにしゃがみ込んで魚魚をすすった。

みんなすっかり黙り込んだ。レンアルが怖かったのではないが、やつの怒鳴り声を聞いた後は、冗談など言える空気ではなくなったのだ。みんなどんぶりに頭を突っ込み、むきになったようにすすった。みんなの鼻から汗がポタリポタリと落ちた。この汗の中に独身者たちの涙が混ざっていたかどうかは知らない。

「スルル、スルル、スルル」

「スルル、スルル、スルル」

部屋中、すする音でいっぱいになった。

「スルル、スルル、スルル」

「スルル、スルル、スルル」

すすり泣きそっくりのどんぶりをすする音が、部屋中でしている。

第十一話　レンアル、レンアル

「おらに五十元くれろ」。入ってくるなりレンアル（愣二）が言った。

母親は何も答えず糊糊《フーフー》〔穀物の粉で作る糊状の粥〕を作った鍋を洗い続けた。

「五十元くれと言ってるだろ」。レンアルが言った。

「おまえ、いかれちまったの？」

母親はオンドルを見た。オンドルの上には燕麦《エンバク》粉の糊糊が半分ほど入った赤い素焼きの鉢が乗っている。レンアルは外をうろつき回っていて、食事をしていなかった。

「おらの言うこと、聞こえたろう？　五十元欲しいと言っているんだぜ」

母親は干し草を丸めたもので鍋底にくっついている糊糊をこそげ取ってニワトリの餌箱に入れ、ひしゃくで水をくむと鍋にあけた。息子の言葉などどこ吹く風だ。

「おら、ほかの男がやってきて、ジンラン（金蘭）と見合いをするのが、たまらないんだよ」とレンアル。

レンアルの母親は向き直って息子の方を見た。部屋の中は明かりをつけていないので、レンアルの顔ははっきりとは見えない。戸板のように戸口に立ちふさがっている黒々とした影が見てとれるだけだった。

「おまえ、いかれちまったのかね？」と母親。

「おら、井戸端でインラン（銀蘭）をつかまえて言ったんだ、ほかの男がジンランと婚約するのはいやだ、とよ。そしたら、あんた金はあるの？　と聞いてきたんだ」とレンアルが答えた。

「全くばかだよ、おまえは」

母親はそう言うと洗いものに専念した。暗い窖《ヤオ》の中で、聞こえる音といったら、丸めた干し草で鉄鍋をシャッ、シャッと磨く音とそれに使う水の音だけだった。

レンアルは戸口を思いっきり蹴飛ばすと出て行った。

オンドルの後ろの方で背を丸めた影が何かをカリカリかんでいた。レンアルの父親だ。父親は一度たりとも他人のことを気にしたことがなかった。自分の分の糊糊を食べ、その後、薬のエフェドリンをかみくだけさえすればいいのだ。それ以外のことには何ひとつ関心がない。油の瓶が倒れても、元に戻そうともしない。エフェドリンを口の中でなるべく長くかみくだいていられるよう、窩頭《ウォトウ》〔トウモロコシ粉などをこねて円錐形にして蒸したもの〕をかまどでカリカリに焼いて、指の爪ぐらいの大きさにちぎる。毎回エフェドリンを飲むときには、この乾いた窩頭のこまぎれ二かけを口の中に入れ、エフェドリンの錠剤と一緒にかむのである。

カリ、カリ、カリ、カリ。

オンドルの後ろの方で背を丸めた黒い影が、いつまでもかんでいる。

ジンランはオンドルの上にあぐらをかいて、使い古しの綿をほぐしている。背後のオンドルの隅には、古綿が山のように積まれていた。

ズズズー、ズズズー。ジンランはほぐす。

ジンランはもう何日も古綿をほぐしている。野良仕事から戻るやいなや、オンドルに上がってほぐすのである。

ズズズー、ズズズー。ジンランはほぐしていく。

「そんな仕事、早く放り出したらいいのよ。ほぐしてばかりでさ」と妹のインランが言う。

「古綿をほぐすのは、ねえちゃんには何でもないだろうけど、おらは見てるとイライラするんだよ」

夜中まで歩き回っても五十元を借りることができなかったので、レンアルは炭鉱に出向いて兄のレンダー（愣大）からもらうことに決めた。

空が明るくなる前に、レンアルはもう手探りで服を着はじめた。

「どこさ行くだ」

「おっかあの知ったことか！」

炭鉱までは村から八十里〔約四十キロ〕もある。レンアルは下肥を運ぶ仕事で何回か炭鉱まで行ったことがある。いつも下肥を積む車で行った。下肥を入れる箪笥のような箱の上に干し草を敷き、その上に座ると本当に気持ちがよかった。揺られながら、道の両側で働く男女の姿を眺めるのだった。ゴロリと横になって、大空を眺めると、白雲や黒雲がのんびりと流れるのが見える。最初のうちはいささか臭うが、この臭気もかいでいるうちに臭くなくなる。何だってそうだ。慣れればまるで気にならなくなる。いい香りも香らなくなり、臭い匂いも臭くなくなる。甘いのも甘くなくなり、苦いのも苦くなくなる。全てそういうものだ。ただし、ひとつだけそうじゃないものがある。女がいない耐えがたさだ。女がいないのだけは慣れることはできない。永遠に。去勢でもしない限り、女がいないのに慣れることはできない。永遠に耐えられない。シャートンピンがそう言っていた。畜生め、あいつは何で去勢しないんだ？

今回は下肥車に乗れないので、歩いて行くしかない。村を出るとレンアルは南を目ざして大股で歩いた。

二つ目の峠を登ったとき、東の田畑の縁からお天道様《てんとさま》が頭のてっぺんをちらっとのぞかせるのが見えた。最初はちらりちらりだったが、あっという間に飛び出した。峠はお天道様に照らされて明るいところと暗いところができた。明るいところは黄色、光が届かないところはまだ暗い。

道にある石の影が大きなものも小さなものも、西側に伸びている。短い影や長い影によって黒々とした道になっている。道は大きなはしごで、大小の影ははしごの横木のようだ、とレンアルは思った。このはしごを上がったら、天に届くかもしれない。

そう考えるとレンアルは楽しくなってきた。つい太い叫び声が出た。

「アオー」

いつもこうなのだ。レンアルはこういう人なのだ。楽しいときは声を張り上げて「アオー」と叫ぶ。ひと声だけだ。家にいるときも同じだった。叫び声を上げると、天井から乾いた土がさらさら落ちてくる。時には土くれも一緒にぱたぱたと落ちてくる。

レンアルは突然、そうだ、響き渡る声でジンランと叫ばなければ、と思いついた。幼いころは、よく響き渡る声で「ジンラン」と叫んだ。ほんのしばらくでも姿が見えないと、ジンランの名を呼んで村中を歩き回ったものだった。ジンランの方も、自分の名前を呼ばせるため、わざと姿を隠したり、村中を叫んで歩くレンアルの後ろを気づかれないように、こっそりつけて歩いたりしたものである。

ジンランは大きくなって野良に働きに出るようになると、レンアルが大声で名前を呼ぶのを許さなくなった。そんなことを続けると迷惑だわ、と申し渡したのである。そのときから、レンアルは大声で彼女の名前を叫ばなくなった。

レンアルは振り返って温家窰村《ウェンジャーヤオ》の方を見たが、越えてきた山々の峰にすっかり隠れてしまっていた。

「ジンラン、ジンラン、ジンラン、ジン……ラン！」

レンアルは思い切り深呼吸して、ジンランと叫んだ。叫んだら、力が湧いてきた。足も疲れを感じなくなり、もっと大きく踏み出せるようになった。

レンアルは道がところどころくねくねしているのが嫌で、ひたすら真っ直ぐ歩く。真っ直ぐ行くと、深い溝に入り込んだり、山の斜面をよじ登らねばならない。体力の消耗は大きいが、でもレンアルは真っ直ぐ進んだ。精力だけはたっぷりあるのだ。

自分の長い影が溝や田畑の土手に差すのが見えた。その影が、だんだん短く縮み、自分の半分ほどに小さくなるころ、ひと休みすることにした。

道端にヤナギの木が一本生えていた。木の幹の下半分は家畜にかじられて裸になっている。まるでお尻丸出しの人間が立っているようだと、レンアルは思った。そのお尻丸出しの木の下で横になった。両足を使ってそれぞれ交互に靴を脱ぎ、手の指と同じように足の指を曲げたりしてみた。以前のレンアルは、こんなことはできなかったのだが、ある日の昼、ウェンハイ夫婦の寝室の外で立ち聞きして

まるでお尻丸出しの人間が立っているようだと、レンアルは思った。そのお尻丸出しの木の下で横になった。

いるとき、窓の隙間から中をのぞいて、ウェンハイが足の指を曲げたりしているのを見て、それ以来自分もそうするようになった。

足の指をしばし曲げたりしたことで、気分が良くなった。気持ちが晴れてくると、レンアルは乞食節から二節歌いたくなってきた。これまでなら、心に最初に浮かんだ節を歌うのが常だった。でも、今日はよく考えてからいいのを歌わなければ、と思った。

考えに考えたあげく、次のくだりを思いついた。


銅のひしゃく、鉄のひしゃく、水甕に引っかけて、やめる話なぞ、死ぬまでしないぞ

そうだ！　これがいい。これにしよう。

だが、歌おうとして口を開けた瞬間、小さなアブが飛び込んできた。深呼吸をして、まさに歌い始めようとしたときに、アブが口に飛び込んできたのだ。レンアルはペッ、ペッと唾を吐いた。吐き終ると、もう歌う気分ではなかった。こういうことはえてしてある。最初は懸命に何かをしようとするのだが、突然その気をなくしてしまうのだ。

「クソ、ばかたれ！」レンアルは毒づいた。

道端を見ると、ウシの糞が落ちており、周りをアブの一群がぶんぶんと飛び回っている。糞の中にはフンコロガシの一団が動き回っていた。そのうちの一匹が二本の前足を使って糞の玉を押している。しばらく押した後、向きをかえて、今度は後ろに向けて押し始めた。そうしながら、押している方角に間違いないかを絶えず確かめている。糞の玉を自分の巣まで運んで、これからの冬を越すために蓄

えようとしているのだ。もう一匹のフンコロガシがやって来て手伝った。

うん、こいつはやつの女房だなとレンアルは思った。

「クソ食らえってんだ！」

そう毒づくと、レンアルはフンコロガシたちを糞の玉もろとも足で溝にはらい落とした。溜飲が下がる思いだった。

それから足を伸ばして、脱いでいた靴を引き寄せた。両手を靴の中に入れて底と底を向かい合わせてたたいて中の砂と泥を振り落としてから靴を履いた。

いつもは靴を履かないレンアルだったが、炭鉱まで行くには靴を履くしかない。兄嫁は炭鉱の病院で薬を扱う仕事をしており、「清潔」の虫だった。顔を出したとき、靴を履いていないと家の中に入れてくれないのである。とにかく汚いのが嫌いだった。

ジンランはオンドルの上にあぐらをかいて、ボロ綿を手で解きほぐしていた。ひと冬ずっと着ていた綿入れの服の中から取り出したものだった。綿を取り出すと、上着やズボンはあわせの服になる。春と秋はこれを着るのだ。ジンランの父親はこうやって綿を取り出したばかりのあわせの服を着て、ジンランの伯母の家に出かけた。

父親がジンランの伯母の家を訪ねたのにはわけがある。県の炭鉱掘削隊で働く一人の若者がジンランの婿にふさわしいか、検分するためだった。合格ならこの若者は五十元を持ってジンランと見合いをするのだ。

ズズズー、ズズズー。ジンランは古綿をほぐしている。

ジンランは暇さえあれば古綿をほぐしている。

「まだほぐしているの。ねえちゃんが寝ちまったら、おら、このいまいましい古綿を放り投げてしまうからね」とインランが言った。

ズズズー、ズズズー。ジンランは古綿を手でほぐしている。


天気はさほど暑くなく、大通りは静まり返っていた。

人々は昼寝をしていた。昼寝はいい。心にもいいし、昼寝をすると、たくさんの事を忘れ、起きてからいろいろな仕事ができる。温家窰の人たちは毎日昼寝をする。それは先祖代々の習慣なのである。

レンアルは炭鉱からの帰り道だった。

空を仰いで、太陽の位置を見定めた。みんなはもう昼寝から起きる頃合いかどうか見ようとした。でも、太陽がどの位置にあるのか、どうしても探し出せなかった。

「死んじまったぜ」。レンアルはつぶやいた。

レンアルは井戸の上にある踏み臼にたまった水を両手ですくって飲んだ。水が元のように静かになると、踏み臼に腹ばいになり、水を鏡にしたてて自分の顔を映した。レンアルの記憶にある限り、家に鏡があったことなどない。いつも鏡を見たいときには水を使う。水に映った自分の顔を眺めて、まずはこれでよし、とレンアルは思った。そしてレンダーがこっそりくれた新しい作業服を身に着けた。

新しい作業服は帆布で出来ていた。申し分のない出来栄えだったが、上着の襟が少し硬かった。作業服を着た途端、喉にナイフを当てられているような感じがした。そこで首が襟に触れないよう、レンアルは首をピンと真っ直ぐに伸ばした。

作業服の左のポケットには、「抓革命促生産」〔革命に力を入れ、生産を促進しよう〕の六文字が印刷されてあった。一、二、三、四、五、六の六文字。赤い六文字。意味は分からないが、カッコいいなと、レンアルは思った。一番大事なのは、この赤文字の下のポケットの中には五十元が入っていることだ。十元紙幣が五枚、それもピン札だ。

この金を手にして、レンアルには希望がわいてきた。レンアルは大好きなジンランがほかの男と結婚などしないで温家窖に住み続けることを、ただただ望んでいた。そうすれば、自分も毎日のようにジンランの姿を見ることができる。ジンランの姿さえ見られれば自分の気持ちも穏やかになり、満足するのだ。ほかには何も要らない。どうせ期待しても無駄だということをレンアルは分かっていた。

ジンランはオンドルの上にあぐらをかいて、ボロ綿を解きほぐしていた。

ズズズー、ズズズー。ジンランは手で解きほぐす。

古綿はニワトリの糞そっくりだったが、ジンランは捨てはしない。

ジンランは古綿を少しずつ引き裂き、裂きほぐしてふわふわの薄片にする。まるでニレの実のようだ。こうしてほぐした薄片をアンペラの上に置き、さらにほぐし、ほぐしたものを手で押さえつけてつきあわせる。ニレの実を二個合わせた大きさになった。

こうしてくっつけられると、最初はニレの実のほどだったちぎれ古綿が、次から次へと大きくなり、とうとう掌くらいの寸法になる。

古綿が四角い机ぐらいの大きさになると、ジンランはこれをグルグルと麻の紙で巻いた。秋が過ぎたら、巻いた古綿を広げ、麻の紙ごとあわせの上着やズボンの中に入れる。こうしてあわせの上着やズボンは、冬用の綿入れの上着やズボンになる。温家窰の村人はみんなこうやっていた。

今、ほぐされた古綿はオンドルの上の甕《かめ》の蓋の上に並べられていた。父親が麻の紙を持ち帰ってこないと巻けない。背後には、まだほぐされていない古綿が山のように積まれていた。ジンランはまだほぐしている。

ズズズー、ズズズー。ジンランはほぐす。

「炭坑で働くあの男に欲しいものを何でも買ってもらえるじゃないの。それでも、まだほぐさなきゃならないの?」とインラン。

ズズズー、ズズズー。ジンランはほぐす。

「苦労性なのね。おねえちゃんは」とインランが言った。

レンアルは自分の家には帰らず、まずジンランの家に向かった。コソ泥よろしく、ジンランの家の扉をそっと開け、窰《ヤオ》の中に入る。

「ジンラン、綿をほぐしているのかい」とレンアルが尋ねた。

ジンランが振り向くと、新品の作業服を着たレンアルがいた。服の硬い襟に合わせて、首を真っ直ぐ伸ばしている姿が滑稽に見える。ジンランは唇をぎゅっと結んでうなずいた。

「なあ、おらひと目でおめえが古綿をほぐしているのが分かったぜ」

ジンランはひと言も返さずに、古綿をほぐしている。

「ジンラン、おめえが綿をほぐしている姿、きれいだね。おめえが綿をほぐしている姿を見るの、おら、大好きだ」

「ジンラン、おめえのはだしの足を見るのも、おら、好きなんだ。おめえのはだしの足は全く素敵だよ。あれ、おめえ、いま足を隠したな」とレンアルは続ける。

「おめえがまだちっこかったころ、おら、おめえの足の裏を見るのが好きだった。五本の指が、まるで五つの豆みたいだっけ。ジンラン、おめえ、忘れたかね？」

「それによ、ラオズーズー（老柱柱）とこのオンドリがおめえを突っついたときのことは、覚えちゃねえだろうな。おら、そのとき頭にきて、そのオンドリを捕まえてナタで首を切り落としてやった。でもクソオンドリめ、おらの手の甲を引っかきやがり、血だらけさ。見なよ、古傷がここに残っているぜ。一本、二本、三本もあらあ」

「おめえの眉毛に綿クズがちいとくっついているぜ、ジンラン。今にも落ちそうだが、なかなか落ちないね」とレンアルが言った。

「あんた、何か用があるの？」とジンランが聞いた。

「何でもねえ。炭鉱へ行って、今戻って来たばかりだ。何の用もねえ」

「何の用もないなら、帰ってよ」とジンランが言う。

「別に用というわけでもねえが、おら、おら、おめえとしゃべりたくて。そうだ、おら、仕事が見つかったんだ」とレンアル。

「炭坑の仕事だぜ。ウソだと思うなら、おらが着ている作業服を見てみな。字を見なよ、六つの文字を」

「おらの兄嫁は、今までずっとおらを無視してきたんだ。でも今度は、おらのおっかあが五十元欲しがっている、と言ってやった。そしたら兄嫁はおらに仕事をくれたんだ」

「あっ、おめえは、信じられねえ、というふうに頭を振っているな。でも、おらも兄嫁の病院で仕事するんだ。最初から五十元稼いだのさ」

「おめえにくれてやるよ」

「出ていってよ！」とインランが叫んだ。オンドルの後ろの方から勢いよく身を起こし、「出ていって！」と怒鳴っている。

「寝てるとばかり思っていたよ、インラン。寝ていたんじゃなかったのか？」とレンアル。

「出てってよ！」とインランがまた叫んだ。

「おらもおめえと同じさ。時々眠くなるんだが、あれやこれやのことを考えると眠れなくなるんだ」とレンアルが言う。

「出て行くの、行かないのっ？」インランが物差しを手にして言った。

「インラン！」と姉が妹をたしなめた。

インランは壁に向き直り、元のように横になった。

「おめえがおらの言うこと信じないのは分かっているよ。でも、信じられないなら、おらの腕を見てくれよ」

レンアルはそう言いながら作業服の袖をまくったが、近寄る勇気はなく、戸口のところに突っ立ったままだった。

ただ腕を突き出してみせるだけである。肘の内側にハエがとまっているような赤黒いかさぶたがポツンとあった。

「兄嫁が言うには、おらの血液はとってもいいのだとさ、偽物が混ざってねえだとさ、病院が褒めてたんだとさ。半月たったらまた来なってよ」とレンアルが言う。

ジンランは古綿をほぐす手を止め、レンアルの顔を真っ直ぐに見つめた。レンアルはとっさに、どうしたらいいかわからず、目のやり場に困っている。ようやく、自分の手の中にある札束を見つめて、こう言った。

「おめえにやるよ。あと半月経てばまたもらえるからさ。そしたらまた、おめえにやるよ」

レンアルは丸まった札束をオンドルの上に置いた。

インランががばっと起き上がり、札束をつかむとレンアルの顔をめがけて投げつけた。

レンアルは一瞬ギョッとした顔をしたが、後ろを向いて駆け出していった。

家に戻ると、レンアルはオンドルの上に身を投げ、「殺してやる！　殺してやる！」と大声で叫び、黒い大きな手で殻竿《からざお》を回すようにオンドルをたたき始めた。それから二日間、「殺してやる！」という叫び声とオンドルをたたく音が続いた。

レンアルはこうして狂ったのだった。


ジンランは古綿を解きほぐす作業をしなくなった。

ジンランはあの数日間に解きほぐした古綿をまとめて、スースースーとひきちぎってボロボロにしてしまった。

ジンランは古綿の上につっぷして泣いた。

インランはジンランが泣いているのを眺めていた。

第十二話　フウニュウ

レンアル（愣二）がやっと正気に戻ったと思ったら、今度はフウニュウ（福牛）のやつがおかしくなった。

フウニュウは県の劇団から戻ってから、いかれてしまったのだ。

フウニュウのいかれ方はレンアルのそれとは違っていた。レンアルの場合、自分の家の中で狂って、オンドルからも下りない。フウニュウはこうではない。往来でおかしくなり、大勢の人がいる所に行くと気が変になる。レンアルみたいに「殺してやる！　殺してやる！」と叫ぶのではなく、みんなに歌劇を歌い演じてみせる。フウニュウは本来唄が歌えない。でたらめに歌う。誰が聞いても下手くそなのに、どうしても褒めてもらいたがる。誰かが「下手くそ」なぞ言おうものなら、カンカンに怒る。

目の前にいるのは河人《ホーレン》？
燕麦《エンバク》の麵はよく煮えたようで、まだ半熟のようだ
もう八年にもなる

あいつのことはもう話に出さんでくれ
やつは、やつは、やつはでっかい大葱《ダーツォン》（ネギ）

フウニュウはこんなふうに歌う。

でもこの歌詞は、本来のものと違う。元の歌詞はこうだ。

目の前にいるのは何人《ホーレン》（だあれ）？
熟知の面のようで、見知らぬ面のようだ
あ、あ、あ、あの人は大春《ダーツウン》

歌舞劇『白毛女』〔文革中に流行った革命現代歌舞劇〕の中の歌詞だ。

「もう八年にもなる。あいつのことはもう話に出さんでくれ」は、京劇『智取威虎山』〔革命現代京劇〕の中のセリフだ。

フウニュウはこの二つの模範劇の歌詞をごちゃまぜにして、でたらめに歌っているのだ。

歌うだけでない。仕草もして見せる。仕草は三種類ある。第一は、フンコロガシのような飛び蹴り、第二は、ネコみたいな宙返り、そして第三は、大股で一歩前進し、小股で二歩後ろへ身体をくねらせながら踊る秧歌《ヤンコ》踊り〔中国北方の農村で、祝い事の際に踊る舞踊〕だ。この三つの動きをフウニュウは次から次へと繰り返す。

最初は、誰もフウニュウがいかれているとは思わなかった。この男は、劇団の一座と半月も一緒に過ごして戻ってきたのだから、わざとおかしなことをやってみせているのだろうとばかり思っていた。

村人はフウニュウの周りを囲んで盛り上がった。イヌのけんかも見ない温家窰《ウェンジャーヤオ》の人々は、フウニュウが歌ったり、身体をくねらしたりするのを見て面白がった。みんながやって来て取り囲んだ。けれどもフウニュウが同じ四句ばかりを歌い、同じ三つの仕草ばかりをすることに気づくと、誰かが「駄目だ、駄目だ。何か別のにしてくれよ」と言い、別の誰かも、「駄目だ、駄目だ。別のに換えろ、換えろ」と叫ぶ。

　フウニュウはあえぎながら、人々の叫ぶのを聞いて歌と動きを止めた。顔に苦悶の色をたたえて、今にも泣きそうだ。

「別のに換えろよ、換えろ。今のは駄目だ」また幾人かが叫んだ。

　フウニュウは身体をくるりと回して、自分の周りの人々の顔を見つめた。途端に、今にも泣きそうな辛そうな表情が徐々に、凶悪な形相に変わった。黄色い歯をむき出したその様子は、人にかみつかんばかりの狂犬のようだった。歯をむき出しにしたまま、大きな両手を上げると、十本の指を伸ばしたり丸めたりした。まるで二本の熊手だ。

　フウニュウはこの熊手を他人にではなく自分の顔に向け、思いっきり引っかいた。

「もう一度おらを下手くそと言ってみやがれ！」そう叫ぶと、思いっきり引っかいた。

「もう一度おらを駄目だと言ってみやがれ！」そう叫ぶと、思いっきり引っかいた。

　こうして引っかいては叫び、叫んでは引っかきを繰り返した。

　見ている方はたちまちあっけにとられた。そのうちにとうとう誰かが思い出したように声をあげた。

「うまいよ」

「うまいぞ！　うまいぜ！　うまいよ！」

「うまい……うまい……」

人々は声を揃えて「うまいよ」と叫んだ。

フウニュウはようやく自分の顔をかきむしるのを止めた。凶暴な形相は苦悶の表情に転じ、そのうちほほ笑みに変わった。真っ赤な血と混じり合った幾条かの汗が、笑顔の頰を伝い落ちた。

人々はようやくフウニュウの野郎はいかれているのだと気づいた。


二カ月前、県の劇団が人民公社を巡って公演をした。フウニュウたちの人民公社では、十三の村の社員がみな観られるように、合わせて五回公演を行った。

本来ならば、温家窰の村民は三回目の公演を観ることになっていた。ところがフウニュウは初日の昼過ぎ、まだ陽が高いうちに人民公社へ駆けつけた。

人民公社の門の真向かいに大きな舞台があった。

役者たちは忙しそうに小道具を舞台にかつぎあげていた。近くで見たかったけれど叱られるのが怖くて、フウニュウは門の土台にもたれてしゃがみ、遠くから眺めていた。背後の人民公社の庭で、役者たちが発声練習をしている声が聞こえてきた。

「イー、イー、イー、イッ」

「ヤー、ヤー、ヤー、ヤッ」

「オー、オー、オー、オッ」

「アー、アー、アー、アッ」

フウニュウの耳にはまるで雌のオオカミが吠えているように聞こえた。

二人の役者が棺桶のような長い木の箱を担いで公社の門をくぐり、真向かいの舞台に向けてゆっくりと運んでいった。二、三進んだところで、後ろの方を担いでいる役者が「もう駄目だ、無理だ」と叫んだ。足を曲げてもう少しで地べたにへたりこみそうに見えた。

フウニュウはさっと駆けより、長い腕で木箱を抱えこみ、腰で支えてどこに運ぶのか尋ねた。二人の団員は互いに顔を見合わせてから、フウニュウを舞台裏へ案内した。

「おいおい、すごい力持ちだな」と、先ほど「もう駄目だ」と叫んだギョロ目の男が言い、フウニュウの背中をポンとたたいた。まるで荷馬車の御者が馬をたたいているようだった。

「ほかに運ぶ物はあるのかい？」とフウニュウは聞いた。

「なら、一緒に来てくれ」と二人の役者は言い、フウニュウを公社の庭に連れていった。

普通なら、役者二人がかりでないと運べない箱も、フウニュウは片腕に挟みこんで楽々と運んだ。もう片方の手には別の物をひっさげた。

そんな調子で、舞台裏に運ばなければならない品物はフウニュウが手伝って運んだ。

「まだほかに運ぶ物はあるかい？」とフウニュウは聞いた。

「こっちだ。来てくれ」

フウニュウはまた彼らの指図どおりに、鞴《ふいご》ほど大きい鉄の箱と家よりも大きくてふかふかした毛が立つ布を高いところに吊るした。そのほかにもいろいろやった。もう何もない、というところまで手伝った。ギョロ目の男は太った男と相談して、フウニュウを舞台の左手に座らせ、この日の公演を観させた。

公演中、客席の後ろの方が混み合って騒がしくなった。ギョロ目の男はフウニュウの袖に赤い布切れを巻き付け、客席で騒ぐ連中を取り締まるよう言った。さらに、騒ぐ者がいたら、そいつを捕まえるようにとも言った。

フウニュウは誰も捕まえようとはせず、ただ腕を広げて押した。フウニュウの腕のひと押しで、十重《とえ》二十重《はたえ》とひしめきあっていた人々は潮が引くようにあとずさった。

役者が次々に入れ替わり、演目が次々と演じられた。公演が終わると、フウニュウはまた舞台道具を人民公社の庭に運び戻すのを手伝った。天空を見上げると、オリオン座の三つ星が見えた。もうすぐ真夜中だ。

「ほかにやることはあるかい?」

「一緒に来な」

ギョロ目の男がフウニュウを白昼よりも明るい大部屋に連れて行った。なんてでかい部屋だ、村の家畜小屋がゆうに三つは入るでねえか、とフウニュウは思った。天井から吊るされた十数の照明はまるで空に十数個ものお天道様《てんとさま》が輝いているようだった。

突然、フウニュウは鼻がおかしいと感じた。何かを嗅ぎつけた。それは途方もなくいい香りだった。目をパチクリさせるうち、一つ一つのお天道様の下の各テーブルの上に、いくつもの大皿に盛られたものが置かれているのが見えてきた。美味しそうな匂いの元はその大皿だったのだ。

フウニュウの野郎はびっくり仰天してしまい、くるりと踵《きびす》を返して逃げ出した。一気に村の外まで走った。振り返って、追いかけてくる人影がないのを確かめてようやく安心して歩みを緩めた。

夜中に、フウニュウは真っ暗な温家窰に帰り着き、真っ暗な自分の窰《ヤオ》に入った。くたくたに疲れて空腹だった。考えてみると、家には食べるものが何もなかった。暗闇の中を手さぐりで水甕《みずかめ》からひしゃくで半分ほど水をくんだ。その水はまだ湯気が立っている小便のような匂いがしたが、フウニュウはそれをおいしそうにガブ飲みした。

「明日の朝には混ぜ物なしの燕麦のお焼きを食うぞ」とフウニュウはつぶやいた。

畜生め、あのテーブルの上に並べてあったのは、何だったんだろう。すごくいい匂いがしたぜ。

畜生め、あのシーアル（喜児）〔『白毛女』の主人公〕は本当にきれいだったなあ。すごく人目を引くわい。あいつのおっかあは、どうやってあんなかわいい娘を育てたのかな、すごく人目を引くわい。

テーブルの上のものやシーアルのことを考えているうちに、フウニュウはいつしか眠ってしまった。

次の日の昼過ぎ、フウニュウはまた早々と公社に行き、役者たちを手伝った。

その次の日はもっと精を出した。

この日は温家窰の村民が観賞する番だった。

フウニュウは舞台の左端にあぐらをかいて座り、村民の目に止まりやすいよう、できるかぎり身体を外に出した。だが、聴衆の中にいた村人が気づいて指をさすと、フウニュウはカタツムリのようにすばやく首をすくめてしまった。胸がドキドキした。少し落ち着くとまた顔を出したが、人々がフウニュウを指すとまた隠れてしまった。

五日が過ぎた。

劇団は他の人民公社での公演に出発することになった。その日の午前中、フウニュウはまたやって来て道具を車に積むのを手伝った。

あーあ、おらはもう二度とシーアルと会えないのだなあ。あのべらぼうにかわいいシーアルに。フウニュウは、荷物をトラックに積むのを手伝いながら、そう考えていた。

荷物を全部積み終えると、フウニュウはずっと後ろの方まで下がり、役者たちが一人一人幌付きのトラックに乗りこむのを悲しげに眺めていた。

例のギョロ目の男と太った男がフウニュウのところにやって来て、「どうだ、一緒に行かないか。一日の給与は一元で、巡回公演が終われば村に戻れるよ」と聞いた。

「でもさ、おら、歌えねえよ。跳ねるのだってできねえし。できることといったら、身体をくねらす秧歌踊りくらいだが、それだってうまくできねえ」とフウニュウが答えた。

ギョロ目の男はこれを聞くと息が詰まりそうなほど笑い転げた。

「あんたには雑用をやってもらうのさ」と太った男が言った。それでもまだフウニュウには話が通じていないのを見て、男はこう続けた。「あんたがこの数日間やってくれたことを続けてくれればいいんだ」

ギョロ目の男がフウニュウに、荷物を運ぶトラックに乗るように言った。フウニュウは生まれてこの方トラックに乗ったことがないので、うまく乗れない。トラックの後部の枠板に両手でしがみつき、両足を荷台の下のところでバタバタさせたが、どうにも乗れない。先にトラックに乗っている連中が死んだロバを引き上げるように、力を振り絞ってフウニュウを引っ張り上げてくれた。

この数日というもの、フウニュウはいくら働いても汗をかかなかったが、この騒動で汗びっしょりになった。フウニュウはとても恥ずかしく感じた。人が乗っている車の方に眼を走らせ、シーアルに見られていないか確かめた。

トラックが急発進し、最後部に乗っているフウニュウはあわや振り落とされそうになった。フウニュウは必死で車の中のロープをつかんだ。

フウニュウ、フウニュウ、おら、まったく幸せなウシだな、と思った。温家窰の村の者で、トラックなぞに乗った人間が、これまでいただろうか？　こんなふうに、トラックの上でワッと倒れそうになったのが何人いるだろう？　村の隊長のやつだってないし、会計係のやつだって、そんな経験あるまいて。いや、もしかしたら、あのウェンパオ（温宝）のやつはあるかもしれねえ。あいつは監獄に入っていたんだからな。監獄には何でもある、とやつは言っていたっけ、とフウニュウは思った。

フウニュウ、フウニュウ、おら、まったく幸せなウシだな。

けれども劇団の巡回公演がまだ終わらぬうちに、フウニュウはクビになった。給料さえもらえずクビになったのである。

なぜそんなことになったかと言うと、劇団の役者たちにぐでんぐでんに酔わされてハメをはずしたためであった。

フウニュウには悪い癖があった。酔っ払うと自分を制御できなくなるのだ。シーアルの役を演じる女役者を追いかけて、その手を触りたいと言い張った。もう一人、ティエメイ（鉄梅）〔革命現代京劇『紅灯記』に出てくるリーユーホの娘〕を演じる女役者のことも、同じように追いかけた。あれはしない、ほかには何もしない、上着の袖の匂いだけを嗅がせてくれと言う。劇団の女役者たちは怖がって、フウニュウを見るとイタチに出くわした若いメンドリのように、金切り声を上げて四方八方へ逃げまどった。

そこで、ホァンスーレン（黄世仁）、ダーツゥン（大春）〔ホァンスーレンは『白毛女』に出てくる地主。ダーツゥンはヒロインであるシーアルの恋人〕、リーユーホ（李玉和）、ジュウシャン（鳩山）〔リーユーホは『紅灯記』に出てくる鉄道員で、主役。ジュウシャンは同劇に出てくる悪役の日本人憲兵隊長〕を演じている四人の役者が集まり、フウニュウを袋だたきにした。

哀れなフウニュウは村に帰ったが、すっかりいかれてしまった。

フウニュウが変になったのを知った村人たちは、フウニュウを避けるようになった。フウニュウがやって来るのを見ると、お互い「早く、早く」と手で合図をして逃げる。うまく逃げられない場合は、誰の家であろうがサッとその庭に駆け込み、表戸にかんぬきをおろした。それでも間に合わない場合は、とりあえず「うまいぞー、うまい」と大声で叫び、隙を狙ってずらかった。

そのころ、温家窰では村中で「うまいぞ」と叫ぶ声を耳にしたものだ。村中、どんな時間でも「うまいぞ」の声が聞こえたものだ。

何日かすると、フウニュウのいかれ方は一段とひどくなった。ちょっと気に入らないと、誰かに歌が下手だと言われようと言われまいと、自分の顔を猛烈な勢いでかきむしるのである。まるで自分の顔はいらないと言っているかのようだった。

さらに何日か経つと、フウニュウは家にも帰らなくなった。ウェンハイ（温孩）の女房がフウニュウの家に行き、オンドルの上に食べ物を置いていったのに、フウニュウは家に戻ってそれを食べるだけの分別もなくなっていた。

フウニュウが歌うのを聞く人がいなくなり、歌劇の仕草を観る人もいなくなると、フウニュウは大通りに行って通りすがりの人に立ちふさがった。通りすがりの人は、フウニュウの様子からいかれていると見抜くと、一目散に逃げた。

人を呼び止められないと分かると、フウニュウはニワトリやヒツジたちを相手に歌った。二、三句歌っているうちはよかったが、仕草を演じると駄目で、ニワトリやヒツジたちはびっくりして逃げて行く。

挙句の果てに、フウニュウは木たちを相手に歌い、演じるようになった。哀れな木たちは逃げ出そうにも逃げられず、じっと聞き、じっと見るしかなかった。

ちょうど歌と仕草が調子に乗っていたときのこと、一陣の南風が吹いてきた。

「ザワー」。木の葉が一斉に鳴った。

フウニュウは、歌うのを止めた。

「ザワー」。木の葉が一斉に鳴った。

フウニュウは、仕草を演じるのを止めた。

「こん畜生め。おめえたちはみんな、このおらが下手くそだと言っていやがる。おらが駄目だと言っていやがるんだな」

フウニュウは黄色い歯をむき出し、怒りに燃える顔は血のように赤くなった。叫びながら、大きな石をよろよろと、そして高々と持ち上げた。

「おめえら、もう一度おらが下手だと言ってみやがれ！」

「ザワー」。木の葉が一斉に鳴った。

あんたは駄目だよと、木の葉がまだ言っているのを聞いて、フウニュウは持ち上げている大きな石を自分の頭のてっぺんにたたきつけた。

フウニュウがコーリャン殻《がら》の束のように地面にくずおれるのを、木たちは目を見開いて見つめていた。でも、相変わらず「ザワー、ザワー」と音を立てている。

第十三話　油糕《ヨウカオ》を食べる

「火が灯った。連中を呼びもどして食わせようや」と生産隊長が言った。

「連中はとっくに外で待っていますよ」と会計係。

「あん畜生めら。やつらのことは心配する必要なかったな」

「おっしゃる通りで」

会計係が窓から頭を出し、大声でみんなを呼び込んだ。待っていた連中はわれ先にと公社の集会所に突進し、油糕《ヨウカオ》〔キビを粉にしたものを練りアズキやナツメの餡を入れて揚げた餅〕が盛られた二つのザルに向かった。みんな両手の指の股すべてに油糕をはさむと、ものも言わずにかぶりついた。

公社のこの集会所は家畜小屋の一部を仕切って作られている。仕切りのあちら側に家畜が住み、こちら側はグイジュ（貴挙）じいさんの家になっていた。グイジュじいさんは飼育係でもあり、家畜の放牧係でもあった。

女たちはグイジュじいさんのオンドルの上であぐらをかき、男たちは壁に寄りかかってしゃがんでいた。ムシャ、ムシャと油糕を食べる音がすさまじく、向こう側で家畜たちがマグサを食む音をかき消した。

「レンアル（愣二）、喉に詰まらせるんじゃないよ。がっつくばかりでさ」とツァイツァイ（財財）の女房が注意した。

　みんなが一斉にレンアルを見ると、レンアルは首をすっと伸ばし、手の甲で首を上下にさすっているところだった。

「おら、がっついたばかりに、このクソ油糕を喉に引っ掛けちまった」

　そう言うレンアルの目に涙が溢れているのを見て、みんな大笑いした。

「ところで生産隊長さんよ。灌漑施設の建設が終わったら、次は何をするだね？」とタンワ（蛋娃）が聞いた。

「何だ、おめえ。どん欲な野郎だな」と会計係。そして、こう続けた。

「なあ、みんな。生産隊長はきわどい仕事をしている。お上は灌漑施設を上から下までレンガで作れと言っているが、隊長はレンガを使うのは表面だけにして、中身は土レンガを混ぜるとおれに言った。こうして節約した金で、おれたちみんなは食い物にありつけるというわけさ」

　隊長が後を引き取った。

「仕事は今日で終わったよ。正直なところ、大した工事じゃなかった。なのに、おめえらの家が一軒残らず働き手を一人ずつ出すよう、わしが指示したのはなぜだと思う？　こうすると誰もがなにがしかの食い物をもらえるからさ」

　みんな食べながらうなずいた。

「おれたちは、おめえたちに正直に打ち明けている。外には一切漏らさないようにしてくれよ。もしも漏らしたやつがいたら、年末は覚悟しとけよ」と会計係が言った。

「そんなやつは穀物も油も分けてもらえねえ。油糕を食えねえと思いな」とウーグータン（五圪蛋）が付け加えた。

「嫁をもらうやつがいたら、また油糕を食えるな」とレンアルが言った。

「一日の労賃が七銭なのに、嫁をもらえるやつなんているか」と誰かが口をはさんだ。

「この五年で嫁をもらったのは、村でウェンハイ（温孩）ただ一人だ」と別の声がした。

「そうだ、そうだ」と誰かが言った。

みんなは溜め息をつき、また食べ始めた。

オンドルの上にいた女の一人が、レンアルをからかった。

「レンアル、油糕をいくつ食ったたね？」

「八個だあね」と、指の付け根を数えながらレンアルが答えた。

「かまねえで、丸ごと飲み込んだんじゃねえか？」

「そんなことはねえ。アー」。そう言うとレンアルは、口を大きく開け、オンドルの上にいる女たちに口の中でかんでいる油糕を見せた。

「たしかに丸ごと飲み込んだわけじゃねえ。じゃあ、うまかったかい？」

「あたりめえだ。油糕とおなごのあそこがいいのは、誰でも知っているぜ」

「けだもの！」

「けだもの！」

女たちが口をそろえてレンアルをののしった。

しばらくしてレンアルは、瓶を三本抱えて戻ってきた。脇の下にはネギも挟んでいた。

「ほんとさ。信じねえならシャートンピン（下等兵）に聞いてみな。シャートンピンが言ったんだ」とレンアル。

「そうだ。この二つは、人が生きて行く上で必要なのさ」とグァングァン（官官）が口をはさんだ。

「ニワトリだってイヌだって、この二つで生きているんじゃねえの？」とシャートンピンは言った。

みんながうなずく。女たちもののしるのをやめた。

「かわいそうなのは、嫁をもらえねえ独り者の男だな」と隊長。

「まったくだよ」。誰かが相づちを打った。

「隊長さんよ。独り者の男たちを気の毒に思うなら、あんたが今日炭坑から持ち帰ったものをみんなに味わわせてくんねえかね？」とウーグータンが言った。

「もちろんいいぜ。でも、おめえたちは飲めるかねえ？　飲めるのなら、わしと一緒に取りに行ってくれ。さあ行こう、レンアル」と隊長。

隊長に指名されて、レンアルは後について行った。

しばらくしてレンアルは、瓶を三本抱えて戻ってきた。脇の下にはネギも挟んでいた。

「隊長の言うには、この酒は強いから、水で割って三本の瓶に分けたとよ」

シャートンピンがウーグータンに家からおわんをいくつか持ってくるよう指示した。おわんがくると、女たちをオンドルから下ろし、独り者の男たちに酒を注いでやった。自分とウーグータンには酒を少し余分に注いだ。それから男たちにネギを一人一本ずつ分けてやり、残りは女たちに持っていかせた。

シャートンピンは、オンドルのアンペラをめくって茎を一本抜き取り、石油ランプにかざして火をつけた。そして、燃えている茎をレンアルのおわんの中に放り込んだ。ボッと音を立てて青い炎が燃え上がり、レンアルのおわんの中でめらめら燃えた。

「いい酒だな！　いい酒だ！」誰もが声を上げた。

「おい、おい。なんで自分の酒に火をつけないんだ？」とレンアルは言い、腰をかがめて自分のおわんの火を消そうと息を吹きかけた。だが、吹けば吹くほど青い炎は盛んに燃えて、ボッボッと音を立てた。

「こん畜生め。おらの髪の毛を焦がしやがった。眉毛もだ」。レンアルは頭髪と眉毛をかいた。ちりちりに焦げた毛が落ちた。

みんながまた、どっと笑った。

シャートンピンが帽子を脱いでレンアルのおわんに被せた。帽子を取り上げると炎は消えていた。

「畜生め、たいしたもんだな」とレンアルが言う。

レンアルが最も信服しているのがシャートンピンだった。他の独身男どももシャートンピンに信服していた。シャートンピンは独身男たちのボスなのだ。

「飲もうぜ！」シャートンピンが酒の入ったおわんを持ち上げた。

「そうだ、飲もうぜ！」独身男たちがおわんを上げた。

「飲み干そうぜ！　一気に」とシャートンピンが言った。

「飲み干そう！　一気に飲み干そうや」とウーグータン。

「飲み干せないやつは、生まれ変わっても嫁がこねえぞ」とレンアルも続いた。

「そんなやつは、父ちゃんもじいちゃんも息子も孫も全員嫁なしだぞ」と戸口の外に立っていたウーチェンアルフオ（五成児貨）がはやす。

「早く向こうに行っておしまい！」と女房のバンニュ（板女）が言い、油糕を一個亭主に投げつけた。ウーチェンアルフオは受け止め、笑いながら駆けて行った。

独身男どもは、お互いのおわんをぶつけ合いながら、水で薄められたアルコールをごくごくと腹に流し込んだ。

「いい酒だね！　全くいい酒だ！」

「グオコウ（鍋扣）おじさんの酒より、こいつは大分強いな」

酒をほめた後、男どもはネギをむしゃむしゃかじり始めた。ネギが辛くて、口の中を冷やそうと、誰もがスースーと空気を吸い込んだ。中には帽子を脱いで、目をこすっている者もいる。

その後連中は再び油糕を食べ始めた。ところが、二つも食べないうちに、誰も彼もくらくらとめまいに襲われた。まるで部屋がぐるぐる回っているようだ。隣の家畜小屋に行く扉も回っているように見える。オンドルの上に置いてある油糕を盛ったザルも、土間に座っている女たちもみなぐるぐる回っているように見える。

「こん畜生、いい酒だねえ」

「いい畜生の酒だねえ」

シャートンピンがよろめきながらウーグータンの首に腕を回した。と思うと、二人そろってオンドルの上に倒れ込んだ。

「おい、おらはおめえの女房ではねえよ。おらを抱いてどうする気だね？」

「いや、おめえはおらの女房だ」

「おめえこそ、おらの女房でねえか」

「おら、おめえと寝る」

「いや、おらがおめえと寝るんだ」

笑いの渦の中で、シャートンピンとウーグータンはオンドルの上で、それぞれの身体にまたがったりまたがられたりして、絡み合いながら転げ回った。畳まれていたグイジュじいさんのオンボロの掛け布団もぐちゃぐちゃにした。二人はとうとう口づけをする始末。

どちらも相手に負けたくないので、相手をしっかり抱きしめて放さない。チュッ、チュッという口づけの音が鳴り響く。

「まあ、みっともないわね」

「まったく下品ね」

「気持ち悪いわ」

女どもが一斉にののしった。男たちは笑っている。扉一枚隔てた隣の家畜小屋では、家畜たちが押し合いながら、何が始まったのかとこちら側をのぞいていた。

集会所中がやかましい声で、耳を聾するばかりだ。

「何を騒いでいるんだ?」と言いながら、隊長が入ってきた。「みんな腹いっぱい食べたはずなのに、まだ家に帰らないのか?」

ようやく静まった連中は二つの大きなザルの方を見た。ザルにはまだ油糕がたくさん残っている。

「よし」。隊長は「もういっそのこと、ここにいるみんなに家族にも食えるように、もう少しずつ油糕を分けてやってくれ」と会計係に指示した。

みんなはシャートンピンとウーグータンの取っ組み合いなどそっちのけで、一斉に油糕のザルと会計係を取り囲んだ。

シャートンピンとウーグータンの二人は取っ組み合うのをやめた。相手の唇を死に物狂いで吸うのもやめた。お互いに相手の頭を抱いて悲痛な声を上げた。

「ウ、ウ、オ、オ」

「ウ、ウ、オ、オ」

二人はまるで子どもをなくした雌オオカミよろしく大声で泣いた。

第十四話　グイジュじいさん

血の色をした楕円形のお天道様《てんとさま》が今にも尾根にぶつかりそうだ。

そろそろ家畜たちを村に連れ戻さなければならない時間だ。けれどもグイジュ（貴挙）じいさんは、まだ土手に背をもたれてじっと座っている。全く動かない。じっとそのままだ。

村に戻るのが怖かったのである。

下放幹部のラオチャオ（老趙）が今夜ぜひみんなの前で話しをするように、とグイジュに言っていたからだ。

昼過ぎ、グイジュは自分の仲間たち——と言っても、ロバ三頭とウシ四頭、それにラバ一頭だが——を尾根まで連れて行き、それぞれの家畜を一頭一頭別の木につないだ。こうして家畜たちが遠くに行けないようにして、目の前の草だけを食べさせた。そして自分は土手を背に、午後中ずっと何もせずに地べたに座っていた。

村に戻るのが怖かったのである。

午後いっぱい座ったまま、グイジュは悲しかったこと、うれしかったことなど、自分のこれまでの人生をあれこれ思い出していた。思い出しては頭を振ったり、思い出してはため息をついたり、思い出しては泣きたくなったり、思い出しては笑いたくなったり。

思い出し、思い出し、眼を細め、笑みを浮かべながら燕麦《エンバク》の刈り取りのために土手の西側にある畑に入っていた。

カンカン照りで、まるでお天道様が空から炎の息を吹きつけてくるかのようだった。グイジュは腰を伸ばし、村の方角を眺めた。いつも昼飯を持ってきてくれる地主の女房の姿はまだない。周りに涼しい日陰はない。グイジュは燕麦の束を使って壁を作った。だが地面が熱すぎて、そのまま寝ころんで昼寝はできない。燕麦の束を地面に敷き、オンドルのようにして横たわった。ちょうど心地よくうとうとしているとき、甘い歌声が聞こえてきた。

白い手ぬぐいを折り合わせれば角と角
二人の心はひとつ
赤い雄鶏《オンドリ》が石のローラーに止まっている
口にはできないことを歌っている

グイジュはてっきり夢を見ているのだと思った。そして両目をつぶったまま寝返りを打ち、また眠ってしまった。

うとうとしていると、またしても甘い声が叫ぶのが聞えてきた。

「もしもし、どこにいるの？」

「もしもし、ご飯を食べる人はどこにいるのかしら？」

「ここだよ、ここだよ」。グイジュはそう言って、懸命に起き上がろうとした。

地主の女房が、優しい笑顔を浮かべて目の前に立っていた。わざと大きな声を出していたのだ。

「あら、あんた、くつろいでいるじゃないの」と地主の女房が言った。

「何でこんなに遅いんだ？　おらを餓え死にさせる気かい？」

「そんなつもりはないわ。あんたが今死んでしまったら、誰がうちの燕麦を刈ってくれるの？」

地主の女房はそう言いながら、グイジュが作った即席の燕麦のオンドルの上に座り、黒い瀬戸物の円筒形の弁当箱を二つ差し出した。

「また燕麦の窩窩《ウォウォ》〔トウモロコシやコーリャンの粉をこねて円錐形にして蒸したもの〕か」

「そうよ。全部燕麦の窩窩なの、また」

「いつもこれだな」

「あんた何が食べたいの？」

「あー、あの……」

「何なの、あのって？」

「こういう言葉を聞いたことないかい？　もっと柔らかい餅にもっとたくさんの肉。それに地主の嫁さんがもっと優しいこと」

「そんなの贅沢が過ぎるわ。夢でも見てなさい」

「夢ならさっきまで見ていたぜ」

グイジュは食べ物が入った弁当箱を手に、両の目で地主の女房をじっと見つめた。地主の女房はまっすぐ座り直して聞いた。「何がしたいの？　あんた」

「おめえから言ってみな」

「私に言わせれば、あんたは小指一本でもこの私に触れる勇気なんかないでしょう」

「……」

「間違いないわ」

地主の女房の目もグイジュに注がれている。グイジェの喉仏がぐりぐり動くのをじっと見つめていた。喉仏が何回か上下した後、グイジュの頭はツルにぶら下がったしおれたカボチャのようにガックリと垂れた。

「どう、当たったでしょう？」

グイジュは何も答えない。

頭を下げたまま、口に食べ物を押し込んだ。

「ちょっと！　なんでかまないで飲み込むの？」

「ちょっと！　なんでおかずを食べずに、それればかり食べるの？」

何も答えない。

「ねえ、そこの人。緑豆のスープもなんで飲まないの？　暑気あたりするわ」。地主の女房が言う。

グイジュは飯の入った容器を下に置き、鎌を拾うと歩き出した。畑の中に入ると、燕麦をさっくり、さっくりと刈り始めた。燕麦がどんどん後ろに刈り落とされていく。

「ちょっと！　あんた気でも狂ったの？」

グイジュは答えない。

腰をかがめて刈り取っている。これまでのように横に刈っていくやり方ではなく、そのまま、勢いよく真っ直ぐに刈り進んだ。しばらくすると、燕麦畑の向こう側までつながる細い道が一本出来上がった。そこまで行くと、ハァハァと肩で息をしながら、土手に倒れ込んだ。

「いかれているわ。まったくいかれている」と地主の女房があきれて言った。

翌日。燕麦の壁の下にやはり地主の女房がやって来て、グイジュに二つの黒い弁当箱を手渡した。

「うわー、鶏肉入りモチキビの蒸し餅だ！」

「今日は緑豆のスープを飲むのを忘れないでね」

地主の女房は、グイジュが食べるのを見ながら、白い手ぬぐいをあおいで涼を取っている。

あおがれた風に乗って、鶏肉のものでもない、モチキビの蒸し餅のそれでもない、いい匂いが漂う。

グイジュが食べ終わると、「蒸し餅は柔らかかったでしょ？」と地主の女房が聞いた。

「柔らかい」

「肉はたっぷりだった？」

「……たっぷり」

「地主の女房は優しいわね？」

「……」

グイジュの喉仏がまたぐりぐりと動いた。

「ちょっと！　あんたに聞いているのよ」

「……うん？」

「地主の女房は優しいわね？」

やはり答えがない。

グイジュは突然飛びかかった。燕麦の壁の下に地主の女房を押し倒した。

三カ月後、粉挽き小屋で地主の女房は、甘えるような口調でグイジュに言った。

「グイジュあんちゃん、できちゃった。あんたの子どもよ」

それから三年後のある日。乳母の家を訪ねて戻ってきた地主の女房は、甘えるような口調でグイジュに言った。「グイジュあんちゃん、うちの子ったら、あんたそっくりの歩き方をするのよ。一輪車を押しているみたいな格好でね、こう歩くの」


母ウシの低い鳴き声が、グイジュを数十年前の出来事から再び土手を背に座っている現実に引き戻した。

「モー」

母ウシの鳴き声に応じて子ウシも鳴く。グイジュは空を見上げた。もうすぐ日が暮れる。山の麓の村を眺めると、窰《ヤオ》作りの家々のてっぺんについている煙突から黄色い煙が上がっていた。村のほぼ中央に、煙が上がらない家が一軒だけあった。村の生産大隊の集会所で、グイジュと家畜たちの家でもある。壁の真ん中に穴を開けて作った戸がある。グイジュは夜中になると、自分の部屋からそこを通って家畜に餌をやっている。村には大きな寺も学校もない。だから、人民公社の社員、つまりは村民たちが集まって集会を開くときは、グイジュの家が会場になる。今夜はここで大きな会合があり、グイジュもこの会合で発言することになっていた。昨夜、下放幹部のラオチャオに命じられたのだ。ラオチャオはこう言った。「グイジュじいさん、明日はあんたが話の口火を切ってくれ。そうすると、会計係があんたに労働点数を十点加算してくれるから」

グイジュはこれが気になって気になって動転し、家に帰りたくないのだ。

ズボンの腰につけている火縄を抜き取り、マッチをすって火をつけた。それから目を細めて火に息を吹きかけると、火は燃え盛った。

グイジュはいつもベルトの背中の部分に火縄を一本挟んでいる。村人はみんな、まるで人民公社の大衆独裁委員会の委員みたいだと言った。大衆独裁員たちはいつでも誰かを逮捕できるよう、腰にロープを付けている。

グイジュが火縄に火をつけたのは、蚊が寄ってこないようにするためではない。そもそもじいさんの皮膚は、まるで樹の皮みたいに厚いので、どんな蚊がやってきて刺そうとしても刺せず、逃げていくのが関の山だ。グイジュが火縄に火をつけるのは習慣だ。火縄の匂いを嗅ぎたいからなのである。ずっと昔、地主の女房がグイジュの胸板を小さな手で撫でながら、こう言ったことがある。「グイジュあんちゃん、あんちゃんの身体は、いつも火縄の匂いがするのね。苦いような匂い」。あれからもう数十年が経つのに、空が暗くなると、グイジュは火縄に火をつける。赤い炎の燃える先を見ていると、誰かが側にいてくれている気がするのだ。それにヨモギの種がパチパチとはねる音を聞くと、まるで誰かが話しかけてくれているような感じがする。のちには、昼だろうが夜だろうが火縄に点火するようになった。こうすることで心が落ち着く気がして、あれこれ思いにふけることができた。

そして今は、今夜の集会で何を話すのかを考えざるを得ない。

ズボンの腰につけている火縄を抜き取り、マッチをすって火をつけた。それから目を細めて火に息を吹きかけると、火は燃え盛った。

家畜の群れは落ち着きがなくなってきた。グイジュが持っているムチを見ながら、あっちで鳴き声をあげたり、こっちで鳴き声をあげたりして、なぜ家に帰らないのかと催促しているようだった。

「帰るぞ！」

グイジュは土手に手をついて起きあがり、腕を思いっきり振った。「ピシッ」。鞭《むち》の大きな音が夜の闇に包まれた山の尾根までこだました。

グイジュの家は、とっくに人でいっぱいになっていた。

隣の家畜たちの部屋との間の戸の前には、半丈〔約一・六五メートル〕ほどの板が、机代わりに置かれていた。その後ろには、下放幹部のラオチャオが座っており、グイジュの姿を見ると、にこやかに手招きした。

グイジュは、気づかなかったふりをして人を押し分け、わが家のオンドルの上に座った。

ラオチャオはひじで生産隊長をつついた。すると隊長がグイジュのところに近寄ってきた。

「考えてくれたかね？」

「ああ」とグイジュが答えた。

隊長はラオチャオの方を向き「これでよしだ」と言った。ラオチャオは会計係の方を向いて「始めよう」と言った。会計係は、いつも身から離すことのない懐中電灯をベルトのフックに引っかけて立ち上がり、両手を空中で下に向けて何回か振りながら言った。「さあ、これから会議の続きをやろう。さあ、地主分子のウェンホホ（温和和）をここへ」

会場の人たちの目が一斉に中壁の戸に注がれた。戸の奥から三人の男が一列になって出てきて、人民公社の社員、つまり村人に向かって机の前に並んで立った。

下放幹部のラオチャオが赤い房のついた槍《やり》を持っている両端の二人に脇にどくよう指示し、真ん中の背の高い四十歳ぐらいの痩せた若者だけが残された。この男が会計係の言う地主分子のウェンホホだった。額の汗が頭上のガス灯に照らされて、きらきらと光っている。

「よろしい！」会計係が話し出した。「今夜は大衆のみなさんに自由に発言してもらう。発言したい者は遠慮なしに発言してくれ」

最初の夜の会議と同じで、誰もが頭を低く垂れた。会計係に懐中電灯を当てられるのも恐れていなかった。

部屋の中は静まり返った。聞こえる音といったら、中壁の向こう側でラバが昼間の疲れを振り払おうと足を踏み鳴らす音と、ウシどもが尻の柔らかい肉を蚊に刺されまいとして、しっぽを振り回す音だけだった。

「それでは」と会計係が立ち上がって切り出した。「長い間苦しみ、深い憎しみを抱いている元作男のグイジュじいさんに批判をしてもらおう」

「ここへ来て話しなさい。ここへ」とラオチャオが呼んだ。

グイジュは立ち上がったが、前に出てはいかなかった。部屋中の視線が注がれている。

グイジュはプー、プーと手中のヨモギの火縄を二回吹いた。燃え盛る赤い炎がしわだらけの老けた顔と微かに震えているあごひげを照らし出した。それから、部屋を埋めている人々の顔をぐるりと見回し、幾度か話を始めるかのように口を開けた。そして思い切って話し出した。

「苦しみと言うが、わしらは生まれてからずっと、ひどい目に遭ってきたんだ。じゃが、本当に苦労した人でないと、ひどい目に遭ったとは言えん」。そこまで言うと、グイジュはひと息入れた。「憎しみと言うが、わしらは誰とも憎しみを抱くような関係を結んでいない。もしもあの男のことを言うならば」と、グイジュは目の前にうつむいて立っている若者を見つめながら話を続けた。「この男は地主なんかじゃねえ。貧乏な農民なんだ。この男、じ、実はわしの息子なのさ。信用できねえと言うなら、あれの母親に聞いてみな」。話し終えると、グイジュはオンドルの縁に腰を下ろした。

長い沈黙の後、部屋中がワッと沸いた。

それ以来、ウェンホホという若者は人前で咳をするのも、顔を上げて人々を見るのも平気になった。

第十五話　タンワ

小便がしたいわけではなかった。だがタンワ（蛋娃）はオンドルから下りて庭に出た。ズボンを下ろしてややしばらく塀の前に立ったあげく、やっと少しばかり小便をしぼり出した。塀の片隅にある小さな穴に小便を命中させるつもりだったが、小便は情けないほどちょっぴりで勢いもなく、地面や下ろしたズボンの上にちょろちょろと垂れ、手の甲までぬらした。

「こん畜生め」。タンワは言った。

「腹がへったぜ」

小便をすませると、ズボンのバンドを締めて耳を澄ました。小便をするふりをして外に出てきたのは、実は聞き耳を立てるためだった。

遠方から大勢の人々の話し声や笑い声が聞こえてくる。高くなったり低くなったり、あるときは聞こえ、あるときは静かに、波のように彼の耳へ、皮膚へ、骨へと突っ込んでくる。タンワは、うずうずする気持ちを押さえられなくなった。

「こん畜生、ラオズーズー（老柱柱）のやつめ」

「ばかやろう、ラオズーズーのやつめ」

ラオズーズーの悪口を言いながら、タンワは家に戻った。

窰《ヤオ》の中はまっ暗だった。日差しがいっぱいの戸外から窰に入ってくると、いつもこんなだ。真っ暗というより緑がかった暗闇である。目を瞬かせると、緑がかった暗闇の中に金色の点点が浮遊した。しばらくすると、ようやく治った。

窰の中では妻のシーライ（拾来）が、隅っこのかまどで燕麦《エンバク》を炒めていた。その香ばしい匂いが家中に立ち込めている。

タンワは鼻水が流れ落ちるのを止めようとするかのように、ツーツーと数回鼻をすすった。鼻をすすりながらオンドルに上がった。

「食べなさいと言っても食べない。野良に出て仕事をしなさいと言ってもしない」とシーライが文句を言った。

「何もしたくないのよね。何もしたくないのよ」

「何もしたくないわけじゃないんだ」とタンワ。

「じゃ、なんで野良に出ないのさ？」

「それは、おらが病気だからさ。おら、ほんとに具合が悪いんだぜ」

「具合が悪けりゃ横になるもんさ。けど、あんたは横にもなっていないじゃないか」とシーライ。

「お天道様《てんとさま》がもうちょっとで真上になるというのにさ」と続けた。

タンワは答えない。そして、トウモロコシの粉で作った窩頭《ウォトウ》〔トウモロコシ粉などをこねて、円錐形にして蒸したもの〕にハエが何匹かたかっているのを見つめ、手で追っ払った。

オンドルの上にヤナギの枝で編んだザルが幾つかあり、ザルの中には窩頭が入っている。ザルの横には、燕麦の糊糊《フーフー》〔穀物の粉で作る糊状の粥〕が一わん置いてあった。もともとかなり薄い糊糊だったが、長い間ほっておかれたので、表面の真ん中あたりに膜が張っている。おわんの縁の周りはまだ水気が残っていた。タンワはそれらを全部腹の中に納めたかった。窩頭はせいぜい三口で食べられるし、糊糊も二口で充分だとタンワは思った。とはいえ、病気、それもひどい病気だと言った手前、手を出すのがはばかられた。食欲がないとシーライに言ったばかりだ。そんなことを言っておきながら、食べ物に手を出せるわけがない。おらタンワにも面の皮っちゅうもんがあるんだ。中国人てのは、言ったことは守るのさ。食わねえと言った以上、何があっても食わねえ。

タンワは尻を上げて、破れた窓の穴から外をのぞいてみたが、変わったことは何もないので、また尻を下ろした。

やつらはここへは来るまい。どう見ても、おらを呼びには来るまい、とタンワは考えた。

タンワは誰かが自分を呼びに来るのを待っているのだ。

ラオズーズーは弟のアルズー（二柱）と自分の女房を共有するようになった後、弟がもともと嫁をもらうために貯めていた金で新しい窖を三間作った。今日は戸と窓を取り付けるので、各家から労力を提供することになっている。温家窖《ウェンジャーヤオ》では、この労力のことを「首かきっこ」と呼ぶ。

ロバは首がかゆくなっても自分の足でかくことができない。だからほかのロバに歯でそっとかんでもらう。二頭のロバが一緒にいさえすれば、お互いが自分の口を使って相手のかゆみを癒やしてやることができる。そんなことから、温家窖では、こうした相互扶助のことを「首かきっこ」と呼んでいるのである。

戸と窓を取りつける「首かきっこ」はたいした仕事ではない。つまるところ、隣人に油糕《ヨウカオ》〔キビを粉にしたものを練りアズキやナツメの餡を入れて揚げた餅〕を食べてもらう口実を作る行事で、村の慣習として定着している。油糕がない場合は、焼いた餅の何切れかで代用する。

タンワはラオズーズーの家の誰かが自分を呼びにやって来はしないかと、今朝早くから待っているのだが、わが家の庭の戸口をたたく者も、通りから声を張り上げて呼ぶ者もいない。誰かがやって来て、「タンワ」と呼ぶのをジリジリして待っているのに、誰も来ないのだ。

クソったれめ、おらのことを忘れやがって。

クソったれめ、忙しくておらのことを忘れおって。

油糕は新年に食ったきりだぞ。畜生、今日は油糕は駄目らしい、とタンワは考えた。

窩頭を見ると、またしてもハエの群れがたかっている。タンワは右手で扇《あお》いでハエを追い払ったが、その手をまだ戻さないうちに、ずうずうしいハエどもは窩頭の上に戻っている。今度は左手が近いので、左手で追い払った。ハエどもは逃げたが、一瞬のうちに窩頭に戻っている。また追い払い、また戻ってくる。こんなふうにタンワとハエはどちらも譲らない。まるで我慢比べをしているようだ。結局のところ、先に降参したのはタンワの方だった。もう面倒とばかり、ハエを追うのはやめ、ハエが窩頭に群がるのに任せた。

そのとき突然、庭の方で人の声がした。タンワはお尻を上げ、窓の前にひざまずいて、破れた窓の穴に目をあてた。

サングアフ（三寡婦）の長男ツァイツァイ（財財）の女房だった。庭の真ん中に立って、辺りをキョロキョロ見渡している。

「うちのフェンフェン（鳳凰）、この庭には来てないね？」と言い、「うちのフェンフェンは、卵を産むときになるとよその家の庭に行ってしまうんだから」と続けた。

「見ちゃいないわ」とシーライが答えた。「うちはオンドリを飼っていないしね」

「ツァイツァイは畑に出てねえのか？」と、タンワが聞いた。

「今日は畑に出なくても、労働点数を引かないと生産隊長が言っていたわ。こんなとき、誰がわざわざ畑に出るものかね」

「ツァイツァイはうちにいるのか？」

ツァイツァイの女房はこの質問を聞く前に行ってしまった。

「クソ！」タンワは言って、再びオンドルの上に戻った。

窩頭の上には、小さな黒い点々がたくさんついていた。ハエのフンである。最初のうちは無色だったが、だんだん黒い色に変わってきた。

何匹かのハエが窩頭の上からおわんの縁まで飛んできた。そして尻を上げると、おわんの中の糊糊を飲んだ。毛のように細い舌をチョロチョロ出しながら飲んでいる。

こん畜生め、ご主人様が腹ペコというのに、てめえたちは飲んだり食ったりしていやがる。

最初、左手を出してハエを追い払おうとして、すぐ右手に変えた。右の手のひらを丸めて、ゆっくりとおわんに近づけた。一匹を確実に生け捕りにするためだ。

サッ！

すばやく動いたタンワの手に、一匹のハエが捉えられた。ハエはタンワの手のひらの中で飛び回り、手のひらがかゆくなってきた。すると足の裏までかゆくなってきたように感じた。間もなくズボンの中のある部分までかゆくなってきて、尻をもぞもぞさせた。

おい、ハエのやつめ、このご主人様は、てめえらをこらしめねえと気がすまんのだ。

おい、ハエのやつめ、このご主人様は、てめえらを簡単に死なせたりはしないぞ。

タンワは手の中のハエの翅《はね》をそっとつかみ、オンドルに敷いてあるアンペラから茎を一本抜き取った。茎の先端を歯ではさむと、爪を立てて何度も茎をこすって薄く薄くカミソリの刃のようにした。この茎のカミソリで、哀れなハエの頭を切り落とし、やっとハエを手から放した。

頭のないハエはブーンと飛んでいき、窓の障子紙にパンと当たって、窓台の上に落ち、再びブーンと飛び上がった。そのあとどこへ飛んで行ったか、タンワには見えなかった。

タンワはもう一度右の手のひらを丸めると、窩頭と糊糊を入れたおわんにその手を伸ばした。自分たちの死が目前に迫っているのに気がつかない何匹ものハエどもが、飲んだり食べたりに夢中になっている。

さっきと同じやり方で、何匹もの頭のないハエを作りだした。しばらくすると、頭のないハエが家中どこもかしこもブンブン飛び回り、あちこちに身体をぶつけていた。

人間は頭がなくなったら、生きることができないのに、ハエのこん畜生めはできるのだ、とタンワは思った。

「まあ、お上手だこと」とシーライが言った。

「まあ、たいした腕前だこと。すごい武芸をお持ちでいらっしゃる」

「おめえは何でシーライって呼ばれるんだ?」とタンワが聞く。

「シーライなんて呼ばれるのは、おめえただ一人だぜ」

「ほっといてよ」とシーライ。

「おめえが何でシーライなんて呼ばれているのか、おら知っているぜ。おらの母ちゃんの話だと、おめえは道で拾った子だと、おめえの父ちゃんが言っているそうだ」とタンワ。そしてさらに続けた。

「おめえの父ちゃんもピッタリの名をつけたもんだぜ。道端に捨てられていたからシーライとはね。おめえの父ちゃんはばかじゃあないね」

「このおらが、道端で拾われようとそうでなかろうと、知ったことか?」とシーライ。

「うちの母ちゃんの話だと、おめえの父ちゃんは元々女房がいたことなんてなかったんだってよ」

「よけいなお節介だよ」とシーライ。

「おめえの父ちゃんは一年あたり一カ月、おらの母ちゃんと一緒に住む、と言ったらしいけど、おめえの父ちゃんはなんでしょっちゅうおらの母ちゃんを迎えに来るのかな」とタンワが言った。

「送って来て、すぐまた迎えに来る。送って来て、すぐまた迎えに来るんだぜ」

「あんたと何の関係があるの?」とシーライ。

「おめえの父ちゃんがおらの母ちゃんを迎えに来て連れて行けば、おらの父ちゃんは独りぼっちになるんだぜ、分かってるのか?」

「おらの母ちゃんを連れて行けば、おめえの父ちゃんは哀れな男やもめでなくなるが、今度はおらの父ちゃんが哀れな男やもめになるんだ」

「さあ、おらと一緒に石臼をひいてくんろ」とシーライが言った。

「石臼なんぞひくものか。あれはおなごの仕事だ」。タンワは言った。

「おらは自留地にジャガイモを掘りに行くぜ」

シーライはそれ以上何も言わず、粉ふるいとオンドルを掃く箒《ほうき》を炒めた燕麦を入れるザルに入れると、そのザルを肩に乗せて出て行った。

女房が出て行くのを見たタンワは窩頭をひっつかむと、二口か三口で全部腹の中に詰め込んだ。次には燕麦の糊糊が入ったおわんを手に取って、一気に飲み込んだ。首をもがれたハエも一匹一緒に腹におさまった。

オンドルの上にはハエの頭がたくさん転がっていた。どれも大きな両目でタンワをにらみつけていたが、タンワは知らぬ顔。庭の戸口に掛かっている鋤《すき》を手にすると、家を出て行った。

遠くの方でのざわめきや笑い声が耳に飛び込んできた。骨の中まで突っ込んできた。

鋤を担いで大股で歩いた。といっても自留地ではなく、ラオズーズーの新築の窰に向かっている。

窰の前までくると、「カオリャン（高粱）、カオリャン、窰を作っているんだね？」と聞いた。カオリャンはラオズーズーの長男である。カオリャンは忙しく働いていて、この声が耳に入らなかった。

そこで末の息子のユージャオ（玉茭）に「ユージャオ、ユージャオ、窰を作っているんだね？」と声をかけてみた。やはり返事がない。

今度はラオズーズーに声をかけることにした。「ズーズーおじさん、今日はめでたい日だね。門や窓を取り付けるんだよね？」ラオズーズーにはこの声が届いた。

「ずいぶんと早く畑から戻ったもんだね」とラオズーズーは言った。

「今日は畑に出なくても労働点数を引かれないって聞いたんだ。こんな日に誰が働くものかね？」とタンワ。

言葉を続けようとしたとき、誰かに声をかけられてラオズーズーは行ってしまった。タンワが振り返ってみると、新築作業の手伝いをしている人たちに混じって父親の姿があった。

クソったれ親父め。来ていやがる。

あいつは油糕のご馳走にありつくんだな。

親父を呼んだから、おらは呼ばなかったんだな。道理から言えば、このおらは親父とは別に一戸をかまえてる。親父とは別世帯だ。でも、親父だけ招いてこのおらは呼ばないんだな。

親父は油糕を食えるのに、このおらは食えないと、タンワは思った。

突然、名案を思いついた。ひとつ、親父をからかってやろうと思った。そう考えると、途端にうれしくなった。

「父ちゃん……」とタンワは呼んだ。

「父ちゃん……」。もう一度呼んだ。

ヘイタンは、息子の呼ぶ声を聞いて、仕事の手を止め、こっちへやって来た。

「父ちゃん、シーライの親父さんが来たよ。母ちゃんを戻しに来たんだ。あちらこちら父ちゃんを探していたが、見つからないので帰っちまったよ」

「ほんとかね?」ヘイタンが言った。

「父ちゃんにうそをついたら、おらは畜生だよ」

ヘイタンはタンワをほったらかして、あわてて家へ駆けて行った。

クソ親父め。真に受けやがった、とタンワは思った。

クソ。親父は待てないんだ。女房が恋しくてたまらないんだ。

クソ。ちったあ頭を使えよ。親父。期限の一カ月も終わらぬうちに、シーライの親父が母ちゃんを帰してよこすわけがないじゃないか？

　父親の姿が見えなくなると、タンワは村はずれに向かって歩き出した。

　タンワの自留地はラオズーズー家のそれと隣り合わせになっている。自留地に着くと、タンワは鋤を放り出してあぜに腰を下ろし、ひとり愚痴った。

　チェッ！　ラオズーズーはおらのことを忘れていたわけじゃねえ。最初からおらを招くつもりがなかったんだ。さっき、やつの目の前に立ったのに、おらを招待しなかったじゃねえか。あの野郎はおらに、今日はずいぶん早いあがりだな、と言ったくせに、油糕を食って行けとは、ひと言も言わなかった。こん畜生め。

　クソ。おらがいつあいつの恨みを買うようなことをしたさ？

　そのとき、ひらめいた。穀物干し場で起きたあれか？

　穀物干し場はそのとき一面にアワの穂が敷かれていた。タンワは目隠しをしたロバに石のローラーを引かせていた。片方の端が大きく、もう片方の端が小さいやつだ。タンワはロバを円形にぐるぐる引き回し、後ろに付いているローラーでアワの穂をすりつぶした。

　女たちは鎌を使ってアワの束から穂だけを切り落とす作業をしている。

　タンワが目をやると、女たちの中にラオズーズーの長男のカオリャンがおり、シーライにぴったりくっついているのが見えた。よく見ると、カオリャンがアワの穂を切り落とすたびに、その太ももがシーライの太ももを押しつけている。

　タンワはロバの手綱を放り出し、カオリャンめがけて歩み寄った。

「おいカオリャン！　てめえはなんでおらの女房に太ももを押しつけるんだ」とタンワが言った。

「そんなこと、やってねえよ」とカオリャンが言った。

「やってねえのになんで押しつけてるんだ」とタンワ。

「やってねえよ」とカオリャン。

「押しつけた」

「やってねえ」

「やったぜ」

「やってねえ」

そのとき、シーライが言った。「恥知らず！」

よく通る、はっきりした声でそう言うと、彼女は出ていった。

「恥知らず」とタンワ。

「恥知らず」と、カオリャンも言い返す。

「恥知らずめ！」

「この恥知らず！」

「恥知らず、恥知らず、恥知らず、恥知らず！」

「恥知らず、恥知らず、恥知らず、恥知らず！」

「恥、恥、恥、恥……」

「恥、恥、恥、恥……」

双方が「恥、恥、恥、恥」と、声をそろえて叫び、どちらもやめない。とうとう生産隊長にどなりつけられた。「おまえら、赤い肉びらがムズムズするんなら、公社で飼っている雄ブタのバークシャーに種付けしてもらいな」。これが効いて、お互いにもう「恥知らず」ではなくなり、それぞれの作業に戻った。

あのことでおらを恨むなんて筋違いだ。人の女房に太ももを押しつけといて文句も言わせない？それに、あの日の仕事が終わった後で、カオリャンはおらの襟もとをつかんで、おらにビンタを食わした。殴ったのはおらじゃねえ。

あの日のことじゃねえ、あれじゃねえ、間違ってもあれじゃねえ、とタンワは考えた。

となると、何が原因なんだ？　おらが何かあいつの家の恨みを買ったかいな？

そのとき、ドン、ガーと音がした。

続いてパンパンパン……と鳴る。

「こん畜生、爆竹の音が響いてるぜ」

「爆竹の音が響き終わったら、油糕を食うんだ」

「誰も彼も油糕を食うんだ」

タンワはそう言うと跳ね起き、鋤を提げて自留地に入っていった。

自分のではなくラオズーの家の自留地に。

ザッ、ザッ、ザッ。鋤を振り下ろす。

ザッ、ザッ、ザッ。勢いよく鋤で掘り起こす。

頭のてっぺんから足の先まで汗びっしょりになるまで畑を掘り続けた。大満足だった。

土の中でトウモロコシの苗の根っこが、ガボン、ガボンと音を立てた。

ガボン、ガボンと根っこが裂ける音を耳にして、タンワは幸福そのものだった。

こん畜生め。油糕を食わせてくれなくてもいいさ。タンワは苗を掘りながら、腹の中で悪態をついた。

こん畜生め。油糕を食わせてくれなくてもいいようにしてやる。掘り起こしながら、腹の中で悪態をついた。

タンワは掘りながら悪態をつき、悪態をつきながら掘った。意識がもうろうとなるまで掘りに掘った。空が薄暗くなって、やっと掘るのをやめた。

鋤で掘り起こされて根っこが切断されてしまったトウモロコシの苗は、まだ緑の色をたたえて真っ直ぐに立っている。でも、明日の今ごろ、どんなふうに見えるか、タンワには分かっていた。

怒りをすっかり吐きだして、何ともよい気持ちだった。

それから畑に座り込んでトウモロコシの苗を見つめた。たっぷり休憩して、ようやく鋤を肩に担ぎ、わが家に向かった。歩きながら歌った。

揚げたてのカリカリ餅と春雨入りの料理
ねえちゃん　金出せぬなら腰帯解けや

家にたどり着くまで、この二節を繰り返し歌っていた。

庭の入り口にシーライがいた。

「なんでこんなに遅かったのさ?」シーライが言った。

「腹ぺこじゃないの?」シーライが言った。

タンワは窖の中に入り、オンドルの上に置いてある赤い素焼きの鉢を開けた。鉢の半分ほどに油糕が入っていた。香ばしい匂いを放ち、ピカピカと黄金色に輝く油糕が、何と素焼きの鉢に半分も入っていた。

「当たりめえよ」。タンワが言った。

「早くうちへ入って、油糕を食いな」。シーライが言った。

タンワは窰の中に入り、オンドルの上に置いてある赤い素焼きの鉢を開けた。鉢の半分ほどに油糕が入っていた。香ばしい匂いを放ち、ピカピカと黄金色に輝く油糕が、何と素焼きの鉢に半分も入っていた。

「これはどうした？」タンワが聞いた。

「決まっているじゃないのさ。ラオズーズーが人に持たせてよこしたのよ」とシーライ。

「ば、ば、ばかなことをしちまったぜ、おら」。タンワはつぶやき、油糕の入った鉢からオンドルの方へ目をそらした。

タンワに頭をもぎ取られたハエの大群が目に入った。ハエの頭たちは二つの大きな目でギョロリとタンワをにらんでいた。

第十六話　ヘイニュとアルイー

ヘイニュ（黒女）は白髪まじりの髪を振り乱し、身の丈よりも長い、樹皮が擦り切れてなくなりそうな御柳《ぎょりゅう》の杖《つえ》にすがって通りを歩き回った。歩きながら「アルイー（二尾）やーい、アルイー」と叫んでいる。

誰かとすれ違うと、「うちのアルイーを見なかったかい？　どこかでうちのアルイーを見かけなかったかい？」と尋ねた。誰もが首を振り、「あんたのアルイーは見なかったよ」と言った。

ヘイニュはまた別の場所へ探しに行くのだった。

ウシの囲いもヒツジの囲いも探した。穀物干し場も製粉小屋も探した。最後には各家庭が薪を置く場所も探した。けれどもアルイーの姿はなかった。

ヘイニュは今度は村の外へ探しに出かけた。

歩きながら「アルイーやーい、アルイー」と叫ぶが、どこかに隠れているアルイーがそれに返事をしてくれることはなかったし、以前のように羽をバタバタさせながら、長い両足で駆け寄ってきて、涼しい風を巻き上げながら、ヘイニュの肩に飛び乗ってくることもなかった。

村の周囲では、いつもアルイーを連れて餌の虫を食べさせに行く場所を残らず調べた。どこもかしこも探したが、見つからなかった。

お天道様《てんとさま》が沈んだ。

あちらこちらと探し回って、ヘイニュはもう歩けなかった。そこで、村の西にある土手に御柳の杖にすがりながら、ゆっくりと腰を下ろした。どこからかひょっこりアルイーが現れるかもしれないと期待して、目をこらして周囲を見渡した。しかし、あちらこちらと眺めてみても、起こってほしいと願ったことは起こらなかった。

ヒツジの群れが村に戻ってきた。

ヤンワ（羊娃）が戦に勝った将軍みたいに自分の部隊を率いていた。「こらっ、子ヒツジ、こらっ」とヒツジの群れに喝を入れ、「クソッ、こん畜生め。クソッ、この野郎め」と罵声を上げながら、鞭《むち》をうならせる。すると、何百本ものヒツジの足が、からみあうようにすばやく動くのだった。

多くのヒツジには、背中に赤か青の色が塗られていた。大きいのもあれば小さいのもあり、薄いのもあれば濃いのもあった。それは記号だった。記号のついたヒツジは全部個人所有なのだ。個人所有のヒツジはどれも肥えて頑丈そうで、生産大隊のヒツジは痩せて干からびているようだった。

村へ入ると、個人所有のヒツジたちはヤンワが喝を入れても従おうとはしなかった。一斉に鳴き、跳ね、押したりぶつかりあったりしながらそれぞれの家の方に駆けていった。残った生産大隊のヒツジたちはヤンワの後を追って、おとなしくヒツジの囲いの方へ向かった。

なんとかわいそうなの。あのヒツジたちはなんとかわいそうなの。とヘイニュは思った。

ああ、それにしても、おらのアルイーは今一体どこにいるんだろう。

会計係の家が飼っている子ブタが二匹、ブーブー鳴きながら村に入っていった。この二匹はいつも塀に沿って歩き、またいつもこそこそ落ち着かない様子だった。何か悪だくみを考えているのか、それとも、つい今しがた悪事を働いてきたばかりに見えた。

村の向こうの野原から戻ってきたニワトリの一群を眺めながら、ヘイニュは思った。おらのアルイーはどこにいるのだろうね？　一体どこに行ったのだろうね？

夕焼けの赤い雲がみるみるうちに黒くなっていく。

あの雲の形はおらのアルイーになんとよく似ているのだろう。赤いとさかに赤い脚、身体の羽毛は青みがかった黒で、黄金色の光を放っている。全くおらのアルイーにそっくりだとヘイニュは思った。

その瞬間、音が聞こえた。聞き慣れた、とっても聞き慣れた音だった。

「アルイーだわ、おらのアルイーよ」とヘイニュは耳を傾けた。

「アルイーがおらを呼んでいる。おらのアルイーが、野中の墓地からおらを呼んでいる」

すっくと立ち上がったヘイニュは、御柳の杖をつかむと急いで野中の墓地に向かった。

空は次第次第に暗くなってきた。

空は次第次第に暗さを増してきた。

アルイーは一年前、言葉に外地なまりのある人がヘイニュにくれたものだ。

その日の午後、畑で働く人たちは生産隊長に連れられて、西側の土手にある燕麦《エンバク》を刈りに出かけた。乳飲み子も抱きかかえて連れて行くことになり、年長の子どもたちは幼い弟や妹の面倒をみるため大人の後について西側の土手に行った。村に残ったのは役に立たないじいさんやばあさんだけで、一人残らずヘイニュの家の門の前に集まり、シラミをつぶしながら涼を取っていた。

外地なまりのある男が大きなカゴを担いで南の峠から下りて来て、村に入ると、「ヒヨコはいらんかね、ヒヨコはいらんかね！」と叫んだ。

何と叫んでいるのか、最初は誰にも聞き取れなかった。男が天秤棒を揺らしながら近づいてくると、カゴの中から「ピヨピヨ」と鳴く声とカゴの底を爪でひっかくガサガサという音が聞こえ、ようやくこの男がヒヨコを売りに来たのだとわかった。

「見せてみな、見せてみろや」と、みんなが口を揃えて言った。

外地なまりの男はカゴの蓋を開けた。中には、ふさふさとした黒い羽毛と黄色いクチバシを持ったヒヨコがぎっしりと詰まっていた。じいさんやばあさんたちは舌を鳴らして、いいヒヨコだねぇとほめ、手の上に乗せて雄だ、いや雌だと言い合った。けれども誰も買わなかった。

この村にもメンドリがいて、ヒヨコを孵化《ふか》できるのだから、なんでわざわざ買う必要がある？

「あんた方が飼っているニワトリの品種は、一体何だね？　その、のろまなニワトリは」。外地なまりの男が聞いた。「わしのニワトリはオーストラリア産の黒ニワトリだぜ」

何とかの黒ニワトリと言われても、誰にも分からない。そもそも、誰も買わないのだから同じことだった。

ヘイニュは外地なまりの男が頭いっぱい汗をかいているのを見て、窖《ヤオ》からひしゃくに一杯の冷たい井戸水をすくってきて差しだした。水は新鮮そのもので、昼飯の支度をしていたとき、レンアル（愣二）が井戸からくんで担いで来てくれたものだった。外地なまりの男は一気にひしゃく半分ほど飲み下して、残りはヒョウタンの水筒に入れた。

それから、自分の肩に掛けていた赤い柄物の手ぬぐいを細長くして村人の家によくある鍋敷きのように丸くねじった。それを頭に載せ、カゴを担いで立ち去ろうとしたが、もう一度カゴを下ろすと、蓋を開け、ヒヨコを一羽つまむとヘイニュに差し出した。ヘイニュは遠慮せずに手を出して受け取った。孤独で年老いたヘイニュは、こうして余生の友となるニワトリを一羽手に入れたのである。

ヘイニュは手のひらにヒヨコを載せてみた。ヒヨコの脚に踏まれて手のひらがむずがゆい。人差し指に乗せてみた。すると、下へ落ちるのを怖がって、指に小さな爪を立てた。それから、黄色いくちばしを開け、ピヨピヨと鳴いた。喉が乾いたんだね、とヘイニュは言い、口をつぼめて唾を溜め、ヒヨコに飲ませてやった。

見ていた村人の一人が言った。「なあヘイニュよ。おめえは子どもを育てたことはねえが、ニワトリは飼ってきたはずだ。こんな小さなヒヨコに水はやっちゃいけねえ」

「水じゃねえよ。おらの唾さ」。ヘイニュは怒って言い返した。子どもを産んだことがないと言われると、ヘイニュはいつでもムキになる。

結婚してから、ヘイニュは子どもが欲しかったが、ついに望みはかなわなかった。大同にある曹夫楼村に子授けの神様が祭られている祠があり、霊験あらたかだと言われていたので出かけて行ってお線香をあげ、地面に頭をつけておがんだことがある。子授けの神様に祈りながら、こうつぶやいた。「子どもができねえのはおらのせいというなら、嫁入り前は、生むことができたんです。子どもができねえのは、うちの亭主のせいかというなら、おらは他の男どもとも寝ていやす。一体誰のせいですかね？」神様はそれが誰の責任なのか――ヘイニュか、他の男どもか――はっきりと教えてはくれなかった。とにかく、ヘイニュは生涯子どもができなかった。

ヘイニュはもらったヒヨコをマオトゥアントゥアン（毛団団）と呼ぶことにした。ヘイニュはマオトゥアントゥアンを心から可愛がった。

他人の言うことなどお構いなしに、自分の口から唾を飲ませ、燕麦粉やアワの薄粥も口移しで飲ませた。マオトゥアントゥアンが堅いクチバシで自分の舌を突っつくのが好きだった。あれするときよりも気持ちがよかった。

夜寝るときには、自分のボロの布上着をマオトゥアントゥアンに被せてやった。そして、枕のそばに寝かせた。こうすれば、目が覚めればいつでもマオトゥアントゥアンに触れるからだ。

それまでヘイニュは家の内と外との間にネコの通路を開けていた。よその家で飼っているネコにネズミを取ってもらうためだ。しかし、マオトゥアントゥアンを手に入れてからは、この通路をふさいだ。ネコが家の中に入ってきて、マオトゥアントゥアンを爪で一撃して殺すか、さらっていって食べてしまうといけないからだ。ヘイニュは、ネコの中にはネズミを捕らずに、ヒヨコばかりを狙ってくるやつがいるのを知っていた。ウェンシャン（温善）の女房が飼っているシュウシュウ（鼠鼠）という名のネコがそうで、よその家のヒヨコをくわえていくのが好きだった。

マオトゥアントゥアンの成長はめざましく、二週間もすると硬い羽が生えた。一カ月も経たぬうちに硬い尾羽もピンと立ってきた。そのうちにピヨ、ピヨではなく、コ、コ、コ、コと鳴き始めた。

ヘイニュはマオトゥアントゥアンのための餌箱は用意せず、いつも自分のおわんから食べさせた。ヘイニュがおわんを持ち上げると、マオトゥアントゥアンはヘイニュのひじにサッと飛び乗る。ヘイニュがひと口食べると、マオトゥアントゥアンもひと口食べる。代わる代わる食べ、どちらも相手を不潔だと思わなかったし、どちらも相手から病気を移される心配などしていなかった。

ヘイニュは決して鳥小屋を作ろうとしなかった。マオトゥアントゥアンはいつもオンドルの上でヘイニュと寝る。今では、もうヘイニュのボロの布上着を掛けてもらうのを好まなくなった。掛けようとすると、ヘイニュをクチバシで突つく。ヘイニュを突ついているのではなく、ボロの布上着はもういらないよ、という意味だったので、上着を掛けるのをやめた。それだけでなく、マオトゥアントゥアンが止まり木の上で寝たがったので、ヘイニュは火を起こすときに使っている小さな腰掛けを上下逆さまにしてオンドルのたき口に近い側に置いた。マオトゥアントゥアンは逆さまになった腰掛けの横棒の上に止まって寝た。朝起きると、裏返した腰掛けの底の部分に糞がひと山積まれているので、ヘイニュはそれをかまどの中に掃き入れる。ニワトリの糞も炭がわりになるのである。

マオトゥアントゥアンがまた少し大きくなって、もうネコに食べられないくらいになると、ヘイニュは庭に出してやった。マオトゥアントゥアンは長い両脚を開いて、庭中を飽きることなく駆け回った。地面をかきにかいて食べ物を探しているので、野原に連れて行き、虫を食べさせた。どんなに大きなイナゴでも、マオトゥアントゥアンはそれを見つけると、もうクチバシで捕らえている。それからぐっぐっぐっと首を伸ばしたり縮めたりを繰り返しながら、イナゴを食道の後端にある嚢まで飲み込んだ。ヘイニュはマオトゥアントゥアンが大きなイナゴで喉を詰まらせるのではないかと心配で、地面にひざまづいて小さなイナゴを捕まえてマオトゥアントゥアンに与えた。けれどもいつも捕まえられるわけではない。うまく一匹捕まえたように思って、手のひらを開けてみると、得てして何もいなかった。その反対に、何もつかまえられなかったと思って、手のひらを開けてみると、小さなイナゴが飛び出して逃げていくこともあった。イナゴをうまく捕まえようが逃そうが、ヘイニュはいつもクスクス笑った。マオトゥアントゥアンもコ、コ、コ、コと鳴いて笑っているように見えた。

ヘイニュがどこへ行こうと、マオトゥアントゥアンはついてくる。マオトゥアントゥアンがどこへ行こうと、ヘイニュも必ずついて行く。マオトゥアントゥアンはどれ程遠くまで行っていても、「マオトゥアントゥアンー」と呼ぶヘイニュの声が聞こえると、駆け寄ってくる。マオトゥアントゥアンが長い足を大きく開いて走っている様子が、まるでラクダが飛び跳ねているように見え、ヘイニュはマオトゥアントゥアンを「ラクダ」と呼ぶことにした。「ラクダー」という叫び声を聞くと、マオトゥアントゥアンは誰の声だか分かる。身体を揺らしながらヘイニュの方に駆け寄ってくると、両方の羽を広げてあおいで、一陣の涼しい風を巻き上げてヘイニュのひじか肩の上に飛び乗るのだった。

ヘイニュがマオトゥアントゥアンを連れて自宅に戻る様子は、狩猟を終えて帰る鷹匠そっくりだった。

秋を迎え、脱穀がすむころには、マオトゥアントゥアンは大きなニワトリに成長していた。よそのニワトリに比べても、首ひとつ抜け出すほどだった。全身が黒々と光る羽根で覆われ、首と尾の毛はまるで黄金のように艶やかだ。とさかと脚、目玉はすべて赤い。これほど見事なニワトリは村人も見たことがなかった。

「来年、あの外地なまりの畜生めが村へやってきたら、何が何でも今度は何羽かは買わなきゃ」と村人たちは言い合った。

先祖を送る旧暦の正月十六日の午前中、マオトゥアントゥアンはオンドルの上でヘイニュのために卵を一個ポンと産み落とした。

ヘイニュは、マオトゥアントゥアンはオンドリだと信じ込んでいたので、雄雌を識別するために尻を調べたことは一度もなかった。ところが、マオトゥアントゥアンは卵を産むことができるのだった。

ヘイニュがマオトゥアントゥアンを連れて自宅に戻る様子は、狩猟を終えて帰る鷹匠そっくりだった。

喜びのあまり、ヘイニュは温かい卵を捧げ持って、家中歩き回った。

突然、これを死者たちにも見せなきゃ、と思い立った。

死者といえば、まずは亭主だ。次はジンライ（金来）、ザオザオ（招招）、フフ（富富）、グイグイ（貴貴）、それに大酒飲みだったグオコウ（鍋扣）。他にもいたが思い出せない。みんな、生きていたころはヘイニュと親しく、中にはあれした者もいる。

この村は先祖代々にわたって貧乏である。男たちの多くは貧乏すぎて一生嫁をもらえない。ニワトリやイヌは、例外なしに「まぐわい」をするのに、とヘイニュは考える。一人の女として、世の中の男どもがニワトリやイヌにも及ばないでいるのは見ていられない。こんなふうに考えるようになったのは、あのこと以来だ。

その出来事は、こんなふうに起きた。

ある日のこと、昼寝をしているときに、家の屋根に干してある味噌の甕《かめ》を、もう何日もかき回していないことを突然思い出した。下手をするとウジがわく。そこで甕をかき回すために屋根に上がった。甕をかき回していると、ザオザオの姿が見えた。家の後ろに小さな空き地があり、その手前一面にコーリャンが生えていた。ザオザオはその空き地で、尻をむき出しにして、雌のヒツジに馬乗りになろうとしていた。雌ヒツジの方は、この人が何をしようとしているのか分からず、必死に逃げようとしていた。ザオザオの方は、ヒツジが逃げてはまずい、鳴き声をあげてはまずいと、尻尾を巻きあげ、ヒツジの首を抱きかかえようとした。一度に何もかもしようとするものだから、ザオザオはつまずいて、仰向けに転んでしまった。ヘイニュはこらえきれずに笑ってしまった。危うく笑い声を上げてしまうところだった。のちにザオザオに会ったとき、近くに誰もいなかったので、「ねえザオザオ、ザオザオ。わかってるよ」と言った。ザオザオは何のことかわからず、ヘイニュの顔を見つめるばかりだった。「ザオザオ、ザオザオ。見ちまったのさ」とヘイニュは言った。ザオザオが相手にしないので、ヘイニュは続けた。「あの日のちょうど昼寝の時間、おらは屋根の上にいたのさ」。これを聞いてザオザオは真っ赤になった。そしてドサリと音をたててヘイニュの前に土下座して言った。「ヘイニュよ、ヘイニュ、ヘイニュさん。おら、これからはあんたのことを敬って大叔母様と言うよ。お祖母様と呼んでもいい。もしあんたがあのことを誰かに漏らしたら、このおらは生きてはいけねえよ」

ヘイニュはそのとき、みずからズボンを脱ぎ、ザオザオにさせてやったのだった。

それ以後、村の独身者たちは思ったらそれを口に出しさえすればよかった。ヘイニュが断ったことは一度もなかった。

ヘイニュは卵を土甕の蓋の上にしばらく置いておいた。まず死者たちに食べてもらい、それから自分も食べた。実のところ、土甕の蓋の上には柴とコーリャンのワラで作った箸が一膳置いてあるだけだった。ヘイニュの心づもりでは、これが死者たちの位牌なのだった。本物の位牌を置くことはできない。人に見られたら迷信と非難される。それを生産隊に知られたら大変なことになる。これまで享受してきた「五保〔五つの生活保護措置のこと。農村に住んでいて、自力で生活することが困難な人には、衣服、食糧、燃料、教育、埋葬の五項目にわたる生活条件を政府が保障する〕」が受けられなくなって、生産隊は食糧を分けてくれなくなるし、レンアルたち村の独り者に、順番に水を運ばせたり、臼を挽いて製粉してもらったりできなくなる。正月がきても、三斤〔一・五キロ〕の豚肉を受け取れなくなる。正月に三斤ものブタ肉を食べられる家は、「五保」の資格を持つ者以外、村ではほとんどいないのだ。

死者たちに卵を充分長い間眺めさせた後、ヘイニュは柴に火をつけ鍋をかけ、その卵をゆでて皮をむいた。皮をむいた卵は真っ白で、よい匂いがした。柔らかくゆでたので、ぷるぷる揺れていた。その卵をおわんに移し、塩を一つまみ振りかけた。それを土甕の上に置いて、死者たちに改めてお供えした。この卵を食べさせてやらなければ、死んだ連中は今年いっぱい、何も食べるものがないだろう。先祖の霊を送るその日の午後には、死者たちをあの世へ送り返さなければならない。連中を再びこの世に迎え、飲み食いしてもらうのは一年後の大みそかだ。死者たちは生きていたころ、うまいものがあると、ヘイニュに分けてくれるのを忘れなかった。ザオザオは、中でも一番気前のよい男だった。自分は食べるのをがまんして、ヘイニュのために取っておいてくれた。荷馬車を駆っていた道でアンズを一個拾ったときには、二日間しまい込んで持ち帰り、ヘイニュにくれた。死者たちはみんな地下の世界に行ってしまい、この世のものを二度と口にすることができない。それに、連中には家族がない。だからヘイニュは、毎年大みそかになるとこっそり紙銭を焼いて、死者たち全員をわが家に招く。みんなで一緒に分け合い、少しずつ飲み食いしながら家の中でのんびりと過ごさせた後、旧暦の正月十六日にあの世に送り返す。

ヘイニュはゆでた卵がほとんど冷えてしまったころになってから、ひと口ひと口大事に食べた。マオトゥアントゥアンはと見ると、地面にうずくまって、ヘイニュが食べるのを眺めている。いつものようにヘイニュと先を争って食べようとはしなかった。自分が産んだ卵を食べるのはよくないと知っているのだ。

マオトゥアントゥアンはほとんど毎日のように、オンドルの上で卵を一個産んでくれた。産みたての卵は温かく、最初のうちは指で押すとへこむほどに殻が柔らかい。しばらくすると硬くなる。

死者たちをあの世に送り返した後、ヘイニュは卵を食べようとしなかった。食べないで十個ぐらい貯め、御柳の杖をついて人民公社へ出かけていった。そこで灯油、塩、マッチ、麻の紙、重曹、みょうばんなどと物物交換するのである。公社の購買販売協同組合〔農村で生産用具、生活用品を供給し、農産物、副業産物を買い上げる商業機構〕の棚には、ありとあらゆる種類の品物があったが、ヘイニュは本当に必要な物とだけ交換した。万一被災したり、病気にかかったりした場合に備えて、公社の病院で薬も何包みも手に入れた。

あるとき、何も交換するものが思いつかなかったので、一枚のガラスと交換し、麻紙を使って窓の穴に貼りつけた。これで、家の中にいながら、ガラス越しに外の様子を眺めることができるようになった。そうやって庭にいるマオトゥアントゥアンを眺めていると、若いころいつも口ずさんでいた乞食節の一節が思わず出てくる。

あんたを思う　ほんとに思う　心の底から思うのさ
枕を抱き締めて　口づけす
あんたを思う　ほんとに思う　心の底から思うのさ
口づけしたら　ソバ殻だらけ

ヘイニュはふんふんと口ずさんでいたが、ピタリと止めた。歌っている自分が滑稽に思えてきたのだ。年齢《とし》を取ったのだから、もうこんな唄を歌うべきではないわ。年齢を取ると人はできなくなる。役に立たなくなる。いつだったかシャートンピン（下等兵）が家まで水を担いできてくれた後で、すぐに出ていかず、ぐずぐずしていたことがあった。腹をすかせているのだろうと思って、飯を食って行きなさいよ、と勧めた。だが、シャートンピンの頭にあったのは、食べ物のことではなかった。あれをしたいと言ったのだ。ヘイニュは「おお、あちらはね、おらはもう駄目なのさ。人間年齢を取ると、できなくなるのさ。今やぼけナスと同じだよ」。「見たいなら見せてやるよ」。シャートンピンは答えた。「いや、いい。見ない方がましだ」。そう言って、踵《きびす》を返して出て行った。以来、シャートンピンはヘイニュの家に来なくなった。「五保」の家事手伝いの当番が回って来たときも、ほかの人間に頼んで代わってもらった。たぶん、きまりが悪かったのだろう。

ヘイニュのマオトゥアントゥアンは立派に成長し、人目を引くようになった。その上相変わらず卵を産む。温家窰《ウェンジャーヤオ》村の人々にしてみれば羨ましくてたまらなかった。

人々はヘイニュにこんな話をもちかけた。村の大柄のオンドリ数羽とマオトゥアントゥアンを交配させたらどうか。ヒヨコは受精卵からしか孵化しないから、うまくいけば、第二、第三のマオトゥアントゥアンが孵化するよ、と。ヘイニュは「いいよ。いけないわけがないだろう。オンドリを連れてきな」と言った。

ヘイニュは同意したが、マオトゥアントゥアンはしなかった。マオトゥアントゥアンは、ヘイニュみたいに、したい者には誰でもさせてあげるほど優しくはないのだった。

マオトゥアントゥアンはどのオンドリにも、自分の上に乗っかることを許さなかった。マオトゥアントゥアンが羽根をパタッと振るだけで、オンドリたちは驚いてコ、コ、コと悲鳴を上げて命からがら逃げ出した。早く逃げようと、飛び越えられない塀でも飛び越えようとするオンドリもいて、塀に何筋もの白い爪痕を残した。けれども最後はやはり地面に落ちてしまう。そして懸命に鳴き声を上げ、狂ったようにあてずっぽうに跳ね上がったり、走ったりして、あちらこちらに羽毛をまき散らすのだった。

マオトゥアントゥアンが自分にそっくりなヒヨコを産んでくれそうにないことを知った村人たちは、あの外地なまりのニワトリ商人がもう一度村にやって来ることに最後の望みをかけた。柄物の手ぬぐいを鍋敷きのように巻いて頭の上に載せた、あの男である。もう一度、この村にやって来て黒いヒヨコを売ってくれるのを期待していた。だが、やって来るはずの日が過ぎても、男は現れなかった。

ある朝のこと、ヘイニュが目を覚ますと空はもうとっくに明るくなっていた。なのに、マオトゥアントゥアンはひっくり返した腰掛けの脚の上で頭を壁に向けてうずくまったまま、じっとしている。ヘイニュが着替えをしても振り向いて見ようともしなかった。いつもなら、とっくにオンドルの上で飛んだり跳ねたり走り回り、ヘイニュが布団を畳むのを見ているのに。部屋のおまるを外に流しに行って戻り、腰掛けの底に落ちている糞を掃こうとして、ヘイニュは糞がいつもと違うことに気がついた。黒くてとろりとしている。あわててマオトゥアントゥアンを抱き上げてみると、まぶたが真っ赤ではなく、黒紫色になっていた。とさかも爪も同じ色だ。しかも、まるで冬の氷塊のように冷たい。

ヘイニュは「ワッ」と声を上げて泣いた。大粒の涙がマオトゥアントゥアンの羽毛の上を滑って床に落ちた。

ちょうど水を運んで来てくれたチョウバン（丑帮）が、はだしの医者に相談してみたら、と勧めた。ヘイニュは泣きやみ、御柳の杖も持たず、マオトゥアントゥアンを抱えて家を出た。はだしの医者は見つからなかった。そこで人民公社の獣医診療所に行った。すると、ここでは大きな図体の家畜だけを診察しており、ニワトリは診ないと言われた。ヘイニュはやむなくマオトゥアントゥアンを抱いて家に帰った。

しばらく泣いているうちに、卵と交換に手に入れた薬のことを突然思い出した。何の薬か気にもかけず、ヘイニュはマオトゥアントゥアンのクチバシをこじ開けて錠剤を二粒含ませ、水で流し込んだ。

夕方になると、マオトゥアントゥアンは目を開け、ヘイニュを見つめた。とさかはこれまでほど黒みがかってはいず、冷えきってもいなかった。もう死ぬ心配はない。ヘイニュはマオトゥアントゥアンを抱き締めて、また少し泣いた。ただし今度のはうれし涙だった。うつむいて、とさかに口づけすると餌を作り始めた。早く治るようにと餌の中に薬を混ぜた。

何日か経つと、マオトゥアントゥアンは全快した。けれども回復した後は、もう卵を産まなくなった。

卵を産まないなら産まないでもいいのさ。もともと、この子を飼っているのは卵を産んでもらうためではないもの。伴侶になってもらうためだもの。病気が治りさえすればそれでいい。

これまでマオトゥアントゥアンは村の中をうろつき回ることをしなかったが、病気が治ると村の中をうろつき回るようになった。ヘイニュが止めても効き目がない。マオトゥアントゥアンは外に出るとほかのニワトリ、それもメンドリを探す。

村のメンドリたちはマオトゥアントゥアンがやって来るのを見ると、今までしていたことを一斉にやめてうずくまる。次には尾を上げて赤い尻の尖った部分を露出し、マオトゥアントゥアンがのしかかるのを待つ。マオトゥアントゥアンは、胸をグイと突き出し、最もきれいなメンドリに向かって大股で歩いていく。右の羽根を扇子のように開き、そのメンドリの周りをぐるぐる回る。何度も何度も回った末に、メンドリの後ろからぴょんと飛びかかり、思いをとげるのである。背中から落ちないように、クチバシでメンドリの首筋の羽毛をしっかりくわえてゆるめなかった。

一羽のメンドリがすむと、今度は別の一羽に飛びかかる。

これを見て、他のオンドリたちはむくれたが、単独でマオトゥアントゥアンに立ち向かう勇気はない。そこでみんなが束になって向かったが、すぐにマオトゥアントゥアンにのされてしまった。あるものは目を突かれて傷め、あるものはとさかを食いちぎられる始末。どのオンドリも鋭い悲鳴を上げて逃げ、村のメンドリはすべてマオトゥアントゥアンの女房になった。

「ヘイニュは、かつて村の男たちにいいようにさせられてきた。だからマオトゥアントゥアンはヘイニュに代わって男たちに復讐しているのさ」と誰かがつぶやいた。

「こりゃいい。来年には、村中数え切れないほどたくさんのマオトゥアントゥアン二世が生まれるぞ」と言う者もいた。

このあとヘイニュは、マオトゥアントゥアンとは呼ばず「アルイーズ（二尾子）」〔両性具有の意〕と呼んだ。

ある晩のこと、誰もが熟睡している時刻に、突如けたたましいオンドリの声がして、一人残らず夢を破られた。

「コケコッコー」

時を告げるニワトリの声で、これほどすさまじく、人を驚かす声を聞いた者はいなかった。

「コケコッコー」

温家窰の村人は一人残らず飛び上がった。

ヘイニュのマオトゥアントゥアンことアルイーズの仕業だった。

「コケコッコー」

アルイーズが鳴くのは夜中だけではなかった。明け方と正午にも鳴く。午前にも午後にも鳴く。夜は村人が眠りについたと思った途端に鳴いた。気が向いたときに鳴き、鳴きたいだけ鳴き、一日に何度も何度も数え切れないほど鳴いた。

悪いことには、自分だけで鳴くのではなく、ほかのオンドリを従えて鳴いた。

さらに悪いことには、オンドリだけでなく、メンドリまでが一緒に鳴くようになった。

こうしてアルイーズは村のニワトリ全てを鳴かせ、村中の誰もが熟睡できないように、誰もがぼんやりと過ごせないようにした。アルイーズは村人全てが昼夜を問わず、目をパッチリ開けているようにしたのである。

こんな状況を温家窖の人々ががまんできるわけがない。

「迷惑なんだよ」と村人たちはヘイニュに詰め寄った。

「あいつを殺してくれ」と迫った。

村のみんながヘイニュに文句を言ったが、ヘイニュは従わなかった。この、自分で卵を産み、メンドリに卵を産ませ、時を告げるアルイーズを殺すことなんてできっこない。

今日は、ヘイニュは残っていた最後の卵五個を人民公社に持って行き、マッチひと箱と灯油ひと瓶と交換してもらった。家に戻り、戸口のすぐそばにある土甕の蓋の上に置くと、アルイーズを探しに行った。

だが、どこにも見当たらないので、心がだんだん落ち着かなくなってきた。どこにも見つからない。

空が完全に真っ暗になったとき、ヘイニュはアルイーズが野中の墓地から自分を呼んでいる声を聞いたような気がした。確かめようと墓地へ行くと、今度は西の沢から呼んでいるように思われた。確かめようと西の沢へ行ってみると、今度はわが家から呼んでいるような気がした。

深夜、ヘイニュは御柳の杖をついて、西の沢から村に戻った。アルイーズはいなくなったのではなく、ヘイニュをかついでいるだけなのだ、と思いたかった。家の戸を開け、ランプを灯した瞬間に、アルイーズがオンドルのたき口に近い側に逆さに置いた腰掛けの脚に止まっているのを発見できたら、どんなにうれしいことか。

ヘイニュはせかせかとわが家の庭に入った。せかせかと戸を開けた。せかせかと「アルイー」と呼んだ。家はシーンと静まり返っていた。

暗闇の中で腕を伸ばし、土甕の蓋の上に置いたはずのマッチを手探りした。見つからない。手が石油の瓶にぶつかり、瓶を土間にたたき落としてしまった。だが、そんなことに構ってはいられなかった一刻も早く家の中を明るくし、アルイーズがオンドルのたき口近くの腰掛けに止まっている姿を見たかった。

マッチ箱を見つけ、一本をつかみ取り、勢いよくすった。

パッ！　窰の中が明るくなった。

腰掛けの上は空っぽで、アルイーズの姿は見当たらない。

打ちのめされたヘイニュは、ドシンという音を立てて床にくずれ落ちた。手に持っていたマッチの炎が、さきほど床にこぼれた灯油をたっぷり吸い込んだ薪に燃え移った。

激しい音を立てて、火が燃えだした。

燃えだした火の勢いは止まらない。

激しく燃え盛る炎の中で、ヘイニュは突如アルイーズの姿を見た。アルイーズは巨大な翼を広げて、大空からヘイニュの眼の前に舞い降りた。そしてヘイニュがアルイーズの背中に乗ると、翼をはためかせて空中に舞い上がった。上へ、上へ、遠くへ、遠くへと飛んで行った。温家窰の村は、もうはるか下に見えるだけだった。

第十七話　ひなたぼっこ

雲がなく、風もない。お天道様《てんとさま》は白く光っている。空気は乾ききって冷え冷えしている。

男たちは大寨式《だいさいしき》〔山西省昔陽県大寨人民公社大寨生産大隊が自然環境の悪条件を克服して棚畑を作り、生産を上げ、一九六五年秋以来、「農業は大寨に学ぶ」運動が全国的に展開された〕の棚畑を何メートルか築くと、土手の下にかたまってひなたぼっこをしながら、しきりに笑ったりしゃべったりしている。

「ウェンパオ（温宝）よ。あそこの中の様子をもう一度話してくれよ」とチョウチョウ（丑丑）。

「もう何日もそのことばっかり話しているぜ」とウェンパオ。

「でも、このおらはいつも聞き逃していたんだ。娑婆より中の方がいいとか聞いたが」とチョウチョウ。

「中の方が娑婆よりいいなんて、おら一度も言ってねえよ」とウェンパオ。

「でも、みんなそう言ってるぜ」とチョウチョウ。

「知っちゃいねえや。みんな勝手なことを言うんだ。だが、このおらは、そうは言っちゃいねえよ」とウェンパオは言い、さらに続けた。

「おらが言ったのはこういうことさ。中では、白い麵と飯が食える。それに揚げ餅や野菜餡入りの包《パオ》子《ズ》〔小麦粉の生地の中に肉や野菜の具を包んで蒸したもの〕も食える。十日か二週間に一度は肉も食える」

「それと魚。正月とか祝日には魚も食える」とレンアル（愣二）が口を出した。

「魚だって？」とチョウチョウが聞いた。

「そう、魚さ」とレンアルが答える。

「おいレンアル。おめえ、魚がどんな形をしているか、見たことあるのか？」と、ウーグータン（五圪蛋）が横から口を出した。

「そ、それはだな、あんなふうよ……隊長さんちのかまどの上の絵にあるやつさ……。赤ちゃんが抱えているああいう大きな魚。赤ちゃんよりもでかいんだ」とレンアルが答えた。

「ハッハッハッハッハッハッハッ」とみんなが爆笑する。それから「ハハハ」、そして「ハハ」、さらに「ハ」。笑って笑って、最後には息が切れて声も出なくなった。

「あの中では映画も観られるし、放送劇の箱も聴ける」とウーグータンが言った。

「何が放送劇の箱だよ。トランジスターってやつさ！　トランジスターだよ！」とばかにしたようにレンアルが言った。

「じゃあやっぱり、中の方が外よりいいってことじゃねえか」とチョウチョウ。

「何を言おうと勝手だ。でも、おらはそんなこと言ってねえ」とウェンパオ。

　ウェンパオは数日前に刑務所から釈放されて戻ってきたばかりだった。そして、刑務所の中は食事もいいし、いい服を着せてもらえるし、寒さを感じることもない、としゃべりまくった。初めのうちは誰も信用しなかった。だが、ウェンパオの日焼けしていない白い肌、真新しい灰色の綿入れの制服を見て、みんな納得した。下放幹部のラオチャオ（老趙）のように毎朝起きると水の入ったコップを持って戸口の前に立ち、前かがみになって白い泡で白い歯を磨いている姿を見てからは、ますますウェンパオの言葉を信用するようになった。

「あの中には女もいるのかい？」レンアルが聞いた。

「おめえは女のことしか頭にねえんだな。女のことばっかだ」とウーグータンが言った。

「そんなこと言ったって、女がいなきゃ、男はいないんだぜ。女がいなきゃ、おめえもいねえ。おめえの母ちゃんは女だろ？　それともふたなりか？　ヘイニュ（黒女）ばあさんのところのマオトゥアントゥアンみたいに」とレンアルがまくしたてた。

　ウーグータンはレンアルの勢いに気押されて何も言えないでいる。

「クソ。これがこの世の習いなのさ。男どもと女ども。女どもと男ども」。目の見えないグァングァン（官官）が言った。グァングァンはもともと棚畑作りには参加していない。「五保〔五つの生活保護措置のこと。農村に住んでいて、自力で生活することが困難な人には、衣服、食糧、燃料、教育、埋葬の五項目にわたる生活条件を政府が保障する〕」をもらっている一人だ。だが、一人で家にこもっているのが嫌で、いつも大勢の人間が集まるところに出てくるのだ。

「ほら、見なよ。スズメでさえ、つがいでいるぜ」とゴウズ（狗子）が言った。枯れ木の枝にとまっている二羽のスズメを見ながら、ズボンの内股あたりを触っている。

　みんな一斉にスズメの方を見た。

　二羽のスズメは、チュンチュンさえずりあっている。まるで、次はどこへ餌をつまみに行こうかと相談しているようだった。

「こん畜生め」とレンアルが言い、石ころを拾って枯れ木に投げつけた。スズメたちは驚いて飛び立った。まず命を守らなきゃいけないときもある、と考えているようだ。

「なんだよ、落ち着けよ。スズメは別段おめえに悪いことをしたわけじゃねえだろう？」とゴウズが内股のあたりをまさぐりながら言った。

「やつらが、つがいだからいけないんだよ」。レンアルがつぶやいた。

「妬いてるな、おめえ」とウーグータンがレンアルをからかった。

「おめえは妬いてねえってのか？　ウェンハイの寝室の外で年中聞き耳立てて、ろくに昼寝もしないのは、どこのどなた様だい？　盗み聞きが大好きなくせに」とレンアルが言い返した。

「おめえは妬いてねえってのか？　一杯聞こし召すと、『パイパイ（白白）ちゃん、パイパイちゃん』って泣きわめいているくせによ」

これを聞いて、誰も彼もが笑いころげた。

ウーグータンはまたもや息が詰まって何も言えず、目をしばたいているだけだった。

レンアルは普段は反応が鈍いが、誰かをやり込めるときには絶対に負けないのだ。

ゴウズがやっと、内股から小さなものをつまみ出してきた。それを手のひらに置くと、つぶやいた。

「クソ！　シラミだと思ったのに、違ったぜ」

そう言うと、その小さなものを地面に落とし、手をごしごしとこすった。まるで持ち寄り宴会で燕《エン》麦《バク》の魚魚《ユーユー》〔うどん〕をこねるような手つきだった。

すると今度はシャートンピン（下等兵）がその小さなものを何としても探し出そうと、地面に這いつくばって目を皿のようにしてやっと見つけた。それをつまんで手のひらに置くと、こう言った。

「チェッ。シラミじゃねえと思っていたのに。やっぱりシラミじゃねえかよ」。そう言うと、ゴウズをまねて、その小さなものを地面に落とし、持ち寄り宴会で燕麦の魚魚をこねているような手つきをした。

　誰も彼もがまた笑い、声を上げて笑った。「ハッハッハッ、ハッハッハッ」。目が見えないグァングァンも、その一人だった。それどころか、一番大きな声で笑っていた。みんなが笑いやんだあとも、たった一人で笑い続けていた。「ハッハッハッ」

「おめえ、何ひとつ見えねえんだろ？　何を笑っているのかわかるのかよ」とシャートンピンが聞いた。

「誰の話をしているんだね、おらのことか？」とグァングァンがあごをグイと上げて言い返した。まるであごの下に目があり、その目で、どいつがおれ様のことを言っているのか見てやろう、というような調子だった。

「誰のことかって？　おめえのことさ」とシャートンピン。

「おめえたちみんなが笑っているから、これはよっぽどおかしいに違いないと思って笑っただけのことよ」とグァングァン。

「むやみに笑ってる。おらたちがおめえのことを笑っても笑うんだな」とウーグータンが言った。

「人生とはそんなものさ。むやみに笑わなかったり、笑ったり」。グァングァンは言った。

　グァングァンは盲目だが、その言葉は時にみんなをうならせる。今も、みんな「うん、うん」とうなずいていた。

　南の方角からおわいを積んだ馬車が近づいてきた。轅《ながえ》の上に座っている御者が鼻歌を歌っているのが聞こえる。

三十三のソバの実九十九の稜角《りょうかく》
窓ガラス越しの口づけは悲しい

おわい車が遠ざかると、誰かがウェンパオに言った。

「おめえも何か歌ってくれよ。まだ歌を忘れちゃいめえな」

ウェンパオは、なかなかの好男子で、良いノドをしている。監獄に入る前は、木工の家具を担いで南方や北方へ旅をして、数多くの民謡を覚えてきた。言うなれば温家窰《ウェンジャーヤオ》の歌劇歌手である。

「何にするかね？」とウェンパオ。

「兵隊さんは悪いやつ、おらをコーリャン畑に引きずって、ずるずると……を歌ってくれや」とレンアルが言った。

「あれは……」とウェンパオ。

「ほら、あれ。私の叔母さん、叔母さん、のあれだよ」とレンアルが歌うような調子で言う。

「あれは駄目だ。あれは四旧〔文化大革命時期に革命の対象とされた四つの古いもの。古い思想、古い文化、古い風俗、古い習慣〕だ。毒があるんだ。それより、新しい芝居の歌を歌うことにしよう」

「よし、やってくれ」とみんなが言い出すと、ウェンパオは立ち上がって空き地の方へ歩いて行った。ペッ、ペッと唾を勢いよく二度地面に吐くと、「こりゃあ砂だらけだ」と、言った。

みんなあっけにとられた。つい今しがたまで変わった様子もなかったのに、なぜ突然口の中が砂だらけになってしまったのか、分からなかった。

「なんていう世の中だ！」ウェンパオはこう言うと両手を広げて歌い始めた。

ちまたにみちる同胞の恨みの声
鉄蹄《てってい》のもとに苦しむこの怒り
春雷とどろくあかつきを待て
英雄的な中国人民は敵の刃に屈するものか
ひたすらに待ち望む柏山の同志の到来を

かかげた紅灯こちらを照らす
私は声をはりあげる
ハサミを研ぐよ　菜切り包丁を鳴らすよ
〔文化大革命中に流行った革命現代京劇『紅灯記』の第三場「かゆ屋で危険を脱す」で鉄道員李玉和ととぎ屋が歌う場面。歌詞の邦訳は、『革命現代京劇　紅灯記』人民出版社一九七〇年の日本語版、（外文出版社／一九七二年）より一部引用〕

ウェンパオは歌いながら演技も見せた。動作はきびきびとしていて、敵を殺す所作では殺し、たたき切る所作ではたたき切って見せるなど、現実感にあふれていた。歌い終わると元の場所に戻って座り込んだ。

誰も声を上げない。聞こえるのはウェンパオのハァハァ喘ぐ音だけだった。

随分経ってから、がやがやし始めた。歌の中で分かったのは「ハサミを研ぐよ、菜切り包丁を削り取るよ〔元の歌詞は「鳴らす」〕」だけだという。

「劇なのに、なんでハサミを研いで、菜切り包丁を削り取ると歌うんだ？」とゴウズが聞いた。

「これは新しい劇なのさ」とウェンパオ。

「おい、これは何節なんだい？」と、ウーグータンが聞く。

「模範劇。京劇だよ」とウェンパオ。

「何が金の道具、銀の道具、ウシの道具、ウマの道具だよ。これも牢獄の中で覚えたのか？」とゴウズが聞く。〔中国語の「京劇」（ジンジュ）と「金具」（ジンジュ）（金の道具）の発音は似ている〕

「そうだとも。おら、中で京劇を演じたんだ」とウェンパオが答えた。

「何だって？　おめえはあの中で京劇に出演したんだって？」と、シャートンピン。

「クソッたれめ。この野郎はあの中で京劇に出演したんだとよ」とレンアル。

「全幕を通じて歌ったのさ。慰問の公演もした。公演の後はいつも山のようなご馳走さ」とウェンパオ。

「こん畜生め。これで女がいりゃあ、おめえの一生は仙人てえもんだ」とレンアルがうなった。

「ばか野郎。女は女なのさ。劇が終わって舞台を解体するとき、何度も粥を売っていたおばちゃんが、こっそりおらを裏手に引っ張って行き、立ったままでさせてくれたぜ」とウェンパオが言う。

「クソッたれめ！　突っ立ったままだと」とレンアル。

「おめえ、ホラ吹いているな。ホラ貝と相談しねえでホラ吹いてるな。おめえホラ吹いてるのに、ホラ吹き税を払ってねえな」とシャートンピンがウェンパオに言った。

「もしホラを吹くやつがいるとすれば、そいつはゲスだ」とウェンパオ。

「おめえ、立ったたまましたなんて、抜けなくなったらどうすんだよ」とウーグータン。

「人間さまは人間さまだよ。イヌっころとは違う。パッパとすませて終わりさ。抜けなくなる？　もし、おらだったら、抜けなくなるなんてありえねえな」。レンアルはいつもこうしてウーグータンにつっかかる。

「まるでおめえ、女としたことがあるみたいだな」とウーグータン。

今度はレンアルはぐうの音《ね》も出ず、ウーグータンをにらみつけた。ウーグータンの方はレンアルを見ない。ニヤニヤ笑ってそっぽを向いた。

「ほかに何をしたんだい？　何かほかのことも話してくれよ」とチョウバン（丑帮）が、話題を変えようとして言った。と言ってもチョウバンはレンアルとウーグータンの間でけんかになるのを心配したわけではない。温家窰には先祖代々けんかという慣習がない。チョウバンはみんなが女のことを話すのに耐えきれなくなったのだった。チョウバンはみんなが女のことを話すのを聞くと、夜寝つかれなくなる。夜な夜な結婚して炭坑に行ってしまったヌヌ（奴奴）のことを考えてしまうのだ。

「ウェンパオよ、中ではほかに何をしたのか教えてくれよ」とチョウチョウ。

「何でもしたさ。バスケットボール、卓球、柔軟体操、綱引き、走り高跳び、幅跳び。それと、それと、それとほかの何でもやったね」とウェンパオが答えた。

みんなはまた黙り込んでしまった。バスケットボールとか、卓球、綱引き、柔軟体操とは、一体どのようなものか、思い巡らしているのだ。

「なあ、ウェンパオ。おめえはホラを吹いてねえと言う。あの中では、衣食それに女まであったとか。なら、おめえは一体全体、何であそこを出たんだね？」とシャートンピンが尋ねた。

「そ、それは……」。ウェンパオは口ごもった。

グァングァンの言葉を聞いて、一同は「うん、うん」とうなずき合った。けれどもグァングァンのこの言葉の真意は誰にもよく分からない。そういうものがどういうものなのかも分からない。

「それは、それは、とかはやめて、ちゃんと返事をしろ」とシャートンピン。

「そ、それは人の思う通りにはならないのさ。おらがもっといたいと言っても、やつらはあそこにおらを置いてくれなくなったのだよ」と答えるのがやっとだった。

「何で人の思う通りにならないのさ？　おめえ大酒食らって公社に行って、共産党書記の悪口を言えば、元に戻れるはずだろう」とシャートンピンが尋ねた。

「おら、まったくホラなんか吹いてねえ。でも、あそこにはほんとに戻りたくねえよ」とウェンパオは言った。

「何でだ、ええ？」とみんな口を揃えて聞いた。

「あの中より外にいる方が自由だからだよ」とウェンパオ。「あの中には自由がないんだ」

「食い物と着る物があれば充分じゃねえか。何で自由なんかが欲しいんだ？」と、一人が聞いた。

「なら、おめえたち、試しにあの中に入ってみればいいさ」とウェンパオが言う。

「やれやれ、そういうものだ。人間てのはそういうものさ」。グァングァンが言った。

グァングァンの言葉を聞いて、一同は「うん、うん」とうなずき合った。けれどもグァングァンのこの言葉の真意は誰にもよく分からない。そういうものがどういうものなのかも分からない。

「クソッたれめ」とレンアルが毒づいた。レンアルはいつもこうやって毒づくが、誰に毒づいているのか、誰にも分からない。

またおわい車が一台近づいてきた。轅《ながえ》の上に腰掛けた御者が、こんな唄を口ずさむのが聞こえた。

おまえはあんちゃんの意中の人さかわいい娘よ

しばらくでもおまえを見ないとおらは村中探すんだ

風がなく、雲もない。お天道様は白く光っている。空気は乾ききって冷え冷えしている。

第十八話　ズーズーの女房

昼飯がすむと、ズーズー（柱柱）、その弟アルズー（二柱）、それに戸口よりも背が高い二人の息子は、西側の部屋へと出て行った。四人は、西側の部屋で今から昼寝をするのである。生産隊長が井戸端に立って、「さあ起きろ。畑に出る時間だぞ！」と叫ぶまでは起きない。いつものことだった。四人の男どもは昼飯を食べると西側の部屋へ行くのだ。西側の部屋は火を使わないから涼しいし、あまりハエもいない。昼寝をするにはもってこいの場所だ。

「野生のニラがなくなっちまった。夕べ下放幹部のラオチャオ（老趙）に派飯《パイファン》（農村に一時的に滞在して仕事をする幹部に、割り当てられた農家が有償で食事の世話をすること）したときに出したのは、ツァイツァイ（財財）の奥さんにちょっぴり分けてもらったのなんだよ」。ズーズーの女房は昼食の際、こうみんなに言った。

「だから今日と明日は昼寝をしないで野中の墓地へ行って、ニラを摘んでくるよ」

「今日の午後はカンカン照りだぜ。暑いぞ」。アルズーが言った。

「暑さなんて平気だよ、おらは。正午に出かけて、畑に出る時間には間に合うようにしたいんだよ」とズーズーの女房。

「畑に出ようが出まいがどっちでもいいさ。どんなに働いても貧乏には変わりはねえ」とアルズーが言った。

「それにね、正午のお日様が当たると、野生のニラは味が濃くなるよ。料理したらおいしい」とズーズーの女房。

ズーズーは二人のおしゃべりを聞いているだけで、ひと言も話さない。弟と同じ女を女房として共有することになって以来、ズーズーは口を紐で縛ったかのように、何もしゃべらなくなった。共通の女房と東側の部屋で寝る番になっても、何も話さない。あれをしている最中でさえも、やはり何も言わない。女房の方もズーズーがしゃべらないことをまるで気にしない。女房はこう思っているのだ。あんたは自分の女房を弟と共有するようになって、まだむしゃくしゃしているに違いない。そのうち、むしゃくしゃしなくなるわ。人間とはそういうものよ。泣くだけ泣けば涙も出なくなる。怒るだけ怒れば腹も立たなくなる、と。

ズーズーの女房はすることが手早い。鍋をさっさっと洗い、東側の部屋をきれいに片づけた。ラオチャオも昨夜、こう言っていた。「おたくのご馳走は食欲が出る。あんたが作った食べ物はきれいだし、家も清潔だ。あんたは村でただ一人清潔なおなごだし、公社の中でもあんたが一番清潔だよ」。言いながら、段々いやらしい目つきになった。あの会計係が時々みせる目つきよりもっといやらしい目つきに。

西側の部屋の方に耳を澄ますと、いびきの音しかしない。ズーズーの女房は頭に白い手ぬぐいを被り、麦わら帽子を手に家を出た。

外は強い日に照らされて、何もかも白く輝いて目がくらむ。

道は静寂そのもので、人っ子一人いなかった。温家窰《ウェンジャーヤオ》の村人は腹いっぱい食ったかどうか、うまいものを食ったかどうかを問わず、食後に必ず昼寝をする。

会計係が飼っている薄汚れた太っちょの白ブタが、気持ちよさそうに日陰で横たわっていた。小さなヒヨコがやってきて、口の周りにこびりついたエサの残りを突っついても、知らぬ顔でイビキをかいていた。

「なんと気楽なの」とズーズーの女房は思った。

「なんと贅沢なこと」

村を出ると、女房は麦わら帽子で強い日差しを遮った。

女房は先ほど言っていたように野中の墓地へは向かわず、西の沢へ続く道を歩き出した。

道の脇のジャガイモ畑から突然、二匹の子ブタが飛び出してきて、必死で村の方角へ走り出した。ここで何か盗み食いしていたに違いない。

この二匹も会計係のブタだ。

よそのうちなんか人を養うことですら難しくなってきているのに。ズーズーの女房は思った。うちは、いつになったらブタを飼えるようになるのかしら？

ズーズーの女房はこう思いながら、「ペッ」と唾を吐いた。

よその人と比べたら切りがない。あまり高い望みを持てるわけがないし、今は長男のことがうまくいくのを望むだけだわ。あの子が出稼ぎ労働者になれば悪くない。嫁を探すのにも悩まないで済む。高望みは、むちゃな望みと同じじゃないかしら？　そんなことをすると、寿命を縮めてしまう
「ペッ、ペッ」と、ズーズーの女房は地面に唾を二回吐いた。災難が近寄ってこないようにと思うと

きは、いつもこんなふうに唾をペッペッと吐くことにしている。

頭の上の手ぬぐいを取り、顔の汗を拭いた。そして、麦わら帽子を被り、西の沢に向けて道を急いだ。

この沢は、温家窰の村付近では一番快適な場所だった。

長さ二里〔約一キロ〕。広く平らな底は年中水が流れている。蛇のようにくねくねとした流れだ。グイジュ（貴挙）じいさんは時折、ここで家畜を放牧している。ここの草は、ニラと同じで、家畜に食べられても食べられても、すぐ元のように育つ。

沢底の何カ所かはハコヤナギ林になっている。木々は太くなく、細々と高く伸びている。中には高さ三丈〔約十メートル〕の岩壁を超えるものもある。木の上では、たくさんのスズメが賑やかにさえずっている。

こんなに素晴らしい所なのに、グイジュじいさん以外はほとんど誰もやって来ない。もののけが出るとか、沢の入口のひん曲がった木が死者の霊を迎える旗のように、「おいで、おいで」と温家窰の誰かを引っ張っていくというのだ。

しかし、ズーズーの女房は怖がらなかった。そもそも幽霊の存在など信じていない。温家窰村に嫁いでくる前に、大人たちがこの場所について噂しているのを聞いたが、怖くはなかった。何度も山を越えてやって来ては、沢のあぜでノゲシを採り、沢の底でガマを刈った。また、沢から水をくんで、ハタリスが住む土穴に注入し、飛び出してくるハタリスを捕まえて、焼いて食べたりもした。服を脱いで素っ裸になって、貯水池に飛び込んで水遊びをしたりもした。十三の年にズーズーに嫁いでからは、もっと頻繁に来るようになった。

今日もまた、貯水池の傍に立っている。

温家窰村のいつの代のご先祖さまが、大きな石で沢をふさいでこの貯水池を作ったのか、誰も知らない。乾期でも二畝《ムー》〔十三・三三四アール〕の広さがある貯水池は、静かな水面に岸辺の緑の木々や青い空、白い雲、それにスイスイと飛び回るトンボの姿まで逆さまに映し出していた。

「こんないい所に誰も来ないなんて。運がないとしか言いようがないね」とズーズーの女房は思った。

「おらは運がいいと言える？　長男はほんとに出稼ぎに行けるのだろうか？」

こうつぶやきながら、歩いてきた道を振り返った。人っ子一人いない。沢の方を見渡したが、家畜もいない。お天道様《てんとさま》を仰ぐと、村人が昼寝から起きるまでにはまだ間がある。

周りに誰もいないことを確かめると、上着のボタンをはずし、ズボンの腰帯を解いた。靴を脱いで、服をすっかり脱ぎ捨てると、白い裸体をお天道様、青い空、スズメの群れ、それに蝶々にも晒した。

はだしで石の上に立つと、焼けるように熱いので、素早くガマの草の上に移った。ガマを踏みしめて池に入ったところで足を止めた。頭を上げて沢の入り口の方を見渡して、また岸辺に戻った。ここで衣服を洗濯しようと思いたったのだ。ズーズーの女房はしゃがんで、今まで着ていた衣服を水の中につけた。ぶくぶくと泡が立つ。大きいオタマジャクシが何匹か尾を振りながら逃げ出したが、ほかの何匹かは尾を振りながら寄ってきた。ぶくぶく沸き上がる水の泡に好奇心を持ったらしい。

そのときズーズーの女房は、腹の白い二匹のヒキガエルが、自分の足下であれをしている姿を見つけた。雄が雌の背中に、雌は雄の腹の下にいる。雄は二本の長い腕で、雌の腰をきつく抱え込んでいる。雌の腰は締め付けられてひと筋の溝ができている。二匹はこうやって、子どものヒキガエルをつくり出しているのだ。自分たちの現在の行動で、何千匹もの子どもをつくっているのが分かっているのだろうか。

「そんなに大勢の子どもに、ちゃんと食べさせられるの？　自分の欲望のことしか頭にないんだから」

ズーズーの女房は自分の顔が火照るのを感じた。二匹のヒキガエルを水の中に蹴落とした。それでも、二匹は固く抱き合って放さない。

「人間は恥を知っているけど足るを知らない。動物は足るを知っているけど恥を知らない。足るを知るってどういうこと？　恥を知らないってどういうこと？」ズーズーの女房は自問した。自分に問いかけるだけで、答えず、ただ首を横に振るだけだった。

洗濯した衣服を池の土手にある大きな石の上に広げて干した。その後、白い腕を振りながら、池の真ん中まで歩いていき、やっと腰を沈めた。乾期が長く続いたため水位は低く、座っても水は首の所までこなかった。

水は冷たいが、温かみがある。温かみの中にも冷たさがある。

水は澄み切っていて、池底まで見えた。

ズーズーの女房はすっかりいい気持ちになった。どこもかしこも気持ちよい。

白い手ぬぐいで胸をこすって洗いながら、夫の弟、アルズーのことを思い出した。

アルズーは兄のズーズーとはまるで違う。兄の方はあれを済ませると、側に横になり、すぐにイビキをかいて寝てしまう。その後は女房にまるで関心がない。アルズーは違った。アルズーはいつも大きな手で彼女の胸の二つの盛り上がった肉を交互にもんだり押したりした。眠りに落ちると、手はようやくゆっくりと離れ、夜中に目が覚めると、また触ってくる。

「なあ、お義姉《ねえ》さん、小さいころからおらは母ちゃんのおっぱいを触るのが大好きだった。触っていないと眠れなかったんだ」

「おらをうちのだんなと共有する約束ができるまでは、どうしていたの？」

「いつでもなかなか寝つけなかったものさ」

「情けない人ね」

「おねえさん、おめえは今、おらの母ちゃんだよ」

「ほんとにおかしな人」

「おら、それで構わねえ」


ズーズーの女房はつぶやいた。「アルズーはまったく子どもだわ。もうすぐ四十歳になるというのに、ねんねだわ」

「一生大人になれない人間もいるんだ」

そして、こんなことを考えた。

おらは、本当に四十歳過ぎには見えないのかしら？　ラオチャオはいつだかおらをつかまえて、三十にも見えないなんて言っていた。おらの体形を見たら、子どもがいるようには見えない、とも言っていた。おかしいわ。

ここまで考えて、身体を洗ったりこすったりするのをやめた。自分の胸と腿の肉をつまみ、また身体の向きをあちこちに変え、水の中の自分の裸体をつくづくと眺めた。

「ラオチャオったら、口がうまい」

「下放されてくる連中は、口がうまいわ」と、ズーズーの女房はつぶやいた。

ラオチャオはうちで兄弟が嫁を共有していることを知っているに違いない。「あんたのところでは、新しく窰《ヤオ》を三間建てたそうだけど、長男に嫁を取らせるためかい？」って言ってたもの。うん、確かにそう言った。アルズーを結婚させるためか、とは聞かなかった。うちで先に嫁を取らなきゃいけないのは、アルズーなのに。だけど、ラオチャオはそうは聞かなかった。

ズーズーの女房はこう思案しながら、「ラオチャオはそうは知っているのよ。あいつは、ほんとのことを知ったのよ」とつぶやいた。

「でも、構うもんか。ラオチャオが知ったなら、知ったでいいわ。おらたちはどうせ貧しいんだから」

貧乏であることは、恥ずかしいことではない。貧乏だからといって、恥を知らないわけではないもの。ヘイタン（黒蛋）なんか、遠く離れた山の向こうに住む親戚と嫁を共有しているじゃないか。あの男はヒョウタンとウリを一緒に作っている、と人々が言ってたっけ。うちの家族で兄と弟が、おらという嫁を共有していても、誰が文句を言えるの？　とズーズーの女房は思った。

それに、ズーズーはうだつがあがらず、大して働けやしない。仕事をするのにも、誰かの手伝いがいる有様だ。弟のアルズーと嫁を共有しなければ、あの三間も建てられなかった。ズーズーだけに頼っていても駄目なのだわ。

女はもともと馬車、男は馬車の轅《ながえ》につながれた馬。この馬にとったら、轅の外に副馬がいる方がいい。副馬がいれば馬車は軽やかに動く。轅につながれた馬も楽だ。そう、そういうことよ。

そういうことなのよ。

馬車に乗るのは誰かって？　そりゃもちろん、子どもたちよ。主に息子たちが乗る。小さいうちは馬車に乗り、大きくなると馬車を引く。そう、そういうことよ。

轅を引けなければ外に副馬をつける。子どもたちを食べさせられなければ女房を共有する男を連れてくればいい。これは別に悪いことではない。うちでは、共有はいいことなのだ。まずアルズーにとっては、おらを兄と共有することで、男やもめにならないですむ。兄にとってもいい。弟が家にいてくれるので家族を養えなくなることはない。それに子どもたちにとっても、三間もある窰が建てられたのだから。最後におらにとっても、悪い話とまでは言えない。悪いのはせいぜいいつも誰かとあれしなきゃいけないことくらい。それだって大したことではない。なぜなら女とはそういうものだから。ゴウズ（狗子）がいつも下品な口調で言う通りだわ。「男が苦労をいとわず、女が嫌がらないもの……あれをすること」だって。

そんなことを考えながら、ズーズーの女房はもう一度自分の乳房に触れた。

水の中で全身くまなく洗い終わると、ズーズーの女房はお天道様を見上げた。村の連中がもうぼちぼち昼寝から覚めるころだろう。あん畜生は、そろそろここへやって来るに違いない。

立ち上がって、歩いてきた道路の方を見渡した。人っ子一人見当たらない。

あん畜生は、いたずらにここでおらを待たせているけど、おらを騙したわけではあるまい。昨夜のあん畜生たら、身体が熱くなって、我慢できなくなって、今にもおらのズボンを脱がせそうだった。今日はやって来る。間違いなくやって来ると、ズーズーの女房は思った。

そのとき、アブが一匹飛んで来て、腿の付け根にポンと当たると、どこかへ飛んで行った。と思うと、ひと回りして、もう一度股をめがけて飛んで来た。ズーズーの女房は急いで片手で股を押さえると、もう片方の手で手ぬぐいを持ち身構えて、アブを追い払おうとした。

アブはブーンと、どこかへ消えた。

そろそろ服が乾いたころだ。ズーズーの女房は、ざぶざぶと岸辺に向かった。池底の泥に足を取られまいと、両腕を横に大きく開いていた。二歩も行かないうちに、またもや腿の付け根に何か硬いものがぶつかった気がした。

あのアブがまた戻ってきたのだった。何としても、この柔らかいお肉に吸いつきたいらしい。

「どういうこと？　アブの畜生まで私のあそこに入りたがる」とズーズーの女房はつぶやいた。

「いいかい？　おらの次男に出稼ぎの仕事をくれたら、入れてあげる」

ズーズーの女房はそう叫びながらアブを思い切りたたいた。

「ヒャッホッ、ホッ……」

突然、笑い声が聞こえた。女房は何事かと考える余裕もなく、ドブンと水の中に腰を下ろした。しかし、すでにかなり浅い場所まで来ていたため水しぶきが四方に高く散ったにもかかわらず、両の乳房は丸見えだった。急いで手ぬぐいで胸を隠した。

「ヒャッホッ、ホッ……」

笑い声は、さっきよりさらに賑やかでうれしそうだ。

ズーズーの女房は心を落ち着かせて、笑い声がした方を眺めた。

下放幹部のラオチャオが林の側に立っていた。

とうの昔に来ていたのだ。

ラオチャオは言ったことは必ず守る人物だ。この日も早くからここに来て、ハコヤナギの林に隠れて、ズーズーの女房が自分のために映画の女優になっているのを眺めていた。ズーズーの女房が服のボタンをはずし、着ている物を全部脱ぎ捨てて、裸体を自分の目に晒すのを眺めていた。二匹のヒキガエルを水の中に蹴落とし、見えない場所にいる自分の正面へ来て、しゃがんで衣服をもみ洗いしているところも見ていた。ズーズーの女房が貯水池の中ほどまで歩いて行く。ズーズーの女房の二つの裸体が見えた。水の上を行く姿と、池の水に映るもうひとつの姿と。ズーズーの女房が身体を洗う姿も眺めたし、あのうるさいアブに口汚なくののしるさまも見ていた。

下放幹部のラオチャオは楽しみ方をちゃんと知っている。

「あんただったのね」。ズーズーの女房は言った。

「おかしくて死にそうだったぜ。やー、おかしくて死にそうだった」とラオチャオは繰り返した。

「ラオチャオ、声を下げてよ。誰かに聞こえるかもしれないんだから」

「ここには絶対誰も来ないと言っていたじゃないか?」

「たまには誰かが来ることもあるわ」

「わかった。声を下げるよ。だが、あんたは水の中にいつまでも座って、出て来ないわけにはいくまい」

「あんたがそこに立っているのに、誰が着替えなんぞできるものですか」

「ああ……わかったよ。わかった」

「あんたは、わかった、わかったと言いながら、まるで動かないいんだから」

「わかったよ、わかった」

ラオチャオは不承不承《ふしょうぶしょう》後ずさりしながら、後ろのハコヤナギの林の中へ入って行った。

午後、ラオチャオは林の中の草むらに寝ころがっていた。まるで酒に酔ったように、頭がくらくらする。まもなく眠りに落ちた。涼しいそよ風が、そっと上を吹いていた。

ズーズーの女房はハコヤナギの林から出てくると、まるで二本の足に油を塗りつけたような軽い足取りで、西の沢から野中の墓地の方へ向かった。

野生のニラのピンクの花を麦わら帽子いっぱいに摘むと、ズーズーの女房は墓地を出た。ズーズーの女房の心も、油を塗りつけたように潤って、ゆったりとしていた。

はるか向こうの尾根の上で、誰かがこちらに向かって「乞食節」を歌っている。

黒いウシと白いウマたちが草の上に横になっている
あの娘を眺めているうちに、おらのあんよはくたびれた

ズーズーの女房は歌っているのは誰だろうかと、目を凝らしたが、同じ村の人間かどうか分からなかった。

麦わら帽に二本のリボンを結んで
あの娘を見れば見るほど好きになる

「ガラス越しに口づけするだけでは、欲望はいつまで経っても収まらないわ」とズーズーの女房は言

った。

かまどの火を扇《あお》ぐ腰掛け逆さにして
思えば男やもめはまことに哀れ

「自分を哀れむのね」とズーズーの女房はつぶやいた。

「でも、おらの長男のカオリャン（高粱）は、もう哀れじゃなくなるわ」

尾根の上の若者はまだ歌っていたが、ズーズーの女房にはもう何を歌っているのか分からない。ずいぶん遠くへ来てしまった。

第十九話　フウニュウの青春

フウニュウ（福牛）はわが家に戻ると、着ているものを全部脱ぎ捨て、筒状に丸めた掛け布団のトンネルにもぐり込んだ。

この掛け布団のトンネルは、年がら年中オンドルの上に敷きっ放しにしている。巻くとか四角に畳むということは、一度もしたことがない。積み上げることさえもしない。独り者の男にとって、これが一番手がかからない方法なのだ。布団に潜り込みたくなったらいつでも潜り込める。村の独身男はみんな同じやり方だ。とはいえ、万年床には不都合な点もある。ある年、チョウバン（丑帮）が人民公社の灌漑工事現場に雇われて出かけたときのことだ。一カ月して自宅に戻ると、夜中に足元でチチ、という鳴き声がした。マッチを擦って見ると、まだうぶ毛も生え揃っていない子ネズミの巣があった。布団が動いたので、子ネズミたちは母ネズミが戻って来たのだと思い、乳首を探してチチと鳴き、動き回ったのだ。このときから、チョウバンは三日に一度とか五日に一度、ネズミにまた巣を作られていないか調べるため、午後に布団を振ってみる。フウニュウはそういう目に遭ったことがなかった。

ある日の早朝、フウニュウは目が覚めると、外へ出て放尿した。勢いよく流れ出た尿が、乾いた地面に穴を開けた。大きくもないが小さくもない。四角いわけではないが、丸いとも言えない。そんな穴だった。この穴は何かに似ていると思った。シャートンピン（下等兵）が言っていた「天国のトビラ」にとてもよく似ている。

フウニュウが、自分の尿で作った大きくもないが小さくもない、丸くもないが四角くもない砂の穴を眺めていると、「フウニュウのあんちゃん、ねえ、フウニュウのあんちゃん」と、自分の名を呼ぶ女の声が聞こえた。頭を上げて見ると、隣の家に住むウェンハイ（温孩）の女房が、両家の境にある塀の上からフウニュウにほほ笑みかけている。

途端に顔が熱くなった。あわてて下を向いたが、例の穴がちょうど目に入り、さらに顔が熱くなった。

「フウニュウのあんちゃん、うちの情けないウェンハイのやつはまだ戻ってこないのよ。借金を返すために、少し金を稼いでくると言って出て行ったの。もう二カ月にもなるのに、まだ帰ってこないのよ」とウェンハイの女房は言った。

「フウニュウのあんちゃん、今度生産隊から、うちの家で半亩《ムー》〔約三百三十三平方メートル〕の荒れ地を開墾してもいいと言われたの。でも、良い土地はもう他人に取られてしまってるわ。なのに、あのぐずのウェンハイのやつは、まだ帰ってこないの」

「あんちゃん、今朝のうちにおらと一緒に山に登って、農地にできるところがまだ残ってるか、一緒に見てくれねえか？」

フウニュウは、小便で出来た穴をじっと見つめたまま黙っている。

「あんちゃん、おら、あんたに話しかけているんだよ。あんたはいつでも知らん顔だ」とウェンハイの女房。

「あねさん、おら、ちゃんと聞いているよ」とフウニュウ。

「あねさん。おら、ちゃんと聞いているんだぜ」

「こっちへ来て、朝飯でも食わねえかい？」

「いいや。おらの家にはまだ食い残しがあって、そいつを食わねえと悪くなってしまう」

フウニュウは断ると、すぐ窰《ヤオ》の中に戻った。ウェンハイの女房が塀の上から何を言おうとも、出て来なかった。


家の近くには、もう良い荒地がない。フウニュウとウェンハイの女房は、南の尾根の下にあるくぼみの近くで、まずまずの土地を見つけた。家からちょっと遠かったが、まあまあだ。

「あねさんはもう家に戻りな。ここを掘り起こすのは、おら一人でやるよ」とフウニュウ。

「何言ってんのよ。あんた一人をここに残して掘らせるわけにはいかねえよ。独りぼっちじゃ寂しいだろう」とウェンハイの女房。

二人はまず荒れ地の石ころを取りだす作業を始めた。

ウェンハイの女房が荒れ地の東側で石を掘っているときには、フウニュウは西側にいる。ウェンハイの女房が西側で石を掘ると、フウニュウは東側に移る。

石を全部掘り出したら、畑の周りに積みあげなければならない。ひとつには、生産隊が耕された土地が半亩を超えていないか判断しやすくするため、もうひとつには防水壁の役割を果たすためである。そうしないと、大雨が降ったら畑が流されてしまう。

「あねさんはもう帰った方がいい。シャオゴウ（小狗）がきっと泣いているよ」とフウニュウ。

「あの子は大丈夫。ダーゴウ（大狗）が面倒見ているからさ」とウェンハイの女房。

ウェンハイの女房はフウニュウと競争するかのように石ころを運んだ。女房が石を取ろうとかがんだとき、腰帯の上あたりの白い肌があらわになった。フウニュウはお天道様《てんとさま》に射られたように眼がちかちかした。あわてて顔をそむけた。それでも、なぜだか白い肌の筋がフウニュウの眼前にちらついた。しばらく経つと、またちらつく。

「あんちゃん、何でそんなに赤い顔をしているの？　くたびれたに違いないわ。少し休もうよ」とウェンハイの女房が言った。

「あねさんだけ休みなよ。おら平気だ」とフウニュウ。

そういうフウニュウの顔は、さっきよりもっと赤い。そのわけを、フウニュウはもちろん分かっている。

石積みの土手が半分ほどできたころ、天の神様が雨を降らしてくれた。光り輝く赤い空から突然ニレの実ほどもある大きな雨粒がパラリ、パラリと落ちてきた。

身体を起こし辺りを見回したウェンハイの女房は、自分の後ろにある崖の方に雨宿りできる場所を見つけた。「早く！　早く！」とウェンハイの女房はフウニュウをせきたてると、走り出した。ウェンハイの女房が崖の下に着いても、フウニュウはまだ雨の中で石を積んでいた。ウェンハイの女房は頭のてっぺんを手のひらで覆うと、崖の下からまた走り出し、フウニュウの袖をつかんで崖の下まで引っ張って来た。

「あんちゃん、ズブ濡れじゃないの」

ウェンハイの女房は腰帯から白い手ぬぐいを引っ張り出すと、手を伸ばしてフウニュウの顔を拭こうとした。フウニュウは手ぬぐいをひったくると、自分で顔を拭いた。そのせいで途端に全身がむずかゆくなってきた。白い手ぬぐいから、うっとりするようないい香りがしてきたのだ。シャートンピンがいつも言っている、女の身体から発散する、えもいわれぬ魅惑的な香りだった。フウニュウは、すばやく手ぬぐいをウェンハイの女房に返した。そのせいで、ウェンハイの女房の胸がチラリと目に入ってしまった。全身びっしょりなので、木綿のブラウスが胸にぴったりくっついている。フウニュウの目と鼻の先に、はち切れんばかりの二つの丸い盛り上がりが突き出していた。

フウニュウはもう気絶して倒れそうになり、あわてて崖に寄りかかった。

「あんちゃんは確か今年で二十八歳だよね」とウェンハイの女房が聞くと、フウニュウはうなずいた。

「ということは、あんちゃんはおらより二つ年上だね」

フウニュウは今度もうなずいた。

「ほらな、おら、ちゃんと覚えているんだから」

フウニュウは、またうなずいた。

「そんなら、あねさんとか、あねさんじゃないとかはおかしいよ」とウェンハイの女房。

フウニュウは、今度は頭を縦に振ろうともせず、雨の畑の中に飛び出した。

ウェンハイの女房は、お天道様に照らされてキラキラ輝く雨粒を眺めた。そしてキラキラ輝く雨の中を狂ったように石を積んでいるフウニュウを見た。それから長い長いため息をついた。

ウェンハイの女房の家で昼食を済ませた後も、フウニュウは休もうとせず、すぐにシャベルを担ぐと外へ出て行ってしまった。ウェンハイの女房は西側の部屋に嫁入りのときに実家から持ってきた白

ウェンハイの女房は、お天道様に照らされてキラキラ輝く雨粒を眺めた。そしてキラキラ輝く雨の中を狂ったように石を積んでいるフウニュウを見た。

いヒツジの毛皮を敷いて、フウニュウを休ませようとしたのだが、フウニュウはものも言わずに南の尾根の下にあるくぼみの空き地を耕しに行ってしまった。

日も暮れかかってきたころ、ウェンハイの女房が空き地へやって来た。

「まあ、上手に土地を平らにしてくれたねえ」とウェンハイの女房は言った。

「ここはいい土地だよ」とフウニュウ。

「まるでオンドルの上みたいに、真っ平ら。ゴロンと横になりたくなるわ」とウェンハイの女房は言った。

「いい土地だよ」とフウニュウ。

「あんちゃん、この畑の周りは静かねえ。スズメ一羽もいないわ」とウェンハイの女房。

「ここはほんとにいい土地だよ」とフウニュウ。

「ちょっと！　おら、あんちゃんと話をしているんだよ。なのに、あんたったら、いい土地、いい土地しか言わない」とウェンハイの女房。

「暗くなってきた。帰ろうぜ」とフウニュウが答える。

帰りの道で、ウェンハイの女房はよろめき、しょっちゅうフウニュウにぶつかった。フウニュウはフウニュウで、ウェンハイの女房がぶつかってこないともの足りない気分で、ぶつかってくるのを期待した。ぶつかってこられると、フウニュウは耐えられない。いやはや、シャベルを地面に投げ捨てたくなったが、それはしなかった。

投げ捨てよう、投げ捨てよう、でも投げ捨てなかった。

投げ捨てよう、投げ捨てよう、やっぱり投げ捨てなかった。

結局、二人はふらふらと、投げ捨てよう投げ捨てないをしながら、家に戻った。

夕飯に、ウェンハイの女房はヤマノイモの千切りと炒り卵を作り、さらに酒まで注いでくれた。

「なあ、あねさん。食うわけにはいかねえ」とフウニュウが言う。

「酒も注いであげたのよ」とウェンハイの女房が言う。

「おら、飲むわけにはいかねえんだ」とフウニュウ。

「おらはね、あんたのことを知らないわけではないのよ。あんたもあのときのことを忘れちゃいまいね?」とウェンハイの女房が言った。

これを聞くとフウニュウの顔が次第に紅潮してきた。

ウェンハイの女房は、コーリャンの茎で編んだザルの中から針を探し出し、ランプの灯心を突っついた。石油ランプはたちまち盛んに燃え、部屋中が明るくなった。

ウェンハイの女房は、長男のダーゴウのおわんにヤマノイモの千切りと炒り卵を少し取り分けて、「早くおあがり。食べたら、あっちの部屋に行って寝るんだよ」と言った。

ウェンハイの女房は、次男のシャオゴウを抱き、乳を飲ませようとボタンをはずした。白くはちきれんばかりの乳房がパッと現れる。白日そのものだ。フウニュウは一瞬目がくらんだ。すぐ目を逸らしたのに、まだチカチカ光っている。

フウニュウは箸を手に取りながら、酒の杯も持ち、食べ物と酒を一度に口から流し込んだ。まるで何代にもわたって飢えている乞食のようなしぐさである。ガツガツ食べながら、何を食べているのか皆目分からない。

ウェンハイの女房は、フウニュウのこんな食べ方をじっと見ていた。そして頭を傾けて赤ん坊のシヤオゴウに口づけした。

「チュッ」と一回。

「チュッ」ともう一回。

フウニュウが食べている傍らで、「チュッ、チュッ、チュッ」と切りがない。

「チュッ、チュッ、チュッ」と、音を聞くだけでフウニュウは死にそうだった。

次から次へと食べながら、フウニュウは瓶に酒がもう半分しか残っていないことに気づいた。

大変だ、クソッ、これ以上飲んだら、またとんでもないことをやらかしちまう。

フウニュウは自分が分かっている。瓶に半分以上の酒を飲めば、自制がきかなくなる。自分のすることに責任が持てなくなるのだ。そうなると、普段はとても言えないようなことを口走るし、普段は決してしないようなこともやってのける。県の劇団の手伝いをしたときもそうだった。酒に酔ってシーアル（喜児）とティエメイ（鉄梅）役の女役者の尻を追い回して、ダーツゥン（大春）、ホァンスーレン（黄世仁）、リーユーホ（李玉和）、ジュウシャン（鳩山）役の役者〔文化大革命時に流行った革命現代京劇『紅灯記』（ティエメイ、リーユーホ、ジュウシャン）と革命現代歌劇『白毛女』（シーアル、ダーツゥン、ホァンスーレン）の登場人物〕に押さえつけられ、袋だたきに遭った。村に戻ると、頭がおかしくなってしまった。その後で、石で頭のてっぺんを思い切りたたいたら、やっと元に戻ったのだった。昨年、ウェンハイの女房とウェンハイが夫婦げんかをしたときもだ。フウニュウが仲裁に入った。仲直りした後、夫婦はフウニュウに食事をご馳走した。このときもフウニュウは飲み過ぎた。ウェンハイの女房の背中を無理やりなで回そうとして、汗をかいているかどうか見てやろうと言ったのだ。

「あんちゃん、なぜもっと飲まないの？」とウェンハイの女房が聞いた。

「もう充分飲んだよ」

「もうちょっとお飲みよ」

「だめだよ。あねさん、おら、これ以上飲むとまたばかなことをしでかしそうだ」

「何を怖がっているの？　おらたち、知らない仲じゃねえのに。あんたがばかなことをしたって、よその人が知らなきゃいいんだからね」

「本当なんだ、あねさん。これ以上飲んだら、おら、絶対駄目になるよ」

フウニュウはそう言うと、オンドルから飛び下りた。ウェンハイの女房も飛び下りた。

「もし飲みたくねえんなら、飲まなくても構わねえ。もう少し二人でここに座っていようよ。おらたち、滅多に一緒に座ることはねえんだし」

「それができねえんだよ、あねさん。あんたはまったく分かっていねえんだね。おら、すっかり飲み過ぎたんだ」

フウニュウは言うと、ウェンハイの女房を押しのけ、門さえ通らず、塀を飛び越えて帰っていった。

家に入るやいなや、服を全部脱ぎ捨て、掛け布団のトンネルに潜り込んだ。

全身が焼けるように火照っており、頭はクラクラしている。

なかなか寝つけず、何度も寝返りを打った。

布団をめくると、真っ暗な部屋の天井を見つめた。じっと見つめているうちに、どこからか手が自分に触るのを感じた。胸に触り、腹に触り、あそこにも触ってきた。

すごくいい気持ちになってきた。ひと声「あねさん」と叫んだ途端にわれに返った。

体中に触ってきたあの手は、ウェンハイのあねさんの手ではなく、自分自身の手だった。

「おめえは男じゃねえ。フウニュウのこん畜生め」と叫んだ。

「男じゃねえ、おめえは。フウニュウのこん畜生め」と自分を叱りつけた。

「死ね、死んじまえ、フウニュウのこん畜生め」

何度も何度も自分をののしった。ののしるだけののしると、大きな手で顔を覆った。はらはらと大粒の涙が流れ落ちた。

フウニュウは泣いた。

自分にののしられてフウニュウは泣いた。

第二十話　天国のトビラ

ヤンワ（羊娃）が死んだ。

木で首を吊って死んだのだ。

いつもなら夕方ランプが灯されるころになると、パシッという鞭《むち》の音が、村のはずれで聞こえる。ヤンワがヒツジの群れを連れて、放牧から戻ってきた音だ。

けれどもこの日は、灯を消して寝る時間になっても、ヤンワの鞭の音は聞こえなかった。「こらっ、子ヒツジ、こらっ」というヒツジを追うときのヤンワの声や、「クソババアめ。クソ先祖さまめ」といった罵声も聞こえず、ヒツジたちのメエーメエーと鳴く声や、ザクザクという蹄《ひづめ》の音もしなかった。

生産隊長が、独り者の男たちに号令を下した。「西の沢まで行って、やつを探せ！　思い詰めなければいいが」

隊長の言うことは当たっていた。

ヤンワは西の沢で見つかった。沢の入口に生えている、あのひん曲がった木で首を吊り、まるでのぼりのように風に吹かれて揺れていた。沢底に住んでいる、肩なしガマたちはこの日、口をへの字に結んだままで、ケロ、ケロと鳴こうとはしなかった。ヒツジたちだけは異変に気づいているようで、頭を上げてヤンワの遺体を見つめ、「ママー、ママー」と鳴いていた。

「ああ、まったくばかを見たな」

「天国のトビラを見たがっただけなのに」

「結局、見ないまま死んじまった」

「どうしてだい？　どうして？」

人々は、ヤンワの遺体を木から下ろしながら、あれこれ話している。


ヤンワも村の独身者だった。シャートンピン（下等兵）は、かつてヤンワの境遇に悪態をついてこう言った。「父ちゃんが死んで、母ちゃんは再婚しちまった。じいちゃんも、ばあちゃんもとっくの昔にあの世に行っちまっている」。ヤンワは独りぼっちで、家にはほかに誰もいなかった。

死ぬ二日前から、ヤンワは魔物に取り憑かれたように、シャートンピンが話していた昔話を一日考えていた。たいした話でもないのに、その話を反芻《はんすう》した。

こんな話だった。

一人の女の子が、何人かの男の子と連れ立って、野原でノゲシを採っていた。採っているうちに、女の子が急に立ち上がって、こう言った。「おらの天国のトビラが前に向いているか、それとも後ろを向いているか、当てた人には、おらが採ったノゲシを全部あげる。でも、はずれたら、あんたたちのノゲシは全部おらのもんだ」。男の子の一人が聞いた。「天国のトビラって、何だ？」女の子は答えた。「おらの股のあたりのあれさ」。男の子たちはよく考えもせずに、声を揃えて答えた。「前向きさ」。すると女の子はズボンを下げて、お尻を突き出して男の子たちに見せた。「さあ、後ろ向きかい？　前向きかい？」言うなり、男の子たちがそれまでに採ったノゲシを全部取り上げ、自分のカゴの中に入れたとさ。

これがシャートンピンの話だった。しかし、ヤンワはこれを聞いてからの二日間、ほかのことは何ひとつ考えられなかった。もののけに取り憑かれたみたいだった。

その日、ヤンワはヒツジの群れを追って西の沢の口まで来た。沢にはハコヤナギがたくさん生えていた。ヒツジが食べてもまたすぐに伸びる柔らかい草もたくさん生えている。だがヤンワは、奥まで入っていこうとはしなかった。お化けがいるとみんなが話しているからだ。行けば自分が食われるか、ヒツジが食われるのではないか、と心配した。だから、沢の入口まで来たところで足を止めた。沢の口の近くにはひん曲がった木があって沢底には、草の生えた斜面と、新鮮な水がわき出てくる所があった。

お天道様《てんとさま》を見上げると、そろそろ昼休みの時間だった。ヤンワはヒツジの群れを一カ所に集めた。暑いので、ヒツジたちは日影を探して互いの尻の下に頭を隠した。お天道様に頭が照らされないようになってやっと動かなくなり、このまま昼中じっと立っていられた。

こん畜生め。どいつもこいつも頭だけ気にして、天国のトビラのことは、まるで気にかけていねえんだ。

天国のトビラ、天国のトビラ……あん畜生のおなごめ、うまい名前をつけたじゃないか。ヒツジのは後ろ向きだ。ロバのもウマのも後ろ向き。けど、女の子のも後ろ向きだって？

そんなことを考えながら、ヤンワは沢底まで下りた。はいつくばってわき水に口を付けると、家畜が水を飲むみたいに飲んだ。飲み終わると、腰帯の後ろから汚れきって黒光りする小さな布袋を引っ張り出した。袋の中には、燕麦《エンバク》の焦がし、黄色いカブの切り干し浸け、それとへりが欠けたおわんが入っている。ヤンワは、燕麦の焦がしをおわんに半分ほどすくい、水を少し垂らして指でこねた。それが乾くと、また少し水を垂らしてこねた。こね終わると、指でひとつまみ、ひとつまみ口の中に運んだ。麦焦がしが地面にこぼれないよう、顎の下におわんをくっつけている。羊飼いに対して村から支給される食糧は少なくなかった。村人、つまりほかの人民公社員に与えられる穀物類がわずか八両〔四百グラム〕なのに対し、一斤半〔七百五十グラム〕もが与えられるのである。しかし、ヤンワにはそれでも足りなかった。麦焦がしを食べ終わると、切り干しカブをひと切れつまんで、口の中にほうり込んだ。カブは硬くて弾力性があり、ゴムのようだ。口の左側でかみ、次に右側でかむ。それから同じことをもう一回、と左右行ったり来たりさせてかむのだった。かんでいるうちにしょっぱい水が出てくるので、それを飲む。そうすれば、おかずを食べ、スープを飲んだのと同じになる。こうして飲む汁は、カブの香りもするので、結構うまい。

食事を終えるとヤンワは、沢のほとりの坂を上がっていった。歩きながら、燕麦を物乞いする「煩《わずら》わし節」を口ずさんだ。この「煩わし節」は、「乞食節」とも呼ばれる。乞食たちが物乞いするときに歌い、歌い終わると、人々から燕麦粉を少しもらうのだ。乞食たちは調理したものを欲しがらなかった。調理したものは何日も経たぬうちに腐ってしまう。燕麦粉なら、持ち帰って家族に食べさせるのに都合がいい。温家窑《ウェンジャーヤオ》村には、代々あまりにも大勢の乞食がいた。同じように、あまりにも多くの乞食節がこの村で作られ、伝わってきた。老若男女を問わず、誰でもこうした唄を歌うことができる。

ヤンワは坂を上りながら、こんな唄を歌った。

子ヒツジは母ヒツジから乳を飲む前に
前脚を折ってひざまずかねばならぬ
女房のいない羊飼いは、生き地獄さ

乳を飲んだあと子ヒツジは
うしろ脚を突っ張って起きる
女房のいない羊飼いは、惨めなものさ

続きを歌おうとすると、誰かが笑い転げる声が聞こえた。

女の声だ！　ヤンワは震えた。周りを見回したが、誰の姿もない。

沢に出るというお化けじゃないだろうな？

ケラケラケラと、またも笑い声がした。

ヤンワは腰を低くして、声のする方へ進んで行った。

ひん曲がった木によりかかって、女の子が一人しゃがんでいた。雄ヒツジがまだら模様の雌ヒツジの上にまたがろうとしているのを眺めているのだ。雌の方はやすやすとまたがらせる気はないようだ。雌が動く。雄が滑り落ちる。雌が動く。雄が滑り落ちる。女の子は、それを見て笑っている。ずいぶん経ってから、雌が動かなくなり、雄がやっとその背中にまたがった。

「こっぴどく。人間も家畜も同じこと。こっぴどく。人間も家畜も同じこと」。女の子は、両の手を握り締めて、ハンマーのように空中で振り雄ヒツジを応援した。

こっぴどく、だと？　人間も家畜も同じだと？　クソ食らえだ。家畜は相手構わず、側にいる家畜とやって、しかも好きなだけする。人間に、そんなことができるか？

考えれば考えるほど、ヤンワは腹が立ってきた。そして大声で叫んだ。「人間に、そんなことできるか？」

これを聞くと、女の子は振り向いてヤンワを見つめた。

「人間は家畜と同じだと？」とヤンワ。

「そうだよ」と女の子。

「人間は、好きなだけできるだと？」

「そうだよ」

「したい相手とできるだと？」

「そうだよ」

「それじゃあ家畜じゃないか」

「あんたこそ家畜だよ」

女の子はそういうと、ふくれっ面で去って行った。

ん？　腹がでかいぞ。クソ、はらんでやがるのか。ヤンワは笑い出しそうになった。大きなお腹を突き出して遠ざかって行くのを見送ると、ヤンワはようやくひん曲がった木に寄りかかってしゃがんだ。

人間も家畜と同じと言えるのかよ？　おら、天国のトビラもまだ見たことがねえだ。三十五、六歳にもなる男が、天国のトビラをまだ見たことがねえだ。同じと言えるかよ？　同じなんてクソ食らえだ。家畜の方が、おらよりましじゃねえか。

考えれば考えるほど、人間と家畜が同じとは思えなかった。考えれば考えるほど、家畜の方が自分よりましだと思えた。考えているうちに、ヤンワはまたシャートンピンのあの話を思い出した。おらだったら、天国のトビラは後ろ向きだって言う。前向きとは言わないぞ。ウマは黒いし、ヒツジは白い。人間は何色なんだ？

あれこれ考えていると、「おらのノゲシを持ってきてよ！」と叫ぶ声が聞こえた。

ノゲシだと？　どのノゲシだい？

「おらのノゲシを持ってきてよ！」

見ると、さっきの女の子が大きな腹を突き出して、ヒツジの群れの向こうから、ヤンワに向かって叫んでいる。

左右を見回してみると、後ろの方にヤナギで編んだカゴが置いてあるのに気づいた。カゴの中にはノゲシが半分ほどと、ノゲシを掘る小さなスコップが一本入っている。

ヤンワは、カゴを自分の側に引き寄せて抱え込むと、「ノゲシを採るのを手伝ってやるよ」と言った。

「おらと一緒にノゲシを採るの？」と女の子が聞いた。

「おめえの天国のトビラを見せてくれたら、おめえと一緒に採ってやるよ」とヤンワ。

女の子は頭を振った。

「見るだけだよ。見るだけで何もしねえ」

考えれば考えるほど、人間と家畜が同じとは思えなかった。考えれば考えるほど、家畜の方が自分よりましだと思えた。

「何を見るの？」

「天国のトビラだよ。おめえの天国のトビラ」とヤンワ。

「天国のトビラって何だね？　おら、そんなもの持ってねえよ」と女の子。

「持ってるよ。人間も家畜もみな、持ってる。このおらも持っている」

「なら、まず、おめえのを見せてくれろ」

「いいぜ、見せてやるよ」

ヤンワはスカートみたいに破れてボロボロのズボンをたくし上げて、「見な」と言った。股の間から一物が飛び出してきた。

女の子は側へ寄ってきて、それが何かが分かると、くるりと背を向けて走って行った。走りながら叫んでいる。「父ちゃんにまたたたかれるわ。父ちゃんはまたあたいをたたくわ」

ヤンワはノゲシの入ったカゴを抱えたまま、立ちすくんだ。女の子の姿が見えなくなるまで見つめていた。

その日の午後、ヤンワはどこへも行かなかった。ひん曲がった木にもたれて座り込み、あの女の子が戻ってくるのを待っていた。戻ってきて、ノゲシを採るのを手伝ってくれ、と自分に頼むのを期待していた。

女の子は戻ってこなかった。

その日ヤンワが村に戻ったのは、いつもより遅かった。

真夜中、生産隊長がヤンワの家の戸を開け、入って来た。マッチをすってランプを灯してみると、土間にヤナギのカゴが置いてある。中にはノゲシが入っており、その上に小さなスコップがあった。

隊長はヤンワを揺り起こした。

「おまえ、人民公社の大衆独裁委員会に呼ばれているぞ。明日行くようにだとさ」

「何で？」

「白痴の女の子がいて、その子をはらませたのが誰かを調査しているんだ」

「その子がはらんでいようがいまいが、おらには関係ねえよ。おらはやってねえ。あの子の天国のトビラを見たかっただけさ。でも、あの子は見せてくれず逃げてしまった」

隊長は何があったのかを探ろうと、あれこれと質問をして、事の次第を知ると言った。「明日もいつも通りにヒツジの放牧に行くんだ。公社にはおれの方から話しておく」。そう言うと、ノゲシの入ったカゴを下げて出て行った。

翌日朝早く、ヤンワはまたヒツジの群れを西の沢の入口まで連れて行った。


村の独身者たちは交代でヤンワの遺体を背負った。途中、誰も何もしゃべらない。ヒツジの群れもずっと静かだった。聞こえてくるものといったら、道を歩くヒツジたちの蹄《ひづめ》のザクザクという音とヒツジの尻尾が尻をたたく音だけだった。

この人の群れとヒツジの群れの上に、白い月光が落ちていた。

村に入る前、誰かが憎々しげにひと言毒づいた。

「クソいまいましい天国のトビラめ！」

第二十一話　夜警

「しょんべんしたけりゃしてこいよ」とゴウズ（狗子）が言った。

「別に、したいわけじゃねえ」とグァングァン（官官）が答えた。

「しょんべんしたくねえなら、何でケツをさすっているんだ？」

「さすっているだけだ」

「しょんべんしたくなると、おら、いつもケツをさするね」とゴウズ。

「おめえはおめえ、おらはおらだ」

「なら、おめえは何でさっきからずっとさすっているんだね？」

「さすりたいからさ」

「そうかい。それじゃあさすれ、さすりな」

今さっきまで、ゴウズはグァングァンにサングアフ（三寡婦）の夢を見たことを話していた。サングアフが自分と寝てくれたのだという。ゴウズが言うには、夢は真に迫っていて、サングアフの白い太もも、ふっくらとした白い腰、それに白くて豊満な乳房もくっきりはっきり見たという。話しながら、ゴウズはグァングァンが地面の上でもぞもぞと身体を尻をこすりながら揺すり始めたのに気づいたのだ。「ズバリその通りだな。サングアフの身体は白いよ。ああいう白さだよ」とグァングァンは言った。

「知っているのかい？　おめえ、目が見えないというのに、どうして知っているんだね？」

「知っているのさ」とグァングァン。

「白いって、どんな色か、おめえ分かるのかい？」

グァングァンはぱちぱちまばたきして、黙り込んだ。

「だろう？　ごまかしきれなくなった」とゴウズは言った。

「知らないやつはいねえぜ」とグァングァン。

「じゃぁ、言ってみな」とゴウズ。

「白は白さ。黒じゃねえ」

「チェッ。何てたわごとだ。それじゃもうひとつ。サングアフの股にある天国のトビラは、どんな様子だね？」

「おめえ、グオコウ（锅扣）おじさんに絞め殺されるのが怖くねえのかい？」とグァングァン。

「グオコウおじさんが酔っぱらったら、おめえなんぞ、ひとひねりだ」

ゴウズはこの言葉を聞くと、ふりむいて背後の黒い大岩を見詰めた。サングアフとグオコウおじさんは、この大岩の後ろに合葬されているのだ。

大岩の背後は、真っ暗だった。

ゴウズは耳を澄ました。何の音も聞こえないのでようやく向き直って言った。

「怖くねえ。怖くねえ。おめえだって怖いなんて感じる暇はねえだろうよ」

　そして、こう続ける。

「おらの言うことを信じねえんだったら、ひとつ今夜試してみな。怖いなんて感じる暇はねえよ」

　そしてさらに続けた。

「サングアフが、おめえのためにハサミみたいに両脚を開いて、天国のトビラを見せてくれるんだぜ。怖いなんて感じていられるか？　怖いなんて感じる暇はねえよ」

　グァングァンは尻をこすりながら揺するのを止め、尻の下に両足を敷いて正座した。まるで尻が逃げ出しそうだから、両足を尻の碇《いかり》にしているかのようだ。

「サングアフはいい女だったぜ」とゴウズ。

「だいぶ年を取ってるはずだが、おっぱいはでかくて、プルンプルンだったよ」

「話はそれだけかい？　おめえの話は長くていけねえ」。グァングァンが言った。

「話だけなのに何をびくついてる？　チョウバン（丑帮）じゃあるまいし、女の話がそんなに嫌か？」

「粥ができたかどうか、見てくれ」

　ゴウズはやっとおしゃべりをやめ、粥のでき具合を見た。


　人民公社が建造している灌漑用用水路「人定勝天」〔人の力は必ず自然に打ち勝つ〕が温家窰《ウェンジャーヤオ》村の西にある野中の墓地まで伸びてきた。日が暮れると、各村から引き抜かれてきた作業員たちは帰宅し、夜警をするゴウズだけが残る。夜警がいないと、誰かが運搬用の三輪車のタイヤをくすねて持ち帰り、それで自分の家の手押し車を作ってしまう。用水路の土手に立ててある十本の赤旗を、コッソリ持ち帰る者もいるだろう。いつの日か嫁をもらうとき、あるいは娘が嫁に行くときのために。赤旗は絹地なので、新婚の掛け布団を作ることが出来る。死に装束や死者の顔を覆う布を作ることも出来る。ただし、赤旗で腰帯を作るのだけはしてはいけない。生地がツルツルなので、ズボンをしっかり結ぶことができないからだ。下手をすると、一番まずいときにズボンがずり落ちて、赤っ恥をかくことになる。

こうしたことに目を光らせるとともに、夜警は早起きして、作業員たちが現場に来る前に、大鍋いっぱいアワの薄粥とカブの漬物の細切りを用意しなければならない。カブの漬物の細切りの上にはゴマ油を少々振りかけることになっている。これらは人民公社の負担で、ただで食べることができる。みんな食べたいがために、作業に出られないことを恐れた。

夜警の勤務は割がよい。労働点数が高い上に、薄粥を腹いっぱい食べられる。アワとカブの漬物を背中に隠して持ち帰ることも可能だし、少しくらいならゴマ油を家に持ち帰ることもできた。夜警の仕事にはこんなにうま味があるのに、温家窯村でこの仕事をやりたがる者はいなかった。みんな野中の墓地のお化けが怖いのだ。夜中にお化けが出てきて、食べられてしまうのではないかとおびえているのである。だから誰も引き受けなかった。

生産隊長は、ゴウズが使い勝手のよい家畜のような人間だということを知っていた。だから、誰もやりたがらない仕事はいつもゴウズに回した。

生産隊長が「なあゴウズよ、夜警をやってくれ」と言うと、ゴウズは答えた。「おらにやれと言うならやるよ」。生産隊長は言った。「夜警の仕事には、いいこともあるんだよ。食べ物を少し家に持ち帰ってもいいんだ」。するとゴウズは答える。「家に持ち帰ったりはしねえよ。ただで飲み食いできるだけで充分なのに、持ち帰れだと？　そんなことはしねえ」

最初の夜、ゴウズは野中の墓地に一人で寝た。

今日はこっそり盲目のグァングァンを呼んできた。グァングァンもお化けを恐れていないのは知っていた。

呼びに行ったときは日が暮れかかっていた。グァングァンは真っ暗な窰《ヤオ》の中で、トウモロコシ粉の糊糊《フーフー》〔穀物の粉で作る糊状の粥〕を煮ているところで、家の中には木の葉の燃える匂いやボロ切れの燃える匂いが充満していた。ゴウズが呼びかけた。「おい、糊糊は作らねえでもいいよ」。グァングァンが「なぜだい?」と聞くと、ゴウズは、「夜半に野中の墓地へ来いよ」と言う。「そんな時刻じゃ、真っ暗だ。嫌だよ」とグァングァンが答えると、「ばか野郎。おめえは昼間だって真っ暗じゃねえか」とゴウズ。「行ったらどうなる?」とグァングァンが聞くと、ゴウズはこう答えた。「来ればアワ粥と焼きジャガイモを食わせてやる。それだけじゃないぜ。いいこともさせてやる」「いいことって?」とグァングァンが聞く。「来れば分かるさ」とゴウズが答えた。

ゴウズが先に野中の墓地に着いた。

用水路工事の作業員たちは、とっくに引き上げてしまっている。ただ一人残っていた人民公社の水利係、通称大アゴ(大下巴《ダーシアバー》)が今か今かとゴウズを待ちかねていた。大アゴというだけに、この男のアゴはなるほどでかい。それに石ころのように見える。

大アゴは悪態をついた。「ばか野郎、やっと来やがって。今日また赤旗を溝の中に投げ捨てたら、ただじゃすまないからな」。ゴウズは、心の中で毒づいた。ばかもん、大アゴ野郎め。大アゴは、用水路の向こう側までバイクを押し、ブッとベルを鳴らすと、走り去った。ゴウズは心の中で言った。騒がしい音を出しやがって。死んだおめえの母ちゃんの霊を呼び起こしてのろってるんだな。

ブ、ブ、ブというベルの音が遠ざかるの聞きながら、ゴウズはつぶやいた。「クソッたれの大アゴ野郎、おいらは赤旗を用水路の底に投げ捨ててやるぜ」

最初の日の真夜中、ゴウズは運搬用の三輪車の上で寝て起きると、用水路の土手に挿してある十本の赤旗を全部引き抜いて底に投げ捨てたのだ。早朝、大アゴがやって来ると、用水路の土手には、風が吹くとハタハタなびく赤旗が見えない。大アゴは、きっと誰かが家に持ち去ったのだと考えた。しばらくして、用水路の底に赤旗が散らばっているのを見つけた。ゴウズに向かって、「てめえ、なぜ赤旗を用水路の底に捨てたんだ」と言ったが、ゴウズは薄笑いを浮かべるだけで、ひと言も返事をしない。大アゴは決めつけてこう言った。「てめえは党に反抗したいんだな？　大衆独裁委員会の査問にかけられたいんだな」。これを聞いてもゴウズはニヤニヤ笑うだけだ。近くにいた生産隊長がゴウズをかばって「盗まれたらいけないと思ってやったに違いないよ」と言ってくれた。大アゴもようやく追及をやめ、用水路の底にある赤旗を土手の上まで投げ上げて立てるよう作業員に命じ、このゴタは終わったのだった。

ゴウズとグァングァンの前には、大きな黒い石が三個ある。石の上には「不動鍋」という大きな鍋が置いてあった。とてつもなく大きくて一人の力で動かせるものではないので、「不動鍋」と呼ばれている。「不動鍋」の下では炭火が勢いよく燃えていた。炭火の周りにはジャガイモが円状に並べてあった。

ゴウズはジャガイモをひっくり返して、それまで火が当たっていなかった側にも火が当たるようにした。

それからトウモロコシの茎に火をつけて「不動鍋」の内側を照らし、薄粥が煮えたかどうか見た。

ゴウズとグァングァンの前には、大きな黒い石が三個ある。石の上には「不動鍋」という大きな鍋が置いてあった。とてつもなく大きくて一人の力で動かせるものではないので、「不動鍋」と呼ばれている。「不動鍋」の下では炭火が勢いよく燃えていた。

ゴウズはこの仕事をするにあたって、大アゴから懐中電灯を一個渡されていた。会計係が年中腰にぶら下げている、ボタンを押せば白い光を放つあれだ。しかし、ゴウズは懐中電灯が使えない。なかなかうまくボタンを押せないのだ。それを見た会計係が、この懐中電灯は壊れているから直してやると言って取り上げ、以来返してくれていない。ゴウズは会計係に返してくれという勇気も、大アゴにそのことを告げる勇気もなかった。ゴウズは会計係が怖いのだ。ほかは誰も怖くないのに、会計係だけは怖い。姿を見ただけで、ちびりそうになってしまう。

「薄粥は、まだできてねえな」とゴウズが言った。「ジャガイモもまだだ」

グァングァンは押し黙ったままだ。

「グァングァン、おめえ、なんでまたケツを揺らしているんだ?」

「グァングァン、おめえ、ケツをさすらなくなったと思ったら、なんで今度は揺らしているんだ?」

グァングァンは知らぬ顔で、両かかとの上に載せた尻をパパッと上下に揺らしていた。

パパッ、パパッ。

パパッ、パパッ。

グァングァンは揺らし続けた。

ゴウズはその様子を眺めながら、何と身が入っているのだ、母親に「ダッコして」とせがむ子どもそっくりだと思った。

グァングァンは尻を揺らしまくって、とうとう止めた。

ハァハァ息を吐いていた。

「くたびれたな」。ゴウズは言った。

「グァングァン、おめえ、くたくただぜ」

グァングァンはそれでも相手にしない。闇夜の一点をまばたきもしないで見つめている。まるで夜空の星を数えているかのようだった。

「グァングァンよ、正月になると、みんなが二枚に書き分けた対句を左右に貼るのはなぜだと思う？赤い対句をさ」

「お化けを退散させるためかねえ？」

「それにしても、お化けはなんだって赤い色が怖いんだろうね。良いお化けも悪いお化けも、同じように赤い色が怖いのかねえ？」とゴウズはしゃべり続けた。

グァングァンはやっぱり知らぬ顔のままだった。顔は星空に向けたままだ。

ゴウズもグァングァンを真似して、暗い星空を見上げた。

「流れ星だ」。ゴウズが言った。

「また誰かが死んだのさ」。グァングァンが言った。

「誰が？」

「おらの言うのはこうだ。流れ星が大地に落ちると、誰かが死ぬのさ」

「なあグァングァン。目玉がなくても占いができるというが、おめえ、今誰が死んだか占ってみてくれ」

「よけいなことだ。さあ食おうぜ」とグァングァン。

二人はカブの漬物をそえて、焼いたジャガイモをすっかりたいらげた。薄粥もどっさり食べた。二人のお腹はパンパンに膨れ上がった。

「ヴァングヴァンよ。おめえに聞きてえことがあるんだ」とゴウズが言った。

グヴァングヴァンはアゴを上げ、ゴウズの方に耳を向けた。

「シャートンピン（下等兵）の話なんだが、夜中になると墓から幽霊が出てきて、男と寝るんだそうな。本当かねえ？」

「そんなうめえこと、あるもんか。独り者のやつらが自分たちの気休めにでっち上げた話さ」

「でもさ、サングアフが真夜中に、本当にここへやって来たんだよ。ぷりぷりの真っ白い腿をしてたよ、ぷりぷりの……」

「またその話か？　おめえ」

「おらはその話をしてえのさ」

「勝手にしてくれ。おらは寝る」

「サングアフは、今夜もまた来ると言っていたぜ」

「来たけりゃ、どうぞ。おらは寝るよ」

「寝たけりゃ寝な。でもな、真夜中に誰かが来ても、悲鳴を上げたり叫んだりしないでくれよ。夢を見ていると思ってくれ」

「誰がやって来るんだ？　夢だよ。誰がやって来るんだい？」

「信じねえなら、信じなくていいよ。おらは信じるからな」

ゴウズはグヴァングヴァンのために運搬用三輪車を一台押してきてやった。そして、トウモロコシの茎を荷台の箱の中に敷き詰め、その上に寝るように手を貸してやった。夜中に足が冷えるといけないので、グヴァングヴァンには靴を脱がさず自分は靴を脱いで、それを枕代わりにグヴァングヴァンの頭の下に置いてやった。

　ゴウズはもともと明日早朝に食べるカブを細切りにしたり、アワの薄粥を煮ておいたりする作業を、今のうちに済ませておこうと思っていた。そうすれば、朝やってくる大アゴに「まだできてないのか」とガミガミ怒鳴られずにすむ。しかしゴウズは、お化けたちはニワトリが最初の時を告げるころにはもう墓から出て来ず、ニワトリが三番目の時を告げるころにはあわてて帰っていかなければならないことを知っていた。もう時間がない。ゴウズは煮炊きはあきらめ、大急ぎで「不動鍋」の底の火に炭の灰をかけた。それから用水路の土手に上がり、並んでいる赤旗十本をすべて引き抜いた。ただし今日は抜いた旗を用水路の底に投げ落とすのではなく、一カ所に重ねて、その上をトウモロコシの茎で覆って隠した。そのあと、運搬用三輪車をもう一台引っ張ってきて、グァングァンの横に止めた。ゴウズは箱の中にトウモロコシの茎を敷くこともせず、そのまま横たわった。

　ゴウズは自分が眠りに落ちたのちに、サングアフがまたやってくることを真剣に信じていた。サングアフは赤い色が怖いと言っていた。だから十本の赤旗を隠すだけでなく、炭火も灰をかけた。火も赤いからだ。

　ゴウズは、今度サングアフが来たらグァングァンとも寝てもらおう、と考えていた。この男はこれまでとても気の毒な生活を送ってきたのだし、目も見えない。

　天空のいわば下腹を横切るように、流れ星がひとつ、長く明るく落ちて消えた。

「また流れ星だ」とゴウズが言った。

「そうだ、流れ星だ」とグァングァンが言った。

「おめえ、見たのかい？」

「見たぜ」

「おめえ、見ることができるのか?」

「できねえ。でも、おらは見たのよ」

第二十二話　ゴウズ、ゴウズ

会計係が帰るとき、ゴウズ（狗子）は門の外まで見送った。

「今夜は暗いですなあ。星が出ているのに、この暗さだ」

こう声をかけたが、会計係は素知らぬ顔だ。こんなやつに気を使う必要など全くないとばかりにゴウズを無視し、カチッという音を立てて懐中電灯をつけた。

この音を聞くや、ゴウズは懐中電灯の光から目を守ろうと両手を広げ、顔を覆った。

会計係は懐中電灯の光を他人に向けるのが好きだ。村中の人がこの男に懐中電灯を向けられるのを恐れていた。会計係は懐中電灯をかたときも身から離さず、日中でも持ち歩いていた。懐中電灯の後ろ側に付いている丸い輪を爪でちょいと摘まんで、自分のベルトに引っ掛けていた。

懐中電灯は、この男のお守りだった。

人民公社の社員〔村民〕大会のとき、誰かがいびきをかいて居眠りなどしようものなら、会計係は即座に懐中電灯をカチッとつける。「誰だ？　いったい誰なんだ？」そう聞きながら、まぶしい白い光を社員たちの頭に向ける。その場にいる連中は頭皮が麻痺したかのようにうろたえる。この光を夢に見るほど忘れられなくなる。誰かがうろたえたのを見て声を出して笑ったりすると、会計係は「誰だ？　誰なんだ？」と言い立てながら、懐中電灯の光線をその人物に当てるので、逃げも隠れもできない。鼻の穴がかゆくなっても、くしゃみなどできない。そんなことをすれば、この男が「わざとやったんだろう？」と難癖をつけてくる。そして、カチッと懐中電灯をつけ、光をこちらに向けるのだ。一瞬のことで、逃げる間もない。会計係が会合に出席していると、誰も音を立てようとはせず、ひたすら話を聞いた。話の内容が理解できなくても、耳に入ってこなくても、ただただ聞いた。懐中電灯を向けられないように。

会計係は先ほど、窰《ヤオ》の中ではゴウズを懐中電灯で照らしたが、帰り際は照らさないまま去っていった。

ゴウズはしばらく待ったが、顔に照らされなかったので、両目を開け、顔を隠していた両手も下ろした。

立ち去る会計係の懐中電灯が放つ白い光線が、道路の上を行ったり来たりする棒のように揺れていた。あの光は、まるで木を切り倒し、塀をぶち倒し、地面を引き裂くこともできるようだとゴウズは思った。

ゴウズは会計係の黒い影を見つめた。影は黒々と空の半分を遮っていた。

懐中電灯の光の線だけで、どうしてこれほど大きくて背の高い影を作れるのだろう？　お日様でもそんなことなどできやしない。懐中電灯の光は、お日様よりもずっと毒々しい。村中の人が、やつの懐中電灯を恐れているのは無理もない。あのいまいましい懐中電灯には魔術がある

会計係が大分向こうへ行ったころ、ヒュッ、ヒュッ、ヒュッ、ヒューヒューヒューと口笛の音が聞

こえてきた。やつが何節を吹いているのかは定かでないが、とてもうれしくて、意気軒昂で、元気いっぱいなのが分かる。この男はそういうときに口笛を吹くのをゴウズは知っている。

ヒュッ、ヒュッ、ヒュッ、ヒューヒューヒューと口笛を吹くのだ。

会計係は、ヘイニュ（黒女）の大柄なオンドリにそっくりだ。このオンドリにとっては、村中のメンドリはすべて自分の意のままで、その気になれば、相手のメンドリがどう思おうとも、上にまたがって卵を産ませた。

会計係のやつは豪勢な人生を送っているな。ゴウズは思った。

全くあきれるほど豪勢な人生を送っていやがる。

あん畜生、皇帝よりも贅沢な人生だ。

ということは、あのクソ会計係は人間らしく生きているんだ。

畜生め、会計係は実に人間らしい生活を悠々と送っているのだ。つまり、クソ皇帝よりも人間らしく生きているんだ。

会計係の姿を遠くから眺め、ゴウズはつくづくそう思った。突然、棒のような線を描く明るい白い光が見えなくなり、目の前が漆黒の闇になった。会計係が自分の家に入ってしまったからだ。懐中電灯の光は見えなくなったが、ヒュッ、ヒュッ、ヒュッ、ヒューヒューヒューという口笛の音は、まだ聞こえる。

遠ざかったため、口笛の音は違って聞こえた。鋭くも明確でもなくなったその音で、ゴウズは遠い昔の子ども時代のことを思い出した。

あのころ、ゴウズの母親もいま聞こえているのと同じ、鋭くもはっきりもしない音で口笛を吹いた。

母親が口笛を吹くのは、ゴウズの妹のゴウニュ（狗女）におしっこをさせるときだった。母親がゴウニュを両腕で後ろから抱き抱えて両足を開かせ、ヒュッ、ヒュッ、ヒュッ、ヒューヒューヒューと口笛を吹く。すると、妹はズボンの股の開いたところからおしっこをする。最初は土鍋のひびから水が漏れるように、チョロチョロという程度だが、次第に勢いを増してアーチ型の線を描いて遠くまで飛ぶ。やがて勢いが衰え、最後はまたチョロチョロに戻る。ゴウズは妹のおしっこをいつも近くで見ていた。母親は妹のおしっこなんかを見ないで、遠くに行きなさいとゴウズを叱りつけたが、ゴウズは見たかった。母親に叱られても見たかった。母親の、あの鋭くもはっきりもしないヒュッ、ヒュッ、ヒュッ、ヒューヒューヒューと吹く口笛が聞こえると、ゴウズは走って見に行った。あるとき、母親はゴウニュを抱きかかえながら、突然クルっと身体の向きを変えた。ゴウズの顔と頭におしっこがシャーとかかった。ゴウニュがケラケラ笑い、母親は「もう一度見てごらん、もう一度見てごらん」と言った。それでもゴウズは平気で、顔から流れるおしっこを舌で受け止めた。しょっぱくて、甘い味だった。

ゴウズは妹のことを思い出した。妹のことは一番思い出したくなかった。だが、去っていく会計係の口笛の音がゴウニュのことを思い出させた。

おまえは何を考えている？　いったい何を考えているのだ？　古い話を千年忘れず、くだらないことを万年忘れないのと同じことだ。いったい、おまえは何を考えているんだ？　ゴウズは自分に毒づいた。毒づきながら窖に入った。

真ん中の部屋に入ると、突然足が止まった。お気に入りの「銀貨入れの大きな箱」が目に入ったのだ。そこにたたずんで、その箱をぼんやりと眺めた。

東側の部屋にある石油ランプの光は、会計係が持っている懐中電灯の光と比べたら野中の墓地の鬼火程度のものだった。それでも、四角い戸の枠から部屋の中へ差し込んでくる弱々しくて黄色い光は、大きな箱の上に貼られている赤い色の対句を照らすのに充分だった。
ゴウズは字が読めなかったが、何と書いてあるのかは知っていた。

「福如東海常流水」（いつも流れる東海のように福が続き）
「寿比南山不老松」（南山に生えている不老の松よりも長生きする）
幸福なんてクソ食らえ、とゴウズは思った。
長寿なんてクソ食らえ、と。

去年の秋、ゴウズは野中の墓地沿いにある水利工事現場に派遣され、夜警の仕事をした。一カ月後に、工事現場は別の場所に移り、ゴウズは墓地沿いの用水路が完成すると同時に、別人と交替させられ、村に戻された。村に戻った途端、病気にかかった。最初は咳が出るだけだったが、そのうちオンドルから起き上がれなくなった。グァングァン（官々）がやって来て、例の墓地でお化けに憑かれたに違いない、病気を治したければ、厄払いに棺桶を作るほかない、と言った。ゴウズは人づきあいが良かったので、村のみんなが何とかしてやってくれと生産隊長に頼みこんだ。隊長は了承し、この村には棺桶を作る材木がないので、人民公社に当たってみよう、と言った。隊長は人民公社に出向いた。公社では、おわんのように大きい雹が降ったとき、公共の生レンガを身を挺して守ったゴウズのことと知ってすぐに了承し、松の木を一本無料でくれた。

グァングァンの言った通りだった。まだ棺桶が完成する前にゴウズの体調は良くなり、オンドルから下りられるようになった。手斧で削った木の皮や、のこぎりで切った木片、かんなをかけて出たくず、それら全てを拾い上げ、庭から西側の部屋へ運ぶこともできるようになった。

棺桶ができあがると、ゴウズは全快した。ゴウズは、今度の件で知恵を付けてくれたお礼として、グァングァンを自宅に招き、燕麦《エンバク》の魚魚《ユーユー》〔うどん〕を煮込んでご馳走した。食事が終わって、グァングァンが帰ろうとすると、ゴウズは焚き付けに使う松の小枝がいっぱい入ったカゴを持たせた。そして、煮炊きのときにこの焚き付けを少しばかり使うと、松のいい香りが家中に漂うよ、と言った。

棺桶は完成すると、ゴウズの家の真ん中の部屋に置かれた。生産隊長は会計係に赤い紙に対句を書かせ、棺桶の蓋に貼り付けさせた。

村中の連中が棺桶を見にやってきた。みんな、ゴウズの家中に匂う松のいい香りを嗅ぎたがり、棺桶を手でたたき、パンパンという音を聞きたがった。みんな、いい棺桶だと褒めた。

グイジュじいさんはこう言った。「いいね、これは。ゴウズよ。昔の大金持ちでも、これ以上の棺桶は持っていなかったはずだ」

「いいよ。いいね、いいな」とゴウズ。

ゴウズはこの棺桶を「銀貨入れの大きな箱」と命名した。名付けただけでなく素焼きの甕《かめ》の中に入れてあった燕麦やトウモロコシ、それにコーリャンを全部その「銀貨入れの大きな箱」の中に移し変えた。

ゴウズはこの大きな箱を眺めるのが好きだった。あまりにも気に入っていたので、箱が実際にあるのか、時々疑うほどだった。夜眠れないときなどは、起き上がって石油ランプを手に真ん中の部屋へ行き、棺桶が本当にそこにあるのか確かめた。実物を見ても、目がかすんで見間違えたのではないかと心配になる。そして手で箱をたたき、パンパンといい音が響くと、やっと間違いないと安心する。ゴウズはこの「銀貨入れの大きな箱」に首ったけだった。

会計係を送り出すと、ゴウズは真ん中の部屋の戸口に立った。最初は棺桶をぼんやり見つめていたが、そのうちに心臓がドキンと鳴り、すぐ早鐘のように打ち始めた。

ずっと、ずっと昔。あの年のあの日も、こんな感じだった。

母親は肺結核で亡くなり、ゴウズとゴウニュの二人だけで暮らしていた。ゴウズは相変わらず妹がおしっこをするのを見たいと思っていたが、無理やり見るのは具合が悪いので、盗み聞きすることにした。音を聞くために遅くまで起きていなくてはならないことがしょっちゅうあった。チョロチョロという音を聞くと初めて安心してグッスリ眠れるのだ。ゴウニュが大きくなるとゴウズは、妹のおしっこの出るあの場所は小さい頃と同じなのかどうか知りたくなった。ある年の夏、窨の中はとても暑かった。寝ていた妹が掛け布団を蹴飛ばした。ゴウズはマッチをすって、ゴウニュの股ぐらをよくよく眺めた。それからも、ゴウズは何度も同じことをした。寝る時間になると、蚊が入ってこないようにと言って、戸や窓をきちんと閉めた。部屋の中が暑くなり、ゴウニュが掛け布団を蹴飛ばすようにさせるためだ。

その後、ゴウズは当時中国に駐留していた日本軍に徴用され、三カ月間というもの、望楼のあるトーチカを造る仕事をさせられた。その間、ゴウズがゴウニュのことを考えない日はなかった。毎晩毎晩、夢でゴウニュが素焼きのお丸の中にチョロチョロという音を立てておしっこをする音を聞きたいと思った。夢で妹のおしっこが出てくるあそこを見たいと願った。でもそんな夢は見なかった。見たいと思えば思うほど、夢に出て来ないのだ。

三カ月の徴用をやっと乗り切り、急いで村に帰った。

「あんちゃんあんちゃんあんちゃんあんちゃん」

「駄目駄目駄目」

「こんなのいけない、こんなのいけない」

その日の真夜中、ゴウニュは兄に向かって、何度も哀願したが、ゴウズの耳には入らなかった。耳もとで声がしていることさえ気づいていなかった。

次の日、村人がやって来て、ゴウニュが西の沢のひん曲がった木で首を吊って死んでいる、と知らせてくれた。ゴウズはその場にぼうぜんと立ち尽くした。心臓がドキンと打ち、あとは早鐘のように打ち続けた。そして地面にへたり込んだ。

今ゴウズは、あのときと同じようになっている。

自分のしたことを深く後悔している。あのとき、妹にはとても申し訳ないことをしたと感じた。今は、自分に対して申し訳がたたないと感じている。これまでの人生で、二つの大間違いをやらかした。ひとつは妹のゴウニュを失ったこと。もうひとつは、大切な「銀貨入れの大きな箱」を失おうとしていることだ。

ゴウズはこの夜、夕食を取らないで横になった。よくあることだ。日が暮れた途端、筒状に丸めた掛け布団のトンネルにもぐり込む。そうすれば、食べ物や燃料、石油ランプも節約できる。

ちょうどどうつらうつらしたとき、突然、目の前に白い光が走った。

懐中電灯だった！

一瞬、自分が集会で居眠りをしているのを見つかったのだと思った。あわてて「眠っていないです、寝てませんよ」と叫んだ。だが、両目を開けてみると、自宅にいた。会計係が目の前に立っていた。

「おや、旦那。旦那でしたか。気がつきませんでした」。ゴウズは寝床から起き上がった。

ゴウズは会計係が怖かった。生まれてからこの方、誰一人怖い者はおらず、戦争で焼き尽くし、殺し尽くした日本兵ですら、恐れていなかった。だが、会計係だけは別だった。この男が咳をひとつするだけで、両足がヘナヘナとなってしまう。ジロリと見られるだけで、心臓が早鐘を打ち始める。懐中電灯の光を向けられるだけで、頭皮が痺れてしまう。

会計係の命令には何でも従った。文句を言うなんてとんでもないことだった。「便所がいっぱいだぞ、ゴウズ」。そう会計係に言われた途端、ゴウズは会計係の家の便所の穴に飛び下り、シャベルで糞便を穴の外に放り投げる。次いで、それを門の外に積み上げ、黄色い土をかぶせる。「ゴウズ、井戸の縄がすり切れそうだ」と聞けば、ゴウズは腰のあたりに鎌をさして西の沢へ出かけ、ガマの茎を刈り取り縄をなって、古い縄と取り換える。

ゴウズは会計係の家の無給の作男だった。

「おい、ゴウズ。アワの薄粥がここにあるから食いな」と言われると、断れない。厄介なことに、会計係の家の残飯を食うと、決まって腹具合が悪くなる。それでも、断る勇気がない。両手におわんを持ち、庭に面した窓の下に座り込み、乞食みたいに残飯をうまそうにすすり込む。

ゴウズは誰よりも会計係が怖い。ネコとネズミのようなもので、生まれつきの宿敵同士だった。

会計係が懐中電灯を持って土間に立っているのを見て、今日は何の用なのかなとゴウズは考えた。

といっても、口を開いて尋ねる勇気はなく、心の中で思っただけだ。

着替えをし、掛け布団を脇に寄せてオンドルから下りた。石油ランプに火をつけ、会計係の前に黙って立ち、命令を待ち受けた。だが、会計係は何も言わない。ゴウズの顔を見ているだけだ。ゴウズはといえば、怖くて相手の顔をまともに見ることができない。首筋から下に視線を漂わせるのがやっとだ。何か言うつもりなのか、と会計係の口元を見たが、ひと言も発しない。

もうこれ以上我慢できず、このままでは気を失ってしまうと、ゴウズは意を決して先に口を開いた。

「旦那、旦那」とうやうやしく話しかけた。

「このおれが、どうしたって?」と会計係。

「旦那がどうなさったとは、ひと言も言ってませんぜ。今度は何の仕事を持ってこられたんで? なんなりと申しつけてくだされ」

「その件というのは、だ」

「はあ」

「おれの義理の親父が病気になってな」

「おや、それは大変で」

「あまり長くはもつまい」

「おやまあ」

「ということだ」

「はあ」

「そこで、厄払いに、おめえのところの棺桶を借りたいのさ」

「ええと、はあ？」

会計係は懐中電灯のスイッチをカチッと入れ、ゴウズの顔に光を当てた。いきなり家の中に強烈な日光が射し込んできたようだった。ゴウズはあわてて両手を広げ、手のひらを外に向けて遮った。

「てめえ、いま、はあ？　と言ったな。はあ？」

「とんでもねえ、はあ？　なんて言いませんよ。はあ、と言ったんで」

まだ両手で顔を隠したままだ。いきなり射し込んできた強烈な日光のせいで、顔中汗だらけだ。

「旦那。おらが言いたかったのは、この棺桶は今穀物でいっぱいなので、それを素焼きの甕の中に移し変えにゃならねえということです。あしたの午前中、棺桶を取りに誰かをよこしてくだせえ」

「よし、約束だぞ」

カチャッと懐中電灯が消えた。

「約束だぞ」と念を押すと、踵《きびす》を返して庭から出て行った。

「もう少しゆっくりしていって下さいよ。もう少しどうぞ」と、ゴウズは会計係の後を追って庭に出た。


会計係を見送った後、ゴウズは真ん中の部屋に戻り、ぼうぜんと立ちつくした。最初はぼんやりと「銀貨入れの大きな箱」を眺めていたが、間もなくへたと土間に座り込んだ。頭の中は真っ白で、かなり経ってから、やっとわれに返った。

「会計係は、本当にここに来たのだっけ？」ゴウズの口が言った

「来た」ゴウズの脳みそが答えた。

「会計係はおらの『銀貨入れの大きな箱』を借りたいと言ったのか？」

「言った」

「借りる？」

「取り上げるんだ」

「クソ！　ばか野郎め！　箸にも棒にもかからないクソ野郎め！」

「でも、おらはなぜそんな要求を呑んだのだろう？」

「さっき、おらはこう言うべきだった。村中があの箱をおらにくれたんだ。欲しけりゃ村中の人に聞いてみればいいさ、と」

「おめえのご先祖様なんぞクソくらえだ。会計係の大ばか野郎め。てめえなんぞ、おらの股ぐらにぶら下がるあれみたいなもんさ。ばかな夢を見ていやがれ！」

「ばかな夢を見てやがれ」


翌日、朝食をすませると、会計係は村の独身男数人に声をかけ、ゴウズの家に行って棺桶を運び出そうとした。だが、ゴウズの窰《ヤオ》の戸口には大きな錠がかかっていた。

ゴウズのような人間が自分の家の戸口に錠をかけることは、それまで一度もなかった。そもそも、ゴウズのような人間は錠など持っていない。

会計係は錠前を調べてみた。それが生産隊長の家のものであることが分かったので、隊長のところに行き、事情を聞いた。隊長の答えによると、ゴウズが訪ねてきて、母方の叔父の家に行くので休暇を取らせてほしい、三日から五日のうちには戻ると言っていたとのこと。

会計係がゴウズの家の戸の隙間から中をのぞくと、棺桶はまだそこにあった。「坊主は逃げ出しても、寺は逃げないさ。おめえが帰ってくるのを待つさ」と会計係は言った。

三日待った。五日待った。十五日待った。さらに三十五日も待った。ゴウズは帰って来なかった。

ゴウズの叔父の家に使いを出して聞いてみると、ゴウズははなから来ていない、とのことだった。

会計係はカンカンに怒った。生産隊長に相談しないまま、ゴウズの家の戸をこじ開けて押し入り、独身男の何人かに命じて棺桶を自分の家まで運ばせた。

だが、会計係もこの棺桶の中にすでに死人が入っているとは思いもしなかった。

死人は燕麦、トウモロコシ、コーリャンの粒の上に、口を大きく開けて仰向けに横たわっていた。何かを訴えているようでもあり、笑っているようでもあり、泣いているようでも、叫びを上げているようでもあった。

「何といいやつだったんだ、ゴウズは」。村人は口ぐちに言った。

「いいやつだったなあ、ゴウズは」。村人は口ぐちに言った。

第二十三話　チョウバン放牧する

ヤンワ（羊娃）がヒツジの放牧をしていたころは、夏の暑い盛りになるとどうしても、暑さにあたって死んでしまうヒツジが何頭かいた。このため、会計係はヤンワの労働点数を減らした。一頭死ぬと、三カ月分の労働点数がゼロになる。年末には配当金（賞与）が出るが、ヤンワに支給されることはなかった。それどころか、賞与からゴッソリ天引きされてしまうのは言うに及ばず、生産大隊に多額の借金ができていた。

ヤンワが首を吊って死んでしまった後、代わりにこの辛い仕事をしようという若者は、村には一人もいなかった。

羊飼いがいないので、ヒツジは何日も原っぱに出してもらえない。村人が飼料用の草刈りに駆り出されるのだが、それだけでは餌は足りない。ヒツジたちは腹をすかせてメエーメエーと鳴く声さえ出ない。たまに一頭が口を開けて低い声で鳴くことがあっても、メエーメエーではなくて、ママーと鳴いているようだった。

気のやさしいチョウバン（丑帮）は、そんなヒツジたちがかわいそうでならず、自分が放牧すると生産隊長に申し出た。隊長は、「立派な若者だね。うん、君は立派な若者だ。こんな立派な若者には褒美が必要だ」と言い、チョウバンに一日あたり二・五点の労働点数を与えるよう、会計係に命じた。これはつまり、前任のヤンワよりまるまる一点も高いということだ。

チョウバンはとても喜んだ。

ほかの若者たちは、自分たちがこの仕事を引き受けなかったことを後悔することしきり。ヒツジの放牧を一日すれば、村でする仕事の二日半分に相当する。一年やれば、村での労賃の二年半分に、二年やれば、村の五年分にもなる。

チョウバンはとても喜んだ。

暑さでヒツジたちが死ぬことのないよう、チョウバンは古老たちの意見に耳を傾けた。真夏の猛暑の時期になるや、燕麦《エンバク》粉を焦がしたもの半袋とカブの漬物何本かを担いで、ヒツジたちを西の山に連れて行った。

その日、ヒツジとヤギたちを連れたチョウバンを山まで送っていった兄のチョウチョウ（丑丑）は、弟にこう言った。

「なあバンよ。おらたちがあと数年がんばって働けば、嫁をもらう金に苦労しないでも済むぜ」

「それも、このいい待遇が何年続くかによるな」とチョウバンが言った。

「今年は、いつもより悪くはなさそうだね」

「そうだね」

「年末に配当金が出たら、おめえ、先に婚約しなよ」

「誰とだい？」

「誰とだって？　ヌヌ（奴奴）に決まっているでねえか」

「そりゃねえよ、あの娘の母親は、炭鉱夫を見つけろ、と言っているんだ。兄ちゃんも知らないわけではねえだろう？」

「……」

「おい、おい、ヒツジめ。どこへ逃げようとしているのだ？　こらっ、子ヒツジ！」

「いい待遇を期待しようよ。金さえありゃ、別の男のことを悩まねえで済むんだから」

「金ができたら、まずあんちゃんの嫁取りの話しを決めなきゃなるめえ」

「おらの嫁だと？　おら、もう三十五、六歳だぜ。何があろうと、まずおめえの話を遅らせちゃなんねえ」

「さあ、谷に着いた。あんちゃんは、もう村へ戻りなよ」。チョウバンは言った。

「おう、おおう」とチョウチョウ。

「……あれ、泣いているのかい？」

「いや、鼻がむずがゆいだけだ」

「さあ、戻りなよ」

「ブリキのバケツをしっかり持てよ」

「あいよ！」

「マッチも湿らせないように、しっかり包んでおけよ」

「早く村へ戻りなよ、あんちゃん」

「燕麦の焦がしを、全部食うんだぞ。残して家に持ち帰らなくていいからな。おら、ちょっと焦がし過ぎてしまったがな」

「早く村に帰りなよ、あんちゃん」

「……」

「泣かないでって、言ったろ。また泣くのかい、あんちゃん？」

「クソ、鼻がむずがゆいだけだ」

チョウバンはヒツジとヤギの群れを追って前に歩き出し、もう兄の方を振り返らなかった。

ヒツジとヤギたちとおしゃべりをしながら、チョウバンは谷間に沿って山奥に向かった。水のある場所を探さなければならない。もうすぐ日が暮れようとするとき、切り立った崖の下にたどり着いた。まるで壁のような崖だった。崖の下には広さ半亩《ムー》〔約三百三十三平方メートル〕ほどの空地があった。誰かがわざと作った庭のように平坦で、ヒツジたちを放牧するのに、うってつけだ。


もっとうれしかったのは、崖の左側に、隙間からチョロチョロと流れ出る小さな泉を見つけたことだった。水は石の隙間の下にある穴の中に流れ込んでいた。大きな穴ではない。小さな石のお盆のようだった。そこから溢れだした水は、小さな水溜まりを作り、それ以上流れないで、砂地にしみ込んでいた。


日頃から自分を運が悪い人間と思い込み、人生の運命《さだめ》とあきらめてきただけに、チョウバンはこの場所を見つけて大喜びした。思わず、レンアル（愣二）がいつもやっているように、大きな声で叫んだ。「アー――」

「ア……ア……ア……」。遠くの山からこだまが答えた。

「マー」。ヒツジが鳴いた。

「メエー」。ヤギが鳴いた。

山であれヒツジであれヤギであれみんなこの場所を見つけたことを喜んでいた。チョウバンは日がな一日ヒツジとヤギの大群を連れて歩いたため、クタクタに疲れていた。崖の下にヒツジとヤギたちを縄で囲うと、平らな石の上に横になって眠ってしまった。

ヌヌの夢を見た。

ヌヌが言った。「ねえ、あんた。毛皮の上着を掛けないと、冷えてしまうよ」。このひと言で目が覚めた。見ると自分の前に本当に一人の少女が立っている。

ビックリして座り直すと、少女は二、三歩下がった。

「ヌヌかい？」と聞いたが、少女は返事をしない。

辺りを見ると、夜明けが近づいていた。少女は裸体で、何も着ていないのが見てとれた。全裸の女の姿はこうだろう、と、チョウバンが以前から考えていた通りだった。

「おまえは誰だね？」と聞いた。

少女は黙ったままだった。そして、身を翻して行ってしまった。チョウバンは何も考えずに立ち上がり、少女の後をつけた。

チョウバンは凸凹《でこぼこ》した山道に足を取られ、歩みが早くない。しかし少女はまるで飛ぶかのように歩き、あっという間に姿が見えなくなった。

まさか、もののけじゃないよな？

チョウバンは運命《さだめ》は信じるが、もののけは信じない。シャートンピン（下等兵）も、下放幹部のラオチャオ（老趙）も、もののけがいることを信じていなかった。チョウバンも二人同様もののけなどの存在を信じていなかった。チョウバンは唾を吐き、太腿をつねって、自分が夢を見ているのではないことを確かめた。

それじゃあ、おらは寝ぼけていたのだな。

チョウバンはズボンを解いて小便をした。寝ぼけているときには、小便をすると目が覚めてスッキリする、とシャートンピンがいつか言っていたのを思い出したのだ。小便をしたら、自分は寝ぼけていないと確信が持てた。

山道を平地のように歩くあの少女はいったい何者なんだろう？

人間か？　もののけか？　それとも仙人なのか？

考えているうちに、崖の下まで戻ってきていた。もう眠れない。少し寒気がするので、毛皮の上着を羽織り、平らな石の上に空がすっかり明るくなるまで座っていた。

そのころ、ヒツジとヤギたちも目を覚ました。縄の囲いから外に出たがって、メエーメエーと鳴く。家畜の中でヒツジは最もあほだ。地面から高さ一尺〔約三十三センチ〕ほどのところに縄を張って囲うだけでいいのだ。そうすれば、いつまでもおとなしく中にいて、外に出ようとはしない。出ることが分からないし、縄を飛び越えようともしない。そういう動物なのだ。ナイフを喉に突き刺しても、ヒツジは殺されそうになっていることがわからない。だからこそ、ばか正直な人のことを「このばか正直なヒツジめ」などとののしるのだろう。

二頭のヤギが、ポン、ポンと頭突きを始めた。どちらの頭が固く、どちらが先に降参して逃げ出すかを試しているのだ。

チョウバンは乾いた柴を集めて火を起こした。バケツ一杯の燕麦粉の糊糊《フーフー》〔穀物の粉で作る糊状の粥〕を作り、食べ終わると、ヒツジとヤギたちの群れを谷間まで下ろした。

よく晴れた青空に大きなタカが一羽、羽根を広げて飛んでいた。タカは谷間に散らばるヒツジとヤギを見つけ、ヒツジとヤギたちの頭上をぐるぐる旋回した。長い時間飛び回ったのち、やっと去った。ヒツジ一頭をくわえてエサにするだけの力が自分にはないことを悟り、自力でも扱えるウサギかキジ、はたまたヘビでも探しにいったのだろう。

タカの目は鋭い。もし、このおらがタカだったら、大空を飛んで、あの少女を見つけられるのになぁとチョウバンは思った。

次の日の夜明け、チョウバンは自分の側に誰かが座っている気配を感じた。身体にかけている毛皮の上着の縁が押さえられている。

あの娘だ！　と直感したが、動いてはまずいと思い、うっすらと目を開けてみた。

あの娘だった。最初の日に見たあの少女だ。チョウバンの方に顔を向けて、平らな石の縁に身体をあずけて座っていた。

やはり何も身につけていなかった。

チョウバンは、さっと起き上がって少女をつかまえようとしたが、すぐに考えを変えた。それでは女の子を驚かせてしまう。

「やあ、来たの？」と話しかけた。

少女は黙ったままで動かない。

「寒いだろう？　おらの毛皮の上着を羽織りなよ」

少女は相変わらず黙ったままで、身じろぎひとつしない。

「あんたは誰なんだい？」

少女はゆっくりと立ち上がり、しばらくたたずむと、瞬く間に去った。前日と同じようにすばやかった。

「待ちな。待ってくれよ」とチョウバンは言い、立ちあがって少女の後を追いかけた。だが、どう追いつけよう。少女の姿は瞬く間に見えなくなってしまった。

チョウバンは後悔した。

あの娘は明日また来るだろうか？　明日の朝、目が覚めたときにあの娘がいたら、何が何でもまずつかまえて、話はそれからにしようとチョウバンは心に決めた。

何日もの夜明けを無駄に待った。期待は無駄だった。全裸の少女はもう来なかった。

少女が歩いて行った方を何度も何度もたどって探してみたが、見つけられなかった。どこを見ても、人が住むような場所ではないし、そのうちに道も途絶えていた。

あの娘は空を飛んだに違いないとチョウバンは考えた。

チョウバンはいつもヒツジとヤギを追って谷底まで下りて、谷の両側に生えている草を食わせることにしていた。この群れの半分はヒツジだった。ヒツジはヤギほど山歩きが得意ではない。下手をすると谷間に落ちて死んでしまう。だからチョウバンはヒツジとヤギをいつもくぼ地に連れて行って草を食わせた。

この日、チョウバンはヒツジとヤギの群れを谷底まで連れていくと、自分は木の生えている所を探してキノコを採った。この山にはキノコがある。一度ちょっと食べてみて毒がないとわかってからは、よく採るようになった。採ってきては煮て食べた。塩を持参しなかったのをとても後悔した。ちょっぴり塩を振りかけると、キノコは一段と味がよくなる。

キノコを採っていると、お天道様《てんとさま》の光がにわかに陰ってきたのに気づいた。何かまずいことが起きる。そう直感したチョウバンは、大声を上げてヒツジとヤギたちを集め、鞭をピシッ、ピシッと振って山上に追い立てた。やっとのことで崖の下に着いた途端、稲光が走り、雷がとどろいた。強い風が吹いたかと思うと、バラバラと大粒の雨が降ってきた。雨にはクルミほどの大きな雹《ひょう》も混じっていて、地面を激しくたたきつけた。ちょうど大きな崖が遮ってくれたため、チョウバンとヒツジとヤギたちは豪雨にも濡れず、雹にも打たれなかった。

チョウバンは崖に寄りかかって立った。そして、くたびれたヒツジの毛皮の上着を、毛の面を外にして身体に掛けた。これは死んだサングアフ（三寡婦）が、いつもしていたやり方だ。暑いときは下に敷き、寒いときは掛けて寝る。空が曇り、雨が降れば、毛の面を外に出せ、とサングアフは言っていた。

チョウバンは約三メートル先の空き地を眺めた。雹が真っ白く積もっていた。遠くの方で物音がして、次第に大きくなってきた。鉄砲水だ。山の上から雨水が沢に沿って激しく流れているのだと直感した。

「ゴー、ゴー」

雨が止みそうなとき、頭上で雷鳴がとどろいた。

物凄い音だった。チョウバンは崖が崩れ落ちると思った。自分とヒツジ、ヤギの群れが下敷きになってはいけないので、「早く！」と怒鳴ると、全力で空き地の方へ走った。主《あるじ》の命令が聞こえたのか、それとも自分たちの判断でそうしたのか、ヒツジとヤギたちは押し合いへし合い、ぶつかり合いながら、一斉に走り出した。

雷鳴で崖は崩れなかった。崖はそこに切り立っていた。

チョウバンはやっとの思いでヒツジとヤギの群れをなだめ、雨にも濡れず、雹にも打たれなかった乾いたままの場所に連れ戻した。

雷鳴の震動が雲を散らしたのだろう。空が突然明るくなり、雨も止んだ。

ひと息つこうとしたとき、遠くの方からヒツジのメエーメエーという鳴き声が聞こえた。四、五頭ではない。それ以上のヒツジの鳴き声だ。チョウバンは「子ヒツジ、子ヒツジ」と呼びかけながら、そっちに向かって走っていった。しかしヒツジたちは、まるで気が狂ったかのように、自分たちの主《あるじ》かどうかも見分けがつかなくなっていた。誰かやってきたと見て、谷間に沿って遠くの方へ逃げるばかりだ。チョウバンが速度を上げると、追いつかれまいとヒツジたちも速度を上げた。

チョウバンは二里（一キロ）以上も追いかけたが、一頭のヒツジも連れ戻すことができなかった。チョウバンの目の前でヒツジが一頭、また一頭と谷間に落ち、ぐんぐん流れる鉄砲水の黄色い怒濤に飲み込まれていく。その姿は、まるで白い綿花が大水に飲み込まれているようだった。チョウバンは、自分も鉄砲水の中に飛び込んでヒツジを救い上げようと思った。救い上げたヒツジが死んでいてもいいから。二、三度飛び込もうとしたが、この状況では自分にどれほどの力があっても、無理だと気がついた。それどころか、水に飛び込んだ瞬間に死んでしまうと感じた。綿花さながらに、水に飲まれてしまうだろう。そうなると、チョウチョウあんちゃんにも、あのいとしいヌヌにも二度と会えなくなる。「鼻がむずがゆいだけだ」と口癖のように言い、涙を流すチョウチョウあんちゃんの言葉を聞けなくなる。ヌヌがチョウバンに歌ってくれるあの唄も聞けなくなる。「あなたを思うと夢中になって薪を抱えたまま、ジャガイモ置き場に転げ落ちるの」

望みがなくなり、チョウバンは急いで引き返した。崖の下にいるヒツジとヤギたちまで逃げ出して谷間に投げ出され、鉄砲水に飲まれてしまっているのではないかと心配したが、そうはなっていなかった。戻ってみると、ヒツジとヤギたちはおとなしく崖の下の囲いに入ったままだった。ヒツジとヤギたちの多くは、先ほどの雷鳴を聞いておびえ、震えていた。中にはひどく震えているものもいた。まるで排尿するかのように、後ろ脚を八の字に広げて震えている。寝そべって草を食べようと頭をしきりに動かしている肝っ玉のでかいヒツジもいる。こいつらは、さっきもめくらめっぽう逃げたりしなかった。

チョウバンは五、十、十五、二十とヒツジとヤギを数えた。その後また、二、四、六、八、十と数え直した。

「クソ。十頭も足りねえ」

「十頭もだ」

チョウバンは平らな石の上に力なく座り込んだ。

座って初めてこの平らな石が、すでに乾いていることに気がついた。太陽が焼けつくように照っていることにも気がついた。空は青く、雲はひとつもない。

空き地に積もった雹はとっくに溶けて水となり、山の沢に沿って鉄砲水の中に流れ込んだ。しっとりと濡れている緑の草に水玉がくっついているのを見て、チョウバンはヌヌのまつげにかかる涙を思い出した。背丈が高めの草は、雹に打たれて茎が折れ、地面に横たわったままになっている。虫も、トリも、まだ鳴き声を出そうとせず、蝶も、蛾も翅を広げて飛ぼうとしなかった。ヤギも、ヒツジも静かになり、鳴き声ひとつ上げない。みんな、今しがたのあれは悪夢だったのではないかと考えをめぐらしているようだ。

ただ鉄砲水だけは、相変わらず激しい勢いでゴーゴーと音をとどろかせながら、大きな石や小さな石ころを巻き込んで遠くの方へとうとうと流れている。この水は、川下の良い暮らしを望む人々に被害をもたらす。田畑を破壊し、作物の収穫を邪魔するのである。

また大タカが一羽飛んできた。頭上で丸い円を描く。太陽がその影を黒々と映し出す。坂の上、峠の上、谷の中、沢の中を出たり入ったりして、光ったり陰ったりする。突然、タカは空から急降下し、峠の坂にいまにも衝突しそうな、すれすれのところで、再び翻って空に向かった。タカの爪の下には何かが吊るされていた。タカは高く高く舞い上がると、すぐにまた山の頂上に下りた。タカの姿はチョウバンにはもう見えなかった。

このときチョウバンは、身体を左に向けて東の方をぼんやりと眺めていた。山が三重に連なっているその向こう、五十里〔約二十五キロ〕ほど先に、温家窰《ウェンジャーヤオ》の村がある。

チョウバンはまた兄のことを思い出した。兄が涙をこぼして、黒い手で涙をぬぐう仕草を思い出した。兄がいつも鼻がむずがゆいんだ、鼻がむずがゆいだけだ、と言っているのを思い出した。思い出しているうちに、自分の鼻もちょっぴりむずがゆくなり、泣きたくなってきた。

ああ……。村にいりゃよかった。ヤンワはヒツジを暑さで死なせたが、ヒツジの死骸は残っていた。会計係は、その死骸を料理して食った上に、ヒツジ一頭につき三カ月分の労働点数を差し引いた。おらがなくした十頭のヒツジは、一本の毛すら会計係に残していない。あのクソ野郎はどんな罰をおらに科すだろう。あんちゃんがこのことを知ったら、目がつぶれてしまうほど泣くだろうな。おらたち兄弟で数年間がんばって、金を貯めて嫁を迎えようってあんちゃんは期待していたのに。それが今では夢物語になってしまった。

チョウバンはまたヌヌのことを思い出した。ヌヌはよく兄弟の家に来て、家事の手伝いをしてくれた。破れた服をつくろい、汚れた掛け布団を解いて洗い、五月の端午の節句には涼糕《リャンカオ》〔もち米の粉で作った団子。冷して食べる〕を作り、八月十五日には月餅《ユエビン》を焼いてくれた。昼間、ヌヌが兄弟の家にやって来ると、まるで家の中にお日さまが昇ったように明るくなり、夜にやって来ると、家の中でお月さまが出たような気分になる。

ああ……。なんといい娘なんだろう。だけど、おらたちの運命《さだめ》はよくねえ。ヌヌ、おまえは炭坑夫に嫁げよ。これは運命なんだ。おら、もののけは信じねえけど、運命は信じる。おらは不運なんだ。一生うだつがあがらないんだ。運命め！　クソ、おらはこういう運命なんだ。

「もうすぐ暗くなるのに、なぜご飯の支度をしないの？」

チョウバンが自分の惨めな運命をのろっていると、女の声が聞こえた。

振り向くと、少女が背後に立っていた。

「あんた、午後ずっと座りっぱなしだったけど、どうかしたの？」と少女が言った。

「ヒツジをなくしちまったんだ」とチョウバンが言った。

「見たよ。鉄砲水に流されていったよ」

「うん」

「あんたがヒツジを追っていたとき、あたし、崖の下にいたヒツジとヤギを縄で囲ったのよ」

チョウバンはこのときになってやっと、あの十頭のヒツジを追いかけることに夢中で、ほかのヒツジとヤギを囲うのを忘れていたことを思い出した。そうだ、崖の下にいたヒツジは自分が囲ったのではなかった。

「おまえは誰なんだ？」チョウバンは少女に尋ねた。

「あんた、面倒でご飯も食べないつもり？　面倒臭くても食べなきゃ駄目よ」

「おまえは誰なんだ？」

「あたし、崖の上に住んでいるの。さあ、行こうよ。あんたにご飯を作ってあげるわ」

「あの二日間、ここにいたのはおまえだったのか？」

「さあ、行こうよ」

　チョウバンは少女をじっと見つめた。

　少女は二十歳ぐらいに見えた。自分の家で紡いだ青い粗布の服を着ていた。温家窰の人々は貧しいが、布を紡ぐことはもうしなくなり、みんな人民公社の購買販売協同組合〔農村で生産用具、生活用品を供給し、農産物、副業産物を買い上げる商業機構〕で買っている。それなのに、この少女は古い布の服を着て、しかもはだしだ。温家窰に住むこの位の年頃のおなごは、いくら貧乏でも靴くらいは履いているのに、この少女はそうではなかった。

「行こうよ」と少女が促した。

「ああ」とチョウバンは応じた。

　少女はチョウバンを連れて、崖の右横から空き地にいったん下りた後、上に向かって何回か曲がりながら、崖の上に出た。あたりの岩は鋭い歯のようで、とうてい登っていけるようには見えなかった。チョウバンもここに登ってきたことは一度もなかった。

サネブトナツメの灌木が生い茂ったやぶの前で、少女は足を止めた。灌木のやぶをかきわけると、奥に洞穴の入口が現れた。

「入りなよ」と少女が言った。

ちょっと怖気づいたチョウバンは、ためらった。

「入りなってば」と少女が促す。

それでもチョウバンはまだ入る勇気がない。後ろを振り向き、ここまで来た道を眺めた。

「じゃ、あたしが入るね」と少女は言うと、四つん這いになって洞窟の中へ入った。そして、「まだ入らないの？」と洞窟の中から声をかけた。

「入るのが嫌で帰りたいのなら、帰ってしまいなよ」

えい、ままよ。真っ昼間に顔を出しているこの娘は、もののけではない。この娘はおらのためにヒツジを囲ってくれたんだ。この娘はもののけなんかではない。それに、おらはもののけを信じない。よし、入ろう。チョウバンは少女の格好を真似して洞窟の中に入った。

中はとても広く、まるで窰《ヤオ》の部屋のようだ。壁に沿って高さ半尺〔約十六センチ〕ほどの小さなオンドルが石を積んで作ってある。オンドルの上には燕麦のワラが敷き詰めてあり、イヌの毛皮が一枚敷布団代わりに敷いてある。そして、ヒツジの毛皮が一枚掛け布団代わりに掛けてある。オンドルの前にある大きな石の上に置かれた豆油ランプに火が灯されている。

「座りなよ」と少女が言った。

「ここはおまえの家なのかい？」

「うん」

「おまえ一人だけなの？」

「うん」

少女が作ってくれたのは、山のキノコとジャガイモを入れて煮た燕麦の魚魚《ユーユー》〔うどん〕だ。鍋は大きくはなく、一人分を作るのがやっとだ。おわんも一個だけだ。少女はチョウバンに先に食べさせた。チョウバンは少女に譲ることもせずに、一気にかき込むように平らげた。

本当においしかった。山に入ったらろくなものは食べられないと思ったらとんでもない。家でもこんなにおいしいものを食べたことがなかった。

食事を作りながら、そして食べながら、少女はチョウバンにあれこれたくさん聞いてきた。だが自分のことは話さない。チョウバンが聞いても答えず、はぐらかすばかりだ。しまいにチョウバンは聞くのをやめた。

少女が食べ終わると、チョウバンは立ち上がり、「おら、もう行くわ」と言った。すると、少女が「あんた、ここにいたくないのなら、行きなよ」と言う。チョウバンが「おら、ヒツジを見に下に行こうとしているんだよ」と言うと、「あんたのヒツジなら、絶対オオカミに食われないよ」と少女。これを聞いてチョウバンはまた腰を下ろした。

チョウバンがあくびをしたのを見て、「眠いんだったら寝なよ」と少女は勧めた。チョウバンは立ち上がって言った。「じゃあ、おら、下におりて寝るよ」。「ここが暖かいと思わないのね。なら、行きな」と少女。

「ここはオンドルが小さそうだし」とチョウバンが言うと、「地べたに敷物を敷けば、眠れるじゃないの」と少女。チョウバンは「そうだな」と言った。

少女は小さなオンドルの上から燕麦のワラをいくらかつかみ取ると、オンドルのそばに敷いた。その上にヒツジの毛皮を毛の面を外に出して被せた。「あんた、先に寝なよ。おら、まだちょっと出かけなければならないから」と少女は言った。

少女は入口を覆うように生い茂っているサネブトナツメの灌木をかきわけて外へ出て行き、また入口を塞いだ。足音がスッ、スッ、スッ、と遠ざかっていくのが聞こえた。

足音がするのだから、もののけなんかじゃないとチョウバンは思った。

もののけがあんなにおいしい魚魚を作れるはずがない。あの娘は絶対、もののけなんかじゃない。もし人間でないなら、仙女だ。下界におりて来た仙女だよとチョウバンは思った。

あの娘は何をしに出て行ったのかな？　おらをここに残して出て行ったが。また戻って来るのかな？　あの娘はどうしておらをここに残して、寝かせておけるのかな？　一体どういう人なのかな？　きっと何か隠し事があるのだ。おらには話さねえけど。あの二日間に出会った素っ裸の女の子はあの娘のはずだが、それを認めない。あの娘はなぜ、あんなことをするのかな？　朝早く服を着ないであちこち歩き回って、そのくせおらに追いつかせねえ。すげえ速さで歩いて。生娘かな、それとも誰かの嫁さんかな？　シャートンピンなら一発で見抜けるんだがな。シャートンピンのやつは、ずば抜けた能力をもっているからなとチョウバンは考えた。

あの娘が生娘であろうと、誰かの嫁さんであろうと、おらは手を出しちゃいけねえ。もし、あの娘が生娘だとしたら、おらたち温家窰の男は、生娘に害を及ぼしてはならねえ。そんなことしたら天地の良心を汚すことになる。もし誰かの嫁さんだとしたら、やっぱり手を出しちゃいけねえ。誰かの嫁さんが一人で山の洞穴に住み、夫の家に帰らないのは、きっと何か問題があるからだ。何にせよ、おらは手を出しちゃいけねえ。

それに、あいつはおらを悪者と見なさなかったからこそ、おらをここに寝かせたんだ。であれば、おらはますます、変なことを考えてはいけねえだ。

チョウバンはこのようにあれこれ考えているうちに、やはりここを離れるのが正しい気がしてきた。とはいうものの、離れがたい気持も湧き上がっていた。本当に離れたくない。

なんといい少女なんだ。なんといい仙女。

ちょうどこう思ったとき、足音が近づいてくるのが聞こえた。

オンドルの上に座っていたチョウバンは、外から足音が聞こえた途端、慌てて横になり、さらに身体をくるりと壁に向けた。

少女が入ってくるのが聞こえ、続いて戸口をふさぐのが聞こえた。

また、少女が何かで髪の毛をシャッ、シャッ、シャッとこする音も聞こえた。水しぶきがチョウバンの顔や首筋にかかった。

「ねえ!」と少女。

「寝ちゃったの?」と少女。

「あっという間に寝ちゃったのね」と少女。

「この人ったら」と少女。

少女がこう言いながら地べたに敷いたヒツジの毛皮の掛け物の上に横たわり、寝支度する様子がチョウバンに伝わってきた。少女がヒツジの毛皮の掛け物を巻いて枕代わりにするのが聞こえ、ランプの火を吹き消す息の音が聞こえた。

洞穴の中はたちまち暗くなった。チョウバンは身体をわずかにリラックスさせたものの、相変らずら動かすことはできなかった。

そのうちに、チョウバンは本当に寝入ってしまった。

いつごろかわからない。耳元で物音がした。ヒツジの鳴き声だと思った。もう一度耳を澄ました。いや、違う。チョウバンはこのときようやく、自分が山の洞穴にいることを思い出した。崖の下にいるのではない。

目を開けて見ると、洞穴の入口が開いていた。外はもう明るくなり始めている。傍らを見てみると、少女はいない。だが、ヒツジの毛皮の上に何かあるように見える。手を伸ばして触ってみると、少女の服だった。

洞穴の外から音がした。サネブトナツメの灌木をかきわける音だ。たった今聞こえたのもこの音だった。しばらくすると、洞穴の入口がわずかに暗くなった。あの少女が入ろうとして、入口をふさいだためだ。このとき、少女が素っ裸なのが見えた。少女は洞穴の中に入ると、またヒツジの毛皮の上に横たわった。

チョウバンは慌てて目を閉じた。少女が服を着たり、服を身体の上に掛けたりする音は聞こえなかった。次第に少女がかく軽いいびきの音が聞こえてきた。

この娘は素っ裸で、自分の脇に仰向けに寝ている。ちょっと手を伸ばせば触れる、とチョウバンは思った。

耐えられなくなったチョウバンは、薄目を開けて少女を見ようとしたが、洞穴の中はとても暗くて見えなかった。

そうだ。そうだ。この娘は自分の脇に素っ裸で仰向けになって寝ているんだ、とチョウバンは思った。

胸がドキドキした。かつて胸がこんなに高鳴ったことはなかった。ヌヌと手をつないだり、口づけしたときでも、こんなに高鳴ったことはなかった。第一、チョウバンはヌヌの裸を一度も見たことがない。この娘のようにこんなに近くに、しかもこんな仰向けになった姿など見たことがない。

チョウバンはいっそのこと自分も服を脱いで素っ裸になり少女に付き合おうかと、真剣に思ったが、そうはしなかった。そう思っただけだ。

もしヌヌがおらの脇に素っ裸で仰向けになっているのだったら、おらはその上に覆い被さるんだがな。そしたら、何をするかって、ヌヌの全身を上から下まで口づけしてやるんだ

こう思った途端、少女がかすかに動くのが聞こえた。また動いた。ついで、あくびをすると、起き上がった。その後、服を探り当て、慌てふためいて服を着る音が聞こえた。

チョウバンはちょこっとも動けなかった。息さえ吐けなかった。少女に目が醒めていることを気づかれ、盗み見していたこともバレてしまうのを恐れた。

「ねえ！」少女が声をかけた。

「ねえ！　あんた、まだ目が覚めないの？」

「ねえ！　もう起きなよ」

少女は手を伸ばしてチョウバンに触れた。

チョウバンは、少女の手がまるで何かのように自分の胸板を這うのを感じた。這って、這って、チョウバンの木綿シャツの下に潜りこんできた。

「あたしは、あんたが真面目な男だということを知っているわ」。少女は言った。

チョウバンはとっさに少女の手を押さえつけた。

まさにそのとき、二人は洞穴の入口で響く音を聞いた。少女はスルッと手をひっこめた。

チョウバンは起き上がって座った。

洞穴の外から人が二人入ってきた。

「まずいぞ。今日、村人が山狩りをする。おめえを焼き殺してやるって」

「昨夜、作物が全部雹にやられちまったんだ」

「祈禱師が、おめえがまだいる、って言ったんだ」

「雹で作物が駄目になったのはおめえのせいだってよ」

「今日は何としてもおめえを探し出すって言ってたぞ」

「おめえを焼いてしまうってさ」

入ってきた二人は代わる代わる話した。

パッと洞穴の中が明るくなった。背の低い方の男がマッチをすってランプを灯したのだ。

「そいつは誰だ?」

「誰だっていいじゃない。あたし、この人と一緒に行くわ」と少女が言った。

「崖下のヒツジとヤギの群れはおまえのか?」

「そうだ、おらのだ」とチョウバンが答えた。

「あたし、この人と一緒に行くわ」と少女が言った。

「おまえ、こいつを連れて行くか?」

「あたし、あんたと行くわ」と少女。

「ああ、連れて行く」とチョウバン。

「それじゃ、早く行った方がいい」

「もう二度と戻ってくるなよ」

「ああ」とチョウバン。

「うん」と少女。

こういうわけで、チョウバンは少女を連れ、ヒツジとヤギの群れを追って朝早くに崖を離れ、温家窨に向かった。出発するとき、「ヒツジを二頭、あんたたちにやる」と言うと、二人は遠慮せずに肥えたヒツジを一頭ずつもらい、山奥へ去って行った。

道中、少女はあの二人は自分の兄だと明かした。

「どうしてみんなは、おまえを焼き殺したいのだい?」チョウバンが聞いた。

「あいつらは、あたしが山の化け物だ、ともう何年も言い続けているの。今年、祈禱師があたしを焼き殺さなければ災害に遭う、と言ったの」と少女は答え、「あたしは化け物なんかじゃないのに」と言った。

「あたしは人間よ」と少女。

「そうだよ、人間だ」とチョウバン。

「いい人だよ」とチョウバンは言った。

空が暗くなったころ、二人は温家窨村に到着した。

村人は「その娘は誰?」と聞いた。チョウバンは答えなかった。少女は「チョウバンの女房よ」と

少女は家の中に入るやいなや、巻いた寝具を下ろすと家事を始めた。チョウバンと一緒に井戸まで水くみにも行った。少女は井戸を見たことがなく、ザルを使って水をくみ上げることができない。だが、水のくみ方をどうしても覚えたがった。

答えた。

　少女は家の中に入るやいなや、巻いた寝具を下ろすと家事を始めた。チョウバンと一緒に井戸まで水くみにも行った。少女は井戸を見たことがなく、ザル〔村人が水をくむときに使う道具。イバラやヤナギの枝などで編んであり、水中で使ううちに膨張して編目がきつくなるので漏れが少ない〕を使って水をくみ上げることができない。だが、水のくみ方をどうしても覚えたがった。

　夜が更けて、遊びに来ていた人たちが帰ったので、チョウバンは少女が持ってきたイヌの毛皮の敷物とヒツジの毛皮の掛け物を西側の部屋に敷き、少女を寝かせた。チョウバンと兄は東側の部屋に寝た。

「おめえは西の部屋であの娘と寝ろよ」とチョウチョウが言った。

「いや、おらはあんちゃんのためにあの娘を連れて帰ってきたんだ」とチョウバン。

「何言ってんだよ。おめえのだよ」

「まずあんちゃんからだ」

「冗談じゃねえよ」

「あとでまた話そう」

「ともかく、これからは、うちにも女がいるようになるわけだな。出たり入ったり、行ったり来たり、しゃべったり笑ったりしてさ」とチョウチョウが言った。

「うん」とチョウバン。

「おら、ほんとに夢を見たかと思ったよ。けど、本物なんだな」

「うん」

「おめえは運がいいな。十二頭のヒツジを一人の女に取り換えたんだからな。得したじゃないか。おめえの運は上々だよ」

「言っただろう？　おらはあの娘を欲しくない」

「ばかばかしい。それ以上言ったら、おらは西の沢へ行っちまうぞ」

「あとでまた話そう」

「チョウバンよ」

「うん？」

「……」

「なんだよ、また泣いているのかい？」

「家の中に女がいるようになって、うれしいのさ。うれしいのに、どういうわけか鼻がむずがゆくなりやがる」

「寝ようぜ」

「おう、寝よう」

ランプを吹き消した。二人は声を出さなかったが、どちらも眠れない。結局起き上がって暗闇の中で話しだした。

「チョウバンよ」

「うん？」

「あんちゃんはな、これがまるで夢の中で起こっているように思えて仕方がないんだ」

「夢じゃねえ。ほんとの話さ」

「おらもそう思うんだが、どうしても夢を見ているようで」

「夢じゃねえさ。信じねえのなら、二人で見に行ってみようよ」

「行こう。見なくてもいいんだ。音を聞くだけにしよう」

「じゃあ行こう」

二人は真ん中の部屋をはだしのままでゆっくり抜け、ぬき足さし足で西側の部屋まで行き、戸口を手探りで探し当てた。そして、聞き耳を立てた。しばらく聞いていた後、チョウチョウがチョウバンを引っ張った。二人はそっと東側の部屋に戻った。部屋に入ると二人は口を押さえて笑い出した。

「何も聞こえなかったな」とチョウバン。

「あの娘は、静かに寝るんだな」とチョウチョウ。

二人はオンドルの上に横たわると、いつまでも話し続けた。これから少女にどんな布地を買ってやり、頭にかぶるスカーフはどんなのがいいか、靴下や靴はどうするか、などなど。また掛け布団を二組新たに縫ってもらうことも決めた。最初のニワトリが鳴き出したのを聞いて、ようやく話すのをやめた。

チョウバンはおぼろげに、庭で音がするのを聞いた。耳を澄ましてみると、水桶がぶつかる音だ。最初は兄が起きて水を担いでいるのかと思ったが、手を伸ばして触ってみると、チョウチョウはまだオンドルの上で眠りこけている。

窓の障子紙を見ると、空が明るみ始めている。

かがんで窓の穴から外を覗いてみると、水桶を担いで門の外に出ていく人影が見えた。

あの娘だ。

チョウバンがオンドルを下りて後をつけて行くと、少女は井戸端に立っていた。一糸まとわぬ姿で腰を曲げ、ザルを井戸の中に投げ込んだ。

「おらがやる。おまえには無理だ……」

チョウバンがまだ言い終らぬうちに、少女の姿は消えた。ほんの一瞬のうちに見えなくなった。しばらくして、井戸の底からドボーンという音が響いた。

その後、村のはだしの医者が兄弟にこう言った。「あの娘は夢遊病にかかっていたのだよ。この病気のおなごは、結婚すれば治るんだがね」。はだしの医者はこうも言った。「あの夜、おめえたち兄弟の、どちらでもよかったのだが、娘と寝てやっていれば、あの娘は病気が治って、こういうことも起きなかったんだがね」

チョウバンは無言で兄の顔を見た。

チョウチョウはもうすっかり涙にくれていた。

第二十四話　ウェンシャンの女房

ウェンシャン（温善）の女房は病に倒れ、二日続けてオンドルの上に縮こまって寝ていた。シュウシュウ（鼠鼠）以外にウェンシャンの女房を気にかける者はいなかった。

夫のウェンシャンは、土地改革〔地主の土地や家屋などの無償没収と貧農への分与を基本内容とするもの。一九五〇年から約三年かけて中国全土で実施〕が行なわれた年に、腹を立て過ぎて、腹部が膨張する病気にかかってしまった。先祖代々受け継いできた田畑を、他の人間に分与しなければならないことに、どうしても納得がいかなかったのだ。ウェンシャンは怒り狂った末に病に伏した。治療を受け、症状も大分よくなったが、もう元の身体に戻ることはなかった。その後七、八年、あがきながら生きて、高級合作社〔一九四九年の新中国成立後に、農村に段階的にできた協同組合。土地などの生産手段を集団所有し、集団労働を行う。一九五八年以降、多くは人民公社へ発展した〕が始まるその日に亡くなった。息を引き取るとき、家の外では合作社の発足を祝ってはじける爆竹や、太鼓と銅拍子が賑やかな音を立てていた。ババババ、バーン。ドンチャカ、ドンチャカと。

ウェンシャンの女房の息子ホホ（和和）は、乳姉妹のバンニュ（板女）と、会計係の小麦粉を盗んで烙餅《ラオビン》〔穀物の粉をこねて薄く延ばし、鉄板に油を塗って焼いたもの〕にして食べ、翌日、村中の一軒一軒を調べた人民公社の大衆独裁委員に捕まってしまった。ホホは縄で縛られてたたかれた後、牢屋に送られた。バンニュは夫のウーチェンアルフオ（五成児貨）にこれでもかとたたかれ、足の骨が折れた。

ホホの投獄後、バンニュは五、六日に一度はウェンシャンの女房を見舞った。足を引きずりながら水を担ぎ、家の水甕《みずがめ》を満たしてくれた。そんな人のいいバンニュも、この二日間は姿を見せていない。

ウェンシャンの女房には、特別親しい人物が実はもう一人いた。ウェンシャン家で昔、作男をしていたグイジュ（貴挙）じいさんだ。しかし、親しいからこそ、ウェンシャンの女房はグイジュを家に来させなかった。ウェンシャンが死んだ後、グイジュはウェンシャンの女房に正式に堂々と結婚したいと何度ももちかけたが、ウェンシャンの女房は受け入れなかった。しかし、グイジュが帰ると、ウェンシャンの女房はいつも涙にむせぶのだった。数年前まで、ウェンシャンの女房はいつもグイジュのために夜中に門を開けっ放しにしておいた。グイジュは夜、家畜に餌をやった後、よく、こっそりウェンシャンの女房に会いに来たものだ。ところが、この二年というもの、ウェンシャンの女房はグイジュを家の中に入れようとはしなかった。往来で会っても、目を背けるか知らん振りを押し通す。自分は地主の妻だ。グイジュに迷惑をかけてはという気配りなのだ。

この二日間、シュウシュウだけがウェンシャンの女房を見守っていた。飼い主であるウェンシャンの女房の顔をくんくんと嗅ぎ、両手をなめる。ウェンシャンの女房の腕を踏み、目の前に横たわり、ニャア、ニャアと鳴く。まるで、どうしたの？　と問いかけているようだった。

シュウシュウはある年、グイジュがウェンシャンの女房のために捕まえてきたネコだ。

春のことだった。ウェシャンの病気がひどくなり、城内〔県人民政府が置かれている町〕に行って入院しなければならなくなった。地主階級の出身とあって、誰も彼もがウェンシャンと関わりたがらなかった。親しいはずの親戚ですら手を貸そうとしない。まるでウェンシャンがイヌの糞で、くっついたら大変だと思っているようだった。そんな中、グイジュだけは恐れず、こう言った。「昔、わしらはウェンシャンのおかげで生活できたんだ。その恩を忘れて道に背くことをしてはならん」。「おまえを搾取し、抑圧したやつをかまうつもりか？」と会計係は言ったが、グイジュは「ばか野郎」とひと言いうと、ウェンシャンを一輪車に乗せて県の病院まで送った。

ある朝、太陽が明るく照りつけていた。温家窰《ウェンジャーヤオ》の村人、ニワトリ、家畜たちはみな、暖かい庭に飛び出してひなたぼっこをしていた。ウェンシャンの女房は、庭にある台に座って衣服を洗いながら、夫たちが県の病院へ出発してから何日ぐらい経ったのか、漫然と考えていた。そんなとき、グイジュが布袋を引っ提げて庭に入ってきた。大股で歩み寄ってくる。

その歩き格好はウェンシャンの女房にはとても馴染み深いものだ。まるで目に見えない一輪車を押しているような格好。

ウェンシャンの女房は立ち上がると、グイジュに微笑んだ。そして、濡れた両手を振ってから、理髪師が剃刀を研ぐように、中国服の上前あわせの上をこすって手を拭いた。

「何百年も会ってなかった気がする」とウェンシャンの女房が言った

「全部で十九日半だよ」とグイジュ。

「なんて正確なの」

「子ネコをあげようと思って」と、グイジュは布袋を逆さにして子ネコを出した。子ネコは地面に立ち、周りをキョロキョロ見回している。自分がどこに連れてこられたのか分からない様子だ。

ウェンシャンの女房は、背をかがめ、子ネコを手のひらに載せてこう呼んだ。

「ミャオオ、シュウシュウ、ミャオオ、シュウシュウ」

「ネコなのに、なんで鼠《シュウ》って呼ぶんだい？」とグイジュが尋ねた。

「シュウシュウがいいって思ったのよ」とウェンシャンの女房は答えた。

二人は話しながら家の中に入った。

「シュウシュウをオンドルの上に置いてもらえないかな」。グイジュが言った。

「オンドルの上に置くの？　どうして？」

「うん、そうしてもらいたいんだ」

ウェンシャンの女房は顔を赤らめた。シュウシュウをオンドルの上に置いたら、グイジュが何をしたいのか分かったのだ。

「ウェンシャンは病院で苦しんでいるわ。かわいそうに」

「おお。なら今日はやめておこう」とグイジュは言った。

「何よ、あんた。ちょっと言っただけよ。やめようとは言ってないわ」

ウェンシャンの女房はシュウシュウをオンドルの上に置いた。

グイジュもウェンシャンの女房をオンドルの上に置いた。

その月にウェンシャンは亡くなった。

グイジュがホホを迎えに乳母の家がある村まで出向くと、ホホは「戻らない」と言い張り、乳母の娘のバンニュと一緒に出て行ってしまった。グイジュはホホの後ろ姿を見送った。目には見えない一輪車を押しているような後ろ姿を。そして、「やれやれ」と首を横に振った。

それ以降、ウェンシャンの女房は独りぼっちで暮らした。シュウシュウだけが連れ添ってくれた。

ホホは十九歳の年に乳母の家から温家窰村に戻ってきた。だが、母親とは同居せず、村の北側のはずれにある、誰も住んでいないオンボロの窰《ヤオ》に一人で暮らした。五、六日の間隔で母親のところへ来て水をくんだ。年末は、会計係に頼んで自分の労働点数を少し母親に回してもらい、それで母親を養っていた。

ウェンシャンの女房は壁ぎわに寝ていた。ウェンシャンの女房の身体が少し動いた。腕を胸の前で組み、くねくねと指を動かしている。夢を見ているのだ。端午の節句を祝っている夢を。

夢の中で――グイジュが灰色のヨモギの束をたくさん背負って村に戻って来た。門を通り過ぎた所で、自分がそっと「グイジュあんちゃん」と呼ぶ。普段はそう呼ばないが、たまにひっそりと、そんなふうに優しい声をかけることもあった。

庭にいる自分とグイジュは、窓台の下でヨモギの縄を編んでいる。グイジュは長さ三尺〔約一メートル〕余りの縄を次々に編む。自分の編み方は違う。井戸の縄のようにぐるぐると巻きながら、長い長い縄を一本編む。

「おまえは、どうしてそんな編み方をするのかい？」とグイジュが聞く。

「こう編みたいの」と答える。

「編もうや、編もうや」

西側の部屋からウェンシャンが声をあげて本を読んでいるのが聞こえてくる。西側の部屋はウェンシャンの書斎だ。読書好きのウェンシャンは、本さえあれば満足で、朝から晩まで読書に没頭した。昔、駐屯していた日本人がウェンシャンを官職につかせようとしたが、「自分は向いていないので」

と断ったことがある。本を読むときは、いつも音読する。そうしないと、何を読んでいるのか自分にも分からないのだ。

そして今、ウェンシャンはまた音読している。

君子《くんし》は竹《たけ》、大夫《たいふ》は松《まつ》。香《かお》りを盗《ぬす》む紋白蝶《もんしろちょう》、蜜《みつ》を採《と》る雀蜂《すずめばち》。風《かぜ》に乗《の》る蓮《はす》の香《かお》り、強《つよ》い日差《ひざ》しに濃《こ》い花《はな》の影《かげ》。大庚嶺《だいゆれい》の咲《さ》き乱《みだ》れる梅《うめ》、姑蘇台《こそだい》のぼうぼうたる草《くさ》むら。馬《うま》を駆《か》り苑《えん》で遊《あそ》ぶ人《ひと》は花《はな》を観《み》てよき風景《ふうけい》と称《とな》え、老《お》いた豚《ぶた》の飼《か》い主《ぬし》は田畑《でんぱた》にて氏神《うじがみ》さまに豊年《ほうねん》を祈《いの》る。

ウェンシャンの音読の声を聞いて、グイジュはウェンシャンの女房を見つめ、ウェンシャンの女房もグイジュを見つめた。二人は口をつぐんだまま笑った。

「行こう。粽《ちまき》を食べに行こうよ」とウェンシャンの女房。

「水飴をつけたモチキビの粽は、おまえのつばきほど甘くはないけどな」

「やめてよ」

二人は東側の離れ屋に入る。ここの炊事場で、ウェンシャンの女房はグイジュのために三個の粽の皮を剥き、おわんに入れ、水飴をほんの少しかける。グイジュはそれを受け取ると、粽三個を一気に口の中に押し込む。

「喉を詰まらせるわ！　喉を詰まらせるってば！」とウェンシャンの女房が叫ぶ。

しきりにそう叫んでいるとき、「ギャーオ！」というネコの凄絶な鳴き声が耳に入った。

ウェンシャンの女房は目が覚めた。ウェンシャンの音読やグイジュが談笑する声は、もう耳元から消えていた。水飴の缶や粽を盛った鉢も目の前から消えている。ウェンシャンの女房はようやく我に返った。

窓の外は、雨がしとしと降っている。雷のとどろきも稲光もない春の雨だ。

ウェンシャンの女房は横たわったまま、じっとしていた。頭はさほど痛くないし、高熱も引いたように感じられた。少し腹が減ったようにも感じ、水も飲みたかった。

これはつまるところ、病気が治ったのだ、とウェンシャンの女房は思った。

数えてみると、まる二日間寝ていた。今日は端午の節句だ。

ああ、だから夢の中で粽を食べていたのだ。今日は端午の節句なんだ。

こう思った途端、美味しそうな粽の匂いが鼻をついた。あんな夢を見たので、最初は現実かどうか疑った。だが、強く嗅いでみると、確かにこの匂いは本物だ。

目を開け、わずかに身体を起こして、唖然とした。枕の横に粽が三個本当に置かれているではないか。

ウェンシャンの女房は何も考えずに、三個の粽をあっという間に平らげた。粽を包む皮の一枚は縁にモチ米が幾粒かくっついていたが、それも舐めて食べた。最後に、ナツメの種を一粒口の中に放ると、飴玉を舐めるように舐めた。

粽を食べる夢を見たのは、この粽の匂いを嗅いだからだわ。

この粽はどうしてここに？　誰が持ってきたの？　バンニュ？　グイジュ？　どうして私を起こしてくれなかったの？

あれこれ考えていると、土間から異様な物音が聞こえてきた。土間の方を見ると、ちょうど敷居の所から、何かが転がり落ちた。ウェンシャンの女房は驚いて飛び上がった。よく見ると、シュウシュウのようだ。

シュウシュウは全身泥水まみれで、身体を地面にこすりつけて這ってウェンウェンの女房の方に向かってくる。泥まみれの何かを口にくわえていて、それをウェンシャンの女房に突き出した。ウェンシャンの女房が手を伸ばしてつかみ取って見ると、泥まみれの粽だ。ウェンシャンの女房はようやく今しがた食べた粽がどうしてここにあるのか合点がいった。シュウシュウが誰かの家からくわえてきたのだ。

「シュウシュウ。ああ、なんとかわいい私のシュウシュウ」。ウェンシャンの女房は言いながら、オンドルから身を乗り出してシュウシュウの前足をぐいと引っぱり、オンドルの上に載せようとした。

「ギャーオ！」

シュウシュウは悲鳴をあげた。

ウェンシャンの女房はすぐシュウシュウを放した。そういえば、先ほどの夢の中でもこの凄絶な鳴き声を聞いたことを思い出した。

シュウシュウは痛がっている。傷を負っている。ウェンシャンの女房は、シュウシュウが敷居を転げ込むように入ってきた様子を思い返した。

土間に下りて暖簾をめくってみると、真ん中の部屋の戸口から玄関の石畳まで、太くて濡れた泥水の跡が一筋ついていた。身体を引きずってきたシュウシュウが残したものだ。

シュウシュウは立って歩けないのだ。

ウェンシャンの女房が走って庭に出ると、まだ小雨が降っていた。見ると、西側の壁の下から真ん中の部屋の戸口まで、シュウシュウが身体を引きずってきた太い跡がある。庭の土は雨に濡れて柔らかくなっており、シュウシュウが残した跡が深々とついていた。前方の跡には、赤い水が溜まっているようだ。ウェンシャンの女房はかがんで見て初めて、それが血であることが分かった。前に進むほど、はっきり見て取れ、赤い水も増えている。これが血であることは明白だ。

かわいそうなシュウシュウは、こうしてずるずると這って家の中に入ったのね。そんな状態なのに粽を落とすまいと、私のために、最後までくわえて帰ってきてくれたのね。

「ああ、私のシュウシュウ！」

ウェンシャンの女房は東側の部屋に駆け込んだ。シュウシュウはまだ戸の内側で腹ばいになっている。ウェンシャンの女房はひざまずき、シュウシュウがどこを怪我したのか探ろうとしたが、シュウシュウは触らせない。抱き上げさせてもくれない。ウェンシャンの女房は二本の人指し指で全身をくまなくゆっくりと押さえ、腰の骨が折れていることを確認した。首筋も痛むようで、この二カ所は絶対触れさせない。軽く触れただけで、「ギャオー」と鋭い声をあげる。

それから、ウェンシャンの女房はシュウシュウの長い尻尾が半分以上短くなっていることも見て取った。毛も尾骨もそっくり半分切断されている。あの血はその切り口から流れていたのだ。

「こんな残忍なことをするやつは誰？　ねえ、シュウシュウ。私、知っているよ、こんな残忍なことをするのは誰だか。ねえ、シュウシュウ」。ウェンシャンの女房は泣きながら言った。

シュウシュウはウェンシャンの女房の泣き声を聞くと、力を振り絞って頭を持ち上げ、ウェンシャンの女房を見た。だが、あまりの痛さに、ちょっと見ただけで前足の上に頭を垂れて目を閉じてしまった。

その日の夜半、ウェンシャンの女房はシュウシュウが土間にいないのに気がついた。シュウシュウがいつごろまた庭に出ていったのか見当もつかない。激痛に耐えながら、身体を這わせて庭まで行ったのだろう。ウェンシャンの女房はランプを手に探しに出た。真ん中の部屋の戸の前に、シュウシュウが口を大きく開けて硬くなって横たわっていた。

シュウシュウは死んでいた。


ウェンシャンの女房は人民公社に行き、魚の缶詰を一個買って来ると、それをこじ開け、八人掛けの正方形大型テーブルの上に置かれた化粧机の前に魚を並べた。

化粧机の台の部分は大小の引き出しが並んでいる。シュウシュウは今、その大きい引き出しの中に横たわっている。シュウシュウが死んだ後、ウェンシャンの女房はシュウシュウの全身についていた泥を洗い流し、拭いて乾かした。そして、白い手ぬぐいを大きい引き出しの中に敷いて、シュウシュウを入れた。この大きい引き出しをシュウシュウの棺桶にするのだ。

ウェンシャンの女房はおわんにアワを半分ほど盛って、そこに火をつけた線香を三本挿した。それから、ガマで編んだ座布団の上にひざまずき、三回叩頭《こうとう》してシュウシュウに礼をした。叩頭しながら、心の中でシュウシュウに語りかけた。シュウシュウや、おまえは私のために粽を盗んで来てくれようとして、たたき殺されたんだね。シュウシュウや、ごめんね、シュウシュウ。おまえを無駄死にさせないわ、シュウシュウ。

「ワァー、アアー」ウェンシャンの女房は泣いた。シュウシュウの死を悼んで大声で泣いた。

ウェンシャンの女房はウェンシャンの葬儀のときと同じように、初七日まで待って、シュウシュウを葬送して埋葬するつもりだった。

ウェンシャンの女房は毎日、かわいそうなシュウシュウのことを思った。

この九年間というもの、シュウシュウはかわいそうに、あれやこれやの災難に遭ったわ。これでもか、これでもか、というほど。

会計係が妻とけんかをしたとき、実家に戻った妻が二カ月後にようやく温家窰村に戻ると、会計係は妻が里で間男したに違いないと言って譲らない。妻が認めないので、会計係は窓台の上にいた子ネコをひっ捕まえて、妻のズボンの股ぐらに押し込んだ。この運の悪い子ネコこそ、シュウシュウだった。会計係は妻の股の部分をはたきでたたきながら、間男をしただろう、と問い詰めた。真っ暗なズボンの中で、シュウシュウははたきにたたかれて暴れたが、逃げ場がない。ただギャーギャーと悲鳴を上げ続けた。会計係の妻はシュウシュウに引っかかれて耐えられなくなり、「やった、やった」と認めてしまった。会計係はそれでも納得せず、里中の男を全員迎えた、と妻に言わせてようやく手を止め、シュウシュウを放した。会計係はこう言った。「これからは好きなようにやらせてもらうぜ」。それからというもの、会計係の妻はシュウシュウを逆恨みした。夫を憎むのは恐ろしくてできないから、シュウシュウを激しく憎むようになったのである。

「ああ、かわいそうなシュウシュウ」

「今日は初七日だよ、シュウシュウ。おまえを無駄死にさせないよ。シュウシュウ」。ウェンシャンの女房は話しかけた。

隣の会計係の家はネコを二匹飼っていた。ウェンシャンの女房は、雌ネコをダーイェンアル（大眼児）、雄ネコをヘイゼイ（黒賊）と呼んでいた。ダーイェンアルの鳴き声は柔らかく、甘ったるい。「ニャア、ニャア」と鳴いた。ヘイゼイは「ミェー、ミェー」と鳴く。その鳴き声は聞き苦しい、とウェンシャンの女房は思った。

ダーイェンアルとシュウシュウは、いつも一緒に戯れていた。このためヘイゼイはよくシュウシュウとけんかしたが、シュウシュウを負かすことは出来なかった。あるとき、ヘイゼイはシュウシュウに耳の一部をかみちぎられた。数日後、シュウシュウの右耳がきっちり半分に切られていた。ウェンシャンの女房には、ひと目で人間にハサミで切り取られたことが分かった。犯人は隣の会計係の妻だ。ほかの村人はこんなに残忍ではない。

「シュウシュウの尻尾を切り落としたのはあの女だわ」

「ネコは尻尾がなくなったら、高い所に登れないし、下りられなくて転ぶことをあの女は知っている」

「尻尾を切り落とされたシュウシュウは、塀の上から転落して死んだんだわ」とウェンシャンの女房は言った。

シュウシュウが転落死した後、ダーイェンアルは毎日のようにこっちにやって来て「ニャア、ニャア」と鳴いてシュウシュウを探した。その後をヘイゼイが「ミェー、ミェー」と鳴いてつけてきた。けれどもネコが通り抜ける穴は、ウェンシャンの女房が枕でふさいでしまったので、もうダーイェンアルは家の中に入れない。

ウェンシャンの女房は、南側の部屋からスコップを取り出し、庭に幅二尺〔約六十六センチ〕、深さ一尺

〔約三十三センチ〕ほどの穴を掘った。この穴にシュウシュウを埋葬するつもりだった。

ダーイェンアルがまた庭の窓台の上で「ニャアー、ニャアー」と鳴いているのが聞こえた。ウェンシャンの女房は穴をふさいでいる枕を引っぱり出した。ダーイェンアルはすぐさま家の中に潜り込み、正方形の大テーブルの上に飛び乗った。ヘイゼイもついて来たが、家の中に入るのをためらっている。穴に掛けてある暖簾を頭で押し上げ、隙間からダーイェンアルに向かって鳴いた。鳴きながら、ウェンシャンの女房の顔色をうかがっている。ウェンシャンの女房が自分に物を投げつけてくるのでないかと警戒しているのだ。

ウェンシャンの女房は魚の切れ端を土間に投げた。ヘイゼイはネズミを襲うように土間に飛び出し、魚の切れ端をくわえた。ダーイェンアルと違って、ヘイゼイはその場で食べず、甕《かめ》が置かれている隅っこに潜り込んだ。

ウェンシャンの女房はネコの通り抜ける穴を再び枕でふさいだ。

家の戸はとっくに閉めてある。

かくして、会計係の家の二匹のネコはもう二度と自分たちの家に戻ることはなかった。

ダーイェンアルとシュウシュウは、化粧机の引き出しの中に眠っている。ヘイゼイは、半分に切ったセメントを詰めるクラフト紙の袋に入れられている。ウェンシャンの女房は、ネコ三匹を一緒に庭に掘った穴の中に埋めた。埋めるとき、ウェンシャンの女房にはダーイェンアルが「ニャアオー、ニャアオー」と、ヘイゼイが「ミエーッ、ミエーッ」と鳴き叫ぶ声が聞こえた。それから、二匹とも鳴かなくなった。あるいは、何回か鳴いたかもしれないが、ウェンシャンの女房の耳には入らなかった。鳴き声は、ウェンシャンの女房が穴にまき散らす土でふさがれてしまったのだ。

ウェンシャンの女房はすぐに、ヘンナの花の種数粒とヒマワリの種三粒を、そのすき返された柔らかい土に播いた。

何カ月も経たぬうちに、ウェンシャンの女房の家の庭中に甘い香りが漂い始めた。それは桃色のヘンナの花と黄色いヒマワリから放たれていた。

秋になると、ヒマワリの頭は鍋蓋ほどの大きさになった。村人たちは「不思議だね、珍しいね」と口々にウェンシャンの女房に問いかけた。「すごく不思議なの、すごく珍しいわ」とウェンシャンの女房も言った。「ヒマワリが熟したら、種を少し頂戴よ、おらも播くから」とみんなから言われ、ウェンシャンの女房はこう答えた。「お安い御用よ」

第二十五話　燕麦《エンバク》粉の味

青い空、白い雲、緑の尾根。

天空の下に燕麦《エンバク》畑でさっくり、さっくりと燕麦を刈っている人たちがいた。

ひとしきり刈ってチョウバン（丑帮）は、腰を伸ばした。真向かいの遠い山の斜面から誰かが下りて来るのが見えた。

目を見開いてもう一度よく眺めているうちに、心臓が高鳴ってきた。思わず知らず手から力が抜け、鎌が地面に落ちた。再び目をこらして見つめ、燕麦畑にさっと入り込んだ。

燕麦は腰の辺りまで伸びている。チョウバンは身をかがめ、舟をこぐ櫂のように両腕を動かして進んでいく。

遠い山の斜面から下りてきた人物は、チョウバンを見つけると、すぐに燕麦の波の中に飛び込んだ。チョウバンはその人が舟のように突き進んでくるのを見た。

こいでは進み、こいでは進み、一丈〔約三・三メートル〕ほどの距離まで近づいたとき、二人ともその場に立ち止まった。互いに長いこと見つめ合って、ようやく口を開いた。

「おまえだったのか」

「そう、おら」

「ひと目で誰だかわかったぜ」

「おらも」

そこまで言うと、二人は黙った。お互いの顔を長い間見つめ合っていた。肩で大きく息をしながら。

「燕麦を刈っていたの？」

「そうさ」

「今年は雨に恵まれたね」

「恵まれたよ」

二人とも息を切らしていて、むせ返った。再びお互いの顔を長く見つめ合う。何か声をかけたいのだが、何を話したらいいのか思いつかない。

「なんだったら終わってから話そうよ」

「そうしよう」

「夜、話そうね」

「おう」

「またあそこでね」

「おう」

女は体の向きを変えると、燕麦の波の中を手でこぎながら離れて行った。数回こいでは振り向き、また数回こいでは振り向いた。

チョウバンは女が燕麦畑を抜け、坂道を下りて行くまで見ていた。

その姿が見えなくなると、両手のこぶしを突き上げ、勢いよく下ろした。それから向きを変えると走り出した。途端に燕麦に足をすくわれて転び、燕麦の白い波の中で溺れた。

どこかで誰かが歌っていた。

燕麦の花が咲いた　りんりんりんりん
おまえが行って　寂しくてたまらない

燕麦の花が咲いた　一連また一連と
おまえが去って　おらは毎日待ち続ける

闇夜。お月さまが穀物干し場を白く照らしている。

遠くでカエルとスズムシが鳴いている。

二人は燕麦のワラ山の、お月さまに向いた面に昨年と同じように自分たちの巣を作った。昨年のようにぶつかって巣を崩すまいと、一人ずつ中に潜り込んだ。

「チョウあんちゃんは、おらのこと思っていてくれた？」

「そんなことは聞かなくてもわかるだろう？」

「でも聞きたいの」

「そう言うおまえは？」

「聞かなくてもわかるでしょう」

「いつもどんなふうに思っていたんだい？」

「知らず知らずのうちに思っていたわ」

「おらもそうだよ」

左腕を女の腰に回し、右手は女の胸をなでさすった。チョウバンの大きな手が最初、女の胸に載ると、女は身震いして、その手を払いのけた。それでも、チョウバンはもう一度女の胸に触って言った。

「ここを触っていたいんだ。触らせろよ。一年ぶりだもの」。女は「いいわ、触って」と応じた。

触ってから、チョウバンは手を止めて聞いた。「去年みたいにまた、おまえの口はどんな味がするか当てさせてくれねえか？　去年は当たらなかったからな」

「いいわ、当ててみて」

「当てる前に口づけさせてくれなきゃ」

「駄目なんてひと言も言っていないわ」

その言葉を聞いてチョウバンは女を胸にきつく抱きしめ、口づけを繰り返し、息がつけなくなってようやく止めた。

「何の味がした？」

「何が何の味だい？」

「あんた、味を当ててみせるって、言ったじゃないの」

「そうだ。忘れていた。口づけするのに夢中で」

「じゃあ、もう一度やってみて」

チョウバンはもう一度女に口づけして言った。

「氷砂糖」

「違う」

「水飴」

「違う」

「飴玉」

「違う」

「あっ、思い出した、思い出したぞ。甘草の苗だな」

「違うったら」

「ほかにどんな甘いものがあるんだ。おらにはまったく分からねえや」

「ばかねぇ。燕麦粉の味よ」

「燕麦粉の味？　あれが甘いかい？　おまえに騙されてないかどうか、もう一度試してみるよ」

女は唇を突き出した。チョウバンは味をみるのに疲れ、息をついた。

「チョウあんちゃん、あのね」

「何だい？」

「おら、毎回あいつとあれをするときは目をつぶって、あいつをあんちゃんだと思うことにしているの」

「おらの代わり？」

「そうよ」

「そんなの、何の役にも立たねえ。意味ねえよ」

「チョウあんちゃん、あんたに息子をあげようか?」

「いらねえ」

「どうして?」

「その子が大きくなっても、おらみたいに、嫁をもらえねえだろうからさ。嫁なし男になるからだよ」

「ハハ……あんたったら、まったくおばかさんね」

「それに嫁もいねえのに、息子が生まれるわけがねえだろう?」

「チョウあんちゃん。おら、あんたのためにずいぶんお金を貯めたのよ。あと三年もすると、あんたもお嫁さんをもらえるわ」

「嫁なんぞいらねえ」

「どうして?」

「嫁はもういるから」

「それって誰?」

「おまえに決まっているじゃないか」

「えっ、何?」

「今ここでおらの嫁になってくれ」

「えっ、何?」

「明日も来ておらの嫁になり、明後日も、またその次の日も次の次も……その次の……」

「えっ、えっ、何……何……何、何……」

燕麦のワラが崩れ落ちた。金色に輝く燕麦のワラが軽やかに散り、男と女はその中に埋もれた。

遠いところで、カエルとスズムシがまだ鳴き続けている。

第二十六話　ラオインイン

　真夜中にグァングァン（官官）の野郎が帰ると、ラオインイン（老銀銀）は新しいズボンをはき、新しい腰帯を締めた。西の沢に行くのだ。

　茹《ゆ》でたヒツジの蹄《ひづめ》四本と、まだ半分残っている酒の瓶《びん》を懐にしまい、外に出た。外に出て、また窰《ヤオ》に引き返し、燭台の火を消した。初めは火を点けたままにしておいて、灯明の代わりにするつもりだった。そうすれば、霊魂は道が見えて昇天できる。けれどもラオインインは、戸口を出た途端に後悔した。「畜生。ひと晩中つけておいたら、油をたくさん浪費してしまう」。そう考えて家に戻ったのだ。中に入ると、燭台をつかんで、赤い点に向けて息を吹きかけた。赤い点はかすかに揺らめいただけで、また元に戻ってしまった。もう一度吹くと、赤い点は消えた。これでラオインインには炎が消えたと分かった。

　もう一度外に出て、また、はたと立ち止まった。しばらく考えて、再び窰の中に引き返し、オンドルの上を探って、「汽車」印の煙草の箱とマッチをつかむと懐の中に入れた。これでもう心残りなく戸を閉められる。ラオインインは、つま先立ちして戸に留め金をかけた。家人が不在であることを示すためだ。家の中の生き物といえば、おわんや鍋の縁を這っている、あるいはどこか別の場所で眠っているハエどもか、水甕《みずがめ》の後ろに巣を作っているネズミぐらいだ。シラミはいない。ラオインインの血は苦いので、シラミは寄りつかない。

五里〔二・五キロ〕の山道はでこぼこしているが、ラオインインはつかまるものがなくてもよろめくこともなく、途中休憩もしなかった。楽々と西の沢にたどり着いた。

ラオインインは目が見えない。目が見えない者にとって、昼も夜も同じだ。

ラオインインはひん曲がったあの木の所までやって来ると、靴を脱ぎ、銅拍子をたたくように左右の靴をたたいてから尻の下に敷いて座った。そうしないと、新品のズボンを汚してしまう。会計係から数年前に支給されたズボンだ。会計係いわく、お上が生活保護者に慰安の気持ちを込めてくれたものだとのことだ。あとで、ほかの生活保護者には新品の上着も支給されたと聞いたが、ラオインインには支給されなかった。会計係に着服されたに違いない。いいさ、取りたいなら取ればいいさ。もしも、やつがおめえのを全部取っちまったとして、おめえに何ができるんだ？　新しいズボンはあった方がないよりいい。それに、会計係は一族の甥だ。叔父として、こんなことをやつに聞くのは気がひける。どのみち、おめえが着なけりゃ、やつが着る。誰が着ても同じことさ。誰かが着ることに変わりないのだから。

ラオインインは、酒瓶、「汽車」印の煙草の箱、マッチ、それにヒツジの蹄を懐から取りだした。

一本、二本、三本。一、二、三。一本、二本、三本。

ヒツジの蹄は三本しか残っていなかった。何度数えても三本だ。一本足りねえ。いつ落としたのか分からねえが、落としたなら、しかたがねえ。闇夜にゃ、目が見えるやつでも探し出せねえからな。

目の見えないおらみてえなやつには、なおさらのことさ。食う分が一本減っただけのことだ。どのみち、おめえが食わなきゃ、やつが食う。人間が食わなきゃイヌが食う。誰が食っても同じことさ

焼酎をちびちび飲み、ヒツジの蹄をむしゃむしゃかじり、煙草をぷかぷか吸った。ラオインインは、これらを食べたり飲んだりし終えたら、ヤンワ（羊娃）やゴウニュ（狗女）や息子のアルトゥ（二兎）のように、ひん曲がった木で首を吊るつもりだった。

ひん曲がった木はクソッ、申し分のない木だ。何かを吊るにはもってこいで、温家窰《ウェンジャーヤオ》の宝物だ。木は先祖代々、たくさんの人を手助けしてきた。今でもだ。よその村人ですら、この木をうらやましがる。去年は、山の上の村の少女がここで首を吊った。

いい木だ、いい木だ。

ひん曲がった木はクソッ、実にいい木だ。死んだ少女の村の連中がやって来て、この木を切り倒そうとしたとき、温家窰の村人はスコップや杖を手に駆けつけた。少女の村の連中はこの木を切り倒すことができず、ただ少女の遺体を担いで帰るしかなかった。ひん曲がった木は、いまだにしっかりと西の沢の入口に生えており、そのひん曲がった首をグーンと伸ばして人々を眺め、腕を伸ばして「早くおいで」と促すかのように手招きしている。

いい木だ、いい木だ。

ひん曲がった木はクソッ、何といい木なんだ。

この数日間、ラオインインは何度もここにやって来た。

「ああ、この世で生きるってのはまったくめんどくさい。アルトゥのようにあっという間に死んじまえば、こんなめんどうともおさらばだ。生きていて何になる？」

「それに、わしらのような目が見えぬやつは、段々畑も灌漑の用水路も作れねえ。土を耕すことも、種まきもできねえ。食っちゃ寝、食っちゃ寝をしているだけ。生きていて何になる？」

ここ数日、ラオインインは繰り返しこう考えていた。繰り返し考え、繰り返し考え、自ら命を断とうと決めたのだ。

最初は、井戸に身を投げようと思った。頭から飛び込めば終わりだ。遠くまで歩く必要もない。だが考えてみると、井戸に飛び込んだら、水が汚れる。汚れたら飲めない。村中の人から恨まれるに決まっている。自分一人がよければよいというものではない。他の人たちのことも考えねば。感電もいい方法だと聞いたことがある。バシッという一瞬で済むので簡単だ。だが、温家窰には電気が通っていない。人民公社にはあるが、電気とはどんな形をしているのか、どこへ行けば見つけられるのか。自分には見当もつかない。仮に見つけたとしても、どう感電すればいいのだろう？　だめだ。ラオインインは結局、息子のアルトゥのように、ひん曲がった木に自分を吊ることにした。

いったん決めると、ラオインインはとてもうれしくなった。会計係が息子の婚礼の日時を決めたときのように心が浮き浮きした。当時、会計係は口笛の音色ですら軽快に響いていた。人に罵声を浴びせたり、懐中電灯の光を人に向けたりしなかった。顔から陰気臭さが消えて、人に会えばにこやかに笑みを浮かべた。家から家へと回り、自分の家に各家族から一人を招いて油糕《ヨウカオ》〔キビを粉にしたものを練りアズキやナツメの餡を入れて揚げた餅〕をふるまうほどだった。

ラオインインも自分でお祝いすることにした。人生の一大事は、お祝いすべきだ。油糕を食べる余裕はないが、コーリャンの粉を混ぜ入れない燕麦粉の窩窩《ウォウォ》〔トウモロコシやコーリャンの粉をこねて円錐形にして蒸したもの〕を一回食べるぐらいなら何とかなる。

酒も飲まねばならない。酒は何としても必要だ。人生最後の一回だ、金をかけるべきところはかけねば。貧乏人でも、やるときはやるのだ。しみったれはよくない。村人に笑われる。

人民公社の売店で、二元払ってヒツジの頭一個とヒツジの蹄四本を買ってきた。八角〔角は元の十分の一の単位〕で焼酎をひと瓶、一角五分〔分は元の一〇〇分の一の単位〕で「汽車」印の煙草もひと箱買った。温家窰で煙草を吸えるほど金に余裕のある人たちも、「汽車」印が安くておいしいと話していた。貧乏人でも祝祭日に親戚が五、六人訪ねて来るときには「汽車」印を買う。というわけで、ラオインインもひと箱買った。

汽車ってなんだ？　シャートンピン〔下等兵〕が言うには昼だけで千里〔五百キロ〕も走れるってことだが。畜生、すげえじゃねえか。その煙草の箱に汽車の絵が刷られているのは、ラオインインも知っていた。だが見えない。手で触ってみても、何も感じとれない。

いいさ。どうせもうすぐ死ぬ身だ。汽車がどうであろうと知ったこっちゃあねえ。それに、人は一生のうちで見たことのねえものが山ほどある。いつだったか、ここに来た幹部は、亜麻《アマ》がわからなかった。あの幹部は、おまえらの村はどうなっているんだ？　せっかくいい土地なのに、青い花ばかり植えてと言っていたっけ。知らないにもほどがある。まったくどうかしているぜ。

お祝いをするのなら、人を招かねばならない。だが大勢の人は招けないので、ラオインインはグァングァンを招いて一緒に食事をすることにした。グァングァンも盲目だし、それに占いができる。ラオインインは、グァングァンにどの日が大安吉日なのか、自分のために決行日を選んでもらいたかった。

グァングァンは遠慮ひとつせず呼ぶとすぐにやって来た。

「今日は燭台に灯をつけようや」とラオインインが言った。

「おら、正月にしかつけねえだ。普段はつけねえぞ」とグァングァンが言った。

「今日は正月の代わりだ」

「おめえには灯の先が見えるけど、おらには見えんのだ」

「火が灯ると、おらの目の前は赤くなるんだ」

「はだしの医者から聞いたけど、おめえの目には灰色の膜が被さっている。それを切り取れば、また見えるようになるんだってよ」

「そんな金がどこにあるってんだ？」

「それもそうだな。無理だな」

ラオインインは話しながら、ヒツジの頭と酒をオンドルの上に置いた。

二人は夜遅くまで話しては飲み、飲んでは話し続けた。

「目が見えるやつらだって同じさ。ヒツジの頭に焼酎さ」とラオインイン。

「人間はあれこれやりながら生きているが、結局はこのためじゃねえのか？」とグァングァン。

「皇帝が天下を取るのだって、このためだ」

「そうだが、皇帝は山の珍味から海の幸まで、何でも食うことができる」

「けど、皇帝だって死ぬ」

「そうだが、死に方は違う」

「死は死だろう、何の違いがあるもんか」

「チンチンは中に入って快楽で死ぬ。タマは外で押しつぶされて死ぬ。同じと言えるかい？」

「ずいぶん下品な言い方だな」

「シャートンピンが言ったんだ」

「良い死に方でも悪い死に方でも、死んでしまえば同じだ。おら、遅く死ぬより早く死ぬ方がいいと思うよ」

「そんじゃあ、おめえはなぜ、死なねえんだ？」

「おめえ、おらが死を恐れていると思うのか？　おらは、いい日を選びたいんだ」

「よし、それじゃ、おめえにふさわしい日を決めてやろう」

「じゃあ、言ってくれ。大安吉日はいつなんだい？」

「まあ飲もうや」

「いったい、どの日が一番いいのかい？」

「生まれ落ちたときに、おめえの母ちゃんがおめえをおまるに押し込めておけば一番よかった」

「おら、真面目に言ってるんだぞ」

「まあ飲め、飲め」

「おお、飲む」

二人はこんな調子で夜遅くまで話しては飲み、飲んでは話し続けた。

ひん曲がった木の下で、ラオインインは三本のヒツジの蹄をかじり、半分より少なくなった酒を飲み干し、立て続けに煙草を何本か吸った。靴を履いて立ち上がった。そのとき、突然思い出した。さっきは飲み食いばかりして、グァングァンの野郎に死ぬのにふさわしい日を選んでもらうのをすっか

ひん曲がった木の下で、ラオインインは三本のヒツジの蹄をかじり、半分より少なくなった酒を飲み干し、立て続けに煙草を何本か吸った。

り忘れていた。

やれやれ、酒は本当によくない。飲むと大事なことを忘れちまう。一生に一度のことなのに、いい日をちゃんと調べないなんて、こんな悪いことはない。

グァングァンの野郎め。こっちは真面目に話しているのに、「飲め」「飲め」ばかり。見ろ！　最後には忘れちまったでねえか。

ラオインインは一生に一度のことなのに周到にできなかったと、とても後悔した。でもまあ、あれこれ考えたってこれで決めるしかない。来てしまったのだし、これで決めよう。

昼間用意して木の後方に置いておいた石ころをひん曲がった幹の下まで移すと、自分の赤い腰帯を解いた。

この腰帯は、人民公社の売店で買った三尺〔約一メートル〕の赤いインダスレン染色布地をレンアル（愣二）の母親に頼んで、縫って作ってもらったものだ。首を吊るのに赤い布の腰帯ほどうってつけのものはない。縁起はいいし、首にくいこんで痛むこともない。

石の上に乗って、幹のひん曲がったところに腰帯を引っ掛けようとしたとき、ズボンが足首までズルズルっと下がった。ラオインインは慌てふためき、石から転げ落ちてしまった。

こん畜生。どうしてこんなことに気がつかなかったんだ？　古い腰帯でも結んでおくべきだった。だが、ズボンが下がったのが今でよかった。もし首を吊ってから下がっていたら、手遅れだ。すべて台無しさ。尻丸出しの首吊りじゃ、村中の笑い物になる。あの世に行っても、向こうで笑い物になっちまう。

ラオインインはあれこれ考えた末、木の細い枝を何本か折り、その枝でなんとかズボンを腰に巻きつけた。

それからまた、ひん曲がった幹に腰帯を引っ掛けようとした。

自分には木が高過ぎるのか、自分の背丈が低すぎるのか、石の上に立って背伸びをしても、ひん曲がったところには届かない。

ふと、よい方法がひらめいた。地面から小さな石ころを拾い上げ、腰帯の片方にしっかりとくくりつけ、高く放り投げてみると、腰帯は木の幹に引っ掛かった。

ラオインインはにんまりと笑った。目が見えるやつだって、こんなうまいやり方はできねえぞ。

幹に引っ掛けた腰帯で首を掛ける輪をつくり、試しに首を入れてちょっと引っ張ってみた。少し長い。焦らず、ゆっくり輪を解いて結び直した。急ぐ必要はない。急げば失敗するに決まっている。夜明けまでまだ大分ある、オオカミに追われているわけでもない。仮に追われたとしても、恐れることはない。ラオインインは、オオカミが自分を食わないことを知っている。幼いころ、子供たちと村の外で鬼ごっこをしたときのことだ。ラオインインが鬼になり、子どもたちはラオインインに耳当て付きの防寒帽子を反対向きにかぶせ、帽子の紐を首の後できつく結んだ。まさにそうやって遊んでいるとき、誰かが「オオカミが来た！　オオカミが来たぜ！」と叫ぶのが聞こえた。子どもたちは逃げたが、ラオインインは逃げなかった。オオカミがどこにいるのか分からなかったし、どっちに逃げればよいのかも分からなかったからだ。帽子の紐を懸命に解いていると、ツカツカツカという足音が通り過ぎていった。オオカミが傍らを走り抜けていったのだ。オオカミはほかの子どもたちを追いかけたが、ラオインインには目もくれなかった。ウーグータン（五圪蛋）の三番目の兄はそのとき、オオカミに食べられてしまった。

みんなインインは運が強い、そう簡単には死なないだろうと言った。「あいつの血は苦い。だから、やつの匂いを嗅いで気持ち悪くなったオオカミは、やつを敬遠したんだ」と言う者もいたが、いずれにせよ、あのときは死を免れた。

ラオインインは腰帯の首掛けを木に掛け直し、両手で引っ張ってみた。うん、いい。充分丈夫そうだ。忘れていることは、もうないだろうか。石に上がって首を吊ったら、もう二度と生きては下りられない。

しばらく考えてみたが、もう未練はない。充分食ったし、飲んだ。煙草はあと何本か残っているが、おらを木から降ろす人たちに吸わせよう。やつらにただ働きはさせられない。重い身体を村まで担いでもらわなければならないのだ。

これでいい。

ラオインインは石の上に立ち、両手で輪を広げて首を入れた。それから何度か首を左右に動かし、首の輪がちょうど喉に引っ掛かるように調整した。

これでいい。

「こん畜生!」

ラオインインは激しく「こん畜生!」とののしり声を上げ、両足で石を強く蹴飛ばした。石ころは横転した。

一瞬、自分の身体が空中でぶらぶら揺れるのを感じた。

「ドスン!」

ラオインインもこの音を聞いた。

何の音だ？　また、ズボンがずり落ちたわけじゃあるめえな？

手でさぐってみて、ズボンが落ちたのではなく、自分自身が落ちたのだとわかった。

こん畜生！　こうなることを恐れていたんだ。

いい日を調べないとこうなることはわかってたんだ。グァングァンの野郎め。

おらも悪い。油を節約して灯明を消すべきでなかった。

あーあ。生きるのは厄介だけど、死ぬのもこんなに厄介だとは。こん畜生。

ラオインインは石を再びひん曲がった幹の下に置き直した。そして腰帯を幹に掛けようとして、ようやく腰帯が半分にちぎれていることに気づいた。

チェッ！　これでも新品の腰帯か。

ラオインインはちぎれた腰帯をもう一度幹に掛け、両方をしっかり結び直したが、無駄だった。頭が引っ掛けられない。仕方なしに、結び目をまた解いて腰帯を幹から取るしかなかった。

西の沢にはお化けがいる、お化けがいる、と人々はうわさするが、どうやら本当のようだ。

いい日をちゃんと調べなかったのがいけなかった。

灯明を点けてこなかったのもまずかった。

村に戻ったら、レンアルの母親に腰帯を縫ってもらおう。

この次は、なんとしてもグァングァンの野郎にいい日を調べてもらおう。

それからもうひとつ。灯明をつけておくことも決して忘れまい。

ラオインインは村に戻る途上、自分に言い聞かせた。

遠く離れたところで、誰かがラオインインの後をつけていた。

第二十七話　畑の見張り番

お天道様《てんとさま》がよく照ったおかげで、作物はいつもの年より出来がよかった。あと十五日から二十日もすると、取り入れの日がやってくる。人民公社の革命委員会は、きちんと収穫が実施されるよう、生産大隊に属する全員を動員して作物の見張りをするように、と指示した。これはまた、救済用穀物を食べてこの夏をしのいだ飢えた人たちのためでもあった。救済用穀物は、脱穀前の穀物で一人一日八両〔四百グラム〕ずつ分配された。これだけではとても満腹にはならない。かと言って餓死するほど少ないわけでもない。これにノゲシと木の葉を混ぜ合わせて、長い長い夏の日をどうにかこうにか乗り切るのだ。

「以前、生産大隊が見て見ぬふりをしていたのは、子どもや大人に旬のものを味わわせるためだったんだ」と生産隊長は言った。

「でも、それは昔の話さ。以前は、やりたい放題にやらせてもらえた。これからは、誰もやってはいかん。うちのかみさんにも、やらすことはできねえ」。生産隊長は言った。

「言いにくいことは最初に言っておこう。つかまった者は人民公社に送られ、大衆独裁委員会にかけられる」。会計係が言った。

以上はすべて人民公社の社員総会での発言である。

社員たちは誰ひとり発言をせず、下を向くこともしなかった。そんなことをしたら、会計係が「居眠りをしているな」と懐中電灯を顔に当ててくる。どんなに身体を左右にかわそうが避けられない。

総会では、十数人の独身男の名前が読みあげられ、誰がどこの畑を見張るかを言い渡された。泥棒を見つけたらふん縛るよう、一人に一本ずつロープも渡された。

温家窰《ウェンジャーヤオ》では、畑の見張り番は仕事中にズボンの腰帯を緩めて、腹いっぱい食べてもよいことになっている。生産隊長も会計係も、それはよく分かっている。認めなくたってどうせ食う。そんなことなら、最初から公然とつまみ食いを認める方がよい。とはいえ、ひとつだけ決まりがあった。自宅に持ち帰ることは許されないとの決まりが。

どっちにせよ、見張り番の仕事は割りがよい。

ウーグータン（五圪蛋）は西の坂にあるトウモロコシの畑の見張りを割り当てられた。

真夜中。周りが静まり返り、川床にいる肩なしガマさえも、鳴くのをやめて、眠りについていた。もし、突然ケロケロと鳴くやつがいたら、それは夢を見ているに違いない。

「なあヤンワ（羊娃）、おめえは本当にばかだな。自分から無駄死にしちまってよ。死んだらもう二度と生き返れねえだ」

「おめえは焼きトウモロコシさえ、食えなくなっちまったでねえか。ヤンワ、おめえはばかだ。ばか野郎」

ウーグータンはあぜに背をもたせて座り、目の前で焚火をたき、トウモロコシをかじりながら死んだヤンワをののしった。時々空を見上げて、オリオンの三つ星が真上に来たかどうか確かめた。

遠くの方、沢の向こう側の坂でも焚火が星のようにまばたきしていた。

シャートンピン（下等兵）の野郎がジャガイモを焼いて食っているに違いねえ。トウモロコシに飽きたら、やつのところに行って、ジャガイモ何個かと取っ替えてもらおう、とウーグータンは思った。

やっぱり生きてる方がいい、とウーグータンは思った。

ウーグータンは焚火をつついて火の勢いをつけさせ、食べ終えたトウモロコシの芯を火の周りに並べ、すっかり乾燥させてから全部焼いた。見張り番のついでにたらふく食べることが許されていても、トウモロコシの芯やその葉を目立つようにそのまま置いておくわけにはいかない。何より見栄えが悪いから、全部焼いてしまわなければならない。それに、そうすれば、薪を拾う手間もちょっとばかり省ける。

ウーグータンはまた空を仰いでオリオンの三つ星を見上げた。三つ星はもうすぐ真上に来そうだった。

ウーグータンはズボンを脱いで、ズボンの両裾を細くしなやかな木の枝できつく結び、袋を作った。それから、トウモロコシ畑に入った。

最初はパキ、パキとトウモロコシをもぎ取っていたが、何本かやって、真夜中にこのやり方では音が響きすぎると感じた。そこで、パキ、パキはやめて、ねじって取ることにした。トウモロコシを手にしっかり握り、下に向けてねじる。このやり方なら音が出ない。たとえ畑の外に立っていても、奥に人がいるのが分からない。しばらくすると、ウーグータンはズボンを背負って出て来た。ズボンの両裾はパンパンに膨れていた。

ウーグータンはズボンを逆さまにしてトウモロコシを焚火のそばに出すと、足で一カ所にまとめた。

そしてまた、空のズボン袋を提げて畑の別の場所に入って行き、ほどなくまた出て来た。ズボンは両足を広げて、ウーグータンに肩車されていた。

幼いころ、ウーグータンはパイパイ（白白）に肩車をしてやるのが大好きだった。パイパイもウーグータンに肩車をしてもらいたがった。パイパイは、ウーグータンの母親が妹と引き換えに、許婚《いいなずけ》としてもらってきたのだ。家に来たときはわずか六歳だった。十三歳まで成長すれば、嫁になれる。人々はよく言っていた。「女の子は十三歳になれば、その子のおっかさんと同じようになる」。ウーグータンはパイパイが早く十三歳になるのを待ち望んでいた。幼いパイパイは人をほめるのが上手で、ほめられて気をよくしたウーグータンと母親は、パイパイを実の妹や娘と思って扱った。ほめられてうれしいウーグータンは、一日中パイパイを背負ったり、馬になってやったりした。馬になってやると、パイパイはその小さな丸っこい二本の足をウーグータンの肩の上で開いた。パイパイが九歳のとき、ウーグータンの妹は十四歳になった。妹は嫁ぎ先で夫婦生活を始めるよう求められたが、それに応じず、ラクダ引きと長城〔万里の長城〕の関所を越えて内モンゴルのオルドスの方に逃げた。このため、嫁ぎ先はパイパイを強引に連れ戻してしまった。ウーグータンは、ラクダ引きの若者を鉈《なた》でぶった切って妹を連れ戻しパイパイと交換しようと、何度も鉈を携えて長城の関所を越え、オルドスの方へ行った。けれども何度行っても彼らを見つけ出せなかった。

ウーグータンは、ズボン袋を提げてもう一度トウモロコシをもいで来ると、座ってトウモロコシの皮を剥いだ。薄い皮の一層だけを残し、ヒゲも引き抜いた。子どものころはよく、ヒゲを鼻の穴の中に押し込んで老人に扮したものだ。けれど今は……ウーグータンは自分の下アゴと頬を触った。「もう必要ねえ。もうすぐ五十路《いそじ》の親父だべ」。ウーグータンはつぶやいた。

皮を剥いてヒゲをとったピカピカのトウモロコシは、何かにとてもよく似ているとウーグータンは思った。思い出して笑い、頭を振った。そして、トウモロコシを焚火を囲むように置いた。空を仰ぐと、三つ星が真上にさしかかっていた。

決めた時間通りなら、彼女は今ごろ家を出たはずだ。そう、叔母さんは家を出たはずだ。ウーグータンは思った。

村の方を眺めてみると、一面真っ暗で何も見えない。が、谷の向こうの坂の火の点は、もうひと回り大きくなっている。

あん畜生。やっぱり誰かを待っているのだなと、ウーグータンは思った。

火をもっと燃やそうと、ウーグータンは腰を浮かせ、火にあてて乾かしたトウモロコシの軸を火中にくべた。

パチッ！　股間をめがけて火花が飛んできて、ウーグータンのあの部分がやけどしそうになった。「こん畜生。場所を選んで飛んできやがって」とウーグータンは両腿をきつく閉じてつぶやくと、ズボンを引き寄せた。

ズボンなぞまったくはきたくなかった。今さっき、畑でトウモロコシをもいでいたとき、葉が肌に触れるのがくすぐったく、気持ちよかった。小さいころ、母親は暖かい日にはウーグータンにズボンをはかせなかった。十何歳になってもまだ尻をむきだしていた。母親はパイパイにはズボンをはかせた。「女の子ははかなければ、格好悪いからね」と言って。実は、よその家の女の子たちのほとんどは、ズボンをはかずに動き回っていた。けれども嫁になるパイパイが裸ではいけない。服を着ていない嫁入りの娘がどこにいようか。

本当のところ、何でも受け継がれるものなんだ。先代たちが、誰も服を着ないという習慣を残していたら、どんなによかっただろう。そうすれば、ヤンワ（羊娃）も天国のトビラを見たがったために首を吊ることもなかったろうに。ウーグータンは思った。

人はわざと物事を複雑にしている。服を着ていようがいまいが、誰の裸がどういうものか分かるもんさと、ウーグータンは思った。

叔母さんがもし服を着ていなかったら、どうだろう？　でかい尻、引き締まった腰、ぴんと立った胸。村ではズーズー（柱柱）のカミさんを除いて、叔母さんほどの別嬪はいねえ。叔母さんは、おらのパイパイに本当によく似ている。ウリ二つだ。まったくウリ二つだと、ウーグータンは思った。おらのパイパイも叔母さんの年ごろになっているはずだ。きっと叔母さんみたいな感じになっている。でかい尻、引き締まった腰、ぴんと立った胸、とウーグータンは思った。

叔母はもう何年も身ごもっていない。誰のせいなのだと、ウーグータンは思った。

「ばか。何を妄想している。人様が身ごもろうがどうなろうが、おまえと何の関係があるんだ？　誰のせいだろうが、おまえには関係ねえ。おまえのせいでもねえのに」と、ウーグータンはつぶやいた。

遠くの方から足音が聞こえてきたので、ウーグータンは急いでズボンを引っ張りあげた。けれども足をどんなに突っ張っても、突っこめない。ようやく、ズボンの裾がまだ細い枝で縛られたままになっていることを思い出し、急いでほどいた。

ウーグータンがズボンをなんとか腰まで引き上げると、その人は、すでに焚火の前に立っていた。背後には真っ黒い影が広がっていた。

「あら、あんた肩を出して、冷えるわよ」

「冷えねえよ、火があるから」

「ねえ、あんた、ちょっと見て、見て、何あれ？」

「何も見えねえが」

「あんた、あそこにあるの、おらには腰帯に見えるんだけどね」

ウーグータンの顔がカッと熱くなった。今しがた、焚火の火に煽られても熱くならなかったのに、叔母のひと言で熱くなった。

「あそこ。そうそう、あそこ。見て、おらには腰帯に見えるわ」

ウーグータンは腰帯を、焚火の周りを囲んで置いたトウモロコシの葉の中から引っ張り出した。布の腰帯は火のついたヨモギの火縄のように、すでに半分焼けてなくなっていた。ウーグータンは大急ぎで炎を足で踏み消した。けれども半分が焼失した腰帯では寸法が足りない。どんなに試してみてもズボンを縛ることができなかった。

「明日、おらが新しいのを作ってあげるわ。赤い布で」

「先にトウモロコシを詰めようや。全部皮を剥いだんだ。何本かでも多く詰められるように」

「とっくに見ていたよ、あんたはほんとに気配りができる人だね」

ウーグータンは、叔母が腰から取り出した袋を右手で受け取り、しゃがんで左手で袋の口を開いた。袋は温まっていて、いい匂いが鼻をついた。

叔母が袋の中にトウモロコシを一本ずつ入れるたびに、髪の毛がウーグータンの顔を撫でる。それは先ほど、トウモロコシ畑でトウモロコシの葉が自分の皮膚に触れたときよりも、もっと気持ちよかった。

それに叔母がトウモロコシを袋の中に一本ずつ入れるたびに、あのいい匂いが漂うように感じた。

「叔母さん、この袋に何を入れていた？　ひどくいい匂いがするんだが」

「ああ、あれ、あれ、マクワウリよ」

「そう、そう、マクワウリの香りだ」

ウーグータンはそう言いながら、いい匂いをたくさん腹の中に吸い込もうと、鼻から強く息を吸った。

「あんた、ずいぶんたくさんもいでくれたのね。もう袋に入りきれないわ」

「どれ、もう一度詰め直してみよう」

ウーグータンは袋を逆さまにしてトウモロコシを地面に出し、叔母に袋の口を開かせた。ウーグータンは詰め込んだ。さっきよりはたくさん詰め込んだが、まだ五本残っていた。

「叔母さん、せっかく来たのだから、何が何でも残しては駄目だよ」

「どうしようか？」

「聞いたところじゃ、バンニュ（板女）は詰めるのが上手で、ズボンの足二本だけでもジャガイモ十斤〔五キロ〕は詰められるんだってよ」

「歩くのが大変じゃない？」

「それに聞いたところじゃ、バンニュは腰の周りにトウモロコシ八本くっつけられるんだってよ。それもでっかいのをだよ」

「じゃあ、試してみようかしら……ヒャッ、くすぐったい。ヒャッ、くすぐったい。ヒャッ、ヒャッ」

ウーグータンはそう言いながら、いい匂いをたくさん腹の中に吸いこもうと、鼻から強く息を吸った。

叔母が腰にトウモロコシを五本縦に差し込むと、ウーグータンも生産大隊から支給された、捕らえた犯人を縛るロープを腰帯代わりに自分の腰に巻き付けた。

「行こうぜ。叔母さん、途中まで送っていってやるよ」

「畑は見張らなくていいの？」

「とにかくまず、叔母さんからだ」

「あんた、ほんとにいい人ね」

ウーグータンはトウモロコシが入った袋を担いで北に向かって歩き出した。叔母は焚火に火をくべると後からついてきた。

北に向かって三里〔約一・五キロ〕ほど歩いたところに叔母の家の自留地があり、ヤマノイモとトウモロコシが植えてある。この袋の中のトウモロコシを自留地まで運び、覆いを被せて隠せば、翌日の昼間には正々堂々と家まで担いで行ける。自分の自留地から物を背負って出ても、誰もとやかく言わない。これは、前から決めてあったことだ。

「もうすぐだわ。ここでひと休みしてから、あんたはお戻りよ」

「いっそのこと、畑まで送るよ」

「あんた、ほんとにいい人ね」

自留地に入ると、ウーグータンは袋を下ろした。

「叔母さん、明日の夜は来なくていいよ。おらが隙をみて届けてやるから。昼間、叔父さんに袋を持ってこさせて背負って行けばいいじゃねえか」

「あんた、ほんとにいい人ね」

「明後日と明々後日には、シャートンピンが見張りをしている畑でジャガイモを二袋掘って、届けてやるよ」

「ねぇ、あんた、おらはお礼をどうすればいいのかしら？」

「お礼なんていらねえよ」

「何言ってんのよ」

「……叔母さん、じゃあ、おら行くよ」

「何急いでいるの？　ゆっくりしてきなさいよ」

「疲れてねえだ。ちっとも疲れてねえだ」

「火はおらがくべてきてやったよ」

「火とかは大した問題でねえ。おらはもう行くってんだよ」

「おらはまだお礼をしてねえけど」

「そんなのいいよ」

「何言ってんのよ。水くさいわね」

ウーグータンは立ったまま、動こうとしなかった。口では行く、行くと言いながら、立ったまま動かない。

パイパイ。と、ウーグータンは思った。

「ちょっと、こっち来て。腰の後ろのトウモロコシに手が届かないの」

パイパイ。と、ウーグータンは思った。

「取るのを手伝って」

パイパイ。と、ウーグータンは思った。

「おらが頼んでいるのに、まだ駄目なの？」

ウーグータンは我慢できなくなり、叔母に向かって歩き出した。叔母の腰の後から、大きなトウモロコシを取り出すのを手伝った。


空の星には、白もあれば、青もあり、赤もあれば、黄色もある。それに、どんな色か分からないのもある。空高いところにある星たちは、地上の人たちのつまらぬことにはまったく関心がない。星たちには、星たちのやるべきことがある。あの何も見えない目を永遠にまたたかせなければならないのだ。


「叔母さん、明日の夜もまた来るかい？」

「あら、あんた、明日は来ないでいい、って言ったんじゃないの？」

「おらは来てほしい」

「いいわ。この半月ばかりはあんたに分け前をあげるわ」

翌日、温家窰の十軒余りの男たちがヤナギの枝で編んだカゴを背負い、手に布袋を提げ、にこにこ笑みを浮かべながら自分の自留地に入って、成熟した作物を収穫した。まだ熟していないのは、ゆっくりと収穫するために残しておいた。

秋は素晴らしい、のひと言に尽きる。

第二十八話　グイジュとパイポー

　グイジュ（貴挙）じいさんは、家畜たちを南の尾根まで追いあげると、遠くへ散らばせようと、「カッ！」と喝を入れた。家畜たちは知らん顔で地面に唇をくっつけて草を食べている。「カッ！」もう一度喝を入れた。家畜たちはまだ聞こえぬふりをしている。「逆らうのか、逆らうのか」。グイジュが、石ころを拾って投げつけると、やっと動き出した。

　グイジュは家畜たちを見ていたくなかった。何年もこの仕事をしてきて、こんな気持ちになったのは今回が初めてだ。見るといら立つ。

　四方に散らばった家畜たち一頭一頭を目で追い、じっと目を凝らしたが、どんなに眺めても、その中にパイポー（白脖児）はいない。

　今ごろはタマ抜きされているところだろう。

　クソ、野郎たちが、あいつのタマ抜きをしているんだ。

　グイジュは村の方を振り向いた。

　南の尾根から眺めると、村はとても小さく、足で踏み潰されたマッチ箱がいくつか並んでいるように見える。それでもグイジュは、自分と家畜たちが一緒に住むひと並びの窰《ヤオ》をすぐに見つけ出した。

パイポーは三年前、あの家で生まれたんだった。グイジュはパイポーが生まれたときのことを思い出した。

パイポーは最初、母ウシの腹から黒い脚を突き出した。家畜診療所の人がその脚を押し戻し、腹の中に手を入れて頭から引っ張り出すと、全身が出てきた。

「首の周りに白い輪がついている。こいつはパイポーだ」と、周りの人たちが言った。

パイポーはワラの上に横たわり、ぬるぬるした身体を震わせていた。

「こいつ、冷たいぞ。寒がっているぞ」

グイジュは言いながら、自分が着ている綿入れの上着を脱ぎ、掛けてやろうとした。獣医診療所の人に掛けるなと言われ、手を止めた。しばらくすると、母ウシが頭を伸ばし、わが子を舐め始めた。ここやあそこ、全身くまなく。子ウシは大きな目を開けて、母ウシを見て、そこにいる人たちを見た。やがてパイポーは、前脚をひざまずかせて、ゆっくりと立ち上がった。

「こりゃ実にいい家畜だ。あっという間に立ち上がってしまった。人間はクソ、家畜にも劣るわい」とグイジュはつぶやいた。

赤子のウシは前へ足を踏み出そうとした。だが、足を踏み出すと、ドンとひざまずいてしまう。パイポーは立ち上がろうとするたびに、このドンを繰り返した。

「こいつは、四方を拝んでいるんだ。天と地と父と母を拝んでいるんだよ」と誰かが言った。

確かにパイポーは四回ひざまずいた。だが、五回目はもうひざまずかずに、脚を前へ踏み出した。

そしてグイジュに近寄ってきた。まるで以前からの知り合いのように。

「人間はクソ、家畜にも劣るわい。嫁をもらうときになってやっと、天と地に拝むんだからな」とグイジュはつぶやいた。

パイポーが生まれて十二日たつと、グイジュは子ウシを抱きかかえて生産隊長の所に行き、お祝いをしてやりたいと申し出た。隊長は「生まれてまだ十二日目じゃねえか」と相手にしなかった。「昔、地主はウシに十二日目のお祝いをしたよ」とグイジュは言った。隊長は「地主は地主。生産大隊ではそんなことやらねえ」と言った。

生後一カ月になると、グイジュはパイポーを引いてまた隊長のところへ行った。今度は反対されないよう、「パイポーは生産大隊のものだから、大きくなったら大隊のために働かせるんだがね」と付け加えた。「おまえ、年とってボケたんでねえか？　ここ何年も人間ですら一カ月目のお祝いなぞしねえのに、家畜を祝ってやるなぞ、もってのほかだ」

「やってくれねえなら、おらが自分で祝ってやるさ」。グイジュは帰りに人民公社で酒をひと瓶買い、家でヤマノイモの細切りを和えて、老いた独り者の男二人を呼んで飲んだ。グイジュはまた、小さな銅の牛鈴を一個買い、その牛鈴をパイポーの白い首に赤い細い布で引っ掛けてやった。

パイポーが歩くと、その鈴がチリンチリンと鳴る。走り出すと、チリリン、チリリンと響く。パイポーもこの音色が気に入ったようで、一日中うれしそうに跳ねたり、飛んだり、後足を蹴ったりした。グイジュの耳には、チリリン、チリリンという音色が演劇より心地よく響いた。

今、あいつはタマ抜きされているんだ。グイジュは思いを巡らせた。

クソ野郎たちがパイポーのタマ抜きをしているんだ。グイジュは思いを巡らせた。

朝飯を食べ、鍋をぐずぐずと洗い終えると、家畜の放牧に出かける時間だ。グイジュは家畜小屋につながれたパイポー以外の家畜たちの手綱を解いた。みんなわれ先にと、押し合いへし合い、外に出ようとしたので、ボロの戸の枠が押され、ぎぃぎぃ鳴った。グイジュはパイポーのために、奥の部屋からザルに半分ほどの、黒豆と干し草を混ぜ合わせた飼料を持ってきた。それを飼い葉桶に入れると、パイポーの平らな頭を軽く叩き、外に出た。パイポーだけが残された。

グイジュと家畜の一群が遠くの南の尾根を上がっていく。まるでフンコロガシがゆっくりと尾根を這っていくようだ。その光景を見届けると、独り者の男たち四人は作業にとりかかった。

ウーグータン（五圪蛋）はパイポーを庭の真ん中のひき臼のところまで引いていった。パイポーは水を一気にごくごく飲むと、唇の周りを舌で舐め、首を上げて「モウー、モウー」と空に向かって二度鳴いた。鳴き終えると、身体を反対側に向けて、今日はどんな仕事が待ち受けているのか人々の様子をうかがおうとした。車を引いて炭坑に行き、石炭を運ぶのか、犂《すき》を持つ人の後について畑を耕しに行くのか。どちらの仕事も骨が折れ、とても力がいる。だから、黒豆を混ぜた干し草のような、よい餌を食べさせてくれたに違いない。身体の向きを変えようとしてようやくパイポーは、身体を回そうにも回せず、脚も踏み出せないことに気がついた。

尻尾はレンアル（愣二）の大きな両手できつく握られている。二本の後脚と二本の前脚も縄結びの輪にかけられ、シャートンピン（下等兵）が後の縄を、ウェンパオ（温宝）が前の縄を引っ張っている。ウーグータンが両手で二本の角をしっかり押さえている。

自分に何が起きているのかつかめずにいる中、バタンという音とともに、地面に横倒しにされた。

パイポーは怯えて、脚を突っ張り、懸命に背中を上げて起き上がろうとしたが、無駄だった。懸命になればなるほど、縄はきつくなり、起き上がろうとすればするほど、起き上がれない。

パイポーがもがく姿を見、鈴がチリリン、チリリンと騒がしく鳴るのを聞いて、独り者の男四人衆はハハハハ、と笑った。上々の仕事ぶりだと思っているのだ。

遠くから賑やかな様子を見ていた子どもたちもケラケラ笑った。中でも、ダーゴウ（大狗）とシャオゴウ（小狗）は大声で笑っていた。


東の方から、一人の若者が尾根に沿って歌いながら近づいてきた。

薄あさぎ色の顔　唇に咲く一輪の花
おまえはおらの死ぬほど好きな人

若者はグイジュの前で立ち止まり、言った。

「おじさん、おじさん。あんたの家畜が木の皮をかじっているよ」

「かじらせとけ」とグイジュは答えた。

「木の皮をかじられたら、木は生きられねえや」

「生きられねえなら、それでいい」

南の尾根には、たくさんの木が植林されていた。十歩か八歩の間隔で一本ずつ植えられていたが、かなり前に全部枯れてしまった。そうでなければ、グイジュも家畜をここに連れて来はしなかった。ここの木はある年、県から車でやってきた人たちが植林したのだが、ちっとも成長しなかった。人の背丈の半分ぐらいまでしかならず、木の股も見苦しく、その後、全て死んでしまったのだ。

この若者もこれらが死んだ木であることはとっくに見抜いていた。何か話題を見つけて腰を下ろし、脚を休ませたかっただけだ。けれどもグイジュが不機嫌そうだったので、若者はまた西の方へ歩き始めた。こう歌いながら。

ウシの子が河に下りて水を飲む
おらはおまえと口づけをする

「パイポーなら、こんな死んだ木の皮をかじろうとはしねえ。パイポーは石を動かして柔らかい草を探すことができるんだ」。グイジュは思った。

「パイポーは勘がいいんだ」。グイジュは思った。

グイジュは家畜たちが昼間、野良仕事をした日には、必ず夜二回餌を与えていた。夜半過ぎの二回目になると、家畜たちはみんな、立ったままか横たわって眠っている。ところが、パイポーだけは誰が来たか分かる。頭を持ち上げて、大きなきれいな目でグイジュを見つめる。まるで、お世話になっています、ご苦労さまです、と語りかけるように。

パイポーが他の家畜の飼い葉桶に頭を突っ込み、唇でワラを持ち上げ、そいつの豆を食べ始めると、グイジュは「こらっ!」と一喝する。パイポーは耳を軽く動かすが、主人が叱っているのは自分ではないふりをして食べ続ける。「逆らうのか! 逆らうのか!」グイジュがもう一度叫ぶと、パイポーはようやく頭を引っ込め、こちらにゆっくり首を回して、グイジュの方を見る。主人が睨んでいる姿を見ると、すぐに首をもとに戻す。グイジュは笑って、豆を何つかみかつまんでパイポーに与える。パイポーはうれしそうにするが、すぐ食べようとはしない。これが最後で次はない、もうこれ以上はもらえないと承知しているからだ。パイポーは何度も首を振って、牛鈴をチリンチリン鳴らしたり、飼い葉桶越しに首を伸ばしてきて、分厚い唇を主人の手の甲に押しつけたりする。

あのときのことがグイジュの心に蘇った。決して忘れられない、あのときのことが。

冬のことだ。村の近辺には、もう家畜たちの腹の足しになる草が生えていなかったので、グイジュは家畜たちを西の沢まで連れて行った。西の沢には草が生えていたが、普段はよほどのことがない限り、行く気になれなかった。霊気が漂っているのが嫌だったのだ。

村に戻るころになって、グイジュは具合が悪くなった。全身悪寒がして、上下の歯がガチガチと鳴った。悪霊にとりつかれたに違いないと思った。

歯を食いしばってパイポーの背中によじ登ったが、もはや背中にしがみついている力もなく、二歩も進まぬうちに転げ落ちた。自力で家に帰れないと分かり、なんとか苦痛をこらえながら、崖下まで這って行った。寒くてたまらず、そこで縮こまって風を避けようと思ったのだ。だが、思いもよらず、縮こまった途端に昏睡してしまった。

夜半、ウシの鳴き声がおぼろげに聞えた。目を開くと、パイポーが自分の方に向かって駆けて来るではないか。パイポーの後には、松明を掲げた人たちがついていた。

あとでグイジュは人々からこう聞かされた。パイポーが家畜を引き連れて村中で鳴いたり、叫んだりしなければ、グイジュが戻っていないことを誰も知る由もなかったと。人々はまた、もしパイポーがみんなを西の沢まで連れて行かなければ、グイジュは崖の下で凍死していただろう、と話した。

あるとき、シャートンピンがパイポーに糞運びをさせた。暗くなって戻って来たパイポーの後脚は曲がっていた。シャートンピンにたたかれたのだ。夜中、グイジュは酒を使ってその曲がった脚を揉んでやった。そうしながら、パイポーに話しかけた。「わしらは家畜だ。どこかに行けと言われたら、どこかに行かなきゃならん。何かをやれと言われたら、何かをやらねばならん。じゃねえと、痛い目に遭う」。パイポーは反芻《はんすう》を止め、「ハーアイ」とため息を漏らした。「これは運命《さだめ》だ。宿命だ。転生のときに、家畜に生まれ変わりたいと思うやつなんか誰もいねえさ」。グイジュがこう言うと、パイポーはまた「ハーアイ」とため息をついた。グイジュが飼育する家畜九頭のうち、ため息がつけるのはパイポーだけだ。いつも「ハーアイ、ハーアイ」と嘆いていた。

「ハーアイ」。グイジュも長い吐息を漏らした。

「今、やつらはどんなふうにタマ抜きしているものやら」。グイジュは思った。

脚を突っ張っているのに疲れたパイポーは、あがくのを止め、口を大きく開いて喘いだ。「もう大丈夫じゃねえか」とウェンパオ（温宝）が言った。シャートンピンは「まだ駄目だ」と言うと、トウモロコシの軸でパイポーの腹を乱暴に突いた。パイポーは呼吸を整えることもかなわず、また激しく蹴り始めた。パイポーが疲れて動けなくなると、シャートンピンはトウモロコシの軸をウェンパオに手渡し、今度はウェンパオがひとしきり突いた。ウェンパオが突き終えると、今度はウーグータンが、ウーグータンが終わると次はレンアル。パイポーは四人の独り者たちに力尽きて動けなくなるまでトウモロコシの軸で叩かれた。ただ鼻の穴からプッ、プッと息を吹き出すのが精一杯だった。

シャートンピンはウーグータンに、パイポーの四本の脚をもっときつく締め、さらに、蹄の底に丸太棒をくくりつけるよう命じた。そしてレンアルとウェンパオには、その両側を押さえつけるよう命じ、ウーグータンには角を力いっぱい握って押さえるよう言った。それから野次馬の子どもたちを手招きすると、肝っ玉の太い子が数人近寄ってきた。シャートンピンは子どもたち一人一人をパイポーの腰にまたがらせ、押さえつけさせた。

パイポーがすっかりおとなしくなったのを見て、独り者の四人は、自分たちの腕前に満足し、うれしくて溜飲が下がる思いだった。

シャオゴウはパイポーの首の上に、ダーゴウは肩の部分にまたがった。ケラケラ笑って面白がっている。二人はパイポーの首に巻かれた赤い布切れを力いっぱいつかみ、何とか銅の牛鈴を手に入れようとした。

パイポーは目を閉じた。泣きたかったが泣かなかった。自分が一体どんな過ちを犯したというのか、わけが分からなかった。犂を引くとなれば一生懸命に引いたし、畑を耕すとなれば一生懸命耕した。それなのに、この者たちはどうしてこんなむごいことをしようとしているのだろう?

それともうひとつパイポーの腑に落ちないのは、自分の主人がどこに行ってしまったのかということだ。なぜ、助けにきてやつらを追い払ってくれないのか? なぜ? なぜ?

グイジュは腰の後ろから干しヨモギをより合わせて作った縄を抜いた。中折れのラシャのボロ帽子を脱ぐと、帽子に挟んでいたマッチ箱をつまみ取り、風に背を向けて縄に火をつけた。昼だろうが夜だろうが、蚊がいようがいまいが、グイジュはむしゃくしゃすると縄に火をつける。燃えた縄から漂うヨモギの香りを嗅ぐと、いくらか心地よくなるのだ。いらいらする気持ちを発散させて、ほかの事を考えられるようになる。

「ウシの子が河に下りて水を飲む。おらはおまえと口づけをする」。さっきあの若者が歌っていた「乞食節」を思い出した。

「こん畜生、強情っぱりなんだ、おめえは。去勢されれば大人しくなるんだ」とグイジュは思った。

そう思った途端、ドキッとした。グイジュはまたパイポーのことを思った。夜、グイジュが家畜を追って帰ってくると、村の入口で会計係が立ちはだかった。会計係は言った。「このごろ、パイポーが言うことを聞かねえ、働きが悪い、とみんな言っているぞ。強情っぱりだ、とな」。グイジュが黙り込んでいるのを見て、また言った。「あのウシは去勢すれば強情っぱりでなくなる、大人しくなるって、みんな言っているぞ」「どうしても去勢しないと駄目か?」グイジュが言うと会計係はこう答えた。「駄目だ。あんなに聞かん坊で、働かねんじゃな。言うことを聞かねえ上に、しっかり働かねえやつは、去勢しなければならん」「パイポーも、雄と雌のことが分かるようになったんだ。よその村の雌ウシと交配させてみたらどうだろう」「生産大隊であのウシを飼うのは働かせるためだ。いい思いをさせるためではねえんだぞ。明日には去勢するんだ」「それじゃ、明日、人民公社の獣医診療所に連れていくよ」「西洋のやり方で去勢した家畜はひ弱で、きつい仕事に耐えられん。土着のやり方でやるんだ」「おお、おお……それではパイポーが痛くてたまらん」「この野郎。おまえさんを去勢するわけでもあるまいし、何を怖がっている」

ここまで思い出して、グイジュは腹わたが煮えくりかえった。

「クソ野郎。あれが人間の言う言葉か? あの畜生め」

「おまえさんを去勢するわけではねえ。おまえさんは痛くなかろう、だと? おらは痛い。畜生め」

シャートンピンがかぶっている半円形のラシャのボロ帽子には穴が開いている。シャートンピンは帽子をかぶったままその穴から指を突っ込んで、側面の隠しポケットに入っていたカミソリを取り出した。それを開くと、まずサッサッ、サッサッと刃を綿入れの袖の上に何回か滑らせて研いだ。そして、自分の下顎をジャリジャリと剃った。

「まったく、おめえというやつは達者だな」とウェンパオが言った。

「切れ味を試してみたんだ。よく切れるぞ」とシャートンピン。

シャートンピンはカミソリを口にくわえてひざまずくと、パイポーの尻尾をまくり上げ、膝で押さえつけた。そして、やつの股間にぶら下がっているでかい陰嚢《いんのう》を見えやすいところまで引っ張った。

「みんな力を入れて。力いっぱい押さえつけるんだ！」とシャートンピンが叫んだ。

レンアルとウェンパオがそれぞれ丸太棒の前と後の方を押さえつけ、ウーグータンは両手で角をしっかりと握りしめてパイポーの頭を固定した。子どもたちは、いよいよ切ると知ると、おじけずいて誰も後ろを振り向いて見ようとしない。

「押さえているんだぞ！　さあ切るぞ！」シャートンピンは叫びながらパイポーの陰嚢を刃でスーっと切り開いた。たちまち血が溢れ出た。パイポーはあまりの痛さに皮をひきつらせた。身体がぴくぴくと何度も揺れたがやがて動かなくなった。

パイポーの股間は、すでに血みどろだ。

シャートンピンの両手も鮮血に染まっている。だが、どうしても陰嚢の中から睾丸を取り出せない。あと一歩のところで、滑ってまた引っ込んでしまうのだ。もうちょっとでつかみ出せるのに。しゃかりきになったシャートンピンは、かっとなって足で踏んづけて押し出そうとした。

痛がるパイポーの毛穴から汗が噴き出し、あっという間に全身ずぶ濡れになった。まるで雨にあたったようだ。

「こん畜生、目玉が飛び出ているぜ」とシャオゴウが言った。

「ねえ早く見て。こいつの目玉、飛び出ているよ」とシャオゴウが言った。

「たたけよ。その目をたたけ」とダーゴウが言った。

シャオゴウは言われた通りに、パイポーの目をパッ、パッとたたいた。

「こらっ、たたくな！　あれは痛くて目玉が飛び出しているんだ」とレンアルが怒った。

シャオゴウはたたくのをやめた。

「畜生。おら、押さえつけるのをもうやめるぞ」とレンアル。

「畜生。おら、パイポーがかわいそうでならねえ」とレンアル。

「おめえはこいつをかわいそうがるが、おめえをかわいそうがるやつはいるか？」とウーグータン。

「てめえ、押さえつけるのを止めるのなら、ウシのタマは食うなよ」とウーグータン。

レンアルは黙りこんだ。


「ペッ、ペッ！　クソ野郎！　ペッ！　あれが人の言葉か？　ペッ！　あん畜生め！」グイジュは縄の火に息を吹きかけながら、会計係をののしった。

「ペッ！　おまえさんを去勢するわけではねえのだから、痛くねえぞ、だと？　おらは痛いぞ。ペッ！　畜生め！」

「畜生畜生畜生！」

グイジュは燃える縄を地面に思いっきり投げつけると、尾根の下に向けてズンズン歩き出した。しばらく行ったところで引き返し、まだひもじそうにしている家畜たちを低い木にくくりつけると、ようやく急ぎ足で村に向かった。

　村に着いたときには、独り者の男たちはすでに、パイポーの身体から抜き取ったタマを提げて去った後だった。独り者の男たちはウーグータンの家に行った。もう長いこと肉を食べていない。この重さ一斤〔五百グラム〕の睾丸で、持ち寄り宴会を開くのだ。

　路上には血がべっとりとこびりついていた。血まみれの牛のタマから一滴一滴垂れたものだ。太陽に照らされ真っ赤に輝いていた。どこからかやって来た一匹の野良イヌが、その血を慌ただしく舐めていた。

　独り者の男たちは、パイポーがいきなり起き上がって自分たちを角で突いてくるのを恐れて縄を解かなかった。パイポーの股の傷口に草や木の灰を押し込んでやっただけだった。

　家畜小屋の戸の外に横たわっているパイポーは、じっとりと湿った全身から湯気を立てていた。地面に接している半身は泥まみれだ。

　急いで歩み寄る主人の足音と懸命に呼ぶ声を聞いて、パイポーは目を開いた。目の前に主人がいるのに気づいて、なんとか頭を持ち上げると、「モウ～～」と長く鳴いた。と同時に、目から血が混じった涙がこぼれ落ちた。

　パイポーが泣いた。

　パイポーが泣くのを見て、グイジュも泣いた。

　パイポーとグイジュはともに涙にくれた。

急いで歩み寄る主人の足音と懸命に叫ぶ声を聞いて、パイポーは目を開いた。目の前に主人がいるのに気づいて、なんとか頭を持ち上げると、「モウ～～」と長く鳴いた。

第二十九話　ハタリス狩り

昼休みが終わると、大人たちはみんな穀物干し場に仕事に行った。

ダーゴウ（大狗）とシャオゴウ（小狗）は泥棒よろしく音を立てないように用心して、そっと空のバケツを担いだ。シャオゴウが前で、ダーゴウが後。ダーゴウは二人が肩に担いだ棒に掛けたバケツがカランコロンという音をたてないよう、バケツをしっかり押さえた。ちょうど角を曲がろうとしたところで、誰かがものすごい勢いで曲がってきて、もう少しでシャオゴウとぶつかりそうになった。見ると、二人の母親である。

「バケツを担いで、何しに行くの？」と母親。

「水をくみに行くんだ。家のために」とダーゴウ。

「お天道様《てんとさま》が西から昇るね」と母親。

「そうだよ。おらたちは水をくみに行くんだ」とシャオゴウ。

「母ちゃんも、ばあちゃんにうそをつきっ放しだった」。母親は言った。

「ズボンを使うんだよ」

「ハタリスの巣に水を注ぎたいなら、ズボンを使うのよ。バケツは置いて行きな」

　兄弟はバケツを下ろすしかなかった。

「これでも行くか?」とダーゴウ。

「分かんねえや」とシャオゴウ。

「行きな、行ってきな。ズボンで水を注ぐやり方を覚えておいで。行きな、行っておいで」と母親は言った。

　兄弟は、母親がバケツを提げて庭に入って行くのを見送り、向きを変えて西の沢の方へ歩き出した。ダーゴウが前を歩いた。バケツを担いでいた棒を引きずっていたので土道に一本の線が残った。後ろからついて来るシャオゴウは、わざとその線を踏んで歩き、線上にはだしの跡を残した。見たところ、たくさんの足跡を線でつないだようだ。

　突然、ダーゴウが立ち止まった。

「駄目だ」とダーゴウ。

　シャオゴウはダーゴウを見た。

「おらたちのズボンは穴だらけだ」とダーゴウ。

「ちょっと、待ってろ」と言うと、弟を一人残したまま村に向かって駆けだした。

　シャオゴウは道路の真ん中にしゃがみ込み、地面に木の枝でヒトの絵を描き始めた。まず、服を着ていない、素っ裸の二人が仰向けに並んで寝ているところを描いた。シャオゴウは腰を伸ばして、二人をじっと見つめた後、右側の人の胸に円を二つ描き、それぞれの円の真ん中に丸い点をつけた。そして、また腰を伸ばして見入ると、首を振ってニヤッとした。

「これは母ちゃん」とシャオゴウはつぶやいた。

次いで、左側の人の股間に一物を加えた。最初、その一物をいささか長めに描いた。一本の棒に似ていたが、その後、わずかに短くした。

「これは父ちゃん」

それから、シャオゴウは立ち上がって絵の二人に見入った。両親もシャオゴウを見ている。シャオゴウはなかなかうまく描けたと思ったがすぐに、兄ほどはうまくないとも思った。ダーゴウはシャートンピン（下等兵）のおじちゃんが教えてくれた通りに、男の人が女の人の上に乗っかっている絵が描けた。だがシャオゴウは男と女の人が並んで寝ている絵しか描けなかった。まるで水の中から引き揚げられた死体が並んでいるような。

シャオゴウがちょうど地面に描いた父ちゃんと母ちゃんを見つめているとき、ダーゴウが戻って来た。肩に空のバケツを掛けている。

「これはうちのバケツじゃないぜ」とシャオゴウ。

「このバケツはどこの家のだ？」と聞いた。

「どこの家のでもいいじゃねえか」とダーゴウ。

「今度は大丈夫だ。さあ行こう」と言った。

そう言うと、ダーゴウは先に立って歩き出した。弟には、兄が歩く度に首に掛けている銅の牛鈴がチリン、チリンと鳴るのが聞こえた。その牛鈴は、シャートンピンたちが春ごろタマ抜きをするためにパイポーを地面に倒したとき、兄弟が隙を狙ってパイポーの首から解いたものだ。当初は、グイジユ（貴挙）じいさんに牛鈴を持っていかれてしまうのを恐れて隠していたのだが、最近になってようやく持ち出して、一日置きに代わる代わる自分の首に掛けていた。

畑の作物は刈り取られて全て穀物干し場に運ばれていた。畑はどこもかしこも禿げていた。遠くの坂の上で男が犂《すき》をウシに引かせていた。その後ろを一群の子どもたちがついて歩いていた。子どもたちはみんなカゴを提げてジャガイモを拾っている。その男はウシの歩みが速いのが気に入らないのか、遅いのが気に入らないのか、ひっきりなしにウシを叱りつけていた。

「ダッダッ！　こん畜生」

「レッレッ！　こん畜生」

時々、ジャガイモ拾いをしている子どもたちの甲高い声がウシを叱る男の声をかき消した。

「あの子たち、誰だ？」とシャオゴウが聞いた。

「おらたちの村の子ではねえ。あそこは、おらたちの村の土地でもねえし」とダーゴウは答えた。

「あいつらの話し声は聞こえるけど、あそこまでたどり着くには、ものすごく時間がかかるんだよね」とシャオゴウが言った。

「山とはそういうものさ」。ダーゴウは言った。

「あいつらをののしってやろうぜ」

「よし！　ののしろうぜ。それともやめる？　向こうは人数が多いよ」。シャオゴウが言った。

「何を恐れるんだ。人がたくさんいたって、こっちに来られねえよ。こっちには何里もぐるっと回って来なきゃなんねえだから」とダーゴウが言った。

「あいつらは、きっと土くれを投げてくるよ」

「うん、そうだな。じゃあ、やめとこう」

二人は遠い坂の上にいる人の群れを眺めるのをやめ、西へ歩き出した。シャオゴウにはまた、ダーゴウの首に掛けた銅の牛鈴が鳴るのが聞こえた。チリン、チリンと歩みに乗って鳴る。しばらく歩くと、ダーゴウがしきりに振り向いてシャオゴウを見はじめた。シャオゴウがちゃんと後についているか確認しているようでもある。しかしシャオゴウはしっかりダーゴウの尻の後にくっついて歩いていた。それでもダーゴウは何回も振り向いて見る。挙げ句にくるりとシャオゴウの方を向いて後ろ歩きをし出した。目を細めてニヤニヤ笑っている。

「どうして後ろ歩きするんだよ？」シャオゴウが言った。

「なんで、ニヤニヤしているんだよ？　まぬけみたいだぞ」

「おらがさっき何を見たか、当ててごらん？」ダーゴウが言った。

「フウニュウ（福牛）おじさんの家からバケツを盗むとき、おらが何を見たと思う？」

「何？」

「当ててみろ」

「兄ちゃんは何を見たんだよ。言ってよ」

「おめえに聞いているんだ」

「当てられない」

「おれらの母ちゃんとフウニュウおじさんが何をやっていたか、当ててみろよ」とダーゴウが言った。

「何をやっていた、だって？」

「当ててみろよ。おめえが当てるんだよ」

「フウニュウおじさんに飯を作っていた。母ちゃんはよくフウニュウおじさんのために飯を作りに行くもん」とシャオゴウ。

「違う、違う」とダーゴウ。

「何が違うんだい？」

「おめえなんかに……」と言いかけたところで、ダーゴウはドタンと後ろ向きに転んだ。石ころにつまずいて、仰向けに倒れてしまったのだ。肩に掛けていたバケツも傍に転がり、シャオゴウは愉快そうにガハガハ笑った。

「この野郎。シャオゴウめ。おめえは石が見えたくせに、おらに教えなかったな」

「こん畜生のシャオゴウ」とダーゴウが言った。

シャオゴウは相変わらずガハガハ笑っていた。ダーゴウはバケツに頭を突っ込むようにして、壊れなかったかどうか、光が漏れていないかどうか確かめた。光が漏れてくるようなすきまはできていなかった。

「こん畜生」。ダーゴウはまたシャオゴウを怒鳴ったが、腹を立てていたわけではない。笑いながらののしり、ののしりながら尻を揉んでいた。

兄弟は道中、たくさんのハタリスを見かけた。巣穴から上半身を出して二人を眺め、いつでも巣穴の中に潜り込めるよう身構えるハタリス。別のハタリスは巣穴の外でウサギのように後脚で座り、前足を胸の前に垂らし、二人を目で追い、兄弟が何をしようとしているのか見つめていた。巣穴の外の平坦なところで、二匹のハタリスがじゃれ合っていた。一匹がもう一匹をかむふりをすれば、かまれそうになった一匹も相手をかむふりをしてやり合っている。シャオゴウは土くれを拾い、二匹めがけて投げた。命中はしなかったが、驚いた二匹はハッと動きを止め、すぐさま巣穴の中にスルスルと潜り込んだ。どのハタリスもたっぷり食べているのか、よく肥えていた。

ちょうど今はハタリスを捕まえて食べるには絶好の季節だった。一年に肉をほとんど食べられない村の人々は、ハタリスの姿を見れば、巣穴に水を流し込む。しかし温家窰《ウェンジャーヤオ》では先祖代々、ハタリスは豊作をもたらすと言い伝えられている。ハタリスの巣穴に水を注入して食べる者は、来世はハタリスに生まれ変わるとも言われている。ハタリスを食べたくて我慢できなくなると、こっそり水を注入する。だが食べるのも野良でこっそりやらなければならない。村人に知られるのが怖くて、家になんか持って帰れない。とりわけ、あの爺さんには知られたくない。顔のしわは耕したけれどもかきならしてはいない山の斜面みたいで、あごひげはヤギがかじりかけて途中でやめた土まんじゅうの草みたいな爺さんだ。あの爺さんときたら、人に金をもたらすことは何もできないくせに、こういうつまらない話にはやたらと首を突っ込んでくる。温家窰の人々はみな、あの爺さんを恐れていた。一日中懐中電灯を手放さず、人に光を当てる会計係ですら、ちょっぴりビクついていた。

ダーゴウとシャオゴウは西の沢の中には下りず、沢の口で歩みを止めた。

ハタリスは岸辺の乾いた田畑に巣を作る。沢の断崖は急で高く、上まで水を運んでくるのはたいへんだ。

沢の口の外の岸辺は、至る所ハタリスの穴だらけ。よく見ると、これらの穴はみな馬蹄形で、どれも南に傾いていた。ハタリスはずる賢い生き物である。無駄働きをいとわず、使わない穴をわざとたくさん掘って敵を騙す。ハタリスがよく出入りする穴の口は、その身体にこすられて滑らかになっている。だが、どのハタリスも三つ、四つの穴を住み分けて、敵の目をくらましていた。

ダーゴウはそんなハタリスよりもっとずる賢い。あっという間に五匹も捕まえた。どれも体長が半尺あまり〔約十六センチ〕ある。ダーゴウは五匹を細い麻縄でくくった。ダーゴウはくくるのが得意だ。まず、ハタリス一匹ごとの首をくくり、その紐をそれぞれの右腕に回し、首の紐とつなげた。緩くもなくきつくもない、ちょうどよい結び方なので、ハタリスは窒息死には至らないが、逃げることもできない。最初のうちは怖がって微塵も動こうとしなかったハタリスたちもいったん毛が乾くと、さほど怖くなくなり、逃げようともがいた。五匹は逃げる方向を相談するのでもなく、東に向いたり、西に向いたり、ぶつかったり、引っかいたりして、どいつもこいつも、やたらに力を入れていたが、逃げることはできなかった。

　西の沢の崖縁に沿って女の子が二人近寄ってきた。見たところ、年格好はシャオゴウと同じぐらいの七、八歳だ。ヤナギの枝で編んだカゴを腕に掛けている。ジャガイモ拾いに来た子らだ。二人は、ダーゴウとシャオゴウが騒いでいる声を聞きつけ、見に来たのだ。

　女の子たちの姿を見ると、兄弟はますます調子づいた。ダーゴウは首から銅の牛鈴をはずし、五匹のハタリスの頭上で勢いよく振った。驚いた五匹はまた懸命に逃げようともがいた。中でも力が強いやつは、横の穴に潜り込もうとして、ほかのハタリスまで引っ張って倒してしまった。その中の一匹は仰向けになって脚をばたつかせ、もう一匹はよろめいて地面に頭を打った。穴に潜り込もうとした一匹は上半身までしか潜り込めず、尻と尻尾が外に出たまま尻尾を左右に激しく振り、懸命に後脚を突っ張ったが、残りの四匹に引っ張られて、それ以上潜り込むことはできない。

　兄弟と女の子たちは声を上げて笑った。

　ひとしきり騒ぐと、靴を履いた方の女の子が言った。「みんなは食べるためにハタリスを捕るのに、あんたたちは遊ぶためなんだね」。ダーゴウが「おめえら、食いたいかい？　食いたいなら、薪を拾ってきてくれよ」と言うと、女の子たちはカゴを下ろして薪を拾いに行った。

ダーゴウはシャオゴウにバケツを持たせて沢に粘土をすくいに行かせ、自分は石を積んでかまどを作った。

女の子たちが乾いた薪を抱いて戻って来た。かまどもできあがった。シャオゴウはまだ上がって来ない。沢の底で、「バケツを持ち上げられない」と叫んでいる。女の子たちは、すぐシャオゴウを手伝いに沢に下りて行った。

バケツを運び上げると、ダーゴウはもうハタリスを全て縄で絞め殺してあった。一匹は目玉が飛び出して口から血を流し、黄色い胸毛が血で黒く染まっていた。あの力の強いやつだ。絞め殺すとき、爪でダーゴウを引っかいたので、力を入れて、こんなふうになってしまったのだ。女の子たちは驚いて手で目を覆い、後ずさりした。

ダーゴウはかまどに火をつけ、ハタリスを粘土で包んだ。五匹のハタリスは五つの黄色い泥団子になった。その泥団子をかまどの中に並べて焼いた。黄色い団子が白く変色し、またわずかに赤くなると、かまどの中から取り出した。焼けて乾いた粘土の殻はとても硬い。石ころでたたくとカンカンと響いた。ダーゴウはひとつひとつたたいてひびを入れ、木の枝で半分にこじ開けた。するとハタリスの毛と皮は粘土の殻にくっつき、柔らかな真っ白い肉が現れた。同時においしそうな匂いもみんなの鼻の中に入り込んできた。ダーゴウは乾いた泥団子を全てこじ開け、それぞれに少しずつ塩をふりかけた。

そして、手を火傷しないように、乾いた木の枝で白い肉切れをつまむと、口に入れ、ハフハフしながらかんで、「うめえ、うめえ。うめ、うめ、うめえー」とうめえを連発した。シャオゴウも、ダーゴウが「うめえ」を言い終らぬうちに食べ始めた。

だが、つい先ほどまで忙しく動き回って手伝いをしていた女の子たちは、恥ずかしがって手を出そうとしない。二人は一歩下がって並んで立って、地面に置かれた白い殻をじっと見つめている。

「なんで食わんの？　食えよ」とシャオゴウ。

「食えよ、食えよ」とダーゴウも勧めた。

女の子たちは、ようやく近づいてしゃがんだ。

食べ終わると、ダーゴウは二人に「もう一回捕ろうぜ」と言った。靴を履いた女の子が「おらたちはもうやめる。おらたちはジャガイモを拾いに行く。拾わないで帰るとぶたれるもん」と断った。

「そんじゃ、おめえらはハタリスを捕ったら食わんで、そのまま全部家に持ち帰ってジャガイモの代わりにすればいいさ」とダーゴウが言った。

「うん、そうするよ」。靴を履いた女の子が答えた。

「いいね！」とはだしの女の子も声を上げた。

女の子たちの答えを聞いて、うれしくなった兄弟は張り切り、バケツを担いで沢の縁に沿って上の方に向かって歩いた。女の子たちもカゴを腕に提げて兄弟の後について行った。四人は巣穴を探しながら歩き、ある場所を選んで立ち止まった。この辺りは、馬蹄形の穴がさっきのところよりもたくさんあった。

ダーゴウは腰をかがめて幾つかの穴を調べ、目の前のひとつを指さして言った。

「ちょっと前に、この穴にハタリスが一匹潜ったに決まっているさ」

「間違いない？」と靴を履いた女の子が聞いた。

「間違いないさ」とダーゴウは言った。

「もし外れたら？」

「もし当たったら？」

「あんたが言ってよ」

「賭けよう」

「何を賭けるの？」

「当たったら、おらはおめえの唇にチューする」

「へえ、もし外れたら？」

「もし外れたら、お、お……おめえがおらの唇にチューする」

「へえ、もし外れたら、おらはあんたにかみつくよ」とその子は言う。

「唇にかみついてくれよ」とダーゴウが言う。

「耳にかみつくわ」とその子は言った。

「耳なら、耳でもいいさ。おめえらは賭けるか？」

「賭ける！」シャオゴウがすかさず言った。

「うん！」とはだしの女の子も言った。

ダーゴウはハタリスが逃げないよう穴を見張り、三人には沢まで水をくみに行かせた。しばらくすると、みんな明るい声を響かせながら水を提げて戻って来た。

ダーゴウは穴以外のところに水をこぼさないように、女の子がジャガイモを拾うときに使う柄の短い鋤《すき》で穴を広げ、油ジョウゴのような形にした。そこにバケツ半分余りの水を注ぐと、穴は水でいっぱいになった。四人は頭をくっつけ合って穴を見つめた。泡が絶え間なく浮かび上がり、穴から水がゆっくりと下に流れ込んだ。流れが早くなってジョウゴの底をつきそうになると、ダーゴウはまた水を注ぎ足した。しばらくすると、立て続けに泡が浮かび上がった。ダーゴウが「もうすぐだよ」と言い、みんなで手のひらを開いて穴をふさいだ。またしばらくすると、何かが穴の中から上がって来た。頭がちらっと見えた途端、ダーゴウはぱっとつかんで引っ張り出した。

「アハハハ――」

シャオゴウと二人の女の子が一斉に笑いだした。

ダーゴウがつかんでいたのはハタリスではなく、醜いガマだった。全身泥水まみれのガマは、四本の細い脚を空中でバタバタと激しく動かしていた。

がっかりしたダーゴウは、腕を後に力強く振って、頭ごしにガマを遠くへ投げつけた。靴を履いた女の子は、ダーゴウとシャオゴウは賭けに負けたので、進んで顔を突き出して女の子たちにかませた。

ダーゴウとシャオゴウは賭けに負けたので、進んで顔を突き出して女の子たちにかませた。かまれたのは耳ではなかった。その子は、シャオゴウの方ははだしの女の子にきつくかまれた。靴を履いた女の子は、ダーゴウの耳を軽くかんだ。その子は、シャオゴウの頭を押さえつけて、顔の右側を白い歯の跡が二列くっきり残るほどかんだのだ。ダーゴウがシャオゴウに「痛くないかい？」と聞くと、シャオゴウはかまれた顔をさすり、にこにこ笑いながら、「痛くねえ。ちっとも痛くねえ」と言った。

四人は引き続き水を注いだ。

初めは二匹捕った。大きいのと小さいのだった。小さいのは体長二寸〔約六・六センチ〕あまりで、家にいるネズミとさほど変わらない。シャオゴウは遊びたくて、それを上着のポケットの中に入れた。

四回目の水くみのとき、ダーゴウは穴を見張っていたが、待てど暮らせど三人は戻って来ない。大声で呼んでみると、シャオゴウが上がって来て、女の子たちがバケツを持ちあげようとして転び、バケツが壊れてもう水をくめなくなったと言う。

「壊れてもいいさ。もともと盗んだものだし」とダーゴウは言った。

「でも、それじゃあ、ハタリスは捕れねえ」

「捕れるさ。ズボンの脚の中に水を入れればいいのさ」とダーゴウは言った。「あの子たちのズボンは穴があいてないから、あの子たちのを使おうや」

女の子たちに相談すると、最初のうちは、「お尻が丸見えで、恥ずかしい」と嫌がられた。だが、シャオゴウが思いついた考えを披露すると、女の子たちは受け容れた。それは、兄弟のズボンと交換するというもので、女の子たちは兄弟のズボンをはいた。兄弟は女の子たちの、大きな穴のないズボンを使って水をくんだ。男の子たちは、尻が丸見えになっても平気で、フルチンで駆けずり回っても恥ずかしいと思わなかった。

ズボンでの水くみはいっそうにぎやかだった。

ズボンのバケツは水が漏れるのが早い。ダーゴウと靴を履いた女の子はズボンのバケツを二本、シャオゴウとはだしの女の子もズボンのバケツ二本を提げて、駆け足で行ったり来たりした。

四人は、まるでオオカミに追われているかのように絶叫したかと思うと、サソリに刺されたかのごとくかん高い声で叫ぶといった調子で、西の沢全体が四人の喉元から発せられる奇怪な声で包まれた。

捕まえたハタリスは壊れたバケツの中に押し込めた。

ハタリスは走り回ることはできるが、飛び跳ねることができない。いったんバケツの中に投げ込まれたら、もう逃げるのは無理だ。どのハタリスも絶体絶命なのに、互いに押し合い、ほかのハタリス

四人は、まるでオオカミに追われているかのように絶叫したかと思うと、サソリに刺されたかのごとくかん高い声で叫ぶといった調子で、西の沢全体が四人の喉元から発せられる奇怪な声で包まれた。

を自分の下敷きにすることに夢中だ。中に丸々肥えたやつが常に上にいて、ほかの一匹の尻の匂いをしきりに嗅ぎまくっている。

「これはつがいになりたいんだわ」と靴を履いた女の子が言った。

「そうだな」とダーゴウがうなずいた。

「つがいになるってなんだい?」とシャオゴウが聞いた。

「つがいになって赤ちゃんをつくるの」とはだしの女の子が言った。

「つがいになって赤ちゃんをつくるって何だい?」とシャオゴウが言う。

「だからつがいになって赤ちゃんをつくるの」とはだしの女の子。

「つがいになって赤ちゃんをつくるのって何?」とシャオゴウ。

「それは――」とはだしの女の子は顔を上げてシャオゴウを見つめた。

シャオゴウは顔をそむけた。

「あんた、知っているくせに、わざと聞いたわね。恥ずかしいと思わないの? 恥ずかしいと?」とはだしの女の子は迫り、人差し指でシャオゴウの顔を続けざまに引っかいた。

シャオゴウは避けようとせず、口をまん丸く開けて、笑っているようだったが、声は出さなかった。

ダーゴウはバケツの中からそのハタリスをつかみ出すと、「この野郎、おまえを一番先に絞め殺すぞ。つがいにさせないぞ」と言った。

二人の女の子は驚いて、きゃあきゃあ叫びながら遠くへ逃げた。シャオゴウは逃げずに、ダーゴウがハタリスを一匹ずつ絞め殺すのを手伝った。全部で十一匹だった。

「おめえのは?」とダーゴウが聞いた。

「まだ入っているよ」とシャオゴウが答えた。

「窒息死したんでねえか?」

「してねえ」

シャオゴウはそう言うと、手をポケットに突っ込んだ。だが、すぐ鋭い声を上げてその手を引っこ抜いた。シャオゴウの人差し指に、あの小さなハタリスがぶら下がっていた。小さなハタリスは死に物狂いでシャオゴウの指にかみついて放そうとしない。シャオゴウは腕を振り回して、「母ちゃん、母ちゃん」と泣き叫んだ。けれども振り回せば振り回すほど、ハタリスはきつくかみついた。ダーゴウがたたいても放さない。

シャオゴウは痛がって必死になって泣き叫んだ。ぴょんぴょん飛び跳ねて、ばたばた足踏みしても、一向に効き目がない。

そのとき、はだしの女の子がいきなりシャオゴウの手を抱えると、ひと口かみついた。

「ガブッ!」

小さいハタリスは女の子にぐちゃりと頭をかまれ、ようやく地面に落ちた。

シャオゴウはすぐに泣きやんだ。慌てふためいていたダーゴウと靴を履いた女の子は黙りこんだ。はだしの女の子の行動に、みんな度肝を抜かれていた。沢の底にいるガマや木の上にとまっているスズメもびっくりして鳴くのをやめた。

西の沢の一帯がたちまち静まり返った。

「血!」

誰が叫んだか、この「血」のひと言で、みんなまた騒ぎだした。

ハタリスにかまれたシャオゴウの人差し指から、血がポタポタ垂れていた。

はだしの女の子がシャオゴウを引っ張って走っていき、ほどなく戻って来た。先ほどハタリスを焼いたときに使った木や草の灰を、シャオゴウの指にこすりつけて止血したのだ。

「痛くねえか?」とダーゴウが聞いた。

「痛くねえ。ちっとも痛くねえ」とシャオゴウは答えた。

四人はまたおしゃべりをしたり、笑ったりしてはしゃいだ。

二人の女の子のズボンは泥だらけになってしまった。四人は一緒に沢のため池まで行き、二人のズボンを洗った。洗い終えると、お天道様《てんとさま》のことを思い出した。お天道様が山に落ちそうになっているのを見て、そろそろそれぞれの家に帰らなければならないころだと思った。

「明日また来る?」とダーゴウが尋ねた。

「来てくれる?」とシャオゴウも聞いた。

「うん」と靴を履いた女の子が答えた。

「いいよ」とはだしの女の子もうなずいた。

「おめえら、バケツも持って帰りなよ。それはおれらが盗んだものだけど、いらねえ。壊れているし」。ダーゴウが言った。

女の子たちは西の方に向かって行った。

女の子たちはズボンの裾を汚さないように、裾をひざ上までまくりあげていた。白い脚がむき出しになっている。

女の子たちは二人でバケツを担いでいた。バケツにはハタリスが入っている。

女の子たちはカゴを提げていた。カゴには拾ったジャガイモが入っている。

女の子たちは歩きながら話していた。何を話しているのか、ダーゴウとシャオゴウには聞き取れなかった。それでも、二人が何か話していることは見てとれた。

赤くて丸い大きなお天道様が女の子たちのそばに見えた。時に左に、時に右に、時に正面に。

それから、女の子たちは南の方に曲がった。男の子たちには二人が見えなくなった。

「山の背に邪魔された。邪魔されなかったら、まだ見えたのに」。シャオゴウが言った。

「帰ろうぜ」。ダーゴウが言った。

第三十話　ユージャオ

ほかの人たちは、三年経とうが五年経とうが何年経とうが同じままであり、たいした変化はなかった。けれどもラオズーズー（老柱柱）の女房にとっては大変化の二年間であり、いろいろな問題が次から次へと怒濤のごとく押し寄せた。

まずは、ラオズーズーとアルズー（二柱）の兄弟が交替に東側の部屋でラオズーズーの女房と寝るようになった。それぞれが半月毎に交替して寝るので、東側のオンドルの上が静まる夜はなく、カオリャン（高粱）とユージャオ（玉茭）の母親は、夜な夜な休む暇がなかった。

次に、アルズーが嫁をもらうために貯めておいた金で、家の裏に新しい窰《ヤオ》を三間作った。村の古いしきたりに従い、窰に戸と窓を取り付ける日には、各世帯から一人を招待して、油糕《ヨウカオ》〔キビを粉にしたものを練り小豆やナツメの餡を入れて揚げた餅〕を大盤ぶるまいした。ウェンパオ（温宝）は出獄して以来、こんなに美味しい飯にありつけたことがなかったため、食いすぎて死にそうになった。こういう場合は、尿を飲んで腹の中のものを吐き出させれば助かると誰かに教えられなければ、ウェンパオは恐らくとっくに命を落としていたに違いない。窒息死していたであろう。尿は、グイジュ（貴挙）が運んできた。あのとき、人々はこうグイジュに言った。「グイジュじいさんよ、早く家畜小屋からしょんべんを持ってきてくれや。ロバのでも、ウマのでもいい。けど、じいさんのは駄目だぜ。男のしょんべんはしょんべん臭くねえから駄目なんだ」。グイジュは困りはてた。ロバだってウマだって、そんなすぐにしょんべんが出るもんか。けど、みんなおらのしょんべんは駄目だと言ってやがる。じゃあ、どうするべかな？　やきもきしていると、急に思い出した。その人のところに頼みに出かけた。「ちょっと外で待っていて」とその人は言った。「おまえさんがしょんべんするところを見たことがないわけでもあるまいし」「それでも出て行って」「分かった分かった」と言って外に出た。しばらくすると、「もう入ってきていいわ。さあ、持って行って」と呼ぶ声が聞えた。グイジュは大急ぎで尿をウェンパオの元に届け、この男の命を救った。後日、その尿が誰のものなのか知るようになった村人たちは、「あのしょんべんは、黒砂糖水よりもうまかったのではないかい？」とウェンパオに聞いた。ウェンパオは、「ふざけやがって」と言った。

そしてもうひとつは、ズーズー家の長男、カオリャンが炭坑に働きに出て炭鉱夫になったことだ。これはとてもめでたいことで、たいへん素晴らしい出来事であった。炭坑に働きに出れば、嫁探しに悩まないで済む。このめでたいことはすべて下放幹部のラオチャオ（老趙）が計らってくれた。ラオチャオはカオリャンの母親に案内させて何回か西の沢で水遊びした後、このめでたい出来事を取り計らってくれたのだ。ラオチャオの野郎も世間なみの良心を持ち合わせていたということだ。なんといい男だろう。

ズーズー家の最後のめでたいことは、次男のユージャオのために亡霊の花嫁を三百元で娶《めと》ってやったことだ。

ユージャオは二十七歳、ズーズーの次男である。産後間もなく命名するとき、ズーズーの女房はこう提案した。「長男がカオリャン（高粱）だから、この子はヘイトウ（黒豆）と呼ぼうよ。これら二つの食糧さえあれば、飢え死にしないで済む」。ズーズーは「ユージャオ〔トウモロコシの意〕と呼ぼう。この子のチンチンを見てごらんよ。ぴんと立って、トウモロコシそっくりじゃないか」と言い、ユージャオという名前に決まった。

ユージャオのあのモノは、実に太くて大きかった。十五歳のときには、それに鋤《すき》の刃を吊るすことができた。村のほかの若者の中にそんなことができる者はいない。人前で試す者もいれば、こっそり試す者もいたが、誰一人としてできなかった。ユージャオだけができた。このためシャートンピン（下等兵）は自分が負けた印にと、コーリャン粉を混ぜない燕麦《エンバク》粉だけの純粋な窩窩《ウォウォ》〔トウモロコシやコーリャンの粉をこねて円錐形にして蒸したもの〕を作ってユージャオに食べさせた。シャートンピンは何をするにもうまい汁を吸い、ばかを見ることなどありえない。だが今度ばかりは見込み違いをした。「畜生。おめえがほんとに吊るすことができるなんて、誰が想像できたっていうんだ！　おめえはきっと、ロバの睾丸太子《こうがんたいし》の生まれ変わりだ」。これを聞いて、独り者の男たちは笑った。みんなロバの睾丸太子のことを知っていた。シャートンピンが聞かせてくれた故事に出てくる仙人だ。則天武后〔中国史上唯一の女帝。唐の高宗の皇后となり、高宗の死後、中宗、睿宗を廃位させ、自ら皇帝に即位、武周王朝を建てた〕は毎晩異なる男と寝て、一夜明けるとその男を殺した。使い物にならないからで、何百何千人もの男が続けざまに処刑された。それを知った玉皇大帝〔道教における最高の神〕は、ロバの睾丸太子を派遣して則天武后と寝かせた。則天武后は満足し、もう男を換えたり殺したりしなくなった。シャートンピンはこうしたエロ話を有り余るほど知っていて、独身男たちに毎晩のように話して聞かせた。男たちは聞いているうちに、じっと座っていられなくなり、一人また一人とオンドルの上で尻をさすりはじめ、おしっこがもれそうなのを必死で我慢しているように、もぞもぞと身体を揺らす。

間違いなくあのモノのなせるわざである。ユージャオは早熟なのはさておいても、こだわり方が尋常でなかった。六歳のときには、夜中に両親があれをしていると、すぐにマッチをすって火をつけ、両親の様子を眺めるのが常だった。このため、母親は息子をそばに寝かせたがらず、西側の部屋に追いやり、叔父や兄と一緒に寝かせた。

七歳になると、度々生産大隊の飼育小屋に行くようになり、グイジュと一緒に家畜を放牧するのを好むようになった。ユージャオの目的はロバ、ラバ、ウシ、ウマが放尿するのを見ることだった。ただ、ユージャオは雌しか見ようとせず、雄には興味を示さなかった。放尿する家畜たちが尻尾を立て、瘤《こぶ》の隙間から尿がジャージャー溢れるように流れ出るのを見つめた。放尿し終えると、瘤は幾度か開いたり閉じたりした後に、ゆっくりと合わさる。そしてゆっくりと尻尾が下りてきて、尻を覆う。そうなるともう見えないから、次の回まで待たなければならない。ユージャオはあの邪魔くさい尻尾を実に恨んだ。尻尾がなければどんなによかろうに。瘤の部分が露わになって、じっくり見えていいのになあ。

「グイジュのじいちゃん、グイジュのじいちゃん。家畜たちはなんで尻尾がついているの？」グイジュはこう答えた。「人間がズボンを履いているように、恥ずかしいところを隠すためだ。それに、尻尾がなかったら、ハエや蚊にたかられてかゆくてたまらんよ。家畜はあの恥知らずのハエや蚊をしっぽで追い払っているんだべ」。ユージャオは「ハエも蚊も全く恥知らずだ」と言った。

「カッカする！　カッカする！」

家畜が放尿し終えるのを見る度に、ユージャオは「カッカする、カッカする」と口にした。グイジユにはこの子がなぜ、ともすれば「カッカする、カッカする」と言うのか、わけが分からなかった。大きくなると、ユージャオは家畜の放尿を見るだけでは満足できなくなり、女がおしっこをするところを見たがるようになった。よその女がするところを見られないと、自分の母親がするところをなんとか見ようとした。母親が厠《かわや》に入りズボンを下ろしてしゃがみこんだころを見計らって、すぐに自分も厠の中に入りこんだ。防ぎようがないくらいすばやく。当初、母親はたまたま息子と厠に入るのがぶつかったのだ、と思っていたが、いつも同じことになるので、これはばか息子がわざとしているのだと気づいた。とはいえ、それを面と向かって言うのも気まずく、できるだけ息子を避けるよう努めるしかなかった。厠を使いたくなると、ユージャオに気づかれないようにこっそり行くか、ユージャオが外に遊びに出かけた隙に行くか、あるいは誰かが庭の石臼を使っていないかユージャオに見に行かせるなどして追い払うのだった。

野良仕事をしているときに、女たちの誰かが鋤《すき》や鎌などの農具を地べたに置いてその場から離れれば、その女が何をしに行くのか、ユージャオにはピンときた。だが、ユージャオも、家でやっているようにその女の後について行く勇気はない。女がどのあぜに隠れたか、どの畑に潜り込んだのかをこっそり目で追って確かめ、女が戻ってきてしばらくしてから、用を足しに行くふりをしてみんなのところから離れ、女が用足しした場所を探すのだった。探しあてたときはもううれしくてたまらない。すぐさまかがんで俯いて、尿で濡れて黒くなった場所をくんくんと嗅いだ。その度にシャートンピンから聞いた卑猥な話を思い出した。「春雨がないなら、豆腐でがまんする。おまんこがないなら、お尻でがまんする」。ユージャオにとっては、女がおしっこをする場面を見ることができないならば、した跡でもよいのだ。ユージャオは女がおしっこをした跡を見たり、女の尿の匂いを嗅いだりするのがたまらなく好きだった。好きで好きでどうしようもなかった。

ユージャオは、女が地面につけた二つの足跡を見ると、女が脚をわずかに開いてそこに立ち、腰に巻きつけている赤か青の腰帯を解いて首に掛ける様子を思い描くことができた。手を緩めるとズボンが膝までずり落ち、白い尻と太い腿が露わになる。そしておしっこをする。女に慌てておしっこをさせたくなかったら、女にその場に少しでも長く立っていて、少しでも長く眺めさせてもらいたかったら、女が下着かブラウスをめくり、白い腹をさらけ出して両手でぽりぽりかくところを想像する。胸をかいて背中をかき、腹をかいて腿をかき、外側をかいて内側をかき、前をかいて後をかく。ぽりぽり、ぽりぽり。もう充分見たと思ったところで、女たちがしゃがみ込んでおしっこをする様子を想像する。

尿が浸み込んで湿った跡を見て、ユージャオは先ほど女がおしっこをしたときの姿勢を思い浮かべることもできた。尻を突き出しておしっこが後ろの方に流れるようにしたか、それとも、とても低くしゃがんでおしっこをジャージャーと前の方に飛ばしたか。こういうことをイメージすることができた。

「カッカする！　カッカする！」

ユージャオはこういうときいつもカッカする、カッカすると口にした。そして、股間から自分のモノを取り出して、今しがた女がおしっこをしたところに自分の尿をひっかけた。ユージャオの最大の願いは、女たちがしゃがんで一カ所に集中的におしっこをすることだ。ユージャオはこのようにおしっこをするのは若い女だということを知っていた。この仕方だと、とても深いくぼみができる。そんなくぼみをユージャオは放っておけなかった。まず、中指でくぼみを突いて、ヘビガタトカゲが穴に潜りこむように自分の中指をくぼみの中にゆっくりと差し入れた。それから、ズボンを下ろしてしゃがみ込み、自分の尿をそのくぼみに向けて一気に力強く注ぐ。自分のおしっこでくぼみをさらに深く、深くしたかった。できるものなら、その深い穴の中に頭から突っ込みたかった。そうできたらどんなにいいだろう、どんなに気分がいいだろう。

日が経つにつれて、村人はユージャオは女がおしっこをした跡を見たがり、その匂いを嗅ぐのが好きなのだと気づき始めた。女が一人、みんながいるところから離れる度に、誰かが「ほれ、行きな！あの子の後について行きな！」と言った。「おいで、おらについておいで！」と自らユージャオに声をかける女もいた。そんなとき、ユージャオの赤ら顔は、徐々に紫色に変わる。

「ユージャオの野郎も、実は恥じらいというものを知っているんだな」と人々は言ったものだ。

ユージャオは邪心があるのに、肝っ玉が小さい。ある女に本気で呼びつけられたとしても、その後について行く度胸がなかった。闇夜に女とあれをする夢を見たとしても、その夢の中に出てくる身体の下にいる女は、ほかでもない、いつも自分の母親だった。ほかの女の夢を見る勇気がないのだ。仮に見たとしても、こっそり隠れて相手の女を見るだけで、自分の母親に乗っかってあれするみたいにはいかない。

ズーズー家の自留地は、ヘイタン（黒蛋）家の自留地と並んでいた。ある日、ユージャオは自留地でジャガイモを掘っていた。ヘイタンの息子のタンワ（蛋娃）とその嫁のシーライ（拾来）も隣の自留地で豆を取り入れていた。ユージャオはジャガイモを掘りながら、シーライをこっそり盗み見していた。そのうち、シーライが立ちあがって畑のあぜに向かって歩き出し、それから川の曲がったところで姿が消えた。タンワを見ると、豆を取り入れるのに没頭しているので、ユージャオもふらりと畑のあぜに向かった。畑のあぜと川の曲がった所の間は用水路が通っている。川の土手には大きなヤナギの木が一本生えていた。そこはシーライを見るのに絶好の場所だった。ちょっと遠いが、陽に明るく照らされたシーライの白い尻を見ることができた。シーライはおしっこをしているのではなく、ほかのことをしていた。長いことそこにしゃがんだまま立ち上がらなかった。シーライが腰を浮かして手を伸ばして石ころをさぐるのが見えた。目をつけた石ころに手が届かなくてもシーライはあきらめず、しゃがんだまま前に二歩進んだ。白い尻をさらけ出してしゃがんだまま進む様を見て、ユージャオはいい眺めだと思った。こんな光景はこれまで見たことがない。ちょうど夢中になって眺めているときだった。ユージャオは髪の毛を誰かにわしづかみされたのに気づいた。タンワだ。タンワは力いっぱいユージャオを用水路の中に突き落とした。

「この家畜め！」とタンワが怒鳴った。

ユージャオは用水路の中に縮こまり、這い上がることもタンワを見ることもできず、ただうなだれて下を見つめていた。

「おめえは家畜だ！」とタンワが怒鳴る。

「おめえは草を食う家畜だ！」

ユージャオはタンワをチラッと見やると、また俯いて下を見つめた。何も言わない。

「自分は草を食う家畜だと言え！　言え！」タンワは言う。

「おら、おらは草を食う家畜だ。ちっぽけなロバだ、駄目ロバだ！」

「誰がちっぽけなロバで駄目ロバなんだ？　え？」タンワは怒鳴った。

「おらだ。おらは草を食う駄目ロバで、草を食う野中のちっぽけなロバだ」

「食え！　草を食ってみせろ！　食え！　食ってみせろ！」

ユージャオはそのまま草をひと握り抜くと、口の中に放り込み、かみしだいた。唇の両角から緑の汁が流れ出た。

「飲み込むんだ！　なんでかんでいるだけで、飲み込まねえだ？」とタンワ。

「飲み込むんだ！　飲み込め！」

ユージャオは首を伸ばして、かみしだいた口の中の青草を一気に全部飲み込んだ。飲み込むと、口を「アアア」と開いて、飲み込んだかどうかをタンワに見させた。

「もっと食え！　もっと食うんだ！」

「渋い。草は渋いよ」

「もっと食うんだ！　おめえ、首を横に振っているのか？　石で殴られたいのか？」

「もういいじゃないの」。シーライの声がした。いつの間にかシーライがそばに近寄っていた。

タンワはようやく怒りを収め、自留地に戻って黒豆を取り入れ始めた。ユージャオは用水路から這い上がり、うがいをすると、その水を地面に吐き、自留地に戻ってジャガイモを掘り出した。

ある人がラオズーズーに、「ユージャオに嫁をもらってやれよ」と勧めると、ラオズーズーは「ふう～」とため息をついて首を振った。

ある人がズーズーの女房に、「ユージャオに嫁をもらってやれよ」と勧めると、ズーズーの女房は「ふう～」とため息をついて首を振った。

両親ともどうする術もなかった。首を振り、ため息をつくばかりだ。

ユージャオは嫁が欲しくて欲しくてたまらなかった。特に、夜中にはだしでこっそり東側の部屋の戸口にへばりついて母親が父親、あるいは叔父と寝ている音を盗み聞いた後は気持ちがむらむらしてどうにもならなくなる。あるとき、ユージャオは西側の部屋に戻ると、枕を股間に挟んでひたすらこすった。

「カッカする！」「カッカする！」

ユージャオは火照る身体をこすり続けた。その声で目を覚ました父親は向こうを向いて「ふう〜」とため息をついた。ユージャオは気にしない。あんたはため息をつけよ。おらはカッカするんだ、と液が湧き出るまでこすり続けた。

ユージャオにこのやり方を教えたのはシャートンピンだった。シャートンピンはこれを「ウマを走らせる」と呼んでいた。シャートンピンが言うには、男やもめはウマを走らせるのを覚えないとタマの病気にかかり、タマの病気にかかったら、腰が曲がって、だんだん廃人になって、もう二度と立たなくなり、男は立たなくなったら男でなくなるということだった。男でなくなることを恐れた男やもめの連中は、シャートンピンの言う通りにやるようになった。果たして男やもめの中で廃人になった者は一人もいない。あそこが立たず、男でなくなった者はおらず、みんなたくましく生きている。ヤンワ（羊娃）のように西の沢で首を吊ることを望まなければ、死ぬ者はいなかった。

村人たちは言った。「シャートンピンよ、あんたはまったく、やもめの男たちの救いの神だ。イヌもニワトリもやれるように、やもめの男衆だって必ず何か方法があるっちゅうもんだ。シャートンピンよ、あんたはまったく、やもめの男たちの救いの神だ」

シャートンピンからウマを走らせることを教わったとはいえ、せいぜいタマの病気にかからないぐらいで、所詮、枕は枕、女ではない。ユージャオはたまらなく女が欲しかった。我慢できぬほど欲しかった。

山の上にころがる石ころどもよ、おめえらはなんで女にならないのだ？　南の尾根に生えているハコヤナギの木どもよ、おめえらはなんで女にならないのだ？　沢の底に棲むガマどもよ、湿原にいる白いヒツジどもよ、身体のシラミどもよ、おめえらはなんで女にならないのだ？　女が大勢いれば、結婚もできて、枕を股にはさまなくてもいいのに。

枕は女ではない。ユージャオはたまらなく女が欲しかった。ああ、女。

兄のカオリャンが炭鉱夫になってから、十日か半月毎に媒酌人が訪ねてきた。だが、ラオズーズーの家では結婚相手方が求める値段を払えないので、どの話もまとまらなかった。ユージャオには、縁談は全て兄に持ちこまれたもので、自分にはひとつもないと分かっていた。兄は遅かれ早かれ嫁をもらうだろうということも分かっていた。だが、嫁をもらっても、その嫁は兄について炭坑に行ってしまう。はなから自分の取り分はない。叔父がやっているように兄と代わり番こに兄嫁と寝ることなど望めやしない。

ある日の午後、炭坑で支給された新しいパリパリの作業服を着たカオリャンが村に戻って来た。明日またお見合いをするんだ、とユージャオは察した。夕飯のとき、ユージャオはお粥の入った茶碗を持ち上げると、いきなり土間にたたきつけた。その「パシャッ」という音にびっくりした家族は、一斉にユージャオを見た。

「おら、知っているんだ！　おめえら、おらのことなんか、どうでもいいんだ！」ユージャオは吐き捨てるように言うと、土間に飛びおり、西側の部屋に駆け込んで泣いた。カオリャンは追いかけて、「ジャオよ、ジャオ、泣くな。明日、おらは見合いをしねえ。今度はおめえがしな。兄ちゃんは見合いをしねえで炭坑に戻るからよ」と言った。兄のその言葉を聞いて、ユージャオはようやく泣くのをやめた。

翌朝早く、兄は新しい作業服を弟に渡すと、炭坑に戻っていった。

ユージャオは顔と首を水で何回もこすって洗った後、兄が残していった真新しい作業服を着て、家の中に座ってお見合いの相手を待った。しかし相手は午前中いっぱい待っていても現れなかった。相手の女は、家で待っているのは炭鉱夫になった人ではない、と聞くと、ユージャオには会おうとしなかった。相手方が求めているのは金を稼げる男であって、農民ではないのだ。

ユージャオはじりじりしながら午前中いっぱい待ちぼうけをくわされ、すっかり気落ちしてしまった。ユージャオは見合い相手の女が村の親戚のところに寄って、まだ帰っていないと知ると、村の外の道路で昼休みが終わるまで待ち伏せた。女らが通り過ぎてある程度の距離まで遠ざかると、ユージャオは憎々しげに怒鳴った。

「おめえのこん畜生の先祖らを殺してやるぞ！」

「おめえらの喉をロバで潰してやるからな！」

「おめえのまんこの肉をネコに食わせてやるぞ！」

女には四十歳ぐらいの男がついていた。男が女の何なのかは分からない。男は女をその場に残すとユージャオの方に歩み寄って来た。怒気を含んだ男の顔を見て怖くなり、ユージャオは畑の方に走って逃げた。

ユージャオはひどい内弁慶だ。家の者には騒ぎたてるが、よその者にはおとなしい。半里〔二百五十メートル〕ほど走って、男が追いかけて来てないとみると、ようやく立ち止まって息をついた。

家に戻ると、ユージャオは作業服を脱ぎ、母親の懐に投げつけた。

「おら、自分の作業服を着てえ」

「おらも労働者になりてえ」

「聞いてるかい？　おらも働きに出てえ」

母親はオンドルの上で新しい掛け布団を縫っていて、相手にしなかった。真新しいピンク色の掛け布団の表面には、赤い大きな花と緑の大きなクジャクが描かれ、それに金色のヒマワリが大寨《だいさい》に学んで作った棚畑に咲いている。棚畑にはダムから引かれた何本もの電線がかかっている。白い平織布の新しい裏地は、いい匂いをまき散らしていた。これら全てにユージャオはとても腹が立った。ユージャオは知っていた。これは自分とは関係なく、兄のカオリャンのために準備しているのだ、と。

「嫁もいねえのに、縫ったって無駄だぜ」とユージャオ。

「おら、こんなの燃やしちまうぜ」

「おまえ、労働者になれるのかい？」母親が聞いた。

「そういえばラオチャオは爛布袋窰《ランプータイヤオ》に出張しているってな」。ユージャオが言った。

「母ちゃん、もう一回訪ねて行ってくれねえか」

「ラオチャオはおまえの父ちゃんでもないし、叔父さんでもないのだよ」

「おらの父ちゃんでも、叔父さんでもねえのに、なんでラオチャオは母ちゃんと寝るんだよ？」

母親の顔がパッと赤く染まった。下唇をかみ、何も話すことができない。

「おらが知らねえとでも思っていたのか？　西の沢のハコヤナギの林で」とユージャオは言った。

「あいつを母ちゃんとただで寝かせるもんか。母ちゃんが会いに行かねえのなら、おらが行く。おらにも仕事を探してもらう」

「そうだ、おらはどうしてもあいつに会わなきゃならん」

ユージャオはこう言うと、パタッと戸を閉めて出て行った。母親は追いかけようとした。だが急いで靴を履いている間に、ユージャオはとうに姿を消していた。

ユージャオは本当に爛布袋窰までラオチャオを訪ねて行って、あっという間にラオチャオを探しあてた。ラオチャオはちょうど村の空き地にいた。片手に巻いた新聞を持ち、人民公社の社員たちに向かって演説をしていた。

ラオチャオはこう話していた。戦争に備え、自然災害に備え、人民に奉仕しよう。地下壕を深く掘り、食糧をたくさん蓄え、覇を唱えない。世界大戦はやらないのではない。原子爆弾をたたくのだ。原子爆弾は卵ほどの大きさだが、たった一個でわが人民公社をこっぱみじんにしてしまう。だが恐くない。われわれにはミサイルがある。それで原子爆弾を打ち返すことができる。修正主義のソ連、帝国主義のアメリカまで打ち返し、われわれはみな英雄と豪傑になるのだ。

「早く戦おうや。おらは兵士になりてえ。兵士になれば、レンダー（愣大）のように仕事にありつける」とユージャオは思った。

ラオチャオの口はまだぱくぱく動いて話し続けている。「七億の民、七億の兵。万里の山河、万里の兵営。われわれは必ずや台湾を解放して、あそこの公社の人々を苦難のどん底から救い出し、われわれと同じようなよい暮らしができるようにしてあげようじゃないか」

「台湾の社員群衆は、ほんとにかわいそうだな」とユージャオは思った。

「苦難のどん底で暮らしているとは、まったくかわいそうなこっちゃ」

ラオチャオは演説をやめて、ユージャオの方を見た。その場に座って演説を聴いていた社員たちも振り向いてユージャオの方を見た。ユージャオは少し慌てた。もしもラオチャオがそこにいるのが温家窰のきれいな奥さんの息子だということに気づいて、手招きして笑いながら近寄って来なければ、ユージャオは逃げ出してしまうところだった。

ユージャオはラオチャオとほかのことは話さず、「お袋があんたに来てほしいとよ」とだけ言った。ラオチャオはユージャオからこの言葉を聞くのを期待していた。爛布袋窰の女たちは汚くてだらしがなかったので、ラオチャオの目に止まった女は一人もいなかった。ラオチャオはとっくにあの小ぎれいな女の人に会いたくてたまらなくなっていた。四十二歳だが、見た目は二十四歳のあの人に。

ラオチャオは親切な男だ。ズーズー家は金欠だということを知っていた。ユージャオの母親の目から涙がポロポロ流れるのを見ると、ラオチャオも目に涙をためて今にも泣きそうになった。

「泣くなよ。私に考えさせてくれ」とラオチャオは言った。「そうだ、そうだ、あいつがいる」

ラオチャオは小さなノートからビリッと一枚ページを引き裂くと、何か書きつけた。それから判子を取り出すと、ハーッと息を吹きかけた後、紙の上にしばらく押さえつけた。ラオチャオは言った。

「レンガ工場の共産党書記はな、かつておらと一緒に日本と戦い、地雷を埋めたことがあるんだ。この人を訪ねれば、きっと大丈夫だ」。そしてこうも言った。「ユージャオの親父さんと叔父さんも一緒に行けばいいさ」「臨時工には臨時工のよさがあるんだ。たくさん働けば、たくさん稼げる。苦労するだけの見返りはあるのさ。三人で半年ほどがんばれば、嫁を一人もらう金がないことに悩まないですむよ」

ズーズー家の人たちは、ラオチャオの話に感激し、どう礼を言ったらよいか分からなかった。また、何をご馳走したらよいかも分からなかった。

会計係は労働力が三人も行ってしまったら、生産大隊が革命に力を入れ生産を促すのに影響すると怒った。「ばかなことを言うな。彼らが県のレンガ工場に行くのは、もっと大きな革命に力を入れ、もっと大きな生産を促すためなのさ。局部の利益は、全体に服従すべきなのだ」。ラオチャオのこの言葉に、会計係はそれ以上何も言えず、三人の出張労働休暇を許可せざるを得なかった。

ラオズーズーの親子三人が行ってしまった後、親切なラオチャオはユージャオの母親が一人家に残り、心細いのではないかと、爛布袋窰から毎日のように通ってきて相手をした。また、ユージャオの母親を誘って、西の沢のあの素敵な場所に何度も行った。彼女にスズメのさえずりを聞かせ、爽やかな風に当たらせ、温かい貯水池の中で身体を洗わせ、髪を洗わせた。そしてまたハコヤナギ林に戻り、横になって、横になって、また横になった。見て！　空はなんと青いのだろう。見て！　雲はなんと白いのだろう。見て！　あの木はなんと緑なのだろう。見て！　あなたの瞳の中に空があるよ。雲が、木が、それに私も、ね。それと、それ……と、そ……れ……

ユージャオは、村を離れて二十日も経たぬうちにレンガ工場から戻ってきた。女工がおしっこをするところを盗み見して、追い返されたのだ。

レンガ工場には女工が二百人もいて、十棟の飯場に住んでいた。ユージャオはこれまで、こんなに大勢の女を一度に見たことがなかった。どの子も背がすらっとして、かわいく、年齢は十八から二十歳前後だ。ユージャオはあっけにとられた。普段は、女が少ないことに不満を抱いていたが、今は見きれないほどいる。

女工たちはユージャオの父親や叔父と同じように土レンガを作っていた。ユージャオは若くて力があるので、レンガを背負って運ぶ仕事に回された。レンガ運びの仕事に女工はいなかった。ユージャオはレンガを運ぶとき、いつも土レンガを作る広場の方を眺めた。レンガの焼き窯《かま》と広場は遠く離れているが、ユージャオは人影を見て、男か女かを見分けることができた。

大食堂で食事を受け取るために並ぶときは、ユージャオはいつも何とかして女工の後ろにつこうとした。女工の誰かがユージャオの列に割りこむと、わざと不機嫌な表情を見せながらも、心の中では喜んでいた。女工がやって来るのを見ると、ユージャオは割り込みやすいように後に下がって自分の前を空けてやった。その女工が気づかない様子だと、「コホン、コホン」と空咳をした。割り込める隙間があると気づかせるために。

食事を受け取る窓口に到達すると、みんな押し合いへし合いになる。ユージャオはこの機会を狙って自分の腕を女工たちの腕と触れさせた。村では、こんなに素晴らしいことを夢に見ようにも見られなかった。それに村の女たちはみな腕を袖でぴっちりと包んでいた。まるで貴重なものを持っているかのように。ここの女工たちは違った。みんな袖を肘までたくし上げている。大胆にも半袖のブラウスを着ている者さえいる。時に、半袖を着た女工が腕を上げると、黒い脇毛が見えることもあった。黒い脇毛は、ユージャオに女工のほかの所までをも連想させた。シャートンピンが話していた、あの「草茂る溝、四季を通して水が流れ、坊主が水浴びにやってきて、頭をぶつけて脳みそ溢れる」所だ。

ユージャオは機会を狙ってはわざと女工たちの胸にぶつかった。女工たちの胸は二つの柔らかい肉が盛り上がっている。大、小、まちまちで、なんでもありだ。シャートンピンは、「あの二つの盛り上がった肉はゼリー玉のようだ」と言っていたが、ユージャオには二つの土饅頭《どまんじゅう》の墓のように思えた。ユージャオは心から自分をその墓の中に埋めてしまいたいと思った。窒息死するならそれでもいい。後悔はしない。

五、六日過ぎると、ユージャオは少し大胆になった。ある日、混んでいたのに乗じて、自分の股間を女工の尻にくっつけ、力を入れて押しつけた。押しつけられた女工は耐えられず、後ろを振り向き、その硬いものは何かとユージャオに聞いた。「か、かい……懐中電灯」と答えると、「大衆独裁委員会に没収させるわよ」と女工は言った。その件があって以来、ユージャオは股間を人に押しつける度胸はなくなったが、また新しいやり方を覚えた。前に並んでいる女工の頭髪に鼻を近づけて匂いを嗅ぐのだ。汗の匂いだろうが、石鹸の匂いだろうが、髪油の匂いだろうが、ユージャオはどれもいい匂いだと思った。それらの匂いを鼻いっぱいに吸い込んだ。あるとき、前からいきなり押されて、女工の後頭部が鼻にぶつかった。あまりの痛さに、「アオッ!」と叫んだ。ユージャオは血が出たにちがいないと思って、触ってみたが、出血はしていなかった。だが、あまりの痛さに涙がこぼれた。食事を受け取り、人ごみの中から出るとき、わざと女工の胸にぶつかった。おかずの入ったおわんはあらかじめしっかり手に持ち、トウモロコシ粉の窩頭《ウオトウ》だけを地面に落とした。女工は詫びの言葉をとめどなく言い続け、自分の主食用の食券を取り出してユージャオにくれようとした。ユージャオは何度も辞退し、窩頭を拾い上げると表面の皮を剥いて食べた。あまりきれいな剥き方でなかったので、砂が混じり、かむと口の中でジャリジャリした。だが、そんなことは気にならなかった。それだけの価値はあったと思った。食券を再三再四辞退しているときに、女工の手の甲や手首を数回握れただけでも価値があった。夢の中で自分の母親に触れたのを除けば、ユージャオが真に女に触れたのはこれが初めてだった。しかも若い生娘に。ユージャオは、あの子は腿を締めて歩いているから、きっと生娘だと思った。シャートンピンが「歩くとき、両太腿がきつく閉じているのは生娘。腿がわずかに開いているのは人妻」と言っていた。

　ユージャオは、働きに出て十五日目のことをはっきりと覚えていた。昼間、工場から給料が支給され、ユージャオら三人は合計七十元をもらった。ユージャオの父親はうれしそうに言ったものだ。「何が何でも祝おうや。夕飯は、一人二角のおかずを食って饅頭《マントウ》〔小麦粉の蒸したパン。中に餡が入っていない〕も一個ずつ多く買おう」。食事を終えると、あたりはもう暗くなっていた。ユージャオは父親に「腹がいっぱいで苦しいから、外をちょっと歩いてくる」と言い、男の宿舎を出た。こっそり女工の宿舎まで回ってみて、土レンガの山の後ろから覗いてみた。宿舎は窓が高くて中にいる人が見えず、三、四本の鉄線に干してあるかわいらしい下着しか見えなかった。女工たちの皮膚に直接触れることができるかわいらしい下着たち。ユージャオは自分もこれらのかわいらしい下着に変わることができたら、どんなによかろうと思った。また、電球の周りを飛びかう蛾になりたい、いや、蛾にはならない。蛾はばかだ。なるのならハエになり、宿舎の中に飛んでいこうとも思った。この下着に止まったり、あの下着に止まったり、毛むくじゃらの舌をチラチラ出して下着の上の水滴を舐めたり吸ったりする。甘くていい香りがするに決まっている。

　女工の宿舎からケラケラ笑う声が伝わってきた。その笑い声の中に、鋭く響く焦った声があった。ユージャオはこう想像した――数人の女の子が一人の女の子をくすぐって、好きな男に何をされたか言ってごらん、とその子に迫っている。彼氏はあんたのここやあそこを触ったことがあるの？　と聞いている。くすぐられた女の子ははっきり答えようとしない。すると、彼女らは女の子の首や腰、それに腿の付け根をくすぐる。ユージャオはこうも想像した——今、女の子たちは下着しか身につけていない。くすぐられた女の子は、布団の上を転げ回って天井に向けて裸の手足をばたつかせている。ふざけ合う彼女たちの仲間にユージャオも入りたくなった。もし、入ったら、ユージャオはコチョコチョくすぐるだけで終わらせず、女の子の下着を剥いでしまう。焦る女の子は、ユージャオに許しを請い、こう言う。「ユージャオにいさん、ユージャオにいさん、ふざけるだけ。本気にならないの」。女の子がこう言うのを聞いて、ほかの女の子たちが笑う。

ユージャオもつられて笑う。

「へへ」。ユージャオはこう笑って、はっと気がついた。自分はふざけ合っている人たちの輪に入ってなどいず、泥棒のように土レンガの山の後ろで盗み聞きしているのだと。

女工の宿舎から今度は、ジャブジャブと何かを洗う音が聞えてきた。ユージャオが何を洗っているのだろうとちょうど考えを巡らしていたとき、一人の女工が水の入った洗面器を両手で持ち、戸口の垂れ幕を背中で押して後向きに出てきた。この女工がバシャッと戸口の前に水を撒き散らすと、水しぶきが風に乗って飛んできた。なんといい匂いだとユージャオは思った。女の匂いがした。このとき、ユージャオはもうひとつの匂いを思い出した。そう、女のおしっこの匂い。長いこと嗅いでいないので、ユージャオは懐かしくてたまらなくなった。

ユージャオは、レンガ工場の女工たちはいまいましいことに外でおしっこをせず、便所と呼ばれる所でズボンを下ろしておしっこをしていることに気づいていた。ユージャオは、自分が女子便所に近づく理由がないことが憂うつで、その便所という所を恨んでいた。また、女子便所が男子便所と繋がっていないことも恨んでいた。なんだって、東側の塀に沿ってひとつ、西側の塀に沿ってひとつ、半里〔約二百五十メートル〕も離さなけりゃならないんだ。

その後、ユージャオはついにいい方法を思いついた。

その日の朝は火を入れる窯《かま》がなかった。ユージャオは数人の若者と工場を囲む塀を飛び越え、畑からカブを盗んで食べた。戻るときは、塀の外側に沿って歩き、工場の正門から入ることにした。そうすれば、歩きながらカブを食べきってしまえる。歩いているうちに、ユージャオは初めて便所の肥だめを目にし、肥だめが塀の外に設けられていることを知った。ユージャオにはこれが女便所であることがひと目で分かった。

肥だめの下では、水が凹字溝《おうじこう》を伝って流れていた。女の話し声も聞こえた。

ユージャオが注意深く見ると、底まで下りる階段がついている。底の真ん中には、大きな石が凸起していた。それはきっと、くみ取りをするときに便利なように置かれたものなのだろう。

ユージャオの後ろを歩いていた若者たちは、臭いのを嫌がって早々と通り過ぎていった。ユージャオは焦らず、歩きながら見ていたが、さすがに立ち止まる勇気まではなかった。そこを離れるとき、ユージャオは握っていたカブの半分を肥だめの中に力いっぱい投げ込んだ。ドブンという音に驚いた何百匹ものハチと何千匹ものハエが一斉に飛び上がって乱舞した。

ユージャオは思わず身震いをした。いい考えを思いついたのだ。

それをユージャオは幾日も考えた。そして、とうとうある日の午前中、ユージャオはこっそりあの肥だめの底まで下り、見たかったものを見た。夢の中で見た母親のあそこは想像したものだったから、ちょっぴりロバのに似て、ちょっぴりヒツジのにも似ていた。けれどもこれは、真にヒトのだ。ユージャオはヒトのを見たのだ。そう、ユージャオはとうとう見たのだ。

最初は、一人見ただけで大急ぎでかけ上がって逃げた。もうやめよう、と心で言った。二日目は三人見て、もうやめよう、とまた心で言った。

やめよう、やめようと言いながら、また一回。やめよう、やめようと言いながらまた一回。

そしてあの日、ユージャオが肥だめの底の石の上にしゃがんで腰をひねったまさにそのとき、「やれ！」という叫び声が聞こえた。続いて、塀の上の方から色あせた軍服を着た人が何人か飛び出して来た。大衆独裁委員会の人たちだった。

ユージャオは、この人たちにがんじがらめに縛られて委員会の事務室に連行された。もしも、工場の共産党委員会書記が「この人は古参革命家の甥だ」と言ってくれなければ、ユージャオは悲惨なことになっていただろう。工場で公開吊るし上げ大会に出された後に監獄に送られ、ウェンパオが言っていたような「良い暮らし」をすることになっていただろう。しかしユージャオはただ、委員会事務室に引っ張っていかれる途中に乱打されただけで済んだ。

ユージャオは村に追い返された。

父親と叔父はまだ工場に残っていた。少しでも金を多く稼ぐため、二人は土レンガ作りからレンガを運ぶ作業の方に変えてもらった。

ユージャオは家に戻ると、腰をひねったと話した。レンガを背負ったときに転んでひねった。顔の黒や青のあざはぶつかってできた。腕の黒や青のあざはレンガに当たってできた。二日休んだらまた行く。その話を本当だと信じた母親は、ユージャオに毎日のように干しうどんの卵とじや、ナシやリンゴの缶詰などおいしい物を食べさせた。こうした食物は下放幹部のラオチャオが母親にくれたものだった。ラオチャオは良心的な人で、けちけちしていない。母親のところにやって来る度に、おいしいものを持ってきてくれた。母親はもったいなくて食べられず、すべて貯め込んでいたのだ。これらの物がどこから来たかなどお構いなしのユージャオは、飲み食いし終わると、西側の部屋に入って寝た。母親は、ユージャオが本当に病を患ったのだといっそう信じ込み、はだしの医者に診察を頼んだ。はだしの医者は、母親にまずユージャオの背中を水できれいに拭かせた後、その背中に痛み止めの湿布薬を三枚貼った。ユージャオはスースーと冷気を吸って痛いふりをした。母親は「がまん、がまん」と言った。はだしの医者は飲み薬も二種類くれた。毎日三回、それぞれ一回二錠ずつ、食後にぬるま湯で飲むように、と言った。ユージャオは苦いのが嫌いだ。毎回母親が背を向けた隙に、かまどの病気を治してやるとばかりに、薬をかまどの中に放り込んだ。

幾日か経つと、ユージャオは外出するようになった。

村の独り者の男たちが鋤《すき》をついて輪を作っていた。井戸の上から生産隊長が「社員の衆、畑に行く時間だぞ。南の尾根で亜麻《アマ》を刈るんだ」と叫ぶと、男たちは出発した。ユージャオは腰をかがめて男たちに近寄り、レンガを背負っていたとき、どのように腰をひねってしまったのか、この二日間は家で休んでいるが、毎日一元の補助手当が支給される、などと話した。ユージャオの話を聞いて、レンアル〔愣二〕が嫉妬し、とめどめなく言った。「こん畜生。ふざけるんじゃねえ、こん畜生」

ユージャオは話しているうちに、最初に何を言ったのか忘れてしまい、縮めていた腰を伸ばして、ホラを吹き始めた。県城〔県政府の所在地〕で殺人放火団に入り、女にいたずらをやらかしただの、大衆独裁委員会が自分を捕まえようとしているので、戻って隠れているだの。それから、腰をひねったのは嘘だ、とあっさり認めてしまった。チョウバン〔丑帮〕がユージャオの背中をいきなり手のひらで叩いてみたが、ユージャオはまったく痛そうな素振りを見せなかった。

ユージャオは尾ひれをつけながら便所で女を覗いたことも話してしまった。ユージャオの話は真に迫っていたので、独身男たちはほとんど信じた。

「行こう！　これから道で女に通せんぼしてやろうぜ」とユージャオが言うと、首を振る者も振らない者もいたが、誰も声を出さなかった。ユージャオはレンアルを見た。レンアルはあわてて頭を垂れて地面に目を落とした。ユージャオは男連中を「役立たず！」とののしった。そして、「おめえらが行かなくても、おらは行くぞ。おらがやれるかどうか見てろよ」と言うと、村の外に向けて歩き出した。

ユージャオは本当に畑に潜んで女が来るのを待った。しかもなかなか気がきくことに、村を一つ過ぎてから畑に潜んだ。そしてじっと待ち続けた。だが、相手を押し倒すまでの度胸はなく、ただ畑から飛び出してあぜ道で激しく足踏みをしながら大声で「止まれ！　おい、止まれ！」と叫んだだけだった。相手の女は驚いて持っていた包みを投げ捨てて逃げ出した。ユージャオは、女が慌てふためいて命からがら逃げて行く様子を見て吹き出した。実に面白いと思った。

夕方近くになると、遠くの方からまた一人やって来た。ユージャオは、叫ぶだけではたいした威力もないと思い、ズボンを脱いで尻丸出しの状態で、女が近づいてくるやいなや、勢いよく跳び出し、路上で足を八の字に大きく開いて、「見ろ！」と叫んだ。

女はくるりと向きを変えると、キャーと叫びながら逃げた。

ユージャオは追いかけようともせず、隠れてまた待ち続けた。

空はますます暗くなった。これ以上待っても無駄だと思ったユージャオは、ようやくズボンをはいて村に引き返した。食後、ユージャオはシャートンピンの家に行った。独り者の男たちは夜何もすることがないので、毎日のようにここに集まり、ばか騒ぎしているのだ。ユージャオは連中にホラを吹き、午後また二人をやったぜ、と言った。今度はみんな信じない。「信じねえなら、おらについて来て見ろよ。あの女の包みがまだ路肩の草むらの中にあるから」。レンアルとフウニュウ（福牛）が見てみたいというので、ユージャオは二人を連れて行った。そこにはとっくに人が来ていた。人民公社の大衆独裁委員会の人たちだ。懐中電灯で畑じゅうをあちこち照らしていた。中の一人は、あの女が昼に投げた包みを提げていた。ユージャオたち三人はそこに立ち止まった。前に進む勇気がなかった。「何をしている？」大衆独裁委員が三人に向かって聞いた。ユージャオは怖くなって声を出せない。フウニュウが遠く離れたところから、「畑を見に来た」と答えた。独裁委員はそれ以上質問しなかった。だが、それ以上前に行くのを許さず、さっさと行けと追い払った。三人は元々前に進もうとも思っていなかったので、踵を返して大急ぎで村に戻った。

この件でユージャオは一躍名を挙げた。

「まだ言いふらすなよ。明日には大衆独裁委員会がおめえを懲らしめにくるからな」とシャートンピンが言った。

「怖くねえさ」とユージャオ。

「強がりを言うんじゃねえ。こん畜生、ふん縛られたらほっとするくせに」とウーグータン（五圪蛋）が言った。

「怖くても怖くねえ」とユージャオ。

ユージャオは口先では怖くないと言いながら、心の中では怯えていた。人前では見栄を張っていたが、実は恐れていた。レンガ工場で縛られ、殴られたときのことを思い出し、思わず冷や汗が出た。

ユージャオは再び家の中にひきこもり、外出しなくなった。路上で女を驚かす勇気はもうなかった。

今回の件でユージャオは怯えきっていた。今度捕まったら、間違いなく牢屋送りだと分かっていた。オンドルに寝っ転がって目を閉じると、色褪せたカーキ色の軍服を着た大衆独裁委員会の面々が入ってくる光景が、ベルトを締めてロープを提げて入ってくる光景が浮かんだ。外で話し声がすると、「ユージャオの家はここか?」と尋ねているのではないかと耳をそばだてた。

三日ほど過ぎても何も起こらないので、ユージャオは少し安堵した。さらに四、五日経っても相変わらず誰も捕まえに来ないので、まったく気にしなくなった。そして、再び女を思い浮かべるようになった。あの女の子たちを一人一人思い浮かべた。

食堂でユージャオに胸にぶつかられた女の子。便所で覗いた相手はきっとあの子だ、と思ってみた。けど、何人目だったっけ? ユージャオは一人一人を思い出した後に、四人目の女の子と決めた。一番はっきり見えたので、四人目の印象が最もよいのだ。あの子はにこにこしていた。胸にぶつかられた子は、にこにこしていた。いや違う、違う。四人目の子は、女子宿舎で仲間に腕を押さえられていたあの子だ。艶々した腕を空中で振り、艶々した腿を空中でバタつかせ、「ふざけるだけ。本気にならないの」と言っていたあの女工だ。

路上で自分が通せんぼした二人の女のことも思い出したが、いくら考えても二人がどんな顔だちをしていたのか、思い出せなかった。年のころですら、思い出せない。分かっているのは、二人が女だったこと、二人とも驚いてキャーキャー叫びながら命からがら逃げていったことだけだ。ほかに、この女たちには、女子便所で覗いたときに見えたものがついていることも分かっていた。シャートンピン言うところの二両〔百グラム〕のネコにやる肉だ。

ユージャオはまた、ジンラン（金蘭）、インラン（銀蘭）や、腰帯を解くのを拒絶したウェンハイ（温孩）の嫁、白いお尻丸出しで、しゃがんだまま石ころに向かって進んで行ったタンワの嫁のシーライを思った。

誰であろうが、最後には、彼女たちとあれをするところまで想像した。シャートンピンが独り者の男たちに教えたように、枕を股間に挟んで、めったやたらにもみしだいた。そうやって最後にはいつも、身体の下に圧している女はほかでもなく自分の母親のように感じてしまうのだった。とくに、ユージャオが「カッカする！　カッカする！」ときは、身体の下の枕は完璧に裸の女と化し、その女はほかの誰でもなく母親だった。

三夜連続ユージャオは、枕にまたがって女を思った。夜な夜な最後までやった。しかし、毎回果てると虚脱感に襲われた。枕は所詮枕であり、女ではない。手は所詮手であり、ネコにやる肉ではない。ユージャオは、真に本物を試したかった。見るのは見た。次は試す番だ。ユージャオは、ネコにやる肉が一体どんな味がするのか、味わいたかった。見るのは見た。次は味わう番だ。

シャートンピンは言っていた。フーズオイー（傅作義）の部隊で炊事係をしていたとき、金さえあれば本物を相手にやることができた。女郎を買いに行くことができた。だが今は、そんなすばらしい場所はない。金があっても使う場所がない。ユージャオは七元持っていた。兄のカオリャンがくれた五元に、レンガ工場で食費を節約した二元だ。シャートンピンが言っていたあのころならば、この七元で七回女郎が買えた。それならどんなによかろう。どんなに満喫することができるだろう。

サングアフ（三寡婦）は、大同の三道営房巷の売春宿にいたことがあるが、黄疸《おうだん》にかかって死んじまった。もし生きていたならば、この七元で幸運に恵まれたかもしれないのに、サングアフは死んじまった。年老いたヘイニュ（黒女）は、自分のネコにやる肉など、何とも思っていなくて、その味を試したいという者がいれば試させてやり、金も請求しなかったそうだ。だが、ヘイニュも火事で焼け死んじまった。

村の生きている女たちの中で、サングアフのような女はほかにいるだろうか？　年老いたヘイニュのような気だてがいい人がほかにいるだろうか？　一人も思い浮かばなかった。

ああ！　金があっても使う場所がねえ。

使う場所がなかったら、余る。

余った金で酒を飲もう。

このとき、ユージャオは突然シャートンピンが前に言っていたことを思い出した。やりたいならイヌとやれ。余った金で酒を飲め。

やりたいならイヌとやれ。

やりたいならイヌとやれ。

おおおー！　なんでもっと早く思い出さなかったのだろう？

やりたいならイヌとやれ。

ユージャオはうれしくなり、たちまち元気になった。温家窖の人々は貧しいので、盗難を恐れない。温家窖の人々は貧しいので、イヌを飼えない。村にイヌはいない。けれども村にはほかのものがある。

村にイヌはいない。けれども村にはほかのものがあるではないか。

ユージャオはすぐさま家畜小屋に向かった。戸の音を聞きつけた母親から「どこに行くの？」と尋ねられるのを恐れて、戸口からは出なかった。ゆっくりと端っこの窓を開け、こっそりと庭に出た。

窓をそっと閉じると、西側の塀をよじ登った。

　家畜小屋の戸は半開きになっていて、中からひと筋のランプの光が漏れていた。戸を押し開けると、グイジュは石油ランプの下に頭を近づけてシラミをつかまえていた。かまどの上には火がついた干しヨモギの縄が置かれ、部屋の中は干しヨモギの香りが充満していた。

「グイジュじいさん、まだ寝てねえの？」とユージャオが聞いた。

「ユージャオか。この真夜中になんだ」とグイジュが言った。

「はだしの医者のところに薬をもらいに行って、ここを通ったらよ、じいさんとこの明かりがついていたもんで」

「年取ったから、寝るのが短いのじゃ」

「おらはとてもよく眠れるよ。おらにとって寝ることは、油炸糕《ヨウザーガオ》〔キビを粉にしたものを練り小豆やナツメ餡を入れて揚げた餅。油糕と同じ〕よか、うめえことよ」

「若いときはおらもそうだった。地主の奥さんからいつも叱られていたよ」

「あ、そうだ！　グイジュじいさん、グイジュじいさん。危うく忘れるところだった。今さっき、はだしの医者から聞いたんだけど、あの人、病気になったらしいよ」

「誰？」

「何が誰だよ。じいさんの地主の奥さんだよ」

「うそだ」

「じいさんにうそをついたらおらはカス野郎だ」

　グイジュがちょっと落ち着かなくなったのを見て、ユージャオは心の中で笑った。グイジュは上着を着て、ボタンをかけた。ヨモギの縄を取って先端に火を吹き、またかまどの上に戻した。

　ユージャオは「シラミがいるかな」と言うと、ズボンを脱ぎ、尻を丸出しにした。ズボンを裏返しにすると、股の合わせ目をランプの炎に近づけてシラミを探した。光に照らされ、冷気にあたったシラミはみんなつぎはぎの縫い目に隠れてしまった。どんなに探しても見つけられなかった。

「おまえさんはしばらくここにいな。家の中は暑いから、おらは外に出て涼んでくる」グイジュはそう言うと、ユージャオを一人残して出て行った。

　あの老いぼれ野郎は本当に信じちまった。あの老いぼれ野郎はあの人のところに行っちまった。しばらくは戻って来ねえな。ユージャオはそう考えながら、土間に下りて戸をしっかり閉じた。

　そして中壁のくぐり戸を開けた。中にはロバとウマとウシがいた。ユージャオが今すぐ欲しいものがそこにはあった。クソいいものが。

　どのぐらいの時間が過ぎたのかわからない。しかし、ユージャオにとってはあっという間だった。グイジュが戸を押すと、ユージャオはあわててズボンを引っぱり上げて中壁の戸から出てきた。

「この野郎、騙したな」とグイジュが言うと、「たぶん聞き間違えたんだ」とユージャオ。そう言うと振りむきもせずに行ってしまった。ユージャオは足を引きずっていた。足がロバの蹄に当てられたのだ。だが、骨折はしていなかった。塀を跳び越えて庭に入ることができたし、隅っこの窓から家の中に這って入ることもできた。

　ユージャオはズボンを脱いでマッチをすって見た。ロバの蹄が当たった箇所が腫れあがっている。ユージャオは背中から痛み止めの貼り膏薬を二枚剥がした。母親が夕方、無理やり貼ってくれたものだった。薬の効能はまだ残っている。背中から剥がす際、産毛がピリピリと抜けるのが分かった。あのときは、貼り膏薬なぞいらないと思ったが、こんなことで役に立つとは。ユージャオは剥がした貼り膏薬を足の痛む箇所に貼ろうとしたが、貼りつかない。どうにか貼りつけようとしたが、どうやってもくっつかない。あきらめるしかなかった。

その夜はよく眠れなかった。

まず、ユージャオは事前に気が回らなかったことを後悔した。縄でロバの後ろ脚を縛っておくべきだった。そうすれば、ロバが後足で蹴ったり、跳ね上げないようにできる。だが、さっきは力を無駄にたくさん使ってしまった。やり遂げられなかったばかりか、もうちょいで、足を蹴られて骨折してしまうところだった。この次は縄を持っていくぞ。しばらくして、牛鈴のチリンチリンという音が聞こえた。ラバのくしゃみも聞こえた。しばらくすると、ウマが蹄で地面を踏むのが聞こえ、さらに、戸が響く音が聞こえたように思えた。それから、あの音、そう、とても聞き慣れた、心がむずむずしてしまうあの音が聞こえた。

目を開くと、空が白みはじめていた。オンドルの周りの壁に塗られた赤い粘土や、土間に置かれた幾つかの背の高い白い泥甕《どろがめ》が見てとれた。甕は、まるでユージャオのために並んでいる素っ裸の女たちのようだ。

あの響きがまた聞こえた。

耳をそば立てると、その音は東側の部屋から伝わってくる。

まさか父ちゃんか叔父さんが夜中に戻って来た？

ユージャオは裸のまま、忍び足で真ん中の部屋に入り、東側の部屋の戸の隙間にへばりついて中を覗いた。かまどが見えるだけで、オンドルは見えない。

あの聞き慣れた音が一層はっきりと聞こえてきた。

ユージャオはぬき足さし足で真ん中の部屋を出ると、東側の部屋の左側の窓にしがみついて中を覗き込んだ。窓に貼られた麻紙には穴が一つ空いていて、ちょうどオンドルが見えた。斜め向かいに裸体が二つ重なり合っていた。ユージャオは思わず身体をまっすぐにし、こぶしをきつく握りしめた。気を落ち着かせると、また右目を窓の穴にくっつけた。

母親が下唇をかんで、むき出しの足をぴんと伸ばし、両腕の肘をオンドルにつけて、身体の上に白い泥甕のようなものを支えているのが見えた。その白い泥甕のようなものは、まるで種つけヒツジのように、大きな尻をゆすっていた。

ユージャオはその白いものが父親でもなく、叔父でもないことがわかった。二人ともあんなに白くないし、肥えてもいない。

ユージャオはくるりと向きを変えると、大股で真ん中の部屋に入った。気を落ち着かせると、東側の部屋の戸を勢いよく開け、その場に立ちはだかった。

ユージャオは見た。母親の身体の上に乗っかっているのは、下放幹部のラオチャオだ。

ユージャオは見た。母親は、下放幹部のラオチャオに乗っかられている。

ラオチャオは初めあぜんとしたが、あわててユージャオの傍らにひざまずくと、何度も何度も叩頭《こうとう》した。

「いい兄弟、いい兄弟、いい兄弟、いい……」と、ラオチャオは叩頭しながら、「いい兄弟」を繰り返した。

ユージャオはぼんやりとその場に立ったまま、声を出さなかった。

母親はラオチャオの衣服をすばやく丸めて、ラオチャオに投げつけて言った。「早く行って」その言葉でようやくわれに返ったラオチャオは、叩頭も「いい兄弟」もやめ、服を抱えて逃げて行った。

母親は、掛け布団を引っ張って自分の裸体を覆おうとしたが、手遅れだった。

ユージャオはぼんやりとその場に立ったままだった。

ユージャオは母親をつかむと、押し倒してのしかかった。口を大きく開けて母親のももを口に含んだ。思いっきり強くかむのでもなく、かといって緩めるのでもなく、吸っているだけだった。

母親は、ただ「オオ」と呻いただけで、それ以上は声を出さなかった。抵抗もせず、叫びもせず、許しを請うこともせず、ただ、上の歯で下唇を強くかみしめていた。

抵抗したり、叫んだり、許しを請うたりすることもせず、ただ目をぎゅっと閉じて、上の歯で下唇を強くかんでいた。

ユージャオも目をぎゅっと閉じて、自分がのしかかっている相手をほかの女だと思っていた。

突然、気がついた。自分の身体の下にいる女が一体誰なのかがはっきり分かった。誰なのか、が。

ユージャオはパッと這い上がると、脇にひざまずいた。

母親は、くたっとしたまま動かない。

ユージャオは長いことボーッとした後、何か言わなければと気づいた。

「母ちゃん、おら、母ちゃんをかんだでねえ」

「母ちゃん、おらは母ちゃんをかんだでねえ。ほんとだ」

「違うんだ、違うんだ、母ちゃん……」と続けた。

母親は相変わらず、くたっとしたままだ。

「母ちゃん！　母ちゃん！　母ちゃん！　オオー」

ユージャオは泣きだした。オンドルの上に崩れるように泣いた。

「出て行って」と母親が言った。

「おまえ、出て行きな」

ユージャオはようやく土間に下りて出て行った。

昼間、ユージャオは西側の部屋で横たわって動かなかった。飲まず食わずだったが、腹がすいたり、喉が渇いたりの感じはなかった。

空が暗くなってようやく、母親の姿を丸一日見ていないことに気がついた。母親はいつものように「どう？　ちょっと良くなった？」「薬を飲んだ？」と聞きに来ない。いつものように「おまえが食いたいものを母ちゃんは作ってやるから」と言いに来ない。ユージャオは身を起こして東側の部屋に入った。

真っ暗だった。オンドルの上に黒い影がある。ユージャオはその影に向かって二度「母ちゃん」と呼んだが、返事がない。手を伸ばして押してみて、ようやくその黒い影が母親ではなく、掛け布団であることに気づいた。朝起きたときのままで畳まれていなかった。

ユージャオは急いでかまどに行き、マッチを取り、すって見ると、部屋の中に母親はいなかった。「母ちゃん」ユージャオは言うなり泣いた。泣きながら走って外に出た。まず頭に浮かんだのは、西の沢のひん曲がった木だ。一気にそこまで走った。母親はその木で首を吊っていなかった。ユージャオは沢の中に生えているハコヤナギ林にも入って探し回ったが、母親はどの木でも首を吊っていなかった。

西の沢の貯水池は浅いから、おぼれ死ぬことはあり得ない。そこにはいないだろう。まさか井戸に飛び込んだのだろうか？　いや、待てよ、それはありっこねえ。温家窰では代々、井戸に飛び込むなんて、そんなやり方で死んだ者はいない。死にたきゃみんな西の沢だ。

ユージャオは家に戻り、マッチをすって東側と西側の部屋をもう一度照らしてみたが、母親の姿はなかった。薪小屋にもいなかった。

ふとレンガ工場を思い出した。母親はきっと県のレンガ工場に行ったのだ。父親と叔父に自分のことを告げに行ったに違いない。

こりゃ、終わりだ。ほかの人ならともかく、この二人が知ったら、絶対におらを許してくれねえ。

逃げるしかないとユージャオは思った。

逃げるには金がいる。金がなければ、道半ばで餓死する。

新しく三間の窰を作った後も、家にまだ金が残っていることをユージャオは知っていた。家中探しまくった。けれども家の隅々まで繰り返し探しても、金を見つけ出すことはできなかった。

金がなければ駄目だ。若いやつが乞食をしても駄目だ。乞食をして回ることはできても、恵んでくれる人はいねえ。

ユージャオは急に会計係のことを思い出した。会計係は、もう二年間もズーズー家に賃金の決算をしてくれていない。会計係が言うには、ズーズー家は飢饉に備えた救援用の穀物を何年間か食べていたので生産大隊に借金がたくさん残っていて、それは、あと二年かけても返済しきれないとのことだ。

どの村人も救援用穀物をもらって食べたことがあるが、世帯によっては会計係はその年の賃金を決算してやる。ところが、ズーズー家には決算をしてくれない。なぜこうなったかの原因をユージャオは知っていた。会計係は母親を手籠めにしようともくろんだが、母親がそうさせなかったからだ。

こん畜生！　ユージャオは憎々しげにののしった。

翌朝早く、ユージャオは会計係の家の戸をたたいた。会計係が快く金を出してくれないことは分かっていたので、ズボンの腰帯に包丁をこれ見よがしに差して行った。捨て身の覚悟だった。

会計係はユージャオが命がけであることに驚き、すぐに要求を受け入れた。この二年のうち、一年の労働点数は七分〔角の十分の一の単位〕だが、もう一年は景気がよかったので一角三分だった。二年間合わせて、三百五元。会計係はもう少し差し引いて渡そうとしたが、ユージャオの尋常でない顔つきを見ると、そんな勇気は出なかった。ユージャオは金を手に入れると北へ向かった。長城〔万里の長城〕の関所を越えて内モンゴルのオルドスの方へ逃げようと考えた。

村を離れて半里〔約二百五十メートル〕も進まぬうちに、靴が足に合っていないと感じた。履いていたのは、あの大アホ男ラオチャオの靴だった。あの野郎ときたら、逃げることばかりに気を取られ、靴を持ち出すひまがなかったのだ。ユージャオは革靴だと見て履いた。これまで一度も革靴というものを履いたことがなく、どんなにかすばらしいものかと思っていたのに、あてがはずれたことにちっとも足に合わなかった。革靴を脱ぎ捨ててはだしで歩くのは無理だ。遠くまで歩くのに、はだしではきつい。それに一昼夜何も食べていないので、腹が減っている。家にまだ缶詰とビスケットが残っていることを思い出した。

ユージャオはお天道様《てんとさま》を見上げると、引き返した。家の中に入ると、こんなに明るいのだから、窖を建て終わった後に残った金をもう一度探してみようと思った。あの金は絶対ある、とユージャオは思っていた。ただ、どこに置いているのか分からないだけだ。

ユージャオは戸と窓に内側から錠をかけると、家中の物をひっくり返した。ひっくり返している最中に、音が聞こえた。呼び声と戸をたたく音だ。戸の隙間にへばりついて外を覗いてみると、父親だった。もう一度見ると、叔父と母親も庭の入口に立っている。叔父はボロボロの掛け布団を巻いて背負って、まるで乞食のようだ。

ラオズーズーは戸が開かないのは、ユージャオがまだ寝ているからだと思い込んだ。ラオズーズーが破れた窓の穴から中を覗くと、泥甕がすべて動かされている。白い木箱の中のがらくたがオンドルの上に散らばっている。ユージャオの姿だけが見えない。

ラオズーズーはげんこつで戸を勢いよくたたいた。アルズーと母親も叫んだ。中からは何の応答もない。

「アルズー、おめえ体当たりして戸を開けてみてくれ。中がどうなってるのか見よう」とラオズーズーが言った。

アルズーは荷物を兄嫁に渡すと後ろに下がり、思いっきり力を入れて戸にぶつかろうとした。まさにそのときだ。戸の隙間からシュッと包丁が突き出された。

「入ってみろ!」

「入って来たら、たたき切るぞ!」とユージャオは怒鳴った。

家の前にいる者はみな、びっくりして声もなかった。こんなことになろうとは誰も予想していなかった。

「あの野郎、気がふれたらしい」。ラオズーズーが言った。

「あいつ、どうしたんだ？」。アルズーが言った。

母親は二人の後ろに立ち、下唇を強くかんで無言のままだ。

窖《ヤオ》の中ではガタガタと音がしている。ユージャオが食糧を入れた大きな泥甕やノゲシを漬けている大きな磁器の甕で、真ん中の部屋の戸を塞いでいるのだ。もはや戸口からは入れない。無理やり突入しようとすれば、泥甕や磁器の甕はすべて割れてしまう。

叫び声や騒ぐ声を聞きつけて村の野次馬が集まって来て、庭の半分を埋めつくした。みんな、「焦らないのが一番だぜ。よく、よく相談するのがいいよ」と勧めた。

「ジャオジャオよ、ちゃんと言ってみな」とアルズーが話しかけた。

「ジャオジャオよ、何か言いたいことがあったら、ちゃんと言ってみな」

「何を言うだ。クソ、言わねえ」とユージャオ。

「おめえ、一体何が欲しいんだ？」

「何が欲しいかって？」ユージャオは答えた。「女が欲しいんだよ」

この言葉に、野次馬たちはドッと笑った。ウェンハイ（温孩）の息子のダーゴウ（大狗）とシャオゴウ（小狗）も中にいて、調子に乗ってはやし立てた。一人が言うと、もう一人も続けて「ハハハ……女」、「ハハハ……女」と笑った。誰かが叱りつけたので、二人ははやし立てるのをやめた。

「ばか野郎！　先祖に泥を塗りやがって。おめえは一体おれにどれだけ泥を塗ったんだ、え？　恥知らずの情けねえ野郎めっ」とラオズーズーが怒鳴った。

「おらは泥なぞ塗ってねえ」とユージャオ。

「おらは恥知らずで情けねえ野郎かもしれんが、そうでもねえ。おらは母ちゃんをかんだが、母ちゃんをかんだでもねえだ」

野次馬たちは話をやめ、一斉にユージャオの母親を見た。

ラオズーズーとアルズーも振り返って彼女を見た。

「おらは母ちゃんに言ったぞ。おらは母ちゃんをかんだんじゃねえって。おらは、母ちゃんに言ったぞ」

「それに、ほかの所はかんでねえ。母ちゃんの太ももをひと口かんだだけだ」

母親は、へなへなと荷物の上に座り込んだ。ラオズーズーが母親の頬にびんたを食わせ、母親は地面に倒れた。両手で顔を覆い、ワーッと泣く母親に、ラオズーズーは怒鳴った。

「おめえの先祖なぞクソ食らえ！　おめえの先祖なぞクソ食らえ！」

ラオズーズーは怒りで手を震わせ、罵声を上げながら庭の中を歩き回った。野次馬たちは、その度にザザーとこっちに寄ったりあっちに寄ったりして、道を開けた。ラオズーズーは目をきょろきょろさせて何かを探していた。ついに便所近くの低い塀から黒い石をひとつ揺り落とすと、それを手に窰に向かって突進した。野次馬たちは、まるでラオズーズーにその黒い石を投げつけられるかのように、あわてて散らばった。ラオズーズーは、西側の部屋の右側の窓まで突き進むと石を持ち上げ、ほんの少し前にユージャオの声がしていたあたりに向けて投げ込もうとした。だが、アルズーに阻まれた。母親も鋭い声を上げて背後からラオズーズーの腰に抱きついた。

「おらをぶち殺せ。どうせおらはもう生きたくねえだ」とユージャオが言う。

ラオズーズーは肩を振り、アルズーと女房を勢いよく振り払い、黒い石を窓に向けて投げつけた。

ドン！　石は窓に穴を開けて家の中に入った。

「ウオオー！」部屋の中から悲鳴が響いた。

「ジャオジャオジャオジャオ！」母親は、窓の前まで近寄り、つま先立ちで破れた穴から中を覗きこんだ。ユージャオはオンドルの上で縮こまっていた。顔は血だらけだ。ラオズーズーは女房を引き離すと、破れた穴に腕を突っ込み、かんぬきをはずそうと、ガチャガチャ揺らした。しかし「ギャー」、と悲鳴をあげて窓の下に倒れこんだ。両手をきつく抱え込んでいる。その手をアルズーがこじ開けてみると、ラオズーズーの指三本が半分に切られていた。最初は白い骨が見えていたが、みるみるうちに血が溢れ出た。

「早く、早く、早く！」母親は「早く、早く」とむやみやたらに叫ぶだけで、どうしたらよいか分からない。アルズーが走ってはだしの医者を呼んできた。はだしの医者がラオズーズーに包帯を巻き終えると、「ユージャオにも巻いてやって」と母親が頼んだ。しかし、はだしの医者は家の中に入る勇気がなく、ユージャオに自分で傷の手当てをさせようと、止血の粉とガーゼを投げ込んだ。ユージャオは、それらをまた穴の中から庭へ投げ返した。

「おら、いらん。おら、手当てなんかしねえっ」

ラオズーズーは汗びっしょりで顔面蒼白だ。アルズーが支えて隣のツァイツァイ（財財）の家まで連れて行った。

野次馬たちは、事があまりにも大きくなりすぎて怖くなり、野次馬どころではなくなった。ユージャオが窓から飛び出して暴れ回るのを恐れ、一人また一人とラオズーズーの庭から離れて行った。人々は、遠く離れた通りの入口にかたまって首を伸ばして眺めていた。ある人は、自分らも巻き添えを食ってユージャオに殺されてしまうのではないかと恐れて、いっそのこと窖の中で縮こまっていようと決め、外に出ようとしなかった。

会計係が一枚の紙に何か書き、人を使って公社の大衆独裁委員会まで持って行かせた。温家窖に殺人犯が二人出た。一人は息子を、一人は父親を殺そうとしているから、早く人を派遣して二人を大衆独裁にかけてほしい、と願い出たのだ。

大衆独裁委員はやって来なかった。家庭内のごたごただから、あなたがた自身で解決してくれ、と言う。「ばか野郎」と会計係はののしった。果たして会計係がののしった相手は誰なのか、大衆独裁委員なのか、伝言を届けた者なのか、分からない。とにかく、ののしるとブタを自宅の庭まで追い戻し、庭の戸に太い棒でつっかい棒をした。会計係は分かっていた。ユージャオが人を殺しに飛び出してきたら、まず自分を殺しに来るであろうことを。

ラオズーズーの庭は静まり返っていた。遠くの方から、誰かの家のメンドリが卵を産み落とし、「コーココココ、コーココココ」と鳴いているのが聞こえた。また、遠くの方で追いかけっこをしている子どもたちの声も聞こえた。

母親は破れた窓の穴にはりついて中を覗きこんだ。ユージャオは見えない。今度は真ん中の部屋の戸の隙間から覗いた。ユージャオは真ん中の部屋にいない。今度は東側の部屋を覗きに行ってみたが、やはりいない。

東側の部屋の左右二つの窓はかつて壊れたことがあって、窓を開けようとすると下に落ちてしまうので、釘づけにしてある。母親は、ユージャオが西側の部屋にいると思い、その部屋の窓の下に戻り、破れた穴にはりついて、内に向けて話し始めた。

「ジャオジャオ、ジャオジャオや。どこにいるの、おらの子は。母ちゃんはおまえと話したい」「みんなもうここにはいない。おらは、おまえと話したいんだ」。母親は呼びかけた。

「おらのジャオジャオ。ジャオジャオ、ジャオジャオや！」

ユージャオは西側の部屋のオンドルの下から立ち上がった。右手にはまだ包丁を握っている。顔、首、胸についていた血は乾いて、鮮紅色から暗紅色に変わっていた。腫れあがった右目のまぶたに目玉がほとんど隠されて、その周りは青黒い。眉根の上の血の塊が湿っぽく光っている。血はそこから流れたのだ。今は止まっている。

「おいで。母ちゃんが包帯を巻いてあげるよ」。母親は、手にユージャオが投げ返した紙の包みとガーゼを持っていた。

ユージャオは首を振った。ちょっと振っただけで、息をスーと吸った。

「おまえ、頭を振るのはおやめ。頭を振ると痛くてたまらんだろう」

「ジャオジャオ、母ちゃんは誰にもあの事を話さなかったのに、なんでおまえは話してしまったの？」

「母ちゃんは、おまえがひどい病気にかかった、と言っただけなのだよ。だから、みんなおまえの様子を見に帰って来たんだよ」

「母ちゃん、母ちゃん、母ちゃん――」ユージャオは泣いた。オンドルの縁にへばりついて泣いた。肩を震わせて泣いた。母親も窓の外で涙を流した。涙が流れすぎて拭ききれないので、持っていたガーゼで拭った。

「ジャオジャオ。おらの子よ、もう泣くのはおやめ。泣けば泣くほど、眉根のところが痛くなるよ」

「ウウウ、ウェーン」。ユージャオは泣いた。

「ウェーン、母ちゃん、母ちゃん、ウウ」。ユージャオは泣いた。

母親は涙を流しながら手を伸ばし、窓のかんぬきを探って、窓を押し開けようとした。音を聞いたユージャオは、がばと頭を上げた。

「入って来るな！」

「母ちゃんは中に入って、おまえに手当てしてやりたいんだよ。おまえ、泣くからまた血が滲み出ているよ」と母親は言った。

「いい。おら、手当てなんかいい」

「痛いだろ」

「痛かねえ。痛いのは平気だ。おら、生きるのが嫌になった」

母親はまた手を探り入れてかんぬきを抜いて開けようとした。ユージャオはオンドルに飛び乗り、窓の前に立って言った。

「開けるなら、母ちゃんをたたき切るよ！」

母親はまだ開けようとしている。かんぬきはびくともしない。母親は揺すり続けて何とか開けようとした。ユージャオは左手で母親の手を引っ張った。母親はかんぬきをしっかりつかんで放そうとしない。ユージャオは焦った。包丁を掲げて怒鳴った。「切るぞ！」

「切ればいい。母ちゃんも死ぬから」と母親が言った。

ユージャオは切らなかった。腰を曲げると、母親の腕をひと口かんだ。今回は激しくかんだ。母親はあまりの痛さに腕を引っ込めた。

「おら、母ちゃんをほんとに食ってしまいたい。おら、あの日、母ちゃんを食ってしまうのを忘れた」とユージャオは言った。

誰かがやって来た。アルズーだ。

兄嫁が片手で腕を押さえているので、その手をほどいて見ると、腕に傷を負っていた。アルズーは兄嫁が持っていた紙包みとガーゼで手当てをしてやろうとした。しかし兄嫁はどうしてもそうさせない。何とか奪い取ろうとしたところ、兄嫁はその紙包みとガーゼを窖のてっぺんに放り投げてしまった。自分の腕も痛い方がいい、と腹を決めたのだ。

ズーズー家のこの事件は、膠着状態が二昼夜続いた。窖の中の者は外に出て来ず、外の者は中に入れなかった。

「父親を切ったり、母親にかみついたり。わが温家窖では、先祖代々こんなことは一度たりともなかったじゃ」。顔のしわは耕したけれどもかきならしてはいない山の斜面みたいで、あごひげはヤギがかじりかけて途中でやめた土饅頭の草みたいな爺さんが言った。爺さんはラオズーズーに言った。

「家の者に暴力を振るい、家に帰らせねえなんて、わが温家窖では、こういうことは先祖代々一度たりともなかったじゃ」

「こんな息子は、いねえ方がましじゃ」と爺さんはラオズーズーに言った。

「あいつはいねえ方がいいのじゃ」とラオズーズーに言った。

「じゃあ、どうするべか？」とラオズーズーが聞いた。

「どうするべって？　縛りつけて餓死させるしかねえじゃ、ばかたれ」と爺さんは言った。

その日、ユージャオが朝起きると、窓の外から誰かが「ジャオジャオ」と呼ぶのが聞こえた。母親の声ではなかった。よく聞いてみると、カオリャンの声だ。ユージャオは夢を見ているのだと思った。この二日間、女の夢は見なくなった。見たのはカオリャンの夢ばかりだ。カオリャンとのあれやこれやを夢に見た。カオリャンがユージャオを背負い、ユージャオの足の裏をくすぐっている夢。正月に餃子を食べるとき、カオリャンが餃子の餡だけをユージャオにくれた夢。カオリャンが井戸端に腹ばいになって氷柱を探し出し、ユージャオに食べさせてくれた夢。カオリャンについてのさまざまなこと、その夢ばかり見ていた。

ユージャオはまた夢の続きを見ているのだと思った。

「ジャオジャオ、ジャオジャオ！　おらだ、おらだ！」カオリャンが外でユージャオを呼んでいた。

今度はユージャオは夢ではないことに気づいた。

「あんちゃん、あんちゃん」。ユージャオはうれしくて泣きそうになった。今にも泣きそうに唇がわなわな震えたが泣かなかった。カオリャンのために窓を開けようと、オンドルに飛び乗った。兄の後ろに母親の弟がいて、ユージャオに向かってほほ笑んでいた。母の実家でユージャオと最も親しいのはこの人だ。

ユージャオは半分しゃがんだ格好でかんぬきを抜いて、窓を開けた。

思いもよらなかった。自分と血のつながった兄と母親の弟を家の中に入れた途端、兄が「この野郎！」と罵声を上げながら赤トウガラシの粉を目に振りかけてくるなんて。何が起こったのかさっぱり分からぬうちに、母親の弟が飛びかかってきて、ユージャオをオンドルの上に押し倒した。続いて叔父のアルズーも窓から跳び込んできて、一緒にユージャオを押さえつけ、両腕を後ろ手にロープで縛りつけた。大衆独裁委員に縛られたときよりも、もっとしっかり縛られた。

ユージャオはもがきもせず、叫びもしなかった。そんなことをしても無駄だと分かっていた。

ユージャオは平らに置かれた戸板に縛りつけられ、ロバの糞を口の中に詰め込まれた。それから、家の後ろに建てられた新しい窰に運ばれた。

一家の新しい窰にはまだ誰も住んでおらず、窓と入り口は、外側から土レンガを積み上げてしっかりと封じ閉ざされていた。ユージャオを運び入れるため、戸の外の土レンガを崩した。運び入れると、錠をかけ、再び土レンガを積み上げて封じ閉ざした。

三日目の夜、ラオズーズーの女房が食べ物と水を持ってこっそりと家の裏にやって来た。けれども戸口に積んである土レンガを取り除かないうちに、ラオズーズーとアルズーがやって来て、連れ戻されてしまった。

十日目。ラオズーズーはシャートンピンとウーグータンを雇い、ユージャオの身体を洗わせた。そして、カオリャンの新しい作業服に着替えさせた。「身体を洗う」のと「服を着替える」のは、温家窰では先祖代々伝わっているやり方だ。死人の身体を洗い、清潔な服を着せれば、霊魂があの世に渡っても、ばかにされないですむ。さらに、生まれ変わるときには、泥まみれで働かなくてもいい人、尊敬される人になれる。

シャートンピンとウーグータンは後日、ユージャオのやつはあのとき、まだ息をしていた、と人々に話した。彼らが盥《たらい》の中でユージャオの手を洗っていたとき、あの手はまるで汚い水をすくおうとしているみたいだった、すくって口元に持っていこうとしているみたいだった、と。「やつはただそうしたがっただけで、できなかったんだ。もう腕を持ち上げる力もなかったんだ」。二人はまた、「やつは飲み込むこともできなくなっていた」と言った。かわいそうに思った二人は、口の中のロバの糞をほじくり出して、汚い水を両手ですくって飲ませたのだが、ユージャオは飲み込むことができず、水は唇の両端から流れ出たという。

十七日目になると、ズーズーの家はまたにぎやかになった。この日はとてもおめでたい日である。ユージャオのために亡霊の嫁を娶《めと》ってやることになったのだ。

この亡霊の嫁入りは、ユージャオの母親の弟が自分の村で三百元を払ってまとめてきた。嫁になる亡霊は若い娘だった。この娘は半年前、ある人のところに嫁に出されるのを嫌がって、家からこっそり逃げ出して西の沢のひん曲がった木で首を吊って死んだのだ。これを知って温家窰の村人たちは猛烈に憤慨したものだ。「おまえらの村の人間がどうしてわしらのひん曲がった木にやって来て首を吊ったんだ？　ひん曲がった木はわしらの村の木で、おまえらの村の木ではねえだ」。今となってみると、村人たちが騒いだのは正しかった。娘っ子が選んだ死に場所は正しかった。間違っていなかったのだ。

亡霊の嫁を納めた小さな木の棺が荷車から下ろされたとき、ユージャオの母親はワーと声を上げて泣いた。

「泣きなさんな。ユージャオのお袋さん、ユージャオのお袋さん、泣くんじゃねえぜ。おめでたい日に泣きなさんな」とみんなから言われて、母親はこらえた。

「嫁を欲しがっていたユージャオにやっと嫁ができたんだ。こんなめでたい日には笑うもんだぜ」。そう村人たちに言われ、母親の頬が少し緩んだ。作り笑いを浮かべようとしたが、笑えず、また声を上げて泣きそうになった。ユージャオの母親は急いで下唇を強くかんだ。

【付録】

【付録】

『闇夜におまえを思ってもどうにもならない』を読んで

汪曾祺《ウォンツウンチ》（1）

この何篇かの小説を、私はある討論会が始まろうとしているときに大急ぎで読んだ。一気に読み終えると、「これはいい！」という言葉が口から出た。

ここで描かれているのは、まさに真実な生活である。荒唐無稽であるが、また真実でもある。「私が書いているものは全て本当のことだ」という曹乃謙《ツァオナイチェン》の言葉を私は信じる。荒唐無稽だから信じられるのだ。

これは貧しく、閉鎖的で、燕麦《エンバク》粉を食べる雁北地区〔山西省北部〕の農村の生活である。こんなところだからこそ、こんな生活がある。このような貧しさは人の価値観を形づくる。極めてはっきりした、あからさまな価値観をだ。「もともと一千元なんて安さで、わしらの息子に娘をくれたんだから仕方ねえんだ」と、ヘイタン〔黒蛋〕は妻を親戚の家に送り出して「あれをする」ことに同意した。その上、「どうせ一年にたったの一カ月の話さ」と、そうすることが公平で理にかなっていると思っている。ウェンハイ〔温孩〕は嫁の上でやりながら、「クソタレ。おらがおめえとしていると思うな。おらは親父が払ったあの二千元としているんだ」と言うが、嫁の方もウェンハイにさせてやるべきだと思っている。チョウ（丑）あんちゃんの恋人が嫁に行くことになり、その恋人が「チョウあんちゃん、おらのこと恨んでいるだろ？」と言うと、あんちゃんは「恨んでなんかない」と答えるが、その理由は「炭鉱で働いているやつはおらより金がある」からなのである。このように明白な、確固たる価値観があるからこそ、温家窰《ウェンジャーヤオ》の人々には揺らぐことのない固い道徳基準がある。ヘイタンの女房は親戚と行きたがらず、しかも「月のものが始まっている」のだが、ヘイタンは「そんなことできるかよ。中国人てのは、言ったことは守るのさ」と言う。そして女房を送りながら、もう一度自分の信条を繰返す。「中国人てのは、言ったことは守るのさ」と。チョウあんちゃんの恋人は、「なんなら、なんならおら今夜、まずチョウあんちゃんとしてもいいのよ」と申し出るが、チョウあんちゃんは承諾せず、「駄目さ、駄目だよ。温家窰の娘っ子は、そんなことしてはいけねえ」と答える。なぜ駄目なのか？温家窰の人々はこんなふうに、自分たちの観念によってこの貧しい小さな世界にがっちりと釘づけにされ、閉じ込められているのだ。数千年間も封じ込められており、それを突き破ることが出来ないし、突き破ろうともしない。

しかし、結局のところ温家窰の人々も人間である。木や石ではない。女房を見送りに行ったヘイタンは、我慢しきれずにもう一度振り返って見る。すると、女房の二本の大根足がロバの腹の下でゆらりゆらりと揺れているのが見える。ヘイタンの心も、ゆらりゆらりと揺れている。「燕麦のワラの中で」は、とても美しく、かつ極めて独特な抒情詩である。このような愛情は本当に特別なものである。

「あんな人のお金なんか使わねえ。こっそり貯めてチョウあんちゃんがお嫁さんをもらえるようにしてあげる」
「でも、おら、お金を貯めてあげる」
「そんな金、要らねえよ」
「でも、あんちゃんにはお金が要るからもらわなきゃ駄目」

これは真に金のような心である。最後に彼らは、これは運命だと結論づける。彼女は泣く。彼女が本当に泣くのを聞いてチョウあんちゃんも、熱い涙を流し、その涙はぽたぽたと落ちて彼女の顔を濡らす。もしかしたら、彼らの涙は長年の古い習わしを濡らし、破り、この貧しい土地に少しの温かさをもたらすのかもしれない。

作者の態度は極めて冷静で、まるでいささかも心を動かさないかのようである。もちろん、それは違う。曹乃謙は討論会で私にこう聞いた。「ものを書くとき、私はいつも激情に駆られるのだけど、それでいいのですかね?」私はこう答えた。「激情はあるべきだ。ただし、考えるときに激情に駆られても、書くときにはごく冷静でなければならない」。曹乃謙はこの点がちゃんとできている。曹乃謙の作品は、冷静にたんたんと、ありふれた事柄を叙述しているだけに見えるが、実際には苦しい思索を経ている。曹乃謙の小説は「どうしようもない」という苦しい思想に貫かれている。このような生活に対して、本当に「どうしようもない」のである。曹乃謙は「問題は、住民たちがこのような生活をとてもよいと考え、悲しむべきとは思わないところにあるのだ」と話していた。しかしながら、私たちはこうした荒唐無稽な生活に対する曹乃謙のありふれた叙述の中に、重苦しい叫び声を聞くことができる。駄目だ！　こんな生活はいけない！　と。作者は温家窰の人々の生活について、決して奇異な風俗として大げさに言ってはいないし、軽薄にからかうことも粉飾もしていない。ただ適切にありのままを叙述しているだけで、そのありのままの叙述の中に辛い悲しみを抑制しているのである。この辛い悲しみは、そこでの生活や、人々に対する深い関心から生じている。私はこれこそがこの作品が深く内包するものであり、また、この作品が感動を呼ぶゆえんであると思う。

この小説のスタイルは、もはや一般的な意味の素朴、単純のレベルを越えて、まったくもって簡素である。まるで北方の正月の夜の集いで売っている泥人形のように簡素である。身体のバランスはめちゃくちゃだし、着色も均等ではないが、いい加減に描いた眉目の間におのずと一種の無邪気な味わいがあり、無錫で制作されている精巧すぎる泥人形よりも、セルロイドのお人形よりも、ずっと強く惹きつけるものがある。私はこれは作者が故意に一種の稚拙な美を追求したのではなく、ただ生活に照らして生活を書いたのだと思う。作品のスタイルは、生活のスタイルである。自然とこうなったものであり、決してわざと「質朴に戻した」ものではない。小説はユーモアに富んでいる。たとえば、ヘイタンは親戚に付き合って酒を飲みながら、「女房は来月、あんたの手でここまで連れて帰してくれや。おらはここでロバを借りられねえのでな」と言う。ここまで読んで、思わず吹き出してしまった。しかし、作者に人を笑わせようとする意図は少しもない。これはヘイタンの実に現実的な問題なのだ。

言語が素晴らしい。庶民の言葉で庶民の事を語っている。大衆の言葉を学ぶことに長けているとは、こういうことを言うのだ。大衆の言葉を学ぶとは、一部の語彙を吸収することではなく、まず大衆の「叙述方式」をマスターすることだ。大衆の叙述方式はとても面白い。インテリの叙述方式と決して同じではない。大衆の叙述方式は、それ自体、繊細であり、感情的色彩があり、ユーモアがある。趙樹理(2)の言語は、決して農民の言葉を多く使ってはいないが、農民の叙述方式をつかんでいるため、基本的には標準語を用いているのに特殊な趣がある。曹乃謙の言語は燕麦の味がする。なぜなら、彼は雁北人の叙述方式を用いているからだ。この叙述方式は簡潔で無駄がない。しかしところどころ文を重複させたり、似通ったフレーズを用いたりする。これが一種の繰り返しのリズムを作り出し、叙述の力強さが増すのである。例えば、

嫁っ子はひと晩中ウェンハイに何もさせてやらなかった。嫁は赤い腰帯をきつく結び、頑としてほどいてくれようとしなかった。泣いて、泣いて、ひと晩中泣きじゃくっていたそうだ。

ウェンハイが畑仕事から戻ってきても、メシを作ってくれないという。泣いて、泣いて、一日中泣きじゃくっている。

（第二話　女房）

例えば、

母親はかまどの横に座って両の目を大きく見開いてレンアルを見つめ、ぼんやりと考えた。少し考えては服の下襟をつまんでそっと両の目の涙を拭き、少し考えてはまた下襟をつまんで涙をぬぐった。

母親はかまどの横に座って、レンアルがクラフト紙をオンドルに貼り付けるのを見ながら考えた。少し考えては服の下襟をつまんでそっと両の目の涙を拭き、少し考えてはまた下襟をつまん

で涙をぬぐった。

（第三話　レンアルの気がふれた）

対話の書き方もうまい。それ以上短くできないほど短く、それ以上簡潔にできないほど簡潔で、それでいて非常に味わいがある。


「チョウあんちゃん」

「うん？」

「これが運命《さだめ》なんだね」

「……」

「おらたちは、そろって運が悪いんだよね」

「おらの運は悪い。でもおまえの運は悪くない」

「悪いよ」

「悪くない」


（第四話　燕麦のワラの中で）

曹乃謙はこのような題材がまだたくさんあり、二年かけて書くつもりだと言う。私はこのように書くのは最長二年だと思う。一人の者がいつもひとつのパターンにしたがって書くことはできない。曹乃謙はすでに自分の文体を意識している。他の者も少し指摘していた。彼はまた同じ文体を繰り返すだろう。二年書けばよい。その後は別題材と文体に変えた方がよい。

【訳註】

（1）汪曾祺（一九二〇―一九九七）作家、随筆家、劇作家。短編小説の創作に特に成果をあげたと評されている。

（2）趙樹理（一九〇六―一九七〇）農村を描いた作品で知られる作家。文化大革命中に反動派とされ、紅衛兵から迫害を受けて死亡。

【付録】

本物の田舎者

ヨーラン・マルムクイスト（スウェーデン）

一九九〇年代初頭、私はある雑誌で、曹乃謙《ツァオナイチエン》のとても短い短編小説を何編か見つけた。題して『温家窰風景《ウェンジャーヤオ》』という。一読して、彼がとてもユニークな、翻訳に値する作家であることに気づいた。私がスウェーデン語に訳したこの作品は、一九九三年、スウェーデンの文学雑誌に掲載された。その後私は、古くからの友人の李鋭に手紙を書き、曹乃謙とは一体何者なのかと尋ねた。李鋭からの返事では、乃謙は自分と親しい間柄で、大同市の警察官であるという。

昨年〔二〇〇四年〕八月末、李鋭および陳文芬〔マルムクイスト氏の台湾出身の妻〕と一緒に呂梁山に行く機会があり、李鋭がかの文化大革命時代に下放されて人民公社の生産隊に入ったことのある寒村邸家河で、忘れがたい数日を過ごした。太原に戻ってから、私たちは曹乃謙と会い、みんなで一緒に愉しく食事をした。乃謙はそのとき私に、全三十話からなる『闇夜におまえを思ってもどうにもならない――温家窰村の風景』のテキストをくれた。その全話を私はすでにスウェーデン語に訳した。今秋〔二〇〇五年秋〕に出版されると期待している。

翻訳をしながら毎日のように曹乃謙とやり取りをし、私には分からない中国の方言などの意味を尋ねた。乃謙はいつでも、とても分かりやすく説明してくれ、大いに助かった。大陸の評論家たちがなぜ、曹乃謙の作品の良さに気がつかないのか、私にはまったくもって理解できない。

山西省北部の方言にうまく溶け合った「簡直簡《ジェンズージェン》」（「まったく」という意味。本来の「簡直」にもう一字付け足した語句）という言葉。このような語気を強めた語句は、曹乃謙の表現の中によく現れる。曹乃謙の小説の主人公は、「毎天《メイティエン》」とは言わず、必ず「日毎日《ルーメイルー》」というのだ。李鋭と同様、曹乃謙も貧しい山村で暮らす農民の言葉をうまくとらえている。この二人の作家が小説の中で操り出す汚い言葉やののしり言葉のかけ合いは、本当に荒っぽくて驚かされる。「こん畜生」だの、「おめえの母ちゃんをやっちまうぞ」だの、「てめえの先祖を何代にもわたって犯してやる」など、英語でいう「マザー・ファッカー」とか「ファック・ユー」と同じように、普通に使われる表現なのだ。その理由はわかりやすい。二人の作家とも、あの文化大革命の時期に、山西省の山村地帯に住んでいたからだ。李鋭は呂梁山の邸家河に、曹乃謙は山西省北部のもっと貧しい山村にいた。

曹乃謙が小説の中で使う言語は、あまりにも荒っぽくて下品だと思う読者もいるかもしれない。理由は簡単。曹乃謙は農村で生まれ育った作家なので、農民の言葉を自分の小説中に取り入れるだけの機敏な耳を持っているからだ。曹乃謙の文学・芸術面における功績は非常に大きいと、私は見ている。私の最大の希望は、曹乃謙の小説が台湾で出版された後に、大陸の出版界も、この作家が現代中国の最も優れた作家の一人であると気づいてくれることである。

曹乃謙の『闇夜におまえを思ってもどうにもならない』は、果たして短編小説集なのか、それとも長編小説なのか。私の見る限り、これはさほど大きな問題ではない。曹乃謙の今回の本と李鋭の『厚い土』と題する短編小説集との違いは相当大きい。曹乃謙が今回の本の中で描いている出来事と筋は、互いに密接につながっている。物語の中の人物と場景も、互いにしっかりと交差している。曹乃謙の著作は、文体的には李鋭の長編小説『万里雲なし』に近いと私は思う。

李鋭が、短編小説集『厚い土』と、長編小説『無風の樹』、『万里雲なし』で描いた農村の生活方式はもっぱら、李鋭が邸家河で生活した幾年かの記憶に拠っている。山西省の地図をいくら見ても、曹乃謙の小説に出てくる温家窰はどこにも見つからない。アメリカの文豪フォークナーの作品に出てくる「ヨクナパトーファ」のように、この温家窰は、作家の想像の中にしか存在しないからである。だが、その貧しい山村の環境や生活様式、経済条件、登場人物はすべて真実だ。

曹乃謙はある手紙でこう述べている。「温家窰のあらゆる人や事柄には、全て原型があります。どれも、本当に存在していました。もちろん、この全てが、私が知識青年たちを引率して行った北温窰《ベイウェンヤオ》村で起きたとは限りません。しかしいずれにしても、山西省雁北地区〔雁北地区という地区はすでに存在しない。山西省北部を指す〕の農村の人と出来事なのです。それらを私が『温家窰』にまとめたのです。」

曹乃謙はかつてこう話している。「中国作家協会の内部刊行物『作家通信』の編集室があるとき手紙をよこし、『あなたが創作するに当たって、最も関心がある問題は何ですか?』と尋ねてきました。私はこう答えました『食欲と性欲という、人類が生存する上で欠くことのできない二つの欲望が、山西省北部地域に住む一部の農民にとって、どんな状態だったのか。それを私は、現在の人々、そして今から百年後、千年後の人たちに伝えたいのです。あなたがたの同胞の一部、あなたがたの先祖の一部は、かつてこのように生きていたのだ』と」。これこそが、曹乃謙の使命なのである。

作家の故汪曾祺は、曹乃謙の古くからの友人だ。曹乃謙の本に寄せた跋文の中で、汪曾祺はこう書いている。「曹乃謙はかつて私に聞いたことがある。『ものを書くとき、私はいつも激情に駆られるのだけど、それでいいのですかね?』」私はこう答えた。『激情はあるべきだ。ただし、考えるときに激情に駆られても、書くときにはごく冷静でなければならない』。曹乃謙の作品は、この点がちゃんとできている。曹乃謙の作品は、冷静にたんたんと、ありふれた事柄を叙述しているだけに見えるが、実際には苦しい思索を経ている。曹乃謙の小説は、『どうしようもない』という苦しい思想に貫かれている。このような生活に対して、本当に、『どうしようもない』のである。曹乃謙は『問題は、住民たちがこのような生活をとてもよいと考え、悲しむべきとは思わないところにあるのだ』と話していた」。曹乃謙のこのような冷静な筆致には、山村に暮らす人々への本物の愛情と、彼らが直面する苦難に満ちた運命に対する猛烈な憎しみが隠されているのだ。

温家窰は、台湾の村落やスウェーデンにある私の故郷から、言うなれば何千光年も離れている。にもかかわらず、あの山村に暮らす人々は、例の腹立たしい会計係以外はみんな私の同胞であり、みんな一つの世界に生き、一つの天下に住んでいる、と私はしみじみ思う。

温家窰の戸数は三十世帯、人口二百人弱。このうち曹乃謙の小説に登場する人物は五十人で、男も女も年寄りも子供もいる。村のリーダーは、村民いじめが大好きな、非常に憎たらしい会計係と、比較的寛大な生産隊長、それと下放幹部だ。もう一人、比較的大きな力を持っている人物を、曹乃謙は本当に巧みに描写している。「顔のしわは耕したけれどもかきならしてはいない山の斜面みたいで、あごひげはヤギがかじりかけて途中でやめた土まんじゅうの草みたいな」爺さん。この人物は、李鋭の小説に登場する「神の木」と同じような役割を果たす老人で、中国の恐るべき伝統的な家父長制社会を代表している。

小説に描かれている出来事の大半は、一九七三年と七四年に起きている。恐怖に満ちたあの文化大革命の十年間、人々が最も恐れていたのが「大衆独裁委員会」だった。当時、各レベルの政府機関にあった治安維持のための組織である。物語に登場する人物の大半は、若い、あるいは中年の哀れな独身男だ。腹いっぱい食べたいと願うのを別にすれば、これらの男たちは女性と寝るのに飢えている。不思議なことに、口を聞けば下品な言葉ばかりのそんな独身男どもが、女性と寝ることを「あれをする」と言う。だが、その目的で妻を「買う」には二千元かかる。貧しい独身男どもにそんな金がどう調達できよう？　妻を「買え」ないなら、自分の妹か母親と「あれをする」以外にない。それもだめなら雌のヒツジを代用品にするのである。村で独身男たちのボスは、「シャートンピン（下等兵）」と呼ばれている。この人物は若いころ兵隊だったことがあり、世間を知っていて、売春宿で遊んだことがある。自分は大丈夫《だいじょうぶ》で、何でもうまく処理できると思っている。女性をどう扱えばいいかわかっているし、性欲やその他の強い欲望をどう処理すればよいかも知っている。シャートンピンは若いころ、傅作義《フーズオイー》将軍〔山西省出身の軍人、政治家。中華民国時代は国民革命軍の将校で、抗日戦では八路軍と連携して活躍。中華人民共和国成立後は、中央人民政府委員などを歴任した〕の部隊で炊事係をしていたことがあり、料理が作れる。村の独身男たちの唯一の楽しみは、一、二カ月ごとに開く「持ち寄り宴会」である。それぞれが家にある食べ物を持ち寄り、みんなで一緒にご馳走にありつく。普段家にあるのは燕麦《エンバク》の粉やジャガイモ、でなければトウモロコシくらいのものだ。

山村の生活は非常に苦しく、村民が与えられる穀物は、村民が餓死しないのを保障する程度である。年末に労働点数を計算し、村民に分けるのだが、それぞれの村民が手にする所得は、九十元から百元の間で、灯油や塩、マッチなど、土地の生産物でない日用品を購入するのがせいぜいである。懐中電灯は、村で唯一の近代的な品だった。

村民は常に腹を空かせている。空けば空くほど、八八六六〔八八とは、八皿のオードブルと八皿の暖かい料理のこと。六六は、言うまでもなく六皿のオードブルと六皿の暖かい料理〕を夢見る。だが、八八六六を食べることなど、永遠に不可能である。哀れな村民たちが普段何を食べているのかといえば、燕麦かトウモロコシの粉で作った、糊よりも薄いお粥である。農民たちは、野生のノゲシも大量に採り、これを半生に煮て大甕の中に漬けておく。一年は食べられる。農民燕麦で作ったうどん〔魚魚（ユーユー）〕もよく食べる。野生のニラを少し加えるのである。農民が一番好きな食べ物は、モチキビで作った油炸糕《ヨウザーカオ》〔キビを粉にしたものを練りアズキやナツメの餡を入れて揚げた餅〕だ。しかし食用油は一人につき一年間に半斤〔一斤は五百グラム〕しか配給がないので、一家四人でも合計二斤しかもらえない。そんなことで、どうして油炸糕を食べる気になれるだろうか？　これでは、油で揚げないただの餅を食べるしかない。村の独身男たちが一番好きな食べ物が油炸糕で、最も望んでいるのが嫁をもらうことだ。何より満足させないといけないのが、この二つの欲望だ。ある「乞食節」の一節にこううたわれている。「油炸糕、板鶏鶏《バンジージー》をいいぞと言わない男はいない」。板鶏鶏は、女性の外性器のことだ。

曹乃謙はたいへん真面目な作家である。彼は大陸の作家が一般に触れたがらない、非常に重大な社会問題、例えば乱倫のテーマを避けない。本書の第一話の主人公ヘイタン〔黒蛋〕は、たったの一千元で、息子のために嫁を買った。とても安かったので、ヘイタンは、親戚になった嫁の父親が自分の妻を毎年一カ月間連れて行って使うことを承知した。ヘイタンは、親戚の男と妻を送って行くときに、心の中で「クソ！　こん畜生め、早く失せろ！　もともと一千元なんて安さでわしらの息子に娘をくれたんだから仕方ねえんだ。クソ！　早く失せやがれ！　どうせ一年にたったの一カ月の話さ。何にせよ、中国人てのは、言ったことは守るのさ」とつぶやく。ヘイタンの口癖は「中国人てのは、言ったことは守るのさ」だ。貧しい村民たちにも、自分たちの確固たる道徳観があるということだ。

第三話の主人公レンアル〔愣二〕は、性欲が亢進すると、ストレスで時々気がふれる。そんなとき、レンアルの母親は夫に、村から遠く離れた炭鉱にいる長男のところへ金をもらいに行かせる。夫が数日後に炭鉱から帰宅すると、レンアルの症状は治まっている。フォークナーと同じように、曹乃謙は自分の読者に、言外の意味を読み取らせるのだ。

男性優位の中国の農村では、女性の地位はとても低く、ロバよりちょっぴり高いという程度だ。第二話は、ウェンハイ（温孩）という名の独身男がとうとう嫁をもらった話で、村中が喜びに沸く。だが、寝室の外で聞き耳を立てた村人は、「おやおや、新婦はズボンを脱ぎたがらねえぞ！」と言う。のちには、別の村人が、「あの嫁は野良に出たがらねえし、亭主にメシも作ってやらねえだ！」と言う。ウェンハイがどうしたらいいかわからないでいると、老人がこう言った。この、顔のしわは耕したけれどもかきならしてはいない山の斜面みたいで、あごひげはヤギがかじりかけて途中でやめた土まんじゅうの草みたいな老人いわく「おまえの母ちゃんに聞いてみるとええさ」。母親に聞いてみると、あの嫁を一回しっかりたたかなくては駄目だと言う。うん、分かったぞ。ウェンハイは家に戻ると激しく嫁をたたき、顔は黒や青のあざだらけになった。そして、このとき以来、嫁はメシを作ってくれるようになった。さらに、亭主の後を三歩下がって歩きながら、鋤を担いで野良に出るようになる。新婚のときズボンを脱ぎたがらなかったこの新婦は、その後、男女同権主義者になり、自分を愛してくれる恋人を見つけるのである。

村の男と女の間には、肉体の愛を求めない、比較的ロマンチックな愛も芽生える。レンアルが一番好きな娘はジンラン（金蘭）という。自分がこのジンランを嫁にするのは永遠に無理なのをはっきり分かっているにもかかわらず、レンアルはどうしてもジンランに会いに行かずにはいられない。レンアルが訪ねたとき、ジンランははだしでオンドルの上に座り、古綿をほぐしていた。「なあ、おらひと目でおめえが古綿をほぐしているのが分かったぜ」。ジンランはひと言も返さずに、古綿をほぐしている。「ジンラン、おめえが綿をほぐしている姿、きれいだね。おめえが綿をほぐしている姿を見るの、おら、大好きだ」「ジンラン、おめえのはだしの足を見るのも、おら、好きなんだ。おめえのはだしの足は全く素敵だよ。あれ、おめえ、いま足を隠したな」とレンアル。曹乃謙はここでも読者に言外の意味を読ませている。ジンランはレンアルから「おめえのはだしの足を見るのが好きだ」と言われて恥ずかしくなり、膝ではだしの足を押さえつけて隠し、レンアルに見られないようにしたのである。

　曹乃謙の小説で最も敬服に値する役割を演じているのは、みな女性だ。中でも最も印象的なのは、ズーズーの女房である。正義感が強く、思いやりがあり、しかもやり手の女性である。夫のために息子を二人生んだ。長男と次男とも今は二十代の独身である。この家には他に、ズーズーの弟で、四十歳近い独身のアルズーも同居している。一家は金を貯めてアルズーのために嫁を買おうとしていたが、ちょうどいい相手が見つからない。そこで、とうとう女房を「共有」することに決めた。つまり、ズーズーと弟のアルズーが二週間毎にアルズーの女房と交互に、東側の部屋のオンドルの上で「あれをする」のである。これはなかなかいいやり方ではないか。アルズーに嫁を買うための資金は、窰《ヤオ》の部屋三間作るのに使った。長男が嫁をもらったら住まわせるためである。長男が嫁をもらうためには金がいる。金を稼ぐには、県のレンガ工場に仕事を見つけなければならない。だが、工場で仕事を手に入れるにはコネが必要だ。そのコネを手に入れるには、下放幹部のラオチャオ（老趙）に頼むしかない。ラオチャオは人がよく、何かしらの手立てがある男だ。ズーズーの女房がラオチャオと「あれをする」ことを厭いさえしなければ、万事うまく行く。

かくしてラオチャオは、ズーズーとアルズーの兄弟と、ズーズーの次男ユージャオ（玉茭）に、県のレンガ工場でちゃんと仕事を見つけてくれた。ラオチャオにしてみれば、まさに一石数鳥だった。性欲が強すぎるユージャオは、女性便所をのぞき見して大衆独裁委員に捕まり、殴打されたのち家に戻った。ところがある日、ユージャオは、自分の母親と下放幹部が東側の部屋のオンドルの上で「あれして」いるのを目撃した。怒り狂ったユージャオは下放幹部を追い出し、自分の母親を強姦するのである。ズーズーとアルズーがレンガ工場から戻ってきて、ユージャオを捕まえた。ユージャオを戸板の上に寝かして縛りつけ、口の中にロバの糞を詰めて、新築の窰の部屋の中に放置し戸に鍵をかけた。十日経つと、ズーズーはシャートンピンにユージャオの身体を洗わせ、新しい服を着せた。（ここからは、作者の曹乃謙にこの物語を締めくくらせよう）

十七日目になると、ズーズーの家はまたにぎやかになった。この日はとてもおめでたい日である。ユージャオのために亡霊の妻を娶ってやることになったのだ。この亡霊の嫁入りは、ユージャオの母親の弟が自分の村で三百元を払ってまとめてきた。嫁になる亡霊は若い娘だった。この娘は半年前、ある人のところに嫁に出されるのを嫌がって、家からこっそり逃げ出して西の沢のひん曲がった木で首を吊って死んだのだ。これを知って温家窰の村人たちは猛烈に憤慨したものだ。「おまえらの村の人間がどうしてわしらのひん曲がった木にやって来て首を吊ったんだ？ひん曲がった木はわしらの村の木で、おまえらの村の木ではねえだ」。今となってみると、村人たちが騒いだのは正しかった。娘っ子が選んだ死に場所は正しかった。間違っていなかったのだ。亡霊の妻を納めた小さな木の棺が荷車から下ろされたとき、ユージャオの母親はワーと声を上げて泣いた。「泣きなさんな。ユージャオのお袋さん、ユージャオのお袋さん、泣くんじゃねえぜ。おめでたい日に泣きなさんな」とみんなから言われて、母親はこらえた。「嫁を欲しがっていたユージャオにやっと嫁ができたんだ。こんなめでたい日には笑うもんだぜ」。そう村人たちに言われ、母親の頬が少し緩んだ。作り笑いを浮かべようとしたが、笑えず、また声を上げて泣きそうになった。ユージャオの母親は急いで下唇を強くかんだ。

この話を最初に読んだとき、涙が出た。ユージャオの母親が古代ギリシャ悲劇に出てくる女傑のように思われたからだ。もう一度読んでみると、この母親はまるで大慈悲観世音菩薩の化身のように思われた。

曹乃謙はミニマリズム〔最少限主義〕の作家だ。その作品は一文字も多すぎもしなければ、少なすぎもしない。五百字を超えない物語の中で、一人の人間の運命、あるいは一つの家庭を見舞った災難を描き出すことができる。曹乃謙の創作スタイルは、音楽の演奏に似ていると私は思う。たとえば、中国楽器の二胡を弾く人が、音符を一つ間違えただけでも、曲全体がだめになる。実は乃謙は音楽家でもある。幼いときにハーモニカを覚え、それから横笛、二胡、簫、三弦、笙、チャルメラ、洋琴もマスターした。その音楽的才能は作品の会話にも表れていて、会話の中で沈黙がたいへん巧みに使われている。

乃謙は民謡を歌うのも大好きで、しかもうまい。昨年〔二〇〇四年〕九月初旬に、李鋭、蒋韻〔作家で李鋭氏の妻〕、文芬、私が太原にて乃謙と夕飯をともにしたときのことだ。李鋭と乃謙が乞食節を歌ってくれた。乃謙が歌ってくれたのはこんなふうだったと記憶している。

「おまえは土手の端、おらは溝の中、口づけできず、手を振り合うだけさ」
「赤い果肉のスイカに砂糖を振っても、おまえのつばきほど甘くはない」

飾り気のない乞食節の素朴な美的感覚は、私がこよなく愛する（中国）南北朝時代の『子夜歌』を思い起こさせる。

沈従文《サンツォンブン》は、五四運動以来私が最も敬服している作家だ。私は乃謙に従文の作品について語ったことはないが、乃謙は汪曾祺《ウォンツウンチ》の小説を高く評価しているので、沈従文の小説も高く評価するだろうと私は信じている。散文集『もう一つの郷愁』の中で、私は沈従文を「田舎者、作家にして学者」と形容した。乃謙は本物の田舎者だ。この見方に、当の乃謙自身も同意してくれるだろう。

本書の台湾版に寄せた序文の中で、乃謙はこう述べている。「私が飢えと渇きにあえいでいる農民に関心を寄せているのは、私自身が農民の家庭に生まれたからである。私の半分は農民といえる。少なくとも私の体には農民の血が流れ、脳内には農民のさまざまな意識が存在し、私の行動にも農民らしい習性が数多く現れている。たとえば、私は一種類だけの炒め物は嫌いで、ごった煮が好きだ。机の前に座って文字を書くのは苦手で、寝台の上に胡坐をかき、折りたたんだ掛け布団にへばりついて文字を書くのが好きである。さらに言えば、私は現在、建物の中ほどの階に住んでいるが、大雨が降るたびに、雨漏りしていないかどうか、何度も天井を見上げてしまう。また、農作物を台無しにしてしまう雹《ひょう》が、この雨に混ざっていないかどうか、目を凝らしてしまう。寝支度のために夜具を敷くときには、動作を小さくそっとやる。寝台のサイドテーブルのランプが、掛け布団の風にあおられて消えてしまうのを恐れているのである。まだほかにもある。ほかにもある。つまりこの私は、警官の制服を着ている農民なのである」

二〇〇五年三月　ストックホルムにて

（原文は中国語）

（漢学者、スウェーデン・アカデミー会員、ノーベル文学賞選考委員）

【付録】

おまえはキツネにおれはオオカミに――私と山西省北部の民謡

曹《ツァオ》乃《ナイ》謙《チエン》

私は歌うのが好きだ。一日中歌っている。よく知り合いから「いつも自転車をこぎながら、独り言を言っているみたいだが、何を言っているんだい？」と尋ねられる。実は、歌っているのだ。遠く離れていると、相手は私の声が聞こえず、口の動きしか見えないので、話していると思ってしまうのだろう。

私は歌うのが好きだ。だがほかの歌は歌わない。私が歌うのは万里の長城以北の山西省北部の民謡だ。「おまえは土手の端　おらは溝の中、口づけできず　手を振り合うだけさ」、「赤い果肉のスイカに砂糖を振っても、おまえのつばきほど甘くはない」。私が歌うのは「煩わし節」、「ひとりぼっち節」、「場這い節」、「山唄」と呼ばれる地方の民謡なのだ。こうした民謡を「乞食節」と呼ぶ人もいるが、まさにその通り。昔から今日に至るまで、正真正銘、これらの唄は確かに乞食が歌う唄なのである。

あるとき、私は一人の老人と女の子がこうした唄を歌って物乞いをしている姿を見た。なかなか上手なので、十元を取り出して彼らに渡し、くっついて何カ所か回った。老人は誤解して、ひそひそ声で真面目にこう言い出した。「あんたはいい人そうだ。この子をあんたの家の食器洗いに行かせよう」。

私は驚いて、慌てて「そりゃいけません。私にはいます。いますから」と言うと、大急ぎで逃げた。それからは、乞食の中に女の子がいる場合は、ついて回らず、聞きたいときは離れた所で聞くようにした。

私は本当に乞食節が好きだし、それを歌うのが大好きだ。これは生まれつきと言えるかもしれない。私は歩き始める前から唄を歌っていた。当時、隣の家のホアンホアン（換換）ねえさんがニワトリやヒツジに餌をやったり、何かほかの仕事をしたりしている音が聞こえると、窓に向かって大声を張り上げて歌った。

にいさんは山の上　燕麦を　さっくりさっくりと刈り取る
いもうとは山の下　ノゲシを　すっぱすっぱと選り取る

これは、ホアンホアンねえさんが教えてくれた山唄だ。歌い終わると、私はようやく「ホアンホアンねぇしゃん～、抱っこして～」と大声で叫ぶのであった。だが、ねえさんはいつも聞こえないふりをして、私にもう一度歌わせた。ねえさんに抱っこしてもらって外に出たいがため、私はまた喉が張り裂けそうになるほどさらに大音量で歌って聞かせるほかなかった。その当時、私は三歳（恥ずかしいことに、私は四歳になってようやく歩けるようになった）で、この山唄の中に描かれている情愛や歌詞に含まれている生活の趣は分からなかった。私はただ、この唄ならば声がよく響き、遠くの人にまで声が届くということを知っていただけだ。また、この山唄を上手に歌うことができるので、人々から褒められることも知っていた。

九歳のとき、私は大同の小学校に入ったが、冬休みや夏休みには村に戻り、多くの時間を祖母の村で過ごした。その村には、バツンジン（疤存金）という羊飼いの男がいた。この男はたくさんの山唄を歌うことができた。私は祖母に野原に行って教科書を暗記してくるとうまいことを言って家の者には隠して、この男についてヒツジの放牧に行った。曲がりくねった川の清らかな水、木陰を吹き抜ける爽やかな風、峠にちりばめたような小さな野の花、青い空に浮かぶ白い雲、大自然のこれら全てが、私にこの上ない喜びを与えてくれた。けれども私がもっと好きだったのは、バツンジンが歌う山唄だった。彼は歌うときは、いつも山裾の村をじっと見つめ、まるで村の誰かに聞かせているようだった。「向こうの土手にいるのは　だあれ？　あれは死ぬほど好きだったおらの義妹。崖の上に立つハコヤナギの木立は高さがいろいろ。おらの義妹はこの世で一番」。歌い終わると、彼はそこに座り、長いこと黙り込んでいた。そしてそばにある土くれや石ころをつかんで尾根の下に向けて勢いよく投げた。老いたタカが青空の下で旋回していた。ヒツジの見張り番のイヌがタカの影を追いながら、ワンワン吠えた。私は本を取り出したが、ちっとも読み進むことができなかった。バツンジンの歌う悲痛な山唄は私に感染し、程度こそ異なるものの、彼につられて私もそのような情緒と雰囲気の中に浸っていた。

中学三年の夏休み、また祖母の村に戻ると、バツンジンが死んだことを知った。雌ヒツジを獣姦しているところを人に見られ、恥ずかしさのあまり、山の中のひん曲がった木で首を吊ってしまったのだ。人々が見つけたとき、その遺体はタカに突かれることなく、元の姿のまま木にぶら下がっていた。人々は、タカは彼の肉が苦いのを嫌ったのだと言った。その体の筋肉はすでに干からびており、体はまるで旗のように風に吹かれてゆらゆら揺れていたという（『天国のトビラ』は、彼をモデルに書いたものである）。私は、彼は死の直前に、きっと村の方に向かって大声で叫ぶように歌っていたに違いないと思った。

子ヒツジは母ヒツジから乳を飲む前に
前脚を折ってひざまずかねばならぬ
女房のいない羊飼いは、生き地獄さ

乳を飲んだあと子ヒツジは
うしろ脚を突っ張って起きる
女房のいない羊飼いは、惨めなものさ

これは、彼がいつも歌っていた山唄の二節だ。あの頃、彼はきっとこの二節を何度も歌い、荒山と大空に向かって、心の中の死ぬほど好きだった彼女に向かって、自分のひどい渇きと、やるせなさをぶちまけていたのだろう。その後、私はこの二節の山唄を歌うたびに彼を思い出すようになった。村をじっと見つめていた彼の目や、何回も石ころを放り投げていた様子、木にぶらさがった干からびた体が旗のように揺れ動いている様子が目に浮かんだ。私を山唄好きに啓蒙したのがホアンホアンねえさんとするなら、バツンジンは私の最初の山唄の先生だ。あの節回しが一段ずつ高くなる、よく響きわたる無骨で素朴な山唄は、永遠に私の記憶の中に留まっている。

この地域の山唄は、内モンゴル自治区の「山登り節」や陝西省の山唄「信天遊」と同種のものであり、節も似ていれば、言葉も入り混じっている。例えば「白菜をはぎ取る」は、私たちの地域で広く伝わっている乞食節だが、唄の節は、陝西省北部の「大生産だぜ　ムホールハイ、一斉動員だぜ　ムホールハイ」とほとんど同じだ。よく考えてみると、これはまったく不思議なことではない。同じ青空の下にいて、同じ厚い土地に属しているのだ。「山登り節」にしても、「信天遊」にしても、この地域の乞食節にしても、みな黄土高原の民俗文化と地域の風情を体現している。

私は七歳でハーモニカを覚え、その後順に横笛、二胡、簫、三弦、笙、チャルメラ、洋琴を習得した。母は「一日中、キーキーニューニューフンフンヤーヤー音を出して、まったく乞食そのものじゃないの」と私を叱ったものだ。もし、本当に乞食になったら、私はきっとたくさんもらえるいい乞食になれた、と信じる。

文化大革命の最後の年〔一九七六年〕、私は辺境の北温窰村《ベイウェンヤオ》に派遣されることになり、知識青年たちを引率して行った。そこは貧しい村だった。人々はボロをまとい、たった一枚のボロのヒツジの毛皮を家族みんなで掛けて寝ていた。オンドルの上にはアンペラの敷物の代わりに炭鉱から拾ってきたクラフト紙のセメント袋が貼られていた。そんな貧しい彼らでも、歌うことは大好きだった。地方は中央の威令が届かない。彼らは革命模範劇を歌うでもなし、毛沢東語録を歌うでもなし、歌うのは乞食節であった。その乞食節を彼らは「燕麦粉掘り」と呼んでいた。最も味があり、最も濃厚な歌い方をするのは、アルミン（二明）という若者だった。「明るいうちに　おまえを思い出すと　おまえの家の塀をよじ登るんだ　闇夜におまえを　思うときもあるが　そのときはどうにもならぬのさ」。アルミンが歌い出すと、私は祖母の村のバッツンジンを思い出した。この二人の歌い方には、似たところがあった。すべての感情をこめられることだ。それゆえ、ことのほか人を感動させた。私はしばしば涙をためて彼が歌うのを聞いたものだが、時には抑えきれずに涙がこぼれ落ちることもあった。私はいつも、彼らは歌っているのではなく、泣いて訴えているのだと感じた。夕飯を食べ終えると、人々はランプの火を消して眠りにつく。時々、若い独身男たちは集まって宴会を開く。宴会には酒もなければ肉もない。彼らには財力がないし、そもそもそんな過分の望みなど抱かなかった。ただおまえの家からジャガイモ、おれの家から燕麦粉、やつの家からゴマ油と持ち寄り、一緒に腹いっぱい食べ、食べ終えると歌い始めるのだった。このような機会を、私はできるだけ逃さないようにした。彼らに煙草を差し入れ、私も歌った。彼らは意外な表情で「曹隊長さんも、おれらの燕麦粉掘りができるのかい」と言った。私はまた、二胡を村に持参していたので、伴奏もした。乞食のやり方をまねて、二本の弦を一緒に合わせて弾くと、とても特別なハーモニーとなった。こういうやり方で奏でてこそ、「燕麦粉掘り」の味に最も近くなる。こんなときアルミンは、当然主役になる。

明るいうちに　おまえを思い出すと　縫い針が持てなくなる
闇夜におまえを　思うと　灯を吹き消せなくなる

明るいうちに　おまえを思い出すと　黄昏を待ち望み
闇夜におまえを　思うと　夜明けを待ち望む

アルミンは歌い終えると、たいていは黙り込んでしまう。だが、時に突然「畜生」とひと言吐き捨てるなり、バタンと扉を閉めて出て行ってしまうこともあった。ある人は私に、彼は決して誰かを責めているわけでもなく、また誰かに怒っているわけでもない、そういう無鉄砲な人なのだと教えてくれた。ある宴会のとき、私は煙草以外に、人民公社で白酒三斤〔千五百グラム〕を瓶に入れてきて差し入れた。あのとき、果たして何人が酔っぱらったのか、忘れてしまった。しかし、ある独身男が煙草を丸ごと口の中に放り込み、かんでかんでかんでかんで、最後に飲み込んだことをはっきり覚えている。そのほか、二人の独身男がきつく抱き合い、いつまでもキスをし続けていたことも。彼らのこの様子を見て、私は最初、くだらない、気持ち悪い、と思った。だがしばらくすると、じわじわと悲哀が心に襲いかかってきて、心の底から寒々しい気持ちになってきた。

私は北温窰村に一年間滞在した。その一年に私が感じたことは深すぎるぐらい深い。また強烈すぎるぐらい強烈なショックを受けた。その深い感銘と強烈なショックは、なによりも、深く心に刻まれ身をひき裂かれるような、彼らの乞食節から来るものだった。十二年後、私は突然彼らのこと、あの村のことを書かなくては、私の『温家窰村の風景』を書かなくては、との思いに駆られた。そして、アルミンが歌った「闇夜におまえを思うときもあるが　そのときはどうにもならぬのさ」の叫びを情感の基調にし、この連作小説をまとめることにした。この二十九編の連作小説の中で、「山唄」、「煩わし節」、「ひとりぼっち節」、「傷心節」、「乞食節」、「燕麦粉掘り」を大量に引用した。これらの民謡だけが、人々の食欲や性欲があるべき満足を得られないときの渇望と追求を表すことができる。また、これらの民謡こそが、私の彼らに対する懐かしい気持ちと苦しい思いを表すことができ、あの黄土地帯に対する私の熱烈な恋心を表すことができる。

現在、私はよく簫を吹き、たまに二胡を弾く以外、ほかの楽器には触れなくなった。しかし、乞食節のような民謡は一層好きになった。これらの民謡と比べれば、ほかの歌曲は私の心の中で占める場所がないか、はるか下の順位かである。最もうっとうしいのは、次々に変わる、いわゆる流行歌だ。美辞麗句を並べた歌詞はまだしも、病気でもないのにつらいの悲しいのとうめいている。私は『男やもめ女房いなくて泣く』たちの方が、『君を千年愛する』たちよりも何十倍もよいと思う。後者はただ悲しくて涙をこぼしているだけだが、前者はひどく苦しみながら血を垂らしているのである。

私は、自分たちの地方の民謡が好きでたまらない。私は本当に、乞食がイヌをたたく棒を手にし、四弦琴を奏で、私たちの乞食節を歌って街から街へと物乞いをし、地の果てをさすらいたいと、心から思っている。試しに聞くが、私と同行してくれる知己はいるだろうか?「おまえはキツネにおれはオオカミになって　くねくね曲がる山道を　連れだって行こう」、人に従う小トリは、私の肩に止まるだろうか?　私と一緒に歌い、私と一緒に流浪しよう。最後に、私たちは再び山の懐に戻り、山の頂に登り、美しい夕焼けの中、風を受けて二面の旗のようにはためこう。

訳者あとがき

本書は『到黒夜想你没办法——温家窑风景』（長江文芸出版社、二〇〇九年）の全訳です。一編一編が簡潔な文体で構成されており、短編小説かと思いきや、実は全編が一つに繋がっている長編小説であることが次第に分かる、不思議な魅力を放っている作品です。読んでいるうちに、黄土高原の土の匂いが立ち込める温家窰《ウェンジャーヤオ》の世界にいつの間にか引き込まれてしまいました。

本書の舞台は、山西省北部の、地図には載っていない架空の村です。物語は、プロレタリア文化大革命（一九六六年～七六年）の嵐が中国全土で吹き荒れていた一九七三、四年ごろ、その寒村でどん底の生活を強いられていた農民たちの食への飢えと性欲をリアルに描写しています。極貧のため妻を娶って一家を成すことすら出来ない独身男たちの話が頻繁に出てくるため、本書は海外において『楢山節考』（深沢七郎）の中国版とも評されています。確かに、棄老の風習はないものの、『楢山節考』や『季節のない街』（山本周五郎）、『忘れられた日本人』（宮本常一）に登場する、かつての日本の貧民街や寒村に生きた人々との類似点が少なからずみられます。しかし読んでいて暗い気持になりません。山西省北部の民謡をちりばめた物語は、黄土高原の雄大な自然と素朴な田舎生活を垣間見ることができ、貧しいながらもたくましく生きる農民たちの会話が時に笑いを誘います。

本書に劣らず著者自身の生い立ちも衝撃的です。一九四九年一月、山西省応県下馬峪村の農家に生まれた著者は、生後七カ月のとき、隣の家に住んでいた女性に連れ去られました。結婚後数年たっても子宝に恵まれなかったその女性は、自分によくなついた著者をとてもかわいがり、ある日、著者を抱きかかえて夫のいる大同〔山西省北部、近くに雲崗石窟がある〕まで逃走、そのまま大同に住みついて著者の養母になったのです。その経緯は養母を題材にした小説『換悔』(1)に詳しく描かれていますが、養母から愛情をたっぷり注がれて育った著者は養母を恨むこともなく、むしろ「この事件がなかったら、私は生涯農民で、警察官になることも、作家になることもなかったでしょう」と語っています。

著者は高校卒業後、炭鉱労働者、文化宣伝工作団の民族楽器の演奏者を経て、七二年に大同市公安局の警察官に採用されました。七四年の二十四歳のとき、警察官として下放知識青年の一団を省北部の北温窰《ベイウェンヤオ》村に引率する隊長となり、一年間滞在する任務を命じられました。

下放知識青年とは、文革中、毛沢東主席の呼びかけに応じて労働や思想改造のため、都市から農山村に移住した中学生や高校生の若者たちのことです。都会の若者たちが慣れない農山村でホームシックに陥らず、順調に定住できるように指導し、村人たちに対して若者たちを冷遇したり、不公平に扱ったりさせないようにするのが役目だったそうです。

「あの一年間の体験があったからこそ、私はこの長編小説を創作することができたのです」。著者はこう訳者に断言しました。さらに、幼いころからしばしば祖母が暮す応県の田舎で過ごしたことが影響し、飢えと貧困にあえぐ農民に強い関心を抱き、「社会の底辺にいる人々の生き様を描くことが、私の不変のテーマになったのです」と語っています。

本書は、二十九の短編と最終話の中編から構成され、子どもから大人までの約五十人が登場します。各話の主人公がみな決まって精神的、社会的、あるいは肉体的な弱者であり、ささやかな幸福を求めて懸命に生きていることを基調としています。著者によると、第七話までが全体のプロローグで、第八話以降のストーリーへと導いていています。各話の登場人物と場景も互いに交差し、圧巻の最終話では、性欲が強過ぎるラオズーズー（柱柱）の次男、ユージャオ（玉茭）をめぐる話の中に各話の主要人物をほぼ全員登場させ、貧しくてもなんとかやっていた一家の壮絶な悲劇として完結させています。

二〇〇九年秋、著者は日本中国文化交流協会に招かれた中国作家代表団の一員として初来日し、滞在中に開催された日中作家交流会や早稲田大学での講演会で、自身について次のように語りました。

「私は、これまで三人の高貴な人と巡り合いました。まず、養母。彼女は私を応県から大同に連れて行き、私に勉強を強制し、物事をいかに認識すべきかを導いてくれました。二人目は汪曾祺氏。彼は私の本の出版を手伝ってくれ、私の目を大同から北京に向けさせてくれました。三人目はヨーラン・マルムクイスト氏。彼は私の作品を翻訳してくれ、私を北京からストックホルムへと目を開かせてくれました」

この三人との奇遇こそが、まさに著者の運命を変え、著者を中国国内はもちろん、海外からも注目される作家のひとりにしたのです。

著者によれば、作家の汪曾祺氏とは大同で開催された文学創作講座で知り合い、五篇の短い小説から成る『温家窰風景五題』を読んでもらう機会を得ました。この小説を読んだ汪氏は感激し、同様の短い物語を引き続き書いて一冊の本にして出版すべきだ、と著者に勧めたそうです。

『温家窰風景五題』は、『北京文学』の一九八八年第六期に掲載され、その後、スウェーデンの漢学者でノーベル文学賞選考委員のヨーラン・マルムクイスト氏の目に留まり、スウェーデン語に翻訳されました。汪氏の提案により、タイトルは第五話の中心人物、グオコウおじさんが歌う乞食節の中から一節抜き取って、『到黒夜想你没办法（闇夜におまえを思ってもどうにもならない）』に改名されました。最初の『温家窰風景五題』から十年。全三十編から成る長編小説として完成させた『到黒夜想你没办法』は、まず二〇〇五年に台湾、次いでスウェーデン（二〇〇六年）、中国大陸（二〇〇七年）で出版されました。英語訳版は二〇〇九年、フランス語訳版は二〇一一年にそれぞれ出版されました。

著者の作品には、中編小説集『仏の孤独』（二〇〇七年）や短編小説集『最後の村』（二〇〇六年）のほかに、散文集『私の人生ノート——おまえはキツネにおれはオオカミに』（二〇〇八年）、中編小説『雀躍校場』（二〇一〇年）などがあります。いくつかの小作品は、日本、米国、フランス、カナダなどでも翻訳出版されています。[2]

訳者は著者が来日した際、通訳として一週間同行する機会に恵まれました。著者は杖のように長い竪笛の簫を常に携帯し、行く先々で「乞食節」などの民謡を吹いて聞かせてくれる音楽家の一面ものぞかせていました。

早稲田大学での講演会の後に寄った居酒屋では、ほかの中国人作家たちが「椅子でないと足が辛い」とぼやく中、ひとり悠々と板の間に胡坐をかいて、「オンドルの上みたいだ。私は慣れているから平気」と、日本酒をおいしそうに飲んでいたのが目に焼き付いています。

元警察官という職業柄か、日本の道路交通法に興味を持ち、「自転車と歩行者が赤信号のときに衝突した場合の処罰は?」などと訊ねていました。好奇心が人一倍旺盛なことは、どこに居ても隠せないようです。

ちなみに著者が大きな影響を受けたという外国文学作品は、スタインベック、チェーホフ、ヘミングウェイ。とりわけスタインベックの『ハツカネズミと人間』を愛読し、警察官時代は仁木悦子の江戸川乱歩賞受賞作『猫は知っていた』やエラリー・クイーンの『ギリシャ棺の謎』などの推理小説を鞄に入れて持ち歩いていたそうです。

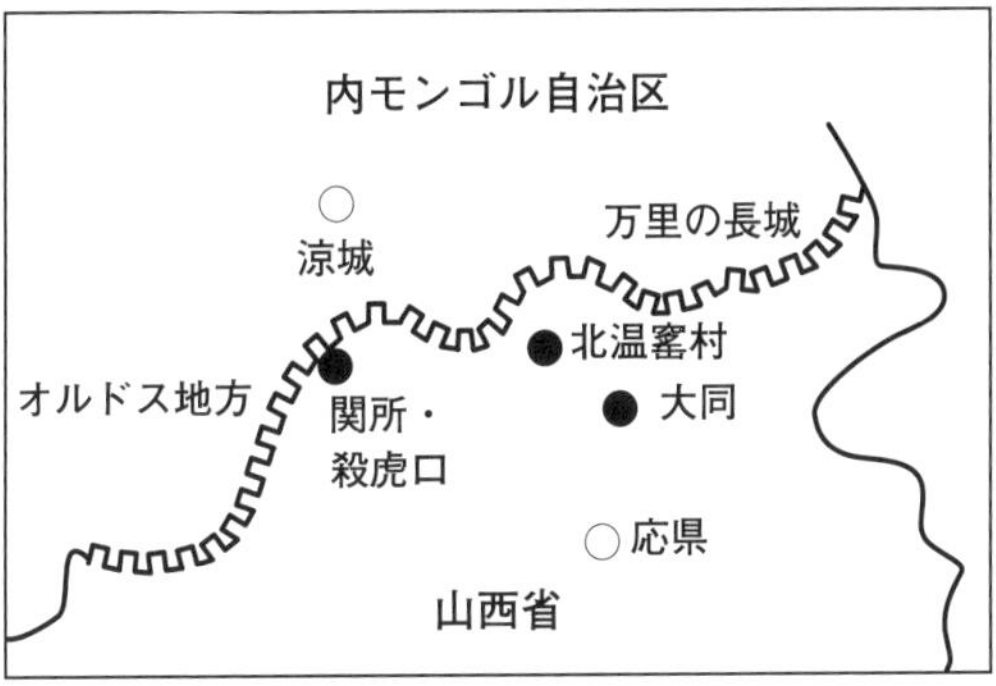

ここで、中国の農村について馴染みのない読者のために、若干の説明をしておきます。本書に描かれている農村特有の風景や慣習を理解するためのいわば「注」と思ってください。

まずは、モデルとなった地域から始めましょう。

山西省は、石炭の埋蔵量が全中国の五分の一以上を占めるといわれるほど、石炭資源が豊富です。昔から、村から炭鉱へ働きに出る人が多く、本書にも炭鉱へ出稼ぎに行った若者や、炭鉱夫に嫁いだ娘が登場します。貧しい村では、農民に比べて稼ぎのよい炭鉱夫はあこがれの仕事でした。山西省は、かつて日中戦争の激戦地でもありました。第九話には、ゴウズ（狗子）が日本軍にトーチカを作らされたと語る場面も出てきます。

著者がかつて一年間滞在した北温窰村は、大同の北西五十キロ、万里の長城を境に内モンゴル自治区ウランチャブ市の涼城県境まで約一・五キロの地点に位置します。一九七三、四年当時は、三十戸余りで、人口は二百人弱でしたが、約四十年後の現在では、約千人に増えているそうです。第八話や第二十七話、第三十話に、長城の関所を越えて内モンゴルのオルドスに向かう話が出てきますが、この関所とは、山西省朔州市右玉県の殺虎口を指します。清の時代から山西省北部の多くの貧民が殺虎口を通ってオルドス地方へ出稼ぎに、あるいは移住したことが伝えられています。

次いで、中国の行政区分。特に一九五八年設立の人民公社についての理解が不可欠だと思われます。現在の行政区分は、省（例えば、山西省）の下に市（例えば、大同市）、市の下に県（例えば、応県）、県の下に郷、郷の下に村民委員会となっていますが、本書の背景となっている七〇年代は、省の下に地区（例えば、雁北地区）、地区の下に県、県の下に人民公社、人民公社の下に生産大隊の順でした。

当時の中国は文化大革命の真っ只中で、農村では人民公社が経済、行政、社会機構を統括していました。全ての農地は公社が所有し、農作業は公社単位で行っていたのです。この公社体制は、人民公社、生産大隊、生産隊の三つのレベルから構成され、それぞれの規模は、三十戸ほどの農家で一生産隊、その生産隊が約十個で一生産大隊、生産大隊が十個で一人民公社を成していました。

本書にもたびたび出てきますが、当時の農民を社員、社員の上に立つリーダーを生産隊長と呼んでいました。公社の幹部は、県から任命された人が担い、農村社会の実質的な実権は、公社の中国共産党委員会書記と大隊の党支部書記が握っていたのです。

公社社員の報酬は労働点数制でした。各人の一日の労働量が数値化され、労働の質、作業種などで違いはありますが、一労働日は通常十点満点で、男性が七、八点、女性が四、五点ぐらいだったと聞きます。生産隊の会計係は、各人の労働量を帳簿に記録し、年末にこの労働点数の総数に応じた収益を各社員に分配しました。しかし、生産隊から分配される食糧だけでは足りないうえに、この労働点数で衣服や日用品なども賄わなければならない社員は、点数稼ぎを必死にやらざるを得なかったようです。

本書に出てくる自留地とは、公社体制下の集団所有の土地から各戸に分配された小面積の農地を指します。集団の労働時間外に、この農地で耕作する野菜などの農作物は、自分のものになるので、自家消費用か自由市場での販売等に供されました。ちなみに、中国の耕地面積は畝《ムー》（一畝＝六・六六七アール）で表記されます。

しかし、こうした公社体制は非効率だと、七〇年代後半から批判されるようになると、農家ごとの土地請負制が図られ、農家の脱集団化が進められるようになりました。八二年の公社解体後には、旧来の郷村制が復活し、最近では村民によって選出された委員で結成する、農民の自治組織ともいえる村民委員会が各地に広がっています。

旧階級区分（一九七九年撤廃）についても触れておきます。一九四九年の中華人民共和国成立後、農村では土地が少数の地主に集中していた地主制度が、土地改革によって解体され、地主、富農、中農、貧農、雇農の五つの階級区分ができました。地主そのものは消滅しましたが、元地主は、長く吊るし上げの対象とされたのです。

物語の中で、農民たちが恐れる大衆独裁委員会は、治安維持を名目に、地主や富農などの「出自が悪い者」、「人民の敵」、あるいは「人民の敵に近い」と見なされた人たちに目を光らせ、捕まえて強制労働をさせたり、批判大会にさらして「罪」を認めさせたりしました。これも文化大革命のゆがんだ産物だと言えます。

ここからは、黄土高原の暮らしについて説明します。

黄土高原は、厚い黄土に覆われた山が多く、植生や川が少なく、そこに暮らす人々は厳しい生活環境を強いられています。一九七八年に始まった改革開放政策にもかかわらず、経済発展に立ち遅れた貧しい村が今も少なくないです。

農村の典型的な住まいは、山腹を掘って作った窰洞《ヤオトン》と呼ばれる伝統的な横穴住宅や、本書にも書かれている平らな土地に日干しレンガを積み上げて天井部分をアーチ形にした土造りの住宅が一般的です。構造は南向きの三間続きで、中央の母屋に玄関がついています。母屋の中に入ると、右が東側の部屋、左が西側の部屋で、各部屋には窓がついています。夏涼しく、冬暖く、どの住宅も五、六人は寝ることができるオンドルを備えています。オンドルは、床下暖房の一種で、台所のかまどで発生した煙が煙道を通って寝台を暖めます。本書に描かれている住まいには、電気がなく、夜になると石油ランプを灯しますが、現在ではほとんどの家に電気が通り、テレビ、冷蔵庫、パソコンを持っている人もいるそうです。

この地方で人々の食を支えているのは、アワ、燕麦《エンバク》（オート麦の一種）、キビ、コーリャン、ジャガイモ、トウモロコシなどです。これらを材料にした窩窩《ウォウォ》（トウモロコシやコーリャンの粉をこねて円錐形にして蒸したもの）、饃饃《モーモー》（穀物の粉をこねて円盤状にして焼いたもの）、餑餑《ボーボー》（具の入っていないまんじゅう）、烙餅《ラオピン》（穀物の粉をこねて薄く延ばし鉄板に油を塗って焼いたもの）、糊糊《フーフー》（穀物の粉で作る糊状の粥）、魚魚《ユーユー》（うどん）などを常食していることが本書から分かります。話によく出てくる油糕《ヨウカオ》とは、キビを粉にしたものを練り、アズキやナツメの餡《あん》を入れて揚げた餅のことで、山西省では春節（旧正月）、結婚式、誕生日など慶事にふるまわれる伝統的な食べ物です。話にあまり出てこない白いうどん粉（小麦粉）は、小麦が育ちにくい気候のこの地方ではめったに手に入れることができない贅沢な食糧といえます。

第一話や第六話に、自分の女房を親戚や弟と「共有」する話が出てきますが、かつて内モンゴル自治区フフホト市の武川県では、こうしたことが実際に起きていました。隣接する山西省北部などから多くの独身男が武川県に移住し、男手が足りない僻地の貧しい農家に作男として住みつき、金を受け取る代わりに農家の女房を「共有」していたのです。「朋鍋《ポングオ》」（女房を共有する）という民謡がオルドス一帯に流行ったほどです[3]。

昔は見合いをして二千元払わなければ嫁を娶ることができず、貧しい村の男たちにはそんな額を払う余裕はありませんでした。今は経済発展に伴い結納金の額も年々上がり、地域や風習によって異なりますが、二〇一五年の山西省の結納金の相場は、約六万六千元から約十万元まで（約百三十二万〜約二百万円）といわれます。今も昔と変わらず結婚するのは難儀なようです。

新婚初夜の夫婦の寝室の動静を、村人が窓の下で聞き耳を立てるという中国農村の伝統的な風習も描かれています。また、息子の将来の嫁としてもらってきた幼女を育てる話も出てきます。こういう幼女を「童養媳《トンヤンシ》」と呼び、男女が成長して婚姻可能な年齢に達すると、親の一声で夫婦生活に入ります。これも旧中国の婚姻制度の一つ。買われたり、もらわれたりしてきた童養媳は、往々に婿となる息子よりも年上で、息子の世話や雑役に使う労働力として利用されていたのです。

新中国成立後の一九五〇年に制定された婚姻法は、童養媳ほか売買婚など封建的な婚姻を禁止し、一夫一婦制の実行、男女平等、離婚の自由などを規定しました。その後、政治、経済、社会の変化に伴い、婚姻法は結婚年齢を引き上げた八一年と、さらに内容を大幅に増加した二〇〇一年に二回改正されています。

中国語原作に登場する人たちの会話には、「狗日《ゴウルー》（犬野郎）」や、「日你妈《ルーニーマー》（おまえの母ちゃんを犯す）」（「日」はセックスするという意味）など卑猥な内容のスラングが頻繁に出てきます。日本語にはこのような性的なののしり言葉が少ないので、直訳を避けて「クソ」あるいは「こん畜生」にしましたが、全体を通して差別的な語句や、直接的な表現が多いため、読者の中には不快に感じる方もいるかもしれません。

しかし、本書に描かれた人間のありのままの姿と文学的価値を鑑みて、できる限り原文のニュアンスを壊さない形で訳すように努めました。登場人物の名前は読みやすいようにカタカナで書きました。ちなみに、レンアル（愣二）やアルズー（二柱）のアル（二）は、中国語で次男の意味で、その兄のレンダー（愣大）のダー（大）は、長男の意味です。ラオズーズー（老柱柱）、ラオチャオ（老趙）、ラオインイン（老銀銀）のラオ（老）も兄弟姉妹の長男または長女を示したり、目上の人を表したりするときの呼称として使います。

訳者は父親の仕事の関係で、小学四年から大学卒業まで北京で暮らしていました。文革時代だったため、中学、高校のころには、「工場で学び、農村で学び、軍隊で学ぶ」のスローガンの下に、学校教育の一環として、北京近郊の農村で農作業の手伝いをするなど、稀有な体験もしました。

山西省の農村地帯との違いは大きいですが、本書を読み進めていくうちに、当時の馴染み深い情景が再び甦ってきました。著者から直接、「文革時代の中国を知っているあなたなら」と、本書の翻訳を任されたことは、身に余る光栄です。

しかし翻訳にあたっては、山西省北部の農民の難解な言葉と露骨な表現に正直、戸惑いを隠せませんでした。著者本人から、「私の小説は、あなたを困らせているようですね」と半ばあきれられ（?・）ながらも、度重なる訳者の問いに丁寧な解説をしていただきました。

翻訳の完成と出版にこぎつけるまでは山あり谷ありの長い道のりでした。貴重なご意見をいただいた飯塚容・中央大学教授、仲見・桜美林大学名誉教授、友人の蒋清さん、本書の出版を快く引き受けてくださった論創社の森下紀夫社長、並びに編集部の林威一郎さん、松永裕衣子さん、訳文について適切な指摘をしていただいた佐藤嘉江子さん、そして、多方面で協力をいただいた中国と日本の友人に深く感謝申し上げます。

二〇一六年十月　　　　杉本万里子

【註】

（1）曹乃謙『換梅』湘南文芸出版社、二〇一二年。

（2）邦訳は井口晃訳「甕の肩には銅のひしゃく、鉄のひしゃく――温家窰風景二題」季刊『中国現代小説』（蒼蒼社）第三十一号（一九九四年秋）七―二十八頁（本書の第十一話「レンアル、レンアル」と第十二話「フウニュウ」が収録されている）。

（3）李江龍「口外〃朋锅〃是无奈　如今创业竞风流」『走西口　话晋商』（山西人民出版社、二〇〇九年）五二頁。

〔著者〕曹乃謙（Cao Nai qian）
1949年、山西省応県生まれ。高校卒業後、山西省の晋華宮炭坑で働き、69年に大同鉱務局文化宣伝工作団に抜擢されて民族楽器の演奏者に。72年、大同市公安局の警察官に採用される。86年より勤務の傍ら小説を執筆。主な作品は、本書の他に自伝的中編小説『仏の孤独』、『山の後ろはまた山』、『冷たい太陽石』、『部落の一年』、刑事事件などを素材にした短編小説『最後の村』など。

〔本文・カバー挿画〕房　光（Fang Guang）
1959年、山西省霊丘県生まれ。80年代より文学作品の創作を始める。庶民の暮らしをスケッチするのが趣味で、これまで多くの本と雑誌に挿画を描いている。

〔訳者〕杉本万里子（すぎもと・まりこ）
東京都生まれ。北京大学人文学部中国語文学系卒業。共同通信社記者などを経て、現在に至る。

闇夜におまえを思ってもどうにもならない
——温家窰《ウェンジャーヤオ》村の風景

2016年11月20日　初版第1刷印刷
2016年11月30日　初版第1刷発行

著　者　曹乃謙
訳　者　杉本万里子
発行所　論創社
〒101-0051 東京都千代田区神田神保町2-23 北井ビル
電話 03-3264-5254　振替口座 00160-1-155266

装　丁　宗利淳一

印刷・製本　中央精版印刷／組版　フレックスアート

ISBN978-4-8460-1497-1 C0097